"十三五"国家重点图书出版规划项目

浙江文化艺术发展基金资助项目

中国民间文艺思想史论

诗与酒
中国民间文艺思想的魏晋风度与隋唐新声

高有鹏 著

宁波出版社
NINGBO PUBLISHING HOUSE

图书在版编目（CIP）数据

诗与酒：中国民间文艺思想的魏晋风度与隋唐新声／高有鹏著．－－宁波：宁波出版社，2023.3
（中国民间文艺思想史论）
ISBN 978-7-5526-4189-9

Ⅰ.①诗… Ⅱ.①高… Ⅲ.①民间文学—文艺思想史—研究—中国—魏晋南北朝时代②民间文学—文艺思想史—研究—中国—隋唐时代 Ⅳ.①I207.709

中国版本图书馆CIP数据核字（2021）第026075号

诗与酒 SHI YU JIU

中国民间文艺思想的魏晋风度与隋唐新声

高有鹏　著

策　　划	袁志坚　徐　飞
责任编辑	陈金霞
责任校对	余怡荻
出版发行	宁波出版社
地址邮编	宁波市甬江大道1号宁波书城8号楼6楼　315040
装帧设计	金字斋
印　　刷	宁波白云印刷有限公司
开　　本	710毫米×1000毫米　1/16
印　　张	24
字　　数	332千
版　　次	2023年3月第1版
印　　次	2023年3月第1次印刷
标准书号	ISBN 978-7-5526-4189-9
定　　价	85.00元

本书若有印装错误，影响阅读，请与出版社联系调换，电话：0574-87248279。
（版权所有　翻印必究）

目 录

第一章　魏晋南北朝时期的民间传说和民间故事 …………… 001
　　第一节　《山海经》遗音 ……………………………………… 004
　　第二节　《搜神记》《世说新语》及其他 ……………………… 021
　　第三节　佛教经典编译的民间文学意义 ……………………… 048

第二章　魏晋南北朝时期的民间歌谣和谚语 ………………… 079
　　第一节　魏晋歌谣的时政意识 ………………………………… 080
　　第二节　南朝乐府民歌 ………………………………………… 084
　　第三节　北朝乐府民歌 ………………………………………… 097
　　第四节　魏晋南北朝时期民间谚语的保存 …………………… 105

第三章　民间文学中"药"与"酒"的时代特色 ……………… 112
　　第一节　旧瓶装新酒 …………………………………………… 113
　　第二节　穿越时空的神仙世界 ………………………………… 125
　　第三节　报应传说 ……………………………………………… 139

第四章　隋代民间文学的新发展 ……………………………… 154
　　第一节　隋朝民歌 ……………………………………………… 158
　　第二节　隋朝故事 ……………………………………………… 165

第五章　唐代民间文学的发展 …… 175

第一节　《大唐西域记》 …… 179
第二节　《酉阳杂俎》和唐代民间传说故事的保存 …… 190
第三节　敦煌变文与曲子词 …… 215
第四节　唐传奇与民间文学 …… 248
第五节　诗中的神话与传说 …… 260
第六节　诗妖：民间歌谣与谚语 …… 276
第七节　唐代传说故事与社会风俗 …… 288

第一章
魏晋南北朝时期的民间传说和民间故事

汉代历史时期的结束,并不意味着汉代历史文化戛然中止;汉代的风与俗仍然以众多民间文学的形式继续弥漫。

诚然,时过境迁,一切都在静悄悄发生变化。

黄巾起义采用民间文化与民间信仰的思想传统激发民众的情绪,事实上是一场中国民间文化运动,它用"黄天当立"的战斗宣言激发天下反抗不平等制度的热情,点燃了使危机四伏的东汉王朝化为政治灰烬的熊熊烈火,东汉末年至魏晋南北朝时期的历史文化形成了簇新的格局。宗教文化、外域文化和传统的文人生活相结合,共同融注进民俗生活,民间文学因此发生新的变化。诚如鲁迅所比喻的那样,"药"与"酒"成为这个时代文化变异的重要内容。[1] 民间文学也因此而具有独特的文化风度。

民间文学的文献保存,在这一个时期主要体现在几种不同内容的典籍之中。如出现了以民俗志为主要内容的典籍,像西晋周处的《风土记》、南朝梁宗懔的《荆楚岁时记》。以志怪、志人(志异)为主要内容的民间文化典籍更如雨后春笋般层出不穷,形成汉至隋唐间一个新的文化高潮,像三国时期魏国邯郸淳的《笑林》、曹丕的《列异传》,晋代郭璞的《玄中记》、干宝的《搜神记》、戴祚的《甄异传》、葛洪的《抱朴子》、张华的《博物志》、王嘉的《拾遗

---

[1] 鲁迅:《魏晋风度及文章与药及酒之关系》,见《鲁迅全集》第10卷,人民文学出版社1981年版。

记》、陶潜的《搜神后记》、无名氏的《录异传》、祖台之的《志怪》、荀氏的《灵鬼志》、孔约的《孔氏志怪》,以及南北朝时期宋人刘义庆的《世说新语》《幽明录》《宣验记》、刘敬叔的《异苑》、郭季产的《集异记》、东阳无疑的《齐谐记》,齐人王琰的《冥祥记》、祖冲之的《述异记》,梁人吴均的《续齐谐记》、任昉的《述异记》,北齐颜之推的《冤魂志》等。经典注释出现了郭璞的《山海经注》和郦道元的《水经注》,在注释材料中保存了大量民间文学。专门的农书等典籍,如北魏贾思勰的《齐民要术》中,保存了许多农耕谚语。"家训"体裁的文体,如北齐颜之推的《颜氏家训》等,保存了相当丰富的生活谚语。北魏时人杨衒之的《洛阳伽蓝记》,专门记述宗教生活等民俗现象。邺下文人集团的作品、梁昭明太子萧统主持编纂的《文选》、刘勰所撰写的《文心雕龙》,以及陶渊明等人的文学作品,也保存了一些民间文学。南朝民歌和北朝民歌,是这一历史时期民间文学的奇葩,尤其是《木兰辞》的出现,代表着南北朝民歌成就的高峰。同时,这一时期的民间曲艺也取得了一定的成就,为唐宋时期民间戏曲的繁荣奠定了基础,成为其文化和思想上的准备。此外,在《三国志》等史籍中,也保存了丰富的民间文学史料。尤其是《后汉书》中所保留的古代少数民族神话传说,在我国文化史、文学史包括民间文学史上,都具有很重要的价值和意义。中国古代少数民族文学史的写作,迄今仍相当缺乏,而在《后汉书》《华阳国志》等典籍,乃至更早的《史记》《汉书》《哀牢传》等史籍中却有许多少数民族神话传说的记载,这种现象值得我们重视。像著名的古夜郎族源神话初见于《华阳国志》,西汉末年成帝时夜郎国灭亡,而竹王神话至今还在彝族民间流传。

　　特别是佛教经典文化的传入,使中国民间文化的格局发生重要变化,也应引起我们的重视。如南朝梁代僧旻和宝唱等人奉梁武帝之命在公元5世纪修撰成的《经律异相》,是一部相当完备的佛经故事集成,包含印度民间故事、神怪传说和动物故事等内容,对六朝和隋唐民间传说有重要影响。其他像三国吴康僧会编译的《六度集经》、月支优婆塞支谦译的《佛说义足经》,

北魏慧觉等译的《贤愚经》、吉迦夜和昙曜译撰的《杂宝藏经》,西晋法炬和法立共译的《大楼炭经》、竺法护译的《佛说生经》,东晋法显译的《涅槃经》,南朝齐求那毗地(印度人)译的《百喻经》[1]等编译著作,保存了非常丰富的民间传说故事,标志着中国民间文学进入一个融入大量佛法故事等重要内容的新时代。

  总之,这是一个社会大动荡、民族大融合、文化大发展大交流大繁荣的非凡时代,民间文学作为口述史,成为这个时代最为真实的记录,从中我们也可以看到民间文学与当时作家文学之间异常复杂而独特的联系。

  民间传说和民间故事的基本区别,就在于民间传说有一定的具有真实意义的背景作为依据,而民间故事则更多地体现出幻想性特征。魏晋南北朝时期的民间传说和民间故事,具有十分鲜明的时代特征,即神怪主题的普遍存在。这种神怪主题的形成和发展变化,与魏晋南北朝时期特殊的文化心理密切相关,其中一个非常突出的现象就是人文宗教与民间宗教在人们的理性认识上日益成熟,谶言和纬书曾经被禁止,但其影响还在,人们越来越多地习惯于从非常广阔的背景上来观察世界。这种认识和观察方式常受到两方面的具体影响,其一是秦汉间流传甚广的神巫经典《山海经》,其二是《史记》和《汉书》等历史典籍。而且这两种影响的效果具体表现为不同的文化风格:其一可看作是《山海经》的遗音,其二是纪实性较强的故事,主要以风物传说和历史人物传说为表现对象。在更多的时候,这两种文化风格又相互交织。有许多典籍既存在民间传说,又存在民间故事,要完全断定一部典籍到底是民间传说的汇聚还是民间故事的汇聚,这几乎是徒劳的。因为这些典籍的形成及其文化功能,通常需要与具体的文化生活相联系,综

---

[1] 《百喻经》,全称《百句譬喻经》,是古天竺(印度)高僧伽斯那所撰,南朝萧齐天竺三藏法师求那毗地(印度人)所译。《百喻经》之所以称"百喻",传说是因为其书有一百篇譬喻故事。汉文《百喻经》全书共两万余字,其结构形式具有民间文学的传统表现形式,即每篇都有两步,先讲故事,后比喻,讲故事是一种引人入胜的引子,第二步是通过比喻,阐述某一个具体的佛学义理。

合性成为其普遍的文化特性,在一定程度上具有百科全书的意义。

第一节 《山海经》遗音

《山海经》作为神巫之书,可看作后世神怪典籍的先声。魏晋南北朝时期,道教文化与世俗文化相结合,神仙作为一种人生境界被民间文学所接受,神怪文学也因此繁盛于世,其中保存了许多民间传说和民间故事。如托名东方朔的《神异经》《十洲记》、张华的《博物志》、曹丕的《列异传》、葛洪的《神仙传》、任昉的《述异记》、王嘉的《拾遗记》等,在这些典籍中,我们经常听到的是《山海经》。其中所记述的民间传说和民间故事,至今还有一些在百姓的口头上以鲜活的语言存在着。

关于一些小说题为汉人所作的问题,鲁迅在《中国小说史略》第四篇《今所见汉人小说》中论述道:

> 现存之所谓汉人小说,盖无一真出于汉人,晋以来,文人方士,皆有伪作,至宋明尚不绝。文人好逞狡狯,或欲夸示异书,方士则意在自神其教。故往往托古籍以衒人;晋以后人之托汉,亦犹汉人之依托黄帝、伊尹矣。此群书中,有称东方朔、班固撰者各二,郭宪、刘歆撰者各一,大抵言荒外之事则云东方朔、郭宪,关涉汉事则云刘歆、班固,而大旨不离乎言神仙。[1]

所谓"大旨不离乎言神仙",神仙是民间文学的常见主题,正说明民间文学的普遍性规律。这是很有见地的。对托名东方朔的《神异经》和《十洲

---

[1] 见《鲁迅全集》第9卷,人民文学出版社1981年版,第32页。鲁迅《古小说钩沉》对辨别和钩沉古小说做出了重要贡献。

记》,鲁迅指出其皆为"伪作"。他认为,《神异经》"仿《山海经》,然略于山川道里而详于异物,间有嘲讽之辞","此书当为晋以后人作"[1];《十洲记》在《隋书·经籍志》中著录一卷,其实是"齐梁以后方士伪托"[2]。所谓托名和"伪作",其实正是作伪,为了让其中的思想文化得到更广泛更持久的传播,就是雅俗之间的文化转换,就是以民间文学为重要内容的众多民间文化典籍的社会化表现。

《神异经》今存一卷五十八则,分"八荒"及"中荒"九篇,从结构到语言都刻意模仿《山海经》,如它所标的《西荒经》《西北荒经》《西南荒经》《东南荒经》等,在故事语言及叙述方式上先说"××有兽(或人)焉",然后再详细描述,其所述故事,也多与《山海经》相联系。对于这种状况,我们可以看作民间传说的变异,如《神异经·西北荒经》:

> 西北有兽焉,状似虎,有翼能飞,便剿食人。知人言语。闻人斗,辄食直者;闻人忠信,辄食其鼻;闻人恶逆不善,辄杀兽往馈之。名曰穷奇,亦食诸禽兽也。

在《山海经·海内北经》中曾提到"穷奇状如虎,有翼,食人从首始"的内容,《山海经·西山经》也提到"穷奇"居于"邽山","其状如牛,猬毛","音如獠狗,是食人"。穷奇当是恶的典型。所以,《左传》中提到"少皞氏有不才子……天下之民谓之穷奇",应该说这是有广泛的民间传说做基础的。又如饕餮,在《吕氏春秋·先识》中提到它"有首无身,食人未咽,害及其身",是"缙云氏不才子";《左传·文公十八年》中说它"贪于饮食,冒于货贿,侵欲崇侈,不可盈厌;聚敛积实,不知纪极;不分孤寡,不恤穷匮。天下之民以

---

[1] 见《鲁迅全集》第9卷,人民文学出版社1981年版,第32页。
[2] 见《鲁迅全集》第9卷《中国小说史略》第四篇《今所见汉人小说》注释"《十洲记》"条。《四库全书总目提要》说它"当由六朝文士影撰而成"。

比三凶,谓之饕餮"。《神异经·西南荒经》载曰:

> 西南方有人焉,身多毛,头上戴豕,贪如狼恶,好自积财,而不食人谷。强者夺老弱者,畏群而击单,名曰饕餮……一名贪婪,一名强夺,一名凌弱。此国之人皆如此也。

在《神异经·西荒经》中,还有以饕餮为"苗民"的记载。如"有人,面目手足皆人形,而胳下有翼,不能飞。为人饕餮,淫逸无理,名曰苗民,《春秋》所谓三苗"。显然,饕餮成为凶猛无道的代称,具有明显的倾向性。在《神异经·西荒经》中,还记述了"山臊"之类的精怪故事,如:

> 西方深山中有人焉,身长尺余,袒身捕虾蟹,性不畏人;见人止宿,暮依其火以炙虾蟹,伺人不在而盗人盐以食虾蟹。名曰山臊,其音自叫。人尝以竹著火中,爆烞而出,臊皆惊惮。犯之令人寒热。此虽人形而变化,然亦鬼魅之类。今所在山中皆有之。

《神异经·西南荒经》:

> 西南荒中出讹兽,其状若菟,人面能言,常欺人,言东而西,言恶而善。其肉美,食之,言不真矣。一名诞。

使人害病者固然可憎,使人说谎者,又何尝不令人憎恨?《神异经·南荒经》记述了另一种"多则伤人,少则谷不消"的精怪传说:

> 南方有甘蔗之林,其高百丈,围三尺八寸,促节,多汁,甜如蜜。咋啮其汁,令人润泽,可以节蚘虫。人腹中蚘虫,其状如蚓,此消谷虫也,多则

伤人,少则谷不消。是甘蔗能灭多益少,凡蔗亦然。

精怪传说是与神话联系尤为密切的故事形式。在《神异经》中还有许多记载,如《神异经·中荒经》所记"北方有兽焉,其状如狮子,食人,吹人则病,名曰獓。恒近人村里,入人居室,百姓患苦。天帝徙之北方荒中";《神异经·南荒经》中记有"南方有人,长二三尺,袒身,而目在顶上,走行如风,名曰魃。所(见)之国大旱,一名格子。善行市朝众中。遇之者投著厕中,乃死,旱灾消","或曰生捕得杀之,祸去福来"。《神异经·东南荒经》中记有"东南方有人焉,周行天下,身长七丈,腹围如其长。头戴鸡父魃头,朱衣缟带,以赤蛇绕额,尾合于头。不饮不食,朝吞恶鬼三千,暮吞三百。此人以鬼为饭,以露为浆,名曰尺郭,一名食邪,道师云吞邪鬼,一名赤黄父。今世有黄父鬼"。《神异经》记述了大量神话传说,有些出自《山海经》,有些则采自民间,记述了当世的民间传说。如西王母神话,在《山海经》中西王母是昆仑神山上的司天之厉及五残的女神,其"虎齿,豹尾,善啸",虽"戴胜几杖",仍是野性十足的形象。而在《神异经·中荒经》中,西王母"岁登翼上,会东王公也",这里的昆仑之山更壮观,"有铜柱焉,其高入天",一根"天柱"竟围三千里。《神异经·东南荒经》中所记的"朴父",其"夫妇并高千里,腹围自辅",当"导开百川"因"懒"被"谪"时,"并立东南,男露其势,女露其牝",待黄河清时他们才能继续"导川"事业。这则神话,笔者在"大禹时代"中讲述防风神话时曾经引用过,当为防风神话原型内容之一。此类现象还有许多。

《十洲记》又名《海内十洲记》《十洲三岛记》《海内十洲三岛记》。其卷首称:

> 汉武帝既闻王母说八方巨海之中有祖洲、瀛洲、玄洲、炎洲、长洲、元洲、流洲、生洲、凤麟洲、聚窟洲,有此十洲,乃人迹所稀绝处,又始知东方朔非世常人,是以延至曲室而亲问十洲所在、所有之物名,故书记之。

> 方朔云：臣学仙者耳，非得道之人，以国家之盛美，将招名儒墨于文教之内，抑绝俗之道于虚诡之迹。臣故韬隐逸而赴王庭，藏养生而侍朱阙矣。亦由尊上好道，且复欲抑绝其威仪也。曾随师主履行，比至朱陵扶桑蜃海，冥夜之丘，纯阳之陵，始青之下，月宫之间。内游七丘，中旋十洲，践赤县而遨五岳，行陂泽而息名山。臣自少及今，周流六天，广陟天光，极于是矣。未若凌虚之子，飞真之官，上下九天，洞视百万，北极句陈而并华盖，南翔太丹而栖大夏，东之通阳之霞，西薄寒穴之野。日月所不逮，星汉所不与，其上无复物，其下无复底。臣所识乃及于是，愧不足以酬广访矣。

它所描述的神仙境地与《山海经》相比，更加细腻、华丽。其中所记西王母、东王父、三天君、鬼谷先生、九源丈人、上元夫人和返魂树、不死草、夜光杯、割玉刀、火烷布、火光兽，以及昆仑仙宫、太玄仙宫、灵官宫第、太帝宫、紫府宫、九老仙都、金墉城等，不但在《山海经》中能看到一些端倪，而且更多地可以在后世民间仙话中找到相应的内容。这部典籍借西月支国人解说异香、猛兽，指斥汉武帝"非有道之君"，使其"恧（nǜ）然不平"，则明显是魏晋南北朝文士所加内容。

《十洲记》记述了丰富的神话传说，有一些作品在后世流传甚广。如其所记"禹经诸五岳，使工刻石，识其里数高下。其字科斗（蝌蚪）书"，"不但刻劂五岳，诸名山亦然，刻山之独高处尔"。最著名的传说是徐福至祖洲寻不死草：

> 鬼谷先生云：此草是东海祖洲上有不死之草，生琼田中，或名为养神芝。其叶似菰，苗丛生，一株可活一人。始皇于是慨然言曰："可采得否？"乃使使者徐福发童男童女五百人，率摄楼船等入海寻祖洲，遂不返。

《神异经》和《十洲记》包含了魏晋南北朝时期的神仙思想，但这并不影响其对神话传说的保存。

张华的《博物志》，十卷，前三卷记地理和动物、植物，卷四和卷五记方术家言，卷六为杂考，卷七为异闻。明代都穆在为《博物志》撰《跋》[1]中说张华（茂先）"尝采历代四方奇物异事，著《博物志》四百，晋武帝以其太繁，俾删为十卷"，又说他"读书三十车。其辨龙鲊，识剑气"。张华自己在《博物志序》[2]中说：

> 余视《山海经》，及《禹贡》、《尔雅》、《说文》、地志，虽曰悉备，各有所不载者，作略说。出所不见，粗言远方，陈山川位象，吉凶有征。诸国境界，犬牙相入。春秋之后，并相侵伐，其土地不可具详，其山川地泽，略而言之，正国十二。博物之士，览而鉴焉。

张华并没有明确的保存民间文学的意识，而是在作为地理博物志的写作中，仿照《山海经》，记述了丰富的民间传说。这些传说被后世不断传诵，如其卷十所载《浮槎》：

> 旧说云，天河与海通。近世有人居海渚者，年年八月有浮槎去来，不失期。人有奇志，立飞阁于槎上，多赍粮，乘槎而去。十余日中犹观星月日辰，自后茫茫忽忽，亦不觉昼夜。去十余日，奄至一处，有城郭状，屋舍甚严。遥望宫中多织妇，见一丈夫牵牛渚次饮之。牵牛人乃惊问曰："何由至此？"此人俱说来意，并问此是何处。答曰："君还至蜀郡，访严君平则知之。"竟不上岸，因还如期。后至蜀，问君平，曰："某年月日，有客星犯牵牛宿。"计年月，正是此人到天河时也。

---

[1] 明弘治十八年（1505）贺志同刊本。梁萧绮所录王嘉《拾遗记》中，曾说张华"捃采天下遗逸，自书契之始，考验神怪，及世间闾里所说，造《博物志》四百卷"。

[2] 宋连江叶氏《博物志》本存。

这是与《牛郎织女》传说相关的重要异文。后人不断演绎成不同体裁的文学作品,如杂剧《张骞泛浮槎》《支机石》等。

又如其卷十所载《天门山》:

> 天门郡有幽山峻谷,而其土人有从下经过者,忽然踊出林表,状如飞仙,遂绝迹。谷中如此甚数,遂名此处为仙谷。有乐道好事者,入此谷中洗沐,以求飞仙,往往得去。有长生意思人,疑恐是妖怪,乃以大石自坠,牵一犬入谷中,犬复飞去。其人还告乡里,募数十人,执杖揭山草伐木,至山顶观之,遥见一物长数十丈,其高隐人,耳如簸箕。格射刺杀之,所吞人骨积此左右如阜。蟒开口广丈余,前后失人,皆此蟒气所噏上。于是此地遂安稳无患。

此则传说在民间迄今仍有流传。《太平广记》卷四五八所引《玉堂闲话》中,有"峭崖之下,其绝顶有洞穴,相传为神仙之窟宅"的《选仙场》,"每年中元日,拔一人上升",后一和尚使计用雄黄毒死大蟒。另有《狗仙山》中"迎猎犬而升洞","好道者呼为狗仙山",后一猎手射杀大蟒。这两则传说与此相似,可以看作民间传说异文。宋人洪迈在《夷坚志》中也记述了类似传说;《搜神记》中的《李寄斩蛇》也有与此相似的内容。结合明话本《白娘子永镇雷峰塔》、清玉山主人的《雷峰塔奇传》等作品,我们不难发现这则传说所具有的原型意义。

《博物志》卷三记述的"猴玃",也是至今仍在民间流传的故事,各地有许多异文:

> 蜀山南高山上,有物如猕猴,长七尺,能人行,健走,名曰猴玃,一名马化,或曰猳玃。伺行道妇女有好者,辄盗之以去,人不得知。行者或每

遇其旁,皆以长绳相引,然故不免。此得男子气自死,故取女不取男也。取去为室家,其年少者终身不得还。十年之后,形皆类之,意亦迷惑,不复思归。有子者辄俱送还其家,产子皆如人;有不食养者,其母辄死,故无敢不养也。及长,与人无异,皆以杨为姓,故今蜀中西界多谓杨,率皆猳玃、马化之子孙,时时相有玃爪者也。

它很自然地使我们联想到《补江总白猿传》和《陈巡检梅岭失妻记》等话本小说。在《博物志》中,民间传说有情节生动者,也有只言片语者,如"妊娠者不可啖兔肉",其"令儿唇缺";"山居之民多瘿肿疾,由于饮泉之不流者";"蚕三化,先孕而后交"等。其中亦包含着一些民间传说,并形成这些现象的阐释系统。诸如俗语中所说的"玄石饮酒,一醉千日",《博物志》中的《杂说下》阐释道:

> 昔刘玄石于中山酒家酤酒,酒家与千日酒,忘言其节度。归至家当醉,而家人不知,以为死也,权葬之。酒家计千日满,乃忆玄石前来酤酒,醉向醒耳。往视之,云玄石亡来三年,已葬。于是开棺,醉始醒。俗云:玄石饮酒,一醉千日。

这则传说在《搜神记》中也有详细的记述。

《列异传》初录于《隋书·经籍志》,称"魏文帝又作《列异》,以序鬼物奇怪之事"。原书已佚,鲁迅《古小说钩沉》中有辑录。不论作者是否为曹丕,这部典籍"后魏人郦道元的《水经注》皆有征引"[1],表明是这个时代的作品无疑。《列异传》的基本内容,据鲁迅所辑录者可知,也是神仙、精怪故事,包括一些世俗的鬼故事,与《山海经》有着一定联系。应该指出的是,在《列

---

[1] 鲁迅:《中国小说史略》,见《鲁迅全集》第9卷,人民文学出版社1981年版,第43页。

异传》的辑录材料中,鬼故事占据了较大比重,此书原貌已无可考,郦道元征引它,应该有更多的民间传说,因为《水经注》的基本内容就是以传说(风物为主)来阐释经籍。

《列异传》中记述了许多著名的民间风物传说,如"望夫石"、"三王冢"(即干将莫邪故事)等:

> 武昌新县北山上有望夫石,状若人立者。相传云,昔有贞妇,其夫从役,远赴国难,妇携幼子,饯送此山,立望而形化为石。

> 干将莫邪为楚王作剑,三年而成。剑有雌雄,天下名器也。乃以雌剑献君,藏其雄者。谓其妻曰:"吾藏剑在南山之阴,北山之阳,松生石上,剑在其中矣。君若觉,杀我。尔生男,以告之。"及至君觉,杀干将。妻后生男,名赤鼻,告之。赤鼻斫南山之松,不得剑,忽于屋柱中得之。楚王梦一人,眉广三寸,辞欲报仇。购求甚急,乃逃朱兴山中。遇客,欲为之报,乃刎首,将以奉楚王。客令镬煮之,头三日三夜跳,不烂。王往观之,客以雄剑倚拟王,王头堕镬中。客又自刎。三头悉烂,不可分别,分葬之,名曰三王冢。

这两则传说,前者至今还在各地伴以"望夫石"、"真迹"(即传说遗址)流传着,后者通过鲁迅的《铸剑》再创作,也广为流传。干宝在《搜神记》中以"三王墓"为题,同样记述了它,所不同者在于记得更为详细,而且指名"三王墓""今在汝南北宜春县界"。

《列异传》的"异"字在众神仙和精怪传说中表现得也很生动,如"汝南有妖,常作太守服,诣府门椎鼓,郡患之。及费长房来,知是魅,乃呵之,即解衣冠叩头,乞自改,变为老鳖"。"费长房能使神。后东海君见葛陂君,淫其夫人,于是长房敕系三年,而东海大旱。长房至东海,见其请雨,乃敕葛陂君出之,即大雨"。这里的费长房颇为正直,难怪后世尊他为仙人。

在《列异传》中,鬼神是有善恶之分的,它们是人间生活的写照。如"栾侯":

> 汉中有鬼神栾侯,常在承尘上,喜食鲊菜,能知吉凶。甘露中,大蝗起,所经处禾稼辄尽。太守遣使告栾侯,祀以鲊菜。侯谓吏曰:"蝗虫小事,辄当除之。"言讫,翕然飞出。吏仿佛其状类鸠,声如水鸟。吏还,具白太守。果有众鸟亿万,来食蝗虫,须臾皆尽。

这则捕蝗传说具有真实的生活背景,在外国文学作品或纪实新闻中,我们对海鸟捕食蝗虫都有所闻。至今我们还能听到水鸟捕蝗的传说,在中央电视台的新闻报道中,我们曾目睹内蒙古草原发生蝗灾时,有人赶鸭群扑灭了蝗虫。《列异传》中的鬼神包括精怪,不但有善恶之分,而且表现出人间的爱情。如著名的《鲤鱼妻》:

> 彭城有男子娶妇,不悦之,在外宿。月余日,妇曰:"何故不复入?"男曰:"汝夜辄出,我故不入。"妇曰:"我初不出。"婿惊,妇云:"君自有异志,当为他所惑耳!后有至者,君便抱留之,索火照视之为何物。"后所愿还至,故作其妇,前却未入,有一人从后推令前。既上床,婿捉之曰:"夜夜出何为?"妇曰:"君与东舍女往来,而惊欲托鬼魅,以前约相掩耳!"婿放之,与共卧。夜半心悟,乃计曰:"魅迷人,非是我妇也。"乃向前揽捉,大呼求火,稍稍缩小,发而视之,得一鲤鱼,长二尺。

若我们从精神分析学说来透视这则民间故事,不难发现它包含着偷情的成分,这也正是此类故事在民间广为流传的重要原因。在流传中,人们得到了快慰、满足。至今在一些民间戏曲和舞蹈中,还有以此种题材为内容的故事,如"戏鱼""追鱼"等。明代戏曲《观世音鱼篮记》,当与此有联系。

《列异传》中的鬼故事甚多。如流传甚广的"宋定伯背鬼",鬼化为羊,这位南阳少年"恐其变化,唾之。得钱千五百乃去",故"当时有言:定伯卖鬼,得钱千五"。又如《何文》:

> 魏郡张奋者,家巨富。后暴衰,遂卖宅与黎阳程家。程入居,死病相继,转卖与邺人何文。文日暮乃持刀上北堂中梁上坐。至二更,忽见一人,长丈余,高冠黄衣,升堂呼问:"细腰!舍中何以有生人气也?"答曰:"无之。"须臾,有一高冠青衣者。次之,又有高冠白衣者,问答并如前。及将曙,文乃下堂中,如向法呼之。问曰:"黄衣者谁也?"曰:"金也。在堂西壁下。""青衣者谁也?"曰:"钱也。在堂前井边五步。""白衣者谁也?"曰:"银也。在墙东北角柱下。""汝谁也?"曰:"我杵也,在灶下。"及晓,文按次掘之,得金银各五百斤,钱千余万。仍取杵焚之,宅遂清安。

鬼宅故事在民间流传甚广,这里又与民间识宝传说相联系,表现出魏晋时期特殊的精怪观念。在后世民间故事中,尤其是《聊斋志异》等作品中,我们常能发现此类内容。又如《列异传》中的《蒋济亡儿》:

> 蒋济为领军,其妻梦见亡儿涕泣曰:"死生异路,我生时为卿相子孙,今在地下为泰山伍伯,憔悴困辱,不可复言。今太庙西讴士孙阿,今见召为泰山令,愿母为白侯,属阿令转我得乐处。"言讫,母忽然惊寤。明日以白济。济曰:"梦为尔耳,不足怪也。"明日暮,复梦曰:"我来迎新君。止在庙下,未发之顷,暂得来归。新君明日日中当发,临发多事,不复得归,永辞于此。侯气强,难感悟,故自诉于母,愿重启侯,何惜不一试验也?"遂道阿之形状,言甚备悉。天明,母重启侯曰:"昨又梦如此。虽云梦不足怪,此何太适适,亦何惜不一验之?"济乃遣人诣太庙下,推问孙阿,果得之,形状证验,悉如儿言。济涕泣曰:"几负吾儿!"于是乃见孙阿,具语其事。阿不

惧当死,而喜得为泰山令,惟恐济言不信也。曰:"若如节下言,阿之愿也。不知贤子欲得何职?"济曰:"随地下乐者与之。"阿曰:"辄当奉教。"乃厚赏之。言讫,遣还。济欲速知其验,从领军门至庙下,十步安一人,以传阿消息。辰时,传阿心痛;巳时,传阿剧;日中,传阿亡。济泣曰:"虽哀吾儿之不幸,且喜亡者有知。"后月余,儿复来,语母曰:"已得转为录事矣。"

这些鬼故事已走出了《山海经》的怪异,极力描写的是人间的悲苦、丑恶、猥琐、贪婪与无耻。当然,其中也不乏人鬼之恋的欢欣。

《山海经》影响了魏晋南北朝时期的民间文学,在葛洪的《神仙传》《抱朴子》、刘敬叔的《异苑》、任昉的《述异记》、晋西戎主簿戴祚的《甄异传》、祖台之的《志怪》、东阳无疑的《齐谐记》、吴均的《续齐谐记》、王嘉的《拾遗记》等典籍中,这种影响也屡屡可见。如葛洪的《神仙传》记述了百位神仙的传说故事[1]。他在《神仙传自序》中说:"予著内篇,论神仙之事,凡二十卷。""然神仙幽隐,与世异流,世之所闻者,犹千不得一者也。"他举数了"宁子入火而陵烟,马皇见迎于护龙,方回变化于云母,赤将茹葩以随风,涓子饵术以著经,啸父别火于无穷,务光游渊以哺薤,仇生却老以食松,邛疏煮石以炼形,琴高乘鲤于碣中,桂父改色以龟脑,女丸七十以增容,陵阳吞五脂以登高,商邱咀菖蒲以无终,雨师炼五色以属天,子先骞两虬于元涂,周晋跨素鹤于缑氏,轩辕控飞龙于鼎湖,葛由策木羊于绥山,陆通匿遐纪于橐卢,萧史乘凤而轻举,东方飘帻于京师,犊子鬻桃以瀹神,主柱飞行以饵砂,阮邱长存于雎岭,英氏乘鱼以登遐,修羊陷石于西岳,马丹回风以上徂,鹿翁陟险而流泉,园客蝉蜕于五华",他所举的每一句,显然都是一段传说。《述异记》有祖冲之著本和任昉著本[2],祖冲之本已佚,鲁迅《古小说钩沉》辑录有九十条,今

---

[1] 原书记百九十人,见《隋书·经籍志》《旧唐书·经籍志》等,明代以来散失大半,《增订汉魏丛书》等所存九十二人,《四库全书》等所存仅八十四人。
[2] 《隋书·经籍志》杂传类载有祖冲之本"十卷",《宋史·艺文志》小说家类载任昉本"二卷"。

存任昉所著本。有人指出今存本已非原本,如《郡斋读书志》所论:"昉家藏书二万卷,采前世异闻成书。"《四库全书》收入《述异记》时说,其"开卷'盘古氏'一条,即采徐整《三五历纪》,其余'精卫'诸条,则采《山海经》,'园客'诸条,则采《列仙传》,'龟历'诸条,则采《拾遗记》,'老桑'诸条,则采《异苑》,以及防风氏、蚩尤、夜郎王之类,皆非辟事"。其实不尽然,《述异记》流传到清代,已是历史上多家编录的典籍,其中所录入的神话传说,应该是既有见诸经典的,又有采自民间的。从《述异记》所保存的具体作品,我们可以看到这些内容。如"盘古氏"条,它既录入了徐整在《三五历纪》《五运历年纪》中所述的神话传说,而且讲到"今南海有盘古氏墓,亘三百里。俗云后人追葬盘古之魂也。桂林有盘古祠,今人祝祀。南海有盘古国,今人皆以盘古为姓"等材料。"防风氏"条不用说,是《述异记》较早提出的。"蚩尤"条中,任昉举到"秦汉间说"的例子,又讲"蚩尤耳鬓如剑戟,头有角,与轩辕斗,以角觚人,人不能向。今冀州有乐名蚩尤戏,其民两两三三,头戴牛角而相觚。汉造角觚戏,盖其遗制也"。那么,"今冀州有乐"即"蚩尤戏"不就是魏晋南北朝时期民间文学的活形态吗?

又如"帝女雀",在讲述精卫填海时,《述异记》载:

> 昔炎帝女溺死东海中,化为精卫,其名自呼。每衔西山木石填东海,偶海燕而生子,生雌状如精卫,生雄如海燕。今东海精卫誓水处,曾溺于此川,誓不饮其水,一名鸟誓,一名冤禽,又名志鸟,俗呼帝女雀。

著名的民间传说《牛郎织女》,《述异记》(《琅琊代醉篇》卷一"织女"条所引)载:

> 天河之东有美丽女人,乃天帝之子,机杼女工,年年劳役,织成云雾绡缣之衣,辛苦无欢悦,容貌不暇整理。天帝怜其独处,嫁与河西牵牛之夫

婿。自后竟废织纴之功,贪欢不归。帝怒,责归河东,但使一年一度相会。

在古本《淮南子》中曾有"乌鹊填河成桥渡织女"(《六帖》"鹊"部引)的记载,陆机、曹丕、曹植等人的诗中,也都记述这一传说。但在情节的描述上,无疑《述异记》是最完整的。它标志着"牛郎织女"传说在魏晋南北朝时的流传状态。这是典型的当世传说记载,明显超出了在此之前的相关典籍。祖冲之本《述异记》与任昉所记在内容上相差不是太大,而在叙述上更为详细,如其所记"庐山上有康王谷"中对"钊城"风物传说的记述,其所记"南康雩都县沿江西出,去县三里"的"梦口穴"传说,是一篇记述生动而完整的识宝传说:

> 南康雩都县沿江西出,去县三里,名梦口,有穴,状如石室,名梦口穴。旧传:尝有神鸡,色如好金,出此穴中。奋翼回翔,长鸣响彻,见之,辄飞入穴中,因号此石为金鸡石。昔有人耕此山侧,望见鸡出游戏,有一长人操弹弹之,鸡遥见便飞入穴。弹丸正著穴上,丸径六尺许,下垂蔽穴,犹有间隙,不复容人。又有人乘船从下流还县,未至此崖数里,有一人通身黄衣,担两笼黄瓜,求寄载,因载之。黄衣人乞食,船主与之盘酒。食讫,船适至崖下,船主乞瓜,此人不与,乃唾盘上,径上崖,直入石中。船主初甚怨之,见其入石,始知神异,取向食器视之,见盘上唾,悉是黄金。

金鸡传说、识宝传说在这里融为一体。这类传说后来还被演绎成盗宝传说,至今在许多地方流传,形成脍炙人口的风物传说。祖冲之《述异记》中还有一些生活故事,如"清河崔基"中的"朱氏女"等,也颇有价值。祖冲之本与任昉本在流传中可能相混合,它们之间的差异应该引起我们的思索。

王嘉的《拾遗记》是值得我们重视的一部神话传说集成,今存十卷,题晋陇西王嘉撰、梁萧绮录。它从所谓"春皇庖牺""炎帝神农"开始,叙述三皇、五帝到夏禹、商汤、周公三代的传说,一直到东晋的历史故事。最后一卷记述关于昆仑、蓬莱、方丈、瀛洲、员峤、岱舆、昆吾、洞庭等神山的诸种传说。如果我们在《山海经》中所见到的神话传说还有一些零碎,那么,《拾遗记》则完成了对它的修补。其中的神话传说是生动而完整的,意味着《山海经》时代的原始神话在《拾遗记》中已经转向仙话化的神话传说。《拾遗记》所记述的既有原始神话的成分,又有仙话化的神话传说,而且包含着更多的历史传说和风物传说。如在"昆吾山"部分叙述了黄帝神话传说和越王勾践传说之后,又记述了著名的"干将莫邪"故事,以昆吾山"其山有兽,大如兔,毛色如金,食土下之丹石,深穴地以为窟,亦食铜铁,胆肾皆如铁"为背景,接着叙述吴王知道"一白一黄"双兔食尽吴国武库中的兵器,即召剑工"令铸其胆肾以为剑,一雌一雄,号干将者雄,号镆铘者雌","其剑可以切玉断犀","及晋之中兴,夜有紫气冲斗牛",此剑再现,两剑发生另一番传奇故事,有"双龙缠屈于潭下,目光如电,遂不敢前取矣"的记述,改变了其他典籍中所加入的复仇故事。此书收录神话传说类型之全、范围之广、历史时期之长久,是魏晋南北朝同类典籍中所少见的。

《拾遗记》对魏晋南北朝时期流传的神话和传说的记述,贡献相当突出,这是和作者所持的见解密切相关的。如他在卷二《夏禹》篇中提到"鲧之灵化"时说,"其事互说,神变犹一,而色状不同;玄鱼黄熊,四音相乱,传写流文,鲧字或鱼边玄也"。他"群疑众说,并略记焉"[1],这种胸怀是很宽阔的。所以,萧绮在《拾遗记·序》中说王嘉"搜撰异同,而殊怪必举,纪事存朴,爱广尚奇,宪章稽古之文,绮综编杂之部,《山海经》所不载,夏鼎未之或存,乃集而记矣","多涉祯祥之书,博采神仙之事,妙万物而为言,盖绝世而宏博矣"。他说《拾遗记》"详其朽蠹之余,采掇传闻之说","详之正典,爰访

---

[1] 《增订汉魏丛书》本。

杂说"[1]，这正是其意义所在。后世许多学者对此或毁或誉，但都承认其"昔太史公尝病百家言黄帝文不雅驯，而嘉乃凿空著书，专说伏羲以来异事"[2]的勇气。《拾遗记》中神话传说记述的完整性，常被后世学者所忽视。若我们走进民间文化，会发现至今还保存在民间口头上的一些神话传说，竟与它完全一致。所不同者，只是王嘉在一些段落中的议论，以及内文中所出现的"真人"等魏晋时的内容。如该书的第一卷记述"轩辕出自有熊之国"，描述其"考定历纪，始造书契，服冕垂衣，故有衮龙之颂。变乘桴以造舟楫，水物为之祥踊，沧海为之恬波。泛河沉璧，有泽马群鸣，山车满野，吹玉律，正璇衡。置四史以主图籍，使九行之士以统万国"。其中的"薰风至，真人集，乃厌世于昆台之上，留其冠剑佩舄焉"，明显是魏晋道教文化的产物。"帝以神金铸器，皆铭题。及升遐后，群臣观其铭，皆上古之字，多磨灭缺落"，以及"帝使风后负书，常伯荷剑，旦游洹流，夕归阴浦，行万里而一息。洹流如沙尘，足践则陷，其深难测。大风吹沙如雾，中多神龙鱼鳖，皆能飞翔。有石蕖青色，坚而甚轻，从风靡靡，覆其波上，一茎百叶，千年一花。其地一名沙澜，言沙涌起而成波澜也。仙人宁封食飞鱼而死，二百年更生"，这些内容至今还有流传，有一些还与地名相联系，形成独具特色的风物传说群。如河南省的西部山区，分布着"风后岭""铸鼎塬"等，伴随着此类传说的流传。又如颛顼、帝喾和少昊等传说，以往史籍记载较少，这里记述道：

> 颛顼居位，奇祥众祉，莫不总集；不禀正朔者，越山航海而皆至也。帝乃揖四方之灵，群后执珪以礼，百辟各有班序。受文德者，锡以钟磬；受武德者，锡以干戈。有浮金之钟，沉明之磬，以羽毛拂之，则声振百里。石浮于水上，如萍藻之轻，取以为磬，不加磨琢。及朝万国之时，乃奏《含英》

---

[1] 《增订汉魏丛书》本。

[2] 《增订汉魏丛书》本。

之乐,其音清密,落云间之羽,鲸鲵游涌,海水恬波。

帝喾之妃,邹屠氏之女也……女行不践地,常履风云,游于伊洛。帝乃期焉,纳以为妃。妃常梦吞日,则生一子;凡经八梦,则生八子。世谓为八神,亦谓八翌。翌,明也。亦谓八英,亦谓八力。言其神力英明。翌成万象,亿兆流其神睿焉。有丹丘之国,献玛瑙甕,以盛甘露。帝德所洽,被于殊方,以露充于厨也。

少昊以金德王,母曰皇娥,处璇宫而夜织,或乘桴木而昼游,经历穷桑沧茫之浦。时有神童,容貌绝俗,称为白帝之子,即太白之精,降乎水际,与皇娥宴戏,奏便娟之乐,游漾忘归。穷桑者,西海之滨,有孤桑之树,直上千寻,叶红椹紫,万岁一实,食之后天而老……帝子与皇娥并坐,抚桐峰梓瑟,皇娥倚瑟而清歌曰:"天清地旷浩茫茫,万象回薄化无方,浛天荡荡望沧沧,乘浮轻漾著日傍,当其何所至穷桑,心知和乐悦未央。"俗谓游乐之处为桑中也。《诗·卫风》云"期我乎桑中",盖类此也……及皇娥生少昊,号曰穷桑氏,亦曰桑丘氏。至六国时,桑丘子著阴阳书,即其余裔也。

其卷十记昆仑等九仙山,以昆仑山最为壮观:"昆仑山有昆陵之地,其高出日月之上。山有九层,每层相去万里","群仙常驾龙乘鹤游戏其间","有芝田蕙圃,皆数百顷,群仙种耨焉","南有赤陂红波,千劫一竭,千劫水乃更生也"。又如记洞庭山"浮于水上,其下有金堂数百间,玉女居之,四时闻金石丝竹之声,彻于山顶","屈原以忠见斥,隐于沅湘,披蓁茹草,混同禽兽,不交世务,采柏实以和桂膏,用养心神,被王逼逐,乃赴清泠之水,楚人思慕,谓之水仙。其神游于天河,精灵时降湘浦,楚人为之立祠,汉末犹在"。

由此可以看出,《拾遗记》对神话传说的保存,虽受到《山海经》等神话典籍的影响,但它更注重于当世民间传说的录入。《晋书·王嘉传》载:"其所造《牵三歌谶》,事过皆验,累世犹传之。"可见这位"苻坚累征不起"的隐士,"其事多诡怪",还受到当时神仙思想的影响。这也是魏晋南北朝时期神话传说得以大量保存与文士们的崇仙态度相联系的一个典型。《齐谐记》《续齐谐记》《志怪》《异苑》等典籍中,都有类似现象。

第二节 《搜神记》《世说新语》及其他

在魏晋南北朝时期的民间文学保存上,干宝的《搜神记》和刘义庆的《世说新语》是一对双璧,分别代表着两类文化风格的民间文学集成。当然,我们并不是说这两部典籍就是民间文学集,只是说其中的作品包含着民间文学的成分,尤其是神话传说、民间故事,也包含着一些歌谣和谚语(此项内容另述)。《搜神记》和《世说新语》意味着魏晋南北朝时期中下层文人在民间文学保存和运用成就上的高峰。

一、鬼之董狐:干宝的《搜神记》

《搜神记》,《隋书·经籍志》杂传类著录三十卷,《宋史·艺文志》小说家类却说"干宝《搜神总记》十卷",今存二十卷为明代胡应麟所辑(另有明代高濂所辑本)。《晋书》卷八二《干宝传》载:

> 性好阴阳术数,留思京房、夏侯胜等传。宝父先有所宠侍婢,母甚妒忌,及父亡,母乃生推婢于墓中。宝兄弟年小,不之审也。后十余年,母丧,开墓,而婢伏棺如生,载还,经日乃苏。言其父常取饮食与之,恩情如生。在家中,吉凶辄语之,考校悉验。地中亦不觉为恶。既而嫁之,生子。又宝兄尝病气绝,积日不冷,后遂寤,云见天地间鬼神事,如梦觉,不自知死。
>
> 宝以此遂撰集古今神祇灵异、人物变化,名为《搜神记》,凡三十卷。以示刘惔。惔曰:卿可谓鬼之董狐。

干宝在《搜神记序》[1]中说："今之所集,设有承于前载者,则非余之罪也;若使采访近世之事,苟有虚错,愿与先贤前儒分其讥谤。及其著述,亦足以发明神道之不诬也。"可见他采录民间传说故事有两个重要途径,一方面"承于前载",从其他典籍文献中搜取;一方面则"采访近世之事",即田野作业,采录口述的材料。《搜神记》共454则故事,"承于前载者"约占一半[2],即使属于此类转录者,也有许多明显是民间文学作品,其余一半是干宝"采访近世之事"之所得,则弥足珍贵。

《搜神记》中记述了一些具有原始信仰意义的神话传说,如其卷一中对伏羲神话所述:"春皇者,庖牺之别号","以木德称王,故曰春皇","庖者包也,言包含万象","去巢穴之居","丝桑为瑟,均土为埙","于时未有书契,规天为图,矩地取法,视五星之文,分晷景之度,使鬼神以致群祠,审地势以定山岳","立礼教以导文,造干戈以饰武","调和八风,以画八卦,分六位以正六宗"。又如其卷二中对简狄神话的记述:"商之始也,有神女简狄,游于桑野,见黑鸟遗卵于地,有五色文","简狄拾之,贮以玉筐,覆以朱绂","狄乃怀卵,一年而有娠,经十四月而生契"。最典型的是关于槃瓠神话的记述。槃瓠神话在《山海经·海内北经》所提到的"犬封国"中似乎已有端倪,三国魏鱼豢在《魏略》[3]中说:"高辛氏有老妇,居王室,得耳疾,挑之,乃得物大如茧。妇人盛瓠中,覆之以槃,俄顷化为犬,其文五色,因名槃瓠。"在应劭的《风俗通义》中,槃瓠神话增加了"时帝有畜狗,其毛五彩,名曰槃瓠"及槃瓠退敌而娶高辛氏之女繁衍蛮夷的情节。干宝在《搜神记》中则将《魏略》和《风俗通义》中的内容合而为一,使这则族源神话更加清晰。

《搜神记》中保存最丰富者主要是民间传说和民间故事,其中,精怪传

---

[1]《学津讨原》本。

[2] 据汪绍盈校注本,中华书局1979年版。

[3] 见《后汉书·南蛮西南夷列传》李贤注引。

说、风物传说人神(鬼)之恋、动物报恩故事等是重要内容。

精怪传说故事在《搜神记》中保存尤为丰富,这和魏晋时期的文化风尚有直接联系,是干宝本人所持的"物老则为怪"观念的具体体现。精怪传说有与情爱传说相融者,备为感人的是卷十一所录《韩凭妻》。韩凭妻何氏美丽动人,为"王"所夺,韩凭因"怨"而被"囚",后自杀身亡,何氏也殉情而死,化为"相思树"上的鸳鸯。这里的精怪是爱情悲剧的见证:

> 宋康王舍人韩凭娶妻何氏,美,康王夺之。凭怨,王囚之,论为城旦。妻密遗凭书,缪其辞曰:"其雨淫淫,河大水深,日出当心。"既而王得其书,以示左右,左右莫解其意。臣苏贺对曰:"其雨淫淫,言愁且思也。河大水深,不得往来也。日出当心,心有死志也。"俄而凭乃自杀。其妻乃阴腐其衣;王与之登台,妻遂自投台,左右揽之,衣不中手而死。遗书于带曰:"王利其生,妾利其死,愿以尸骨赐凭合葬。"王怒,弗听,使里人埋之,冢相望也。王曰:"尔夫妇相爱不已,若能使冢合,则吾弗阻也。"宿昔之间,便有大梓木生于二冢之端,经日而大盈抱,屈体相就,根交于下,枝错于上。又有鸳鸯,雌雄各一,恒栖树上,晨夕不去,交颈悲鸣,音声感人。宋人哀之,遂号其木曰相思树。相思之名,起于此也。南人谓此禽即韩凭夫妇之精魂。今睢阳有韩凭城,其歌谣至今犹存。

有人曾把此看作《梁山伯与祝英台》传说中的"冢合"情节的原型。爱情是民间文学千古传唱的主题,爱情悲剧更是感人的主题。

精怪传说故事中,也有一些是为了显示人与精怪交往时人性的胜利。在《搜神记》中,此类作品如卷二《寿光侯》,卷三《臧仲英》,卷十八《细腰》《汤应》《安阳亭书生》《吴兴老狸》,卷十九《李寄》《丹阳道士》和《鼠妇》等故事最为典型。如《李寄》:

东越闽中有庸岭,高数十里,其西北隙中有大蛇,长七八丈,大十余围,土俗常惧。东冶都尉及属城长吏,多有死者。祭以牛羊,故不得福;或与人梦,或下谕巫祝,欲得啖童女年十二三者。都尉令长并共患之,然气厉不息,共请求人家生婢子,兼有罪家女养之,至八月朝,祭送蛇穴口,蛇出吞啮之。累年如此,已用九女。尔时预复募索,未得其女。将乐县李诞家有六女,无男。其小女名寄,应募欲行。父母不听。寄曰:"父母无相,惟生六女,无有一男,虽有如无。女无缇萦济父母之功,既不能供养,徒费衣食,生无所益,不如早死。卖寄之身,可得少钱,以供父母,岂不善耶?"父母慈怜,终不听去。寄自潜行,不可禁止。寄乃告请好剑及咋蛇犬,至八月朝,便诣庙中坐,怀剑,将犬,先将数石米糍,用蜜㚄灌之,以置穴口。蛇便出,头大如囷,目如二尺镜,闻糍香气,先啖食之。寄便放犬,犬就啮咋,寄从后斫得数创,疮痛急,蛇因踊出,至庭而死。寄入视穴,得其九女髑髅,悉举出,咤言曰:"汝曹怯弱,为蛇所食,甚可哀愍。"于是寄女缓步而归。越王闻之,聘寄女为后,拜其父为将乐令,母及姊皆有赏赐,自是东冶无复妖邪之物。其歌谣至今存焉。

李寄因斩蛇而成为英雄。这里的精怪是自然之怪,纯粹是因人愚昧而成,干宝以李寄斩蛇揭示蛇非为精怪。同卷中的《丹阳道士》与《李寄》有相似处:

丹阳道士谢非,往石城买冶釜。还,日暮,不及至家。山中庙舍于溪水上,入中宿,大声语曰:"吾是天帝使者,停此宿!"犹畏人劫夺其釜,意苦搔搔不安。二更中,有来至庙门者,呼曰:"何铜。"铜应诺。曰:"庙中有人气,是谁?"铜云:"有人言是天帝使者。"少顷便还。须臾,又有来者,呼铜,问之如前,铜答如故,复叹息而去。非惊扰不得眠,遂起,呼铜问之:"先来者谁?"答言:"是水边穴中白鼍。""汝是何等物?"答言:"是庙北岩嵌中龟也。"非皆阴识之。天明,便告居人,言:"此庙中无神,但是龟鼍之辈,徒费酒食祀之,急具锸来,共往伐之。"诸人亦颇疑之。于是并会伐掘,皆杀之。遂坏庙绝祀,自后安静。

《搜神记》为了强调故事的真实性,常冠以真实地名或人名,形成讲述中的真实效果。有一些篇章,既可因此看作精怪传说,也可看作风物传说。其中有一些风物类传说,诸如在《列异传》中我们已举过的"三王冢",在《博物志》中举过的"千日酒",以及贞女峡、孤竹君等传说,《搜神记》记述得更为生动、具体,这可以看作同类民间传说的异文。

《搜神记》中的人鬼之恋(婚)也颇有特色,如其卷十八的《苍獭》、卷十九的《鼍妇》等篇,獭精在雨中扮作妙龄女子,以荷叶为伞,欲以姿色迷惑巡堤男子;鼍精也是这样,在雨夜以枯树为船,扮作美丽的女性与男性共享幸福。它们都被人识破或拒绝,因此也就使得哀婉动人的《白蛇传》推迟了很多年才产生。这是干宝的过错。但从这里我们可以看到《白蛇传》传说的雏形或萌芽。同类内容在其卷一的《董永》中也可以看到。

动物报恩故事也可以看作幻想故事,在《搜神记》中,此类故事以卷二十中的《苏易》和《黄衣童子》最为典型。《苏易》中"善看产"的庐陵妇人苏易,"夜忽为虎所取",为虎接生,后虎为报恩"再三送野肉于门内"。《黄衣童子》中的少年杨宝救下黄雀,黄雀夜至而谢,化作黄衣童子,自言为"西王母使者,使蓬莱,不慎为鸱枭所搏",赠以白环,"令君子孙洁白,位登三事,当如此环"。这两则故事在后世屡见不鲜,前一则成为"八百老虎闹京城"的雏形,后一则成为善良书生考场得助而高中功名的雏形。这两类故事所表达的是"爱",即善良,是我国传统民间故事中最美丽的篇章,千百年来养育了我们民族的爱心,其价值无限。其他还有卷十四的"毛衣女"所记述的"田螺"故事,深受后人喜爱。干宝为此做出了杰出贡献,我们应该感谢他。

值得一提的还有《搜神记》卷十六中的《苏娥》,这是我国民间文学史上难得一篇以冤鬼告状而表现"交州刺史"英明果断的公案故事。"汉九江何敞"至"苍梧郡高安县","暮宿鹄奔亭",苏娥向他讲述自己冤屈的经过并提供验物,何敞将罪犯"亭长龚寿"捕捉,斩杀,"以明鬼神",为苏娥报仇。这里,我们可以看到元杂剧《窦娥冤》的故事雏形。在《列异传》中虽有此基本情节,但过于简单。《搜神记》对后世文学中的冤鬼告状题材以及公案传说,具有重要的原型意义。

《搜神记》出现之后,许多典籍进行模仿,或借用其书名,或借用体例和内容,形成了经久不息的"搜神热",如后世出现的大量志怪小说,其中以《搜神后记》最为典型。这部典籍在《隋书·经籍志》中题为陶潜(渊明)撰,著录十卷,全书今存170条,除少量录自《搜神记》《志怪》和《灵鬼志》等典籍外,大多数采录自民间,是我国民间文学史上不可忽视的一部典籍。其中的精怪故事,如《虹化丈夫》《猴私宫女》《女嫁蛇》《白布裤鬼》《蛟子》《古冢老狐》《林虑山亭犬》《斫雷公》等,颇有价值。尤其是其中的"白水素女"作为著名的田螺女型民间故事,情节尤为生动传神,叙述语言也非常自然。它讲述的是晋安帝时侯官人谢端这样一个孤儿,"至年十七八,恭谨自守,不履非法",受到邻里悯爱。他"夜卧早起,躬耕力作,不舍昼夜",偶尔得到一只"如三升壶"大螺。"贮瓮中",后来不愁"饭炊汤火",当他发现此为螺化作的少女所做时,螺女"留此壳去,以贮米谷,常可不乏",最后他娶了妻子,过着幸福生活。螺女在此自称"天汉中白水素女",与《玄中记》中的"毛衣女(鸟)"、祖冲之和任昉两版本《述异记》中的"吴龛"、刘义庆《幽明录》中的"河伯女"等在类型上相似,而以《搜神后记》最完整,对后世产生了深远的影响,唐代皇甫氏《原化记·螺女》增添了县宰夺人妻而受田螺女惩罚,这种情节的加入,无疑使民间故事的主题得到强化。至今,以田螺姑娘即"白衣素女"为原型的民间故事,经过连环画和电视剧作的传播,甚至达到家喻户晓,《搜神后记》所起到的作用从中可见一斑。

二、清言渊薮：刘义庆小说中的民间传说故事

与干宝的志怪小说相比，刘义庆的《世说新语》《幽明录》和《宣验记》则表现出志人的文化风格。其《世说新语》是魏晋轶事（或志人）小说的集大成，它所描写的"魏晋风度""名士风流"中，保存了为我们在民间文学史写作中经常忽略的文人传说等内容。其《幽明录》则是描写崇佛宣教的传说故事集，《宣验记》的佛光更加明亮。总观其著述，《世说新语》偏重记述民间流传的文人传说，《幽明录》和《宣验记》则偏重记述世俗的宗教传说，同干宝的《搜神记》等志怪小说相比，清言成为其主要内容。当然，与《搜神记》的形成一样，《世说新语》等作品的产生也是时势所造，在它之前，一批纯粹记述人物轶事的作品形成另一种思想文化氛围，影响了刘义庆保存、收录和运用民间文学的自觉意识及其倾向性。如鲁迅在《中国小说史略》中所说："汉末士流，已重品目，声名成毁，决于片言，魏晋以来，乃弥以标格语言相尚，惟吐属则流于玄虚，举止则故为疏放，与汉之惟俊伟坚卓为重者，甚不侔矣。盖其时释教广被，颇扬脱俗之风，而老庄之说亦大盛，其因佛而崇老为反动，而厌离于世间则一致，相拒而实相扇。终乃汗漫而为清谈。"[1] 在《世说新语》等作品出现之前，已经有托名刘歆的《西京杂记》、裴启的《语林》、郭澄之的《郭子》等典籍，虽然在声势上不及《搜神记》等志怪小说，但也有较大的影响。尤其是《西京杂记》，据《唐书·经籍志》等文献可考，当为葛洪所撰，其中曾参考过刘歆的相关著述[2]。《西京杂记》对于民间文学的保存，主要集中在历史传说、民俗生活的记述上，这里不作过多论述。我们所要强调的是这种文化风尚影响了刘义庆，当然也影响到当时和后世的民间文学。也就是说，自从刘义庆出现之后，魏晋南北朝的民间文学从志怪的极盛，转向了志人的辉煌，世俗传说渐渐替代了志怪文学的主流话语地位。

---

[1] 见《鲁迅全集》第9卷，人民文学出版社1981年版，第60页。
[2] 由清乾隆五十二年（1787）抱经堂校本《西京杂记》葛洪所作"序"，亦可看到此种事实。

《世说新语》记汉末至东晋遗闻佚事,曾有梁刘孝标注本,原称"世说","世说新语"之称始见于唐杜佑的《通典》(卷一五六所引)。全书自"德行""言语""政事""文学"至"仇隙",共三十六"门"[1],每一"门"下都罗列出相关的传说故事。书中传说所表现的人物以士人官宦为主,涉及社会的各个阶层。其传说中的语言备受人们称赞,宋人刘应登在《世说新语序》中说,"晋人乐旷多奇情,故其言语文章别是一色,《世说》可睹已",还说它"清微简远"[2]。清人周心如在《世说新语识语》中,称其为"清言渊薮"[3]。

　　与《搜神记》等典籍描述民间传说的人物形象不同,《世说新语》突出于"清",即清新自然。其所表现的传说在个性显示上集中体现在两个方面,一是"怪"(奇),一是"恶"。所谓"怪",即与平常人的言行举止有明显不同;所谓"恶",即显示出社会政治黑暗背景下的腐朽、堕落和残暴。正是在怪与恶中,人物性格才格外突出。其"怪"的一面多出现在文士中,如《任诞》中所载:

　　　　王子猷居山阴,夜大雪,眠觉,开室,命酌酒。四望皎然,因起彷徨,咏左思《招隐诗》;忽忆戴安道,时戴在剡,即便夜乘小船就之。经宿方至,造门不前而返。人问其故,曰:"吾本乘兴而行,兴尽而返,何必见戴?"

　　　　刘伶恒纵酒放达,或脱衣裸形在屋中。人见,讥之。伶曰:"我以天地为栋宇,屋室为裈衣,诸君何为入我裈中?"

　　　　诸阮皆能饮酒,仲容至宗人间共集,不复用常杯斟酌,以大瓮盛酒,

---

[1] "宋绍兴八年董弅"本中还列有"三十八篇""三十九篇",涵芬楼影印明袁氏嘉趣堂本等流传较广,一般作"三十六"。

[2] 上海"扫叶山房"石印本。

[3] 《惜阴轩丛书》本。

围坐相向大酌。时有群猪来饮,直接去上,便共饮之。

王仲宣好驴鸣。既葬,文帝临其丧,顾语同游曰:"王好驴鸣,可各作一声以送之。"赴客皆一作驴鸣。

郝隆七月七日出日中仰卧,人问其故,答曰:"我晒书。"

在这些怪诞的行为中,体现出魏晋时人特有的精神风貌,即以不争、不羁来表达人生的苦闷与无奈。同时,也有一些篇章在怪中显示出人的道德选择,如《德行》中所载:

管宁、华歆共园中锄菜,见地有片金,管挥锄与瓦石不异,华捉而掷去之。又尝同席读书,有乘轩冕过门者,宁读如故,歆废书出看。宁割席分坐,曰:"子非吾友也。"

在《简傲》《方正》《规箴》等篇中,还记述了行为怪诞而不阿附权势者。如《简傲》中的嵇康,钟会往访,"康方大树下锻,向子期为佐鼓排。康扬槌不辍,旁若无人,移时不交一言。钟起去。康曰:'何所闻而来,何所见而去?'钟曰:'闻所闻而来,见所见而去。'"钟会是司马氏的心腹,嵇康敢于蔑视他,显示出其不屈、高洁的品格。

怪即为奇,在《世说新语》中常表现为超出常理的聪明智慧,或表现出某种"风度",使传说的生动性进一步加强。如《雅量》中,谢安在下棋时得知谢玄淮上大捷,"意色举止,不异于常";顾雍失子,虽"以爪掐掌"而"血流沾褥",仍"神气不变"。但《忿狷》中的王蓝田就不同了,他在吃鸡蛋时,"以箸刺之不得,便大怒,举以掷地",当"鸡子于地圆转未止,仍下地以屐齿蹍之,又不得",他便"复于地取内口中,啮破即吐之"。所以,鲁迅说这些作品"玄远冷峻","高简瑰奇",这在我国民间文学史上是很难得的。其他如曹氏父子的传说"望梅止渴""七步成诗",以及杨修解破"黄绢幼妇"之谜、祢衡击鼓骂曹等传说,也充满了怪的成分,表现出不同的心态。

《世说新语》中的恶,也是很突出的。它集中体现出封建政治体制所造成的种种丑恶,突出那些残忍、奢侈、荒淫的个性。如《汰侈》中的石崇等,其残忍、奢侈令人发指:

石崇每要客宴集,常令美人行酒。客饮酒不尽者,使黄门交斩美人。王丞相与大将军尝共诣崇。丞相素不能饮,辄自勉强,至于沉醉。每至大将军,固不饮,以观其变。已斩三人,颜色如故,尚不肯饮。丞相让之,大将军曰:"自杀伊家人,何预卿事?"

王君夫以粘糒澳釜,石季伦用蜡烛作炊。君夫作紫丝布步障碧绫四十里,石崇作锦步障五十里以敌之。石以椒为泥,王以赤石脂泥壁。

武帝尝降王武子家,武子供馔,并用琉璃器,婢子百余人,皆绫罗绮縠,以手擎饮食。蒸豚肥美,异于常味,帝怪而问之。答曰:"以人乳饮豚。"帝甚不平,食未毕便去。

还有《俭啬》中的司徒王戎,是民间传说中的吝啬鬼的典型。他"既贵且富,区宅、僮牧、膏田、水碓之属,洛下无比",而"契疏鞅掌,每与夫人烛下散筹算计",即使其亲生女儿,出嫁时向他借钱未还,他也非常不满,待"女遽还钱","乃释然"。他唯恐旁人得其家财之利,在卖家中的李子时,怕别人得到果核后也能种上这样的果树,竟先把果核钻掉。

在怪与恶的记述中,刘义庆还保存了知过而改的民间传说。如《自新》中的周处,曾经因为"凶强侠气,为乡里所患",而被乡人连同山中为患的虎、水中兴灾的蛟一起称为"三横"。有人曾想借鼓动他除掉虎与蛟,也让他同归于尽;当他除掉两害时,知道人们以为他与蛟俱死而共同庆贺,便生惭愧之意,后来改过自新,受到人们赞扬。这则传说还被收进《晋书·周处传》,但有人发现一个问题,即传说中有贤士陆云帮助周处悔过的细节,而周处弱冠时,不但陆云未出生,陆云的哥哥陆机也没有出生,所以认为其"系小说枉传,非实事也"[1]。其实,这是《世说新语》中的普遍现象;既然是民间传说,就不必考虑完全合乎史实。"世说",就是"传说",是流行于世的传说故事;"新语",就是新近流行的民间传说。在过去相当长的时期内我们认定民间传说的范畴时,总是强调其出于劳动人民,即下层体力劳动者,而忽略了文士阶层对于民间传说的贡献,这是异常偏颇的。应该指出的是,文士阶层及其生活所形成的传说,都应纳入民间文学的视野,文士传说是民间传说的一部分。无论是历史上还是今天,文士尤其是民间文士对于民间文学的发生和传播,都是做出了贡献的;他们与千百万劳动人民一起共同创造了丰富多彩的民间文学。民间文学主要属于社会下层的体力劳动者,但并不是仅仅属于他们。

刘义庆的《幽明录》是一部具有浓郁的佛教文化色彩的民间故事集,其"幽明"之意,取自《易·系辞》中的"是故知幽明之故",即神鬼人相通的道理。此书以鲁迅《古小说钩沉》中所辑录最全,今存266条,其内容包括灵怪故事、风物传说和历史传说等,以灵怪故事包括鬼神故事最丰富。如"赵泰"条,犹如一幅地狱导游图:

> ……初死时,有二人乘黄马,从兵二人,但言捉将去。二人扶两腋东行,不知几里,便见大城,如锡铁崔嵬……府君西坐,断勘姓名……以次呼名前,问生时所行事,有何罪过,行何功德,作何善行……东到地狱,按

---

[1] 见清代劳格《读书杂识·〈晋书〉校勘记》。

行复到泥犁地狱,男子六千人。有火树,纵广五十余步,高千丈,四边皆有剑。树上燃火,其下十十五五,堕火剑上,贯其身体……复见一城,云纵广二百余里,名为受变形城……杀生者,云当作蜉蝣虫,朝生夕死,若为人,常短命。偷盗者作猪羊身,屠肉偿人……又见一城,纵广百里,其瓦屋,安居快乐,云生时不作恶,亦不为善,当在鬼趣千岁,得出为人。又见一城,广有五千余步,名为地中,罚谪者不堪苦痛……泰问:"人生何以为乐?"主者言:"唯奉佛弟子。"……又问:"未奉佛时,罪过山积,今奉佛法,其过得除否?"曰:"皆除。"……

在"舒礼""康阿得""石长河"等条中,我们可以看到牛头马面、刀山剑树、大道与荆棘之路等情景。在"新鬼"中,我们可以看到鬼推磨而不得食。在"钟道"中,我们可以看到老獭为鬼惑人。在"阮德如"中,我们可以看到鬼"赧愧而退"。尤为典型的是"陈庆孙":

颍川陈庆孙,家后有神树。多就求福,遂起庙,名天神庙。庆孙有乌牛,神于空中言:"我是天神,乐卿此牛。若不与我,来月二十日,当杀尔儿。"庆孙曰:"人生有命,命不由汝。"至日,儿果死。复言:"汝不与我,至五月,杀汝妇。"又不与。至时,妇果死。又来言:"汝不与我,秋当杀汝。"又不与。至秋,遂不死。鬼乃来谢曰:"君为人心正,方受大福,愿莫道此事。天地闻之,我罪不细。实见小鬼,得作司命度事干,见君妇儿终期,为此欺君索食耳,愿深恕谅。君录籍年八十三,家方如意,鬼神佑助,吾亦当奴仆相事。"遂闻稽颡声。

这则鬼故事与其说是民间故事,不如说是人间社会榨取民脂民膏的黑暗政治的写照。

佛教文化讲究报应,报恩故事在刘义庆的著述中就成了一个重要内容。

如"邾城白龟"中,军士放生白龟,后在危急中被白龟所救。"蝼蛄报恩"中,庞企曾馈食蝼蛄,而为蝼蛄所救。这是《幽明录》中最有价值的内容之一。

《幽明录》中的风物传说也颇有价值,如其所记"武昌阳新县北山上有望夫石",提及"贞妇""立望夫而化为立石"的传说。

《宣验记》中的民间故事,是刘义庆晚年作"释氏辅教之书"时保存的。如"车母"中的佛光指引人前行,"逐贼"中的山贼作恶受佛遣"蜜蜂数万头"惩罚,"吴人陆晖"因家人"造观音像"而不死等,都表现出佛力无限的内容。这些故事至今还有流传,而且被附会上更新的内容,如许多汽车为了追求行驶安全,在车前挂起佛牌,并以神奇的传说来作为阐释根据。两者相隔一千多年,而阐释的传说内容却是惊人的一致。这不是因为刘义庆作"释氏辅教之书"所形成,而是他所记的佛教故事迄今仍能为民间文化所接受。

在刘义庆之后,王琰的《冥祥记》、颜之推的《冤魂志》等同类典籍粉墨登场,演绎出一篇又一篇崇佛、说佛、释佛的民间故事。尤其值得一提的是,公元516年,梁武帝命南朝梁代僧旻、宝唱等人所撰的《经律异相》修成。有学者考证出,这部经典是由吴地高僧宝唱主持编成的[1]。1986年,上海古籍出版社影印出版了这部包罗众多佛教故事、印度故事的经典,从中我们可以深切地感受到它对后世民间文学的重要影响,诸如"佛本生故事""寓言故事"和"笑话故事"等融进民间文学的海洋,从而生化出许多具有佛教文化色彩的中国民间故事,我们可以从中找到民间佛教文学的"原型",也可以肯定地把这部典籍称为中国民间文化的"元典"之一。

刘义庆的《世说新语》不仅标志着以干宝《搜神记》为代表的神怪类民间传说、民间故事的典籍出现衰微,而且它开创了一种新的文体,如旧题唐陇西李垕撰的《续世说新语》(一名《续世说》)[2],取李延年《南史》《北史》

---

[1] 白化文、李鼎霞《〈经律异相〉及其主编释宝唱》,《国学研究》卷二,北京大学出版社1994年版。
[2] 今存明万历三十七年(1609)翏翏阁重修本。

所载琐事,依《世说新语》的门目作为编排体例;北宋临江新喻(今江西新余)孔平仲所撰《续世说》[1],取宋齐梁陈至隋唐五代事,仿《世说新语》之目编就三十八门,分别叙述;清代李清取古今载籍中的妇女传说,辑成《女世说》[2],分为淑德、节烈、仁孝和儒雅等二十一类;清代严蘅也以女性传说故事为内容,撰成同名《女世说》一卷[3];清代仁和(杭州)人王晫,撰成《今世说》八卷[4];近代湖南湘潭人易宗夔,仿《世说新语》记述清初至民初的名士传说,撰成三十六门(类)的《新世说》[5]。更不用说今天一些报刊,也开有"新世说"之类的"副刊"或"专栏",述说当代传奇。魏晋南北朝一些民间传说、民间故事的记述者受刘义庆影响,关注世俗纪实即非神怪类内容,如南朝梁代陈郡长平人殷芸奉梁武帝敕令,编成《殷芸小说》一书,即载有许多民间故事中的生活故事。《隋书·经籍志》小说家类著录其共有十卷,并注有"梁目三十卷"字样,其叙述以时代先后为序,在卷首记述了秦汉魏晋至宋的帝王故事,接着从周、汉直记到南齐,鲁迅在《古小说钩沉》中辑录其135条,今人周楞伽所作校勘注释本,辑录了164条[6]。这里的"小说"即传说和故事,因其不同于正史而得名。其中所保存的民间故事以生活故事为主,体现出当世民间百姓的精神风貌,如"俗说贫人破瓮"故事:

> 俗说有贫人止能办只瓮之资,夜宿瓮中。心计曰:此瓮卖之若干,其息已倍矣;我得倍息,遂可贩二瓮,自二瓮而为四,所得倍息,其利无穷。遂喜而舞,不觉瓮破。

---

[1] 今有丛书集成本。
[2] 今有道光五年(1825)经义斋刊本。
[3] 今有娟镜楼丛刻本。
[4] 今有丛书集成初编本。
[5] 1922年北平重刊本。
[6] 上海古籍出版社1984年版。

在印度、阿拉伯、德国等地的历史上,都有这则故事的类似情节[1]。当然,各民族都会有类似的思维及审美表现,我不赞成把这种故事说成从某一个国家起源,再传到其他国家的说法。若没有充分的史料来证实,所谓世界范围内的某某故事起源于某某处,这是不符合民间文学的发生规律的。又如《孔子遇采桑女》的民间故事,显然是托名主角为孔子的一篇巧女故事:

> 孔子去卫适陈,途中见二女采桑。子曰:"南枝窈窕北枝长。"答曰:"夫子游陈必绝粮。九曲明珠穿不得,著来问我采桑娘。"夫子至陈,大夫发兵围之,令穿九曲珠,乃释其厄。夫子不能,使回、赐返问之。其家谬言女出外,以一瓜献二子。子贡曰:"瓜,子在内也。"女乃出,语曰:"用蜜涂珠,丝将系蚁,蚁将系丝,如不肯过,用烟熏之。"孔子依其言,乃能穿之。于是,绝粮七日。

这则故事在后世流传甚广,如宋人苏轼在《祥符寺九曲观灯》中就提到"宝珠穿蚁闹连霄",明代陈六如还因此编撰成杂剧《九曲明珠》,至今在一些民间艺人说唱中也不断以此为题材来讴歌女性的聪明智慧。这则民间故事还在日本流传,有学者考察其源自殷芸的《殷芸小说》[2]。

还应该一提的是,世俗性民间故事在两晋之前就已存在,如三国魏人邯郸淳的《笑林》[3]收录了许多民间笑话。这些笑话也可以看作生活故事,表现出浓郁的生活气息,以令人发笑的幽默来指斥人性的弱点,其中的名篇如"煮箦为笋""以叶自障"和"汉世老人"等,成为人们常用的成语、俗语。这

---

[1] (美)斯蒂·汤普森《世界民间故事分类学》(中文本,上海文艺出版社1991年版)第228页中提到"这些民间故事在东方文学和中世纪文学中广泛流行,并在欧洲、亚洲等许多国家的民间传说集中屡次出现。它们所具有的那种东方文学的起源看来似乎是可信的"。

[2] 见(日)关敬吾编《日本民间故事选》(中文版),上海文艺出版社1983年版。

[3] 今有清马国翰《玉函山房辑佚书》和鲁迅《古小说钩沉》辑本。

种文体也影响深远,如明代冯梦龙所撰十三卷《广笑府》、清代程世爵所撰《笑林广记》和俞樾所撰《一笑》等,都袭其"笑"字。它还可以看作后世微型小说的源头。

三、《水经注》与民间传说

注释作为一种文化行为,在魏晋南北朝时期继续存在着;一些文人运用自己的知识和见解,评说和解读前人或当世人的作品,形成了注释的文化时尚。如郭璞对《山海经》的注释,刘孝标对《世说新语》的注释,郦道元对《水经》的注释等,在流传中,有的得到较好的保存,而有的则散佚。郭璞对《山海经》的注释,运用他所阅读的典籍,尤其是他本人所听到的民间故事,解读、评说《山海经》中的神话传说,成为我们研究《山海经》神话传说的重要资料。《晋书·郭璞列传》说:"璞撰前后筮验六十余事,名为《洞林》,又抄京、费诸家要最,更撰《新林》十篇、《卜韵》一篇。注释《尔雅》,别为《音义》《图谱》,又注《三苍》《方言》《穆天子传》《山海经》及《楚辞》《子虚》《上林赋》数十万言,皆传于世。所作诗赋诔颂亦数万言。"由此可知,他的注释相当广泛,像《穆天子传》和《楚辞》这样保存神话传说的典籍都曾涉及,既显示出他的博学,也表明了他对神话传说的浓厚兴趣。《晋书·郭璞列传》中还提到他"既好卜筮,缙绅多笑之,又自以才高位卑,乃著《客傲》",说明他对民间文化很熟悉。用民间文化注释神话传说典籍,应该是很准确的,所以,郭璞对《山海经》的注释在同时代中显得更为珍贵。他在《山海经序》中说到"世之览《山海经》者,皆以其闳诞迂夸,多奇怪俶傥之言,莫不疑焉",文中他还举到"汲郡《竹书》及《穆天子传》",感叹"若《竹书》不潜出于千载,以作征于今日者,则《山海》之言其几乎废矣"。他说:"盖此书跨世七代,历载三千,虽暂显于汉,而寻亦寝废。其山川名号,所在多有舛谬,与今不同,师训莫传,遂将湮泯。道之所存,俗之所丧。悲夫!余有惧焉。故为之创传,疏其壅阂,辟其茀芜,领其玄致,标其洞涉,庶几令逸文不坠于世,奇言不绝于今,夏后之迹,靡刊于将来,八荒之事,有闻于后裔,不亦可乎!"[1]郭璞之后,明清时注家迭起,如杨慎、吴任臣、毕沅、孙星衍、郝懿行等,但像郭璞这样以神话注释神话者已经很少。从郭璞的注释中,我们还知道曾有《山海经图》流传。郭璞还创作了《游仙诗》,其中也保存了一些古老的传说故事。刘孝标对《世说新语》的注释,今已不传。究其原因,在于其内容不合乎文化传播的需求。注释之所以传播,是因为它保存了许多人所未知的东西,当人们对注释内容司空见惯时,这种需求不再存在,文化传播也就失去了意义。相比于郭璞对《山海经》的注释在流传中出现大量残缺,刘孝标对《世说新语》的注释今已不传,而郦道元对于魏晋时代无名氏所著《水经》的注释,则因别开生面,流传至今不衰。在《魏书》和《北史》中,曾记郦道元历仕北魏孝文帝、宣武帝、孝明帝诸朝,后因功而任御史中丞,但"为政严刻",得罪皇族,在"关右大使"任上被雍州刺史萧宝夤这样的败类所害。《水经注》得以流传至今,有两个重要原因,一是郦道元文笔优美,有些注文其实就是优美的散文,为世人所喜爱,一是其中记述的传说内容丰富,并且感人至深,这是所注《水经》四十卷能广为流传的更重要的因素。他不但广泛阅读与《水经》有关的典籍,如《宜都山川记》等四百多种文献,而且进行艰辛备至的实地考察,深入民间,广泛调查民间传说,保存了异常珍贵的活在当时民众口头上的神话、传说、歌谣等民间文学内容。这种学术精神、学术态度和学术方式,是我国民间文学史上不多见的典范。可以说,郦道元是继司马迁之后我国口述史学的又一位卓越的先行者。郦道元为《水经》作注,总字数达三十万字,为原书的二十倍之多,这本身就是我国文化史上的奇迹。

郦道元在《水经注》中对民间文学的保存是相当严肃的,如他在《水经注·序》中讲:

---

[1] 据清乾隆槐荫草堂刊本。

……昔大禹记著《山海》周而不备,《地理志》其所录简而不周,《尚书》《本纪》与《职方》俱略,《都赋》所述裁不宣意。《水经》虽粗缀津绪,又阙旁通,所谓各言其志,而罕能备其宣导者矣。今寻图访赜者,极聆州域之说;而涉土游方者,寡能达其津照。纵仿佛前闻,不能不犹深屏营也。余少无寻山之趣,长违问津之性,识绝深经,道沦要博,进无访一知二之机,退无观隅三反之慧。独学无闻,古人伤其孤陋;捐丧辞书,达士嗟其面墙。默室求深,闭舟问远,故亦难矣……窃以多暇空倾岁月,辄述《水经》,布广前文。《大传》曰:"大川相间,小川相属,东归于海。"脉其枝流之吐纳,诊其沿路之所躔,访渎搜渠,缉而缀之。经有谬误者考以附正,文所不载,非经水常源者,不在记注之限。但绵古芒昧,华戎代袭,郭邑空倾,川流戕改,殊名异目,世乃不同。川渠隐显,书图自负。或乱流而摄诡号,或直绝而生通称,枉渚交奇,洄湍决渡,躔络枝烦,条贯系夥。十二经通,尚或难言;轻流细漾,固难辩究。正可自献径见之心,备陈舆徒之说;其所不知,盖阙如也……

对于民间文学史的写作来说,郦道元的《水经注》具有民间文学解释体系与地方传说集成的意义,在魏晋南北朝时期具有特殊的地位。其所记述1252条水道源流经历中,保存了丰富的神话传说、历史传说、风物传说,还穿插记述了一些民歌。如他在《江水注》中记述了李冰造都江堰的传说;在"巫峡"中记述了"渔者歌曰:巴东三峡巫峡长,猿鸣三声泪沾裳"的歌谣;在《河水注》中记述了秦始皇筑长城给天下人民带来苦痛的传说;在《沭水注》中记述了著名的《孟姜女》传说,并指明她所哭崩的城是莒城。几乎在每一则注中,我们都能感受到民间传说和歌谣扑面而来的清新和芬芳,称《水经注》是借注释而形成的一部神话传说集,并不为过。特别是郦道元在注释中对大禹神话的记述,在全书中最为典型,若我们将书中所有与水域、水流相关的大禹神话和传说汇集在一起,可以绘制成一幅十分优美的《大禹治水图》,而且这幅图几乎可以涵盖全国版图中所有的水域。大禹治水的神话在《水经注》中得到传说化的处理,其他神话,如炎帝、黄帝神话,也是这样,这在世界范围内的神话传说典籍史上也是罕见的。

水为生命之源,是现代人的共识;在原始信仰中,水与神是一体的。这种信仰影响了后世水神传说的产生。如《水经注·渭水》中论及"荥水"时描述道:其"又东经阳侯祠北","涨,辄祠之。此神能为大波,故配食河伯也"。又如《水经注·河水》:"华岳本一山当河,河水过而曲行。河神巨灵,手荡脚蹋,开而为两。"阳侯生前为恶官,有罪投水而死,成为"能为大波"的河神。有山当河道时,河神可用手脚将其"开而为两",疏通河道。河神即水神,其超自然的能力,成为民间传说的核心内容。再如《水经注·河水》引《遁甲开山图》:"有巨灵胡者,偏得坤元之道,能造山川,出江河,所谓巨灵赑屃,首冠灵山者也。"《水经注·江水》记述了类似的传说:"时巫山狭,而蜀水不流。帝使(鳖)令凿巫峡通水,蜀得陆处。"无论是引述,或者是采录民间口头传说,《水经注》都鲜明地体现出这种神灵开河的民间信仰。《水经注》不仅记述了河水形成的起源传说,而且记述了河岸边曾发生的神话传说。如《水经注·渭水》引《帝王世纪》:"炎帝神农氏,姜姓,母女登游华阳,感神而生炎帝,长于姜水。"《水经注·漻水》:"漻水……一水西经厉乡南,水南有重山,即烈山也。山下有一穴,父老相传云,是神农所生处也。""水北有九井,子书所谓神农既诞,九井自穿,谓斯水也。"述及黄帝时,《水经注·渭水》中讲道:"黄帝生于天水,在上邽[1]城东七十里轩辕谷。""渭水东过陈仓县西。"注:"黄帝都陈在此。"由此可见,作为中国水域传说或水神传说集大成的鲧禹治水神话,在《水经注》中不断出现,而且都被传说化,纳入风物传说,也就是正常的了。略察《水经注》,可以集中看到以下几则传说:

---

[1] 天水,即今甘肃天水;秦代为上邽县。

《水经注·河水》：

河水左合一水，出善无县故城西南八十里，其水西流，历于吕梁之山，而为吕梁洪。其山岩层岫衍，涧曲崖深，巨石崇竦，壁立千仞，河流激荡，涛涌波裹，雷渀电洩，震天动地。昔吕梁未辟，河出孟门之上。盖大禹所辟以通河也。

孟门，即龙门之上口也，实为河之巨厄，兼孟门津之名矣。此石经始禹凿，河中漱广，夹岸崇深，倾崖返捍，巨石临危，若坠复倚。

梁山北有龙门山，大禹所凿，通孟津河口，广八十步。

砥柱，山名也。昔禹治洪水，山陵当水者凿之，故破山以通河。河水分流，包山而过，山见水中若柱然，故曰砥柱也。三穿既决，水流疏分，捐状表目，亦谓之三门矣……自砥柱以下，五户以上，其间百二十里，河中竦石杰出，势连襄陆，盖亦禹凿以通河。

大禹塞荥泽，开之以通淮泗，即《经》所谓蒗荡渠也。

《水经注·洛水》：

伊水又北入伊阙。昔大禹疏以通水，两山相对，望之若阙，伊水历其间北流，故谓之伊阙矣，春秋之阙塞也。

《水经注·沫水》：

（广柔）县有石纽乡，禹所生也。夷人共营之，地方百里，不敢居牧。有罪逃野，捕之者不逼。能藏三年，不为人得，则共原之，言大禹神所祐也。

《水经注·江水》：

江水又东经广溪峡，斯乃三峡之首也。其峡盖自昔禹凿以通江。

江水历禹断江南，峡北有七谷村，两山间有水清深潭而不流。又《耆旧传》言，昔是大江，及禹治水，此江小，不足泻水，禹更开今峡口，水势并冲，此江遂绝，于今谓之断江也。

《水经注·涑水》：

禹娶涂山女，思恋本国，筑台以望之。

《水经注·浙江水》：

禹治水毕，天赐神女圣姑。

昔大禹……崩于会稽，因而葬之。有鸟来为之耘，春拔草根，秋啄其秽。是以县官禁民不得妄害此鸟，犯则刑无赦。

（会稽）山东有湮井，去（禹）庙七里，深不见底，谓之禹井。

《水经注·沔水》：

太湖之东，吴国西十八里，有岞岭山。俗说此山本在太湖中。禹治水，移进近吴。又东及西南有两小山，皆有石如卷笮，俗云禹所用牵山也。

《水经注》中的"禹迹"呈两线分布，一条线是沿黄河中游向中下游趋进，又从中下游横穿江淮，至江浙一带，这是大禹治水神话传说的主流；另一条线是沿长江中游向下游趋进，至太湖一带。两条线在长江下游地区交汇、集中。总体来看,两条线又呈现出三个相对集中的分布点,即黄河中下游一带为一个点,这里伴有"禹都阳城"等"禹迹",长江中游三峡一带为一个点,江浙与江淮相联结成为一个点。这与整个神话传说中的大禹治水神话传说分布状况基本吻合,此亦显示出郦道元的卓识。

其他还有《水经注》对民间故事的记述,这是我们以往所忽略的内容。《水经注》卷三五"江水"中载:

> 阳新县,故豫章之属县矣,地多女鸟。《玄中记》曰:"阳新男子于水次得之,遂与共居,生二女,悉衣羽而去。"

阳新位于今鄂赣相交处,说明"毛衣女"这一民间幻想故事在这一带颇有流传。郦道元所记,与干宝在《搜神记》中所记"豫章新喻县男子见田中有六七女皆衣毛衣"相合。这在民间故事史上是有着非常重要的学术价值的。

四、《荆楚岁时记》

魏晋南北朝的社会矛盾并不局限于国家和民族的内部,其社会政治格局由汉代社会单纯的家族体制,改变为你方唱罢我登场的繁纷变换;矛盾的加剧,促使人们的视野拓展,人们的思维进入了更广阔的空间。对少数民族历史文化的理解,包括对其民族起源神话传说的关注和记述、保存,就成为魏晋南北朝时期的历史学家所不能回避的问题。其中,以南朝宋范晔的《后汉书》对少数民族神话传说的保存最为丰富,其他还有晋常璩的《华阳国志》和《魏书》《周书》等史籍。这里应该说明的是,少数民族民间文学在魏晋南北朝时期的史志保存,具有更为特殊的文化意义。虽然在《史记》中有《大宛列传》等对此内容的记述,《汉书》中也有一部分,但在规模上都不及魏晋南北朝时期;更重要的是,这一时期有一些少数民族已经入主中原,像北朝在黄河中下游地区所建立的少数民族政权五胡十六国等,其民间文学的保存明显区别于以往,无论是在保存形式上或者是在保存内容上,都有很大改变。如,北魏和北周的建立者本身是鲜卑人,但我们从《魏书》和《周书》上可以见到,他们仍自称为炎黄之后。《魏书·世祖纪》中载,拓跋焘"初造新字千余",下诏中说到"在昔帝轩,创制造物,乃命仓颉因鸟兽之迹以立文字。自兹以降,随时改作,故篆隶草楷并行于世",可见他自以为黄帝之后。这说明中华民族文化的形成和发展,离不开不同民族间的交流。民间文学也是在这种交流中不断发展的。

魏晋南北朝时期,史传文学的发展取得了相当大的成就。除了范晔的《后汉书》,影响较大的还有陈寿的《三国志》、皇甫谧的《帝王世纪》以及常璩的《华阳国志》,这是狭义的史学著作,也可称史传文学,因为其中"传"的部分有许多篇章颇有文采。还有广义的史学著作,或称广义的史传文学,其所记述的历史首先是真实的,其次是有明确选择的,这就是晋代吴人周处的《风土记》和宗懔的《荆楚岁时记》等著述。《风土记》《荆楚岁时记》《洛阳伽蓝记》等突出的是民俗生活的纪实,其中也保存了不少民间传说等内容,是民间文学史写作中非常可贵的材料。狭义的史传文学和广义的史传文学都强调对整体历史或局部历史的理性把握,都回避不了如何面对历史传说和历史人物传说等问题。在陈寿的《三国志》中,我们可以看到简洁生动的历史人物传说;在皇甫谧的《帝王世纪》中,我们可以看到与上古帝王相关的神话传说;在常璩的《华阳国志》中,我们可以看到族源神话传说等内容。但这些史传文学的目的不在于记述这些口述的传说,还表现出一定的排斥态度。在《风土记》和《荆楚岁时记》中,这种排斥态度就淡化了许多,它们更多地以"俗传"融入其"史"的范围之内。特别是宗懔的《荆楚岁时记》重在记述当时的荆楚地区的"岁时"民俗生活,他对一些民俗生活事项进行阐释时,就很自然地运用一些民间传说,既准确,又生动。这在我国民间文学史上,是成功运用民间传说阐释民俗生活的典范。至于《洛阳伽蓝记》则重在记述佛事,传说的内容颇少,此不详述。

《荆楚岁时记》有别于《风俗通义》,也不同于《礼记》。《风俗通义》的学术目的在于"通义",即通过个案分析来总结民俗生活的具体变化;《礼记》所记述的对象是礼仪生活及其实质内容,也是探究其"义"。《荆楚岁时记》则是选择某地区的岁时节日民俗,将一年之内的岁时节日民俗生活按时序进行记述和总结。如它从春节开始记起,记述燃放爆竹、拜贺新年、饮屠苏酒、挂桃板,再记立春日吃春饼等,按月依次记述。宋代学者晁公武在《郡斋读书志》中提及其存"四卷"及"序"中所说"以录荆楚岁时风物故事,自元日至除日凡二十余事"。宗懔原著及宗懔所作"序"今天都没能见到全本,原书已佚,明代学者辑录本以《广汉魏丛书》所刊为胜,后又有"善化陈运溶"所辑,入《麓山精舍丛书》刊。较为全备者以1986年岳麓书社所出版的"姜彦稚辑校《荆楚岁时记》"为代表。这部著述不但保存了丰富的民俗生活和民间传说,而且开创了"岁时记"文体的先河;魏晋南北朝时期之后,出现了许多尾缀"岁时记"的民俗志或随笔之类的典籍。这些典籍除了必要的阐释材料,没有太多的议论,它们作为纯粹的民俗史志,显现出历代学者对社会发展中民俗生活的特别关注。

《荆楚岁时记》最早见于《旧唐书·经籍志》,其中提到它"十卷,宗懔撰;又二卷,杜公瞻撰"(此杜公瞻"撰"当为"注",在"注"中有"按杜公瞻云"字样,应为后人在整理时所加入)。从唐代令狐德棻等撰《周书》所载"宗懔刘璠传"可知,宗懔为"南阳涅阳人","其乡里在荆州",所记民俗生活当为真实,具有"史"的意义。其中的"注"是否有"杜公瞻撰"的成分,并不太重要,重要的是原作在岁时民俗的记述中既有民俗生活,又有民间传说,以俗说俗,形成我国民俗学的文化传统。其引经据典,皆为典型的民俗事项,而这些民俗生活的具体描述,就是对相关民间传说的具体阐释。它告诉我们,民间传说的流传离不开民俗生活,而民俗生活的存在,又必然带来民间

第一章 魏晋南北朝时期的民间传说和民间故事

传说的具体保存与传播。如其中所记年节民俗：

正月一日，是三元之日也，《春秋》谓之端月。鸡鸣而起，先于庭前爆竹，燃草，以辟山獠（魈）恶鬼。按《神异经》云：西方山中有人焉，其长尺余，一足，性不畏人，犯之则令人寒热，名曰山獠。人以竹著火中，烞烨有声，而山獠惊惮远去。《玄黄经》所谓山獠鬼也。俗人以为爆竹燃草起于庭燎，家国不应滥于王者。于是长幼悉正衣冠，以次拜贺；进椒柏酒，饮桃汤，进屠苏酒，胶牙饧（糖）；下五辛盘；进敷于散，服却鬼丸；各进一鸡子（蛋）。凡饮酒次第，从小起。按《四民月令》云："过腊一日，谓之小岁，拜贺君亲，进椒酒，从小起。""椒是玉衡星精，服之令人身轻能走。柏是仙药。"成公子安《椒华铭》则曰：肇惟岁首，月正元日，厥味惟珍。蠲除百疾。是知小岁则用之，汉朝元正则行之。《典术》云：桃者五行之精，厌伏邪气，制百鬼也。董勋云：俗有岁首酌椒酒而饮之，以椒性芳香，又堪为药，故此日采椒花以贡尊者。正月饮酒先饮小者，以小者得岁，先酒贺之；老者失岁，故后与酒。周处《风土记》曰：元日造五辛盘，正月元日，五薰炼形。注：五辛所以发五藏之气，庄子所谓春正月饮酒茹葱，以通五藏也。敷于散，出葛洪《炼化篇》，方用柏子仁、麻仁、细辛、干姜、附子等分为散，井华水服之。《天医方序》云：江夏刘次卿见鬼，以正旦至市，见一书生入市，众鬼悉避。刘问书生曰："子有何术，以至于此？"书生言："我本无术。出之日，家师以一丸药，绛囊裹之，令以系臂，防恶气耳。"于是刘就书生借此药，至所见鬼处，诸鬼悉走，所以世俗行之。其方用武都雄黄丹散二两，蜡和，令调如弹丸。正月旦，令男左女右带之。周处《风土记》曰：正旦当吞生鸡子一枚，谓之炼形。胶牙者，盖以使其牢固不动，取胶固之义，今北人亦如之。熬麻子、大豆兼糖散之。按《炼化篇》云：正月旦，吞鸡子、赤豆各二七枚，避瘟气。又《肘后方》云：元旦及七日，吞麻子、小豆各二七枚，鸡子、白麻于并酒吞之。然麻豆之设，当起于此。梁有天下，不食荤,荆自此不复食鸡子,以从常则。帖画鸡,或斫镂五采及土鸡于户上,悬苇索于其上,插桃符其旁,百鬼畏之。岁旦,绘二神披甲持钺,贴于户之左右,左神荼,右郁垒,谓之门神。按庄周云:有挂鸡于户,悬苇索于其上,插桃符于旁,百鬼畏之。魏议郎董勋云:今正腊旦,门前作烟火桃神,绞索松柏,杀鸡著门户,逐疫,礼也。《括地图》曰:桃都山有大桃树,盘屈三千里。上有金鸡,日照则鸣。下有二神,一名郁,一名垒,并执苇索以伺不祥之鬼,得则杀之。应劭《风俗通》曰:《黄帝书》称,上古之时,兄弟二人曰荼与郁,住度朔山上桃树下,简百鬼。鬼妄揝人,援以苇索,执以食虎。于是,县官以腊除夕饰桃神,垂苇索,画虎于门,效前事也。又以钱贯系杖脚,回以投粪扫上,云令如愿。按《录异记》云:有商人区明者……[1] 此如愿故事。今北人正月十五日夜立于粪扫边,令人执杖打粪堆上,云以答假痛,意者亦为如愿故事耳。

在"正月"中,宗懔还记述了"立春之日,悉剪彩为燕以戴之,贴宜春二字"等民俗生活内容。在"三月"中,宗懔记述了"三月三日士民并出江渚池沼间,为流杯曲水之饮"。在"五月"中,宗懔记述了"多禁忌","五月五日,四民并蹋百草,又有斗百草之戏,采艾以为人,悬门户上,以禳毒气。是日竞渡,采杂药"。在"六七月"中,先记述了"六月伏日并作汤饼,名为辟恶",又记述了"七月七日为牵牛织女聚会之夜。是夕,人家妇女结彩缕,穿七孔针,或以金银鍮石为针。陈瓜果于庭中以乞巧,有喜子网于瓜上,则以为符应",以及"七月十五日,僧尼道俗,悉营盆供诸一说佛"。在"八月"中,宗懔记述了"八月十四日,民并以朱墨点小儿头额,名为天灸,以厌疾。又以锦彩为眼明囊,递相遗饷"。在"十二月"中,宗懔记述了"十二月八日为腊日,谚云腊鼓鸣春草生,村人并击细腰鼓,戴胡公头,及作金刚力士以逐疫"。在每一

---

[1] 《录异记》,《宋史·艺文志》中载为杜光庭撰。杜光庭为唐代人。显然此段为后人所加。

条民俗生活事项中,都有以相关典籍所作的民俗、民间文学源流史的考察做阐释。应该说,他所引的典籍中,民俗与民间文学作为阐释运用材料,其源仍在民间。宗懔在这里主要是把民俗生活内容作为历史的沿袭来看待的,用以说明其"史"的目的与方法。

周处的《风土记》又名《阳羡风土记》,也是晋代重要的民俗文献典籍。其书也早佚,今所见多为后人所辑录条文。从其条文中我们也可以看到一些民间传说的影子,应该是在原始典籍文本中也保存了一些民间传说。重要的是它和《荆楚岁时记》一样,开创了记述当世民俗生活的文体先河。魏晋南北朝之后,出现了众多的"××风土记",其中也保存着鲜活的民间传说,这些民间传说或作为民俗生活的一部分,或作为对某种民俗生活事项的阐释,具有重要的文化史意义。

以《荆楚岁时记》和《后汉书》为代表的两类文献,共同构成了魏晋南北朝史籍文献的整体性内容。它们对于民间文学的保存,包括对当世或前世民间传说的记述,都应当为我们所重视。由于著作者的知识结构与生活经验不尽相同,他们对民间文学的态度也不同,其处理方式包括认知视角与表述方法明显存在着差异。但我们应该看到,《后汉书》也好,《荆楚岁时记》也好,加上我们所熟悉的《搜神记》和《世说新语》,这几类文献所记述的民间文学包括民间传说,作为历史存在的信息,这种意义才是最重要的。在我们进行民间文学的历史研究时有一种倾向,即要么只认定所谓"正史"(诸如《后汉书》)中的传说材料是可信的,要么只认定所谓"野史"或笔记等非正史文献中的传说材料才是可信的。事实上,民间传说是独立发展的,它的生成与流传机制中虽然有历史真实的存在,而更重要的是体现出人们对某种真实存在的理解与形象化的表达。对于民间文学史的写作来讲,详细的记述固然是重要的,而只言片语同样是重要的。当然,相对于史籍文献中经过文人化处理的传说材料而言,那些记述当世民俗生活和民间文学的文献,其价值和意义显得更可贵,更重要。直到今天我们还一再强调田野作业,强调掌握第一手的民间文学材料,正源于此。同时,我们也应看到,古代学者在对待民间文学的理解上,虽然存在着唯理性的偏颇,忽视了民间文学的独特规律,但他们的态度是真诚的。而今天一些所谓学者,粗识一点民俗学知识,竟进行造假,即随意编造民间文学作品。这是异常令人憎恨的!因为此类赝品带给后人的祸害将是深重的。

第三节 佛教经典编译的民间文学意义

三国魏晋南北朝时期,中原文化与南方文化汇聚,与异域文化形成广泛交流,社会上涌现出一大批佛教文化编译著作,其中包含许多脍炙人口的民间故事。这些故事大多来自异域印度等地,编译者采用我国传统文化的表现形式,特别是我国民间故事的讲述模式、语言传统,并结合我国传统文化中的思想观念进行改造,有力影响了新的民间文学形式的迅速出现,并作为民间文学类型大量出现。如三国时期吴国康僧会编译《六度集经》和《旧杂譬喻经》、月支优婆塞支谦译的《佛说义足经》,北魏时期慧觉等译的《贤愚经》、吉迦夜与昙曜译撰的《杂宝藏经》,西晋时期法炬和法立共译的《大楼炭经》、竺法护译的《佛说生经》,东晋时期法显译的《涅槃经》,南朝齐求那毗地(印度人)所译的《百喻经》影响最大。这些故事很快为中国社会所接受,被中国化,甚至成为后世家喻户晓的成语、俗语。

一、外来的和尚:起源于异域被中国化的传说故事

有许多起源于佛教文化的民间故事在后世流传甚广,其中的生活哲理性意义能够得到广泛认同,这是最重要的原因。

盲人摸象,形容看问题片面、主观,不懂全局,这是一个在历史上形成的成语、故事。其源出汉译佛经。最早出现于三国吴国康僧会译撰《六度集经》卷八十九《镜面王经》"众盲摸象":

过去久远,是阎浮提地有王,名曰镜面,讽佛要经,智如恒沙。臣民多不诵,带锁小书,信萤灼之明,疑日月之远见。目瞽人以为喻,欲使彼舍行潦游巨海矣。敕使者,令行国界,取生盲者,皆将诣宫门。臣受命行,悉将国界无眼人到官所,白言:"已得诸无眼者,今在殿下。"王曰:"将去以象示之。"臣奉王命,引彼瞽人,将之象所,牵手示之。中有持象足者、持尾者、持尾本者、持腹者、持胁者、持背者、持耳者、持头者、持牙者、持鼻者。瞽人于象所争之纷纷,各谓已真彼非。使者牵还,将诣王所。王问之曰:"汝曹见象乎?"对言:"我曹俱见。"王曰:"象何类乎?"持足者对言:"明王,象如漆筒。"持尾者言如扫帚,持尾本者言如杖,持腹者言如鼓,持胁者言如壁,持背者言如高机,持耳者言如簸箕,持头者言如魁,持牙者言如角。持鼻者对言:"明王,象如大索。"复于王前共讼言:"大王,象真如我言。"镜面王大笑之曰:"瞽乎,瞽乎!尔犹不见佛经者矣。"便说偈言:

今为无眼曹,

空诤自谓谛。

睹一云余非,

坐一象相怨。

三国时期吴国月支优婆塞支谦译《佛说义足经》"瞎子摸象"[1],其内容与之基本相同:

过去久远,是阎浮利地有王,名曰镜面。时敕使者,令行我国界无眼人悉将来至殿下。使者受敕即行,将诸无眼人,到殿下,以白王。王敕大臣,悉将是人去示其象。臣即将到象厩,一一示知,令捉象。有捉足者、尾

---

[1] 引自常任侠选注《佛经文学故事选》,上海古籍出版社1982年版。

者、尾本者、腹者、胁者、背者、耳者、头者、牙者、鼻者,悉示已。即便诣王所。王悉问:汝曹审见象不?对言:我悉见。王言:何类?中有得足者,明王象如柱;得尾者曰如扫帚;得尾本者言如杖;得腹者言如埵;得胁者言如壁;得背者言如高岸;得耳者言如大箕;得头者言如臼;得牙者言如角;得鼻者言如索。便复于王前,共争讼象。

两晋时期西晋法炬和法立共译的《大楼炭经》与东晋法显译《涅槃经》所记也有基本相同的内容。

如《涅槃经》"盲者摸象"[1]所记:

有王告大臣:"汝牵一象来示盲者。"
时彼众盲各以手触,大王即唤众盲各各问言。
"象类何物?"
触其牙者即言"象形如萝菔根";触其耳者言象"如箕";触其头者言象"如石";触其鼻者言象"如杵";触其脚者言象"如臼";触其脊者言象"如床";触其腹者言象"如瓮";触其尾者言象"如绳"。

故事的魅力与其独特的想象力有直接的联系,这就是幻想,人们用险象环生来总结这种现象。故事的源头求证,一般从文献中出现的早晚为证据。有许多故事最初的情节不一定就是中国本土,不但渐渐隐去其主体中的人物与事件,而且完全融入中国社会生活,变成中国化的情节与情感。如著名的外国道人故事,讲述一书生求寄于某人的笼子里面,他出了笼子之后,能够神奇地吐出来美酒,甚至能够吐美女。当这个书生醉卧时,他吐出的女子又吐出一个男子,再吞下男子。

---

[1] 引自常任侠选注《佛经文学故事选》,上海古籍出版社1982年版。

第一章 魏晋南北朝时期的民间传说和民间故事

这个故事作为中国故事，文献材料初见于东晋时期荀氏《灵鬼志》"外国道人"：

> 太元十二年，有道人外国来，能吞刀吐火，吐珠玉金银；自说其所受术，即白衣，非沙门也，尝行，见一人担担，上有小笼子，可受升余。语担人云："吾步行疲极，欲寄君担。"担人甚怪之，虑是狂人，便语之云："自可尔耳，君欲何许自厝耶？"
>
> 其人答云："君若见许，正欲入君此笼子中。"
>
> 担人愈怪其奇："君能入笼，便是神人也。"
>
> 乃下担，即入笼中。笼不更大，其人亦不更小，担之亦不觉重于先。
>
> 既行数十里，树下住食，担人呼共食，云我自有食，不肯出，止住笼中，饮食器物罗列，肴膳丰腴亦办，反呼担人食。
>
> 未半，语担人："我欲与妇共食。"
>
> 即复口吐出一女子，年二十许，衣裳容貌甚美，二人便共食。食欲竟，其夫便卧。
>
> 妇语担人："我有外夫，欲来共食；夫觉，君勿道之。"
>
> 妇便口中出一年少丈夫，共食。笼中便有三人，宽急之事，亦复不异。
>
> 有顷，其夫动，如欲觉，妇便以外夫内口中。夫起，语担人曰："可去。"即以妇内口中，次及食器物。
>
> 此人既至国中，有一家大富贵，财巨万，而性悭吝，不行仁义，语担人云："吾试为君破奴悭囊。"即至其家。
>
> 有一好马，甚珍之，系在柱下，忽失去，寻索不知处。
>
> 明日，见马在五斗罂中，终不可破取，不知何方得取之。便往语言："君作百人厨，以周一方穷乏，马当得出耳。"
>
> 主人即狼狈作之，毕，马还在柱下。
>
> 明旦，其父母老在堂上，忽复不见，举家惶怖，不知所在。开妆器，忽

然见父母在泽壶中,不知何由得出。复往请之,其人云:"君当更作千人饮食,以饴百姓穷者,乃当得出。"既作,其父母自在床上也。

此故事亦见于南朝梁吴均撰《续齐谐记》"阳羡书生":

阳羡许彦,于绥安山行,遇一书生,年十七八,卧路侧,云脚痛,求寄鹅笼中。彦以为戏言。书生便入笼,笼亦不更广,书生亦不更小,宛然与双鹅并坐,鹅亦不惊。

彦负笼而去,都不觉重。前行息树下,书生乃出笼,谓彦曰:"欲为君薄设。"

彦曰:"善。"

乃口中吐出一铜奁子,奁子中具诸肴馔,珍羞方丈。其器皿皆铜物,气味香旨,世所罕见。

酒数行,谓彦曰:"向将一妇人自随,今欲暂邀之。"

彦曰:"善。"

又于口中吐一女子,年可十五六,衣服绮丽,容貌殊绝,共坐宴。

俄而,书生醉卧,此女谓彦曰:"虽与书生结发,而实怀怨。向亦窃得一男子同行,书生既眠,暂唤之,君幸勿言。"

彦曰:"善。"

女子于口中吐出一男子,年可二十三四,亦颖悟可爱,乃与彦叙寒温,书生卧欲觉,女子口吐一锦行障遮书生。

书生乃留女子共卧。男子谓彦曰:"此女子虽有心,情亦不甚,向复窃得一女人同行,今欲暂见之,愿君勿泄。"

彦曰:"善。"

男子又于口中吐一妇人,年可二十许,共酌,戏谈甚久。

闻书生动声,男子曰:"二人眠已觉。"

因取所吐女人,还纳口中。

须臾,书生处女乃出,谓彦曰:"书生欲起。"

乃吞向男子,独对彦坐,然后书生起,谓彦曰:"暂眠遂久,君独坐,当悒悒邪?日又晚,当与君别。"

遂吞其女子,诸器皿悉纳口中。留大铜盘,可二尺广,与彦别曰:"无以藉君,与君相忆也。"

彦太元中为兰台令史,以盘饷侍中张散,散看其铭题,云是永平三年作。

两则故事大同小异,显示出奇特的想象力,在讲述方式上,其后者更为详细。后文中的"太元",是东晋孝武帝的年号,从公元376年至公元396年。其中的"永平三年"是公元60年。从此年代看,故事已经相隔三百多年;当然,这正是故事叙事的手法,未必当真。有学者考据称,此故事很有可能是由三国时期吴国康僧会编译的《旧杂譬喻经》之卷上第十八"壶中人"[1]故事演变而来:

昔有国王,持妇女急。正夫人谓太子:我为汝母,生不见国中,欲一出,汝可白王。如是至三,太子白王,王则听。太子自为御车,出群臣于道路,奉迎为拜,夫人出其手开帐,令人得见之。太子见女人而如是,便诈腹痛而还。夫人言:我无相甚矣。太子自念:我母当如此,何况余乎。夜便委国去,入山中游观。时道边有树,下有好泉水。太子上树,逢见梵志独行,来入水池浴,出饭食,作术,吐出一壶,壶中有女人,与于屏处作家室。梵志遂得卧。女人则复作术,吐出一壶,壶中有年少男子,复与其卧,已便吞壶。须臾,梵志起,复内妇著壶中,吞之已,作杖而去。太子归国白王:

---

[1] 参见陈麟辉主编《佛经故事选》,上海社会科学院出版社1993年版,第588页。另见孙昌武等译注本,中华书局2008年版。此故事在后世流传,见明代冯梦龙编撰《古今谭概》灵迹部第三十二"外国道人"篇。也有人考证此书早已经失传,云云。

请道人及诸臣下,持作三人食著一边。梵志既至,言:我独自耳。太子曰:道人当出妇共食。道人不得止,出妇。太子谓妇:当出男子共食。如是至三。不得止,出男子共食便去。王问太子:汝何因知之?答曰:我母欲观国中,我为御车。母出手令人见之,我念女人能多欲,便诈腹痛还入山,见是道人,藏妇腹中,当有奸,如是女人,奸不可绝,愿大王赦宫中自在行来,王则敕后宫中,其欲行者。从志也。

三国时期至东晋和南朝梁的时代,确实有一个历史时期相隔,而故事的基本情节能够形成相似,应该说并不是完全偶然的现象。

民间故事的生活哲理性意义表达效果常常取决于其哲理的深入人心,哲理所显示的生活性成为感人至深的核心内容;或者说,一个民间故事能流传多久,取决于被需要述说的程度。诸如关于家庭关系特别是兄弟关系的述说,人们一再强调团结与力量的重要性。但是,仅仅靠言语的直白往往是枯燥的,只有通过渲染能够感动人、启发人的情绪,才能够被人所接受。

如著名的折箭教子故事,常常把故事背景安置于某一个老人病危临终时刻,或者折断筷子、棍子,演示并告诫众兄弟折断一个容易,折断许多连成一捆一包就不容易的道理,使众人受到教育。这个故事最早应该出现在汉译佛经北魏时期慧觉等译《贤愚经》中,其卷十二《波婆离品第五十》"临终教子"讲述道:

时阎浮提有一大国,名波罗捺。

尔时国中有一萨薄,家居巨富,无所乏少,有二男儿,各皆端正。长名"泪吒",小名"阿泪吒"。

父垂命终,告敕二子:"我必不免,当即后世。汝第兄弟,念相承奉,合心并力,慎勿分居。所以然者,譬如一丝,不任系象,合集多丝,乃能制象;譬如一苇,不能独燃,合捉一把,燃不可灭。今汝兄弟,亦复如是:共相依恃,外人不坏,内穆勤家,则财业日增。"

嘱诫之后,气绝命终。

此故事在北齐时期魏收编撰《魏书·吐谷浑传》"阿豺命子弟折箭"中被讲述为:

阿豺有子二十人……

阿豺谓曰:"汝等各奉吾一支箭,将玩地下。"

俄而,命母弟慕利延曰:"汝取一支箭折之。"

慕利延折之。

又曰:"汝取十九支箭折之。"

延不能折。

阿豺曰:"汝曹知否? 单者易折,众则难摧,勠力一心,然后社稷可固!"

异域是一个地理概念,也是一个文化概念。或者说,这就是一个历史文化地理的概念;民间文化具有十分突出的地域性特征,以固定的模式彰显出自己的独立性,但是,任何一个故事被传说,都不是无缘无故的,在许多时候,外来包括异域文化的传入,使得一些民间文学具体内容地域的特征更加显著,也更有魅力。

二、本地姜:起源于中国本土被佛教文化所借用或再生故事

本地,同样是一个历史文化地理的概念。对于民间文学而言,没有本地个性,就无从显示其地域产生与分布的存在。许多时候我们可以看到,文化需要具体的交往,而任何交往总是有一个集结点,更离不开地域性即本地作为一个文化原点,作为出发条件。

不同历史时期民间传说故事在内容与结构上相互影响是可能的,如关于能工巧匠的传说故事,《列子·汤问》"偃师献所造能倡者",曾经提到"周穆王西巡狩,越昆仑,不至弇山,返还。未及中国,道有献工人,名偃师"与"夫班输之云梯,墨翟之飞鸢,自谓能之极也",西晋竺法护译《佛说生经》卷三"巧工"[1]的内容,这些故事之间有许多相似处:

> 时第二工巧者,转行至他国。应时国王喜诸技术。即以材木作机关木人,形貌端正,生人无异。衣服颜色,黠慧无比;能工歌舞,举动如人。辞言我子,生若干年。国中恭敬,多所馈遗。
>
> 国王闻之,命使作技,王及夫人升阁而观。作伎歌舞,若干方便,跪拜进止,胜于生人。
>
> 王及夫人欢喜无量。便角瞚眼色视夫人。
>
> 王遥见之,心怀忿怒,促敕侍者斩其头来:"何以瞚眼视吾夫人?"谓有恶意,色视不疑。
>
> 其父啼泣,泪出五行,长跪请命:"吾有一子,甚重爱之。坐起敬退,以解忧思。愚意不及,有是失耳。假使杀者,我共当死。唯以加哀,原其罪衅。"
>
> 时王恚甚,不肯听之。复白王言:"若不活者,愿自手杀,勿使余人。"
>
> 王便可之。则拔一肩榍,机关解落,碎散在地。
>
> 王乃惊愕:"吾身云何嗔于材木!此人工巧,天下无双,作此机关,三百六十节,胜于生人。"
>
> 即以赏赐亿万两金。

再如刻舟求剑故事,初见于《吕氏春秋·慎大览·察今》"刻舟求剑":"楚人有涉江者,其剑自舟中坠于水,遽契其舟,曰:是吾剑之所从坠。舟止,

---

[1] 参见张友鸾选注《古译佛经寓言选》,人民文学出版社1988年版。

第一章　魏晋南北朝时期的民间传说和民间故事

从其所契者入水求之。舟已行矣,而剑不行,求剑若此,不亦惑乎?"《淮南子·说林训》"契舟求剑"记为"客之乘舟,中流遗其剑,遽契其舟桅,暮薄而求之,其不知物类亦甚矣"。内容大致相同,其应该早就流传。

南朝齐《百喻经》卷上《乘船失钎喻》则记述了内容相似的故事:

昔有人乘船渡海,失一银钎,堕于水中。即便思念:"我今画水作记,舍之而去,后当取之。"

行经二月,到师子诸国,见一河水,便入其中,觅本失钎。

诸人问言:"欲何所作?"

答言:"我先失钎,今欲觅取。"

问言:"于何处失?"

答言:"初入海失。"

又复问言:"失经几时?"

言:"失来二月。"

问言:"失来二月,云何此觅?"

答言:"我失钎时,画水作记。本所画水,与此无异,是故觅之。"

又复问言:"水则不别。汝昔失时,乃在于彼;今在此觅,何由可得?"

尔时众人无不大笑。

亦如外道,不修正行,相似善中,横计苦因,以求解脱,状如愚人,失钎于彼,而于此觅。

又如二母争子故事,讲述为使争者双方有一人露出真面目,通过其爱心的自然显示做检验。故事在汉代《风俗通义》中已经有保存,北魏时期慧觉等人所译《贤愚经》卷十一《檀腻䩭品第四十六》记述了"二母争子"同样的故事:

二母人共诤一儿,诣王相言。

时王明黠,以智权计,语二母言:"今唯一儿,二母召之。听汝二人,各挽一手,谁能得者,即是其儿。"

其非母者,于儿无慈,尽力顿牵,不恐伤损;所生母者,于儿慈深,随从爱护,不忍曳挽。

王鉴真伪,语出力者:"实非汝子,强挽他儿。今于王前,道汝事实。"

即向王首:"我审虚妄,枉名他儿。大王聪圣,幸恕虚过。"

儿还其母,各尔放去。

三、异域同体共述现象

除了本土与异域故事之间不同出发点的相互影响,在这一时期还出现了异域故事即佛教文化中民间故事同一题材的共述及其异同现象。如鳖与猴子故事,具有明显的斗智色彩,与《孙子兵法》中的谋略颇为相似。其故事文本的出现,应该最早见于三国吴国康僧会编译《六度集经》卷四《见(猕猴)本生》:

昔者菩萨,无数劫时,兄弟资货,求利养亲。之于异国,令弟以珠现其国王。

王睹弟颜华,欣然可之,以女许焉,求珠千万。弟还告兄,兄追之王所。

王又睹兄容貌堂堂,言辄圣典,雅相难齐。

王重嘉焉,转女许之。女情泆豫。

兄心存曰:"婿伯即父,叔妻即子,斯有父子之亲,岂有嫁娶之道乎?斯王处人君之尊,而为禽兽之行。"即引弟退。

女登台望曰:"吾为魅蛊,食兄肝可乎!"

展转生死,兄为猕猴,女与弟俱为鳖。鳖妻有疾,思食猕猴肝。雄行求焉,睹猕猴下饮。

鳖曰:"尔尝睹乐乎?"

答曰:"未也。"

曰:"吾舍有妙乐,尔欲观乎?"

曰:"然。"

鳖曰:"尔升吾背,将尔观矣。"

升背随焉。

半溪,鳖曰:"吾妻思食尔肝,水中何乐之有乎?"

猕猴心恧然曰:"夫戒守善之常也,权济难之大矣。"

曰:"尔不早云,吾以肝悬彼树上。"

鳖信而还。

猕猴上岸,曰:"死鳖虫!岂有腹中肝而当悬树者乎?"

佛告诸比丘:"兄者即吾身是也,常执贞净,终不犯淫乱,毕宿余殃,堕猕猴中。弟及王女俱受鳖身。雄者调达是,雌者调达妻是。"

菩萨执志度无极,行持戒如是。

西晋时期竺法护译《佛说生经》卷一《鳖与猴》记述为:

乃往过去无数劫时,有一猕猴王,处在林树,食果饮水,悯念一切蚑行喘息人物之类,皆欲令度,使至无为。时与一鳖以为知友,亲亲相敬,初不相忤。

鳖数往来到猕猴所,饮食言谈,说正义理。其妇见之数出不在,谓之于外淫荡不节,即问夫婿:"卿数出为何? 所至凑将无于外放逸无道?"

其夫答曰:"吾与猕猴结为亲友,聪明智慧,又晓义理,出辄往造共论经法,但说快事,无他放逸。"

其妇不信,谓为不然。又瞋猕猴诱述我夫数令出入,当图杀之,吾夫乃休。

因便伴病困劣著床,其婿瞻劳医药疗治,竟不肯差。谓其夫言:"何须劳意损其医药,吾病甚重,当得卿所亲亲猕猴之肝,吾乃活耳。"

其夫答曰:"是吾亲友,寄身托命,终不相疑,云何相图用以活卿耶。"

其妇答曰:"今为夫妇,同共一体,不念相济,反为猕猴,诚非谊理。"

其夫逼妇,又敬重之,往请猕猴:"吾数往来,到君所顿,仁不枉屈诣我家门。今欲相请到舍小食。"

猕猴答曰:"吾处陆地,卿在水中,等得相从?"

其鳖答曰:"吾当负卿,亦可任仪。"

猕猴便从。负至中道,谓猕猴言:"仁欲知不?所以相请,吾妇病困欲得仁肝,服食除病。"

猕猴报曰:"卿何以故不早相语,吾肝挂树,不赍持来,但还取肝,乃相从耳。"

便还树上,跳踉欢喜。

时鳖问曰:"卿当赍肝,来到我家,反更上树跳踉踊跃,为何所施?"

猕猴答曰:"天下至愚无过于卿!何所有肝而挂在树?共为亲友,寄身托命;而还相图,欲危我命。从今已往,各自别行。"

猴和鳖在民间故事中出现,并不是纯粹的动物故事题材,也不是仅仅具有童话的启示性意义表述,而是有着十分复杂的文化内容。或者说,其中的猴人与鳖人,从性情上体现出更丰富的风情与意蕴。

四、生活故事的重要源头

生活故事的核心在于通过一定的场景再现方式,述说某种社会生活中作为日常应该遵守的生活规则及其道理。

生活故事是民间文学史上尤为重要的一页,它通过生活中不同的方面,选择一定的笑点、看点,即噱头,巧妙地揪起矛盾冲突的高峰,形成警示,引起人的关注与思索。其中,不可想象的逻辑悖论,使得故事不断产生峰回路转、引人入胜、忍俊不禁的感觉。古代文献显示,这样的故事有许多来源于佛教文化的编译。佛教文化述说佛的道理,希望表现其优胜的内容,有力影响了生活故事的大量出现。

如著名的"六十岁活埋"故事,讲述老人智慧价值。其故事内容为,国家规定六十岁以上老人必须活埋、处死,一个人悄悄把家中的老人掩藏起来,后来国家遭到危险或羞辱,依靠这位老人的经验和智慧克服,国家因此废除这种规定。与此类故事并行的是,在民间谚语中,有"不听老人言吃亏在眼前"的告诫,意在述说社会生活经验"经验大于学问"的道理,其目的应该在于让人学会向他人学习,学习生活的能力,学习人生可持续发展的一系列知识。同时,它还牵涉到赡养老人、尊敬老人等社会生活伦理的内容。这类故事的流传在我国汉民族中广泛流传,在蒙古族、维吾尔族、朝鲜族、土家族、壮族等许多少数民族中也有流传,同时,在亚洲的印度、日本、印尼等国家,在欧洲的西班牙、爱尔兰、意大利、俄罗斯、土耳其等国家都有流传。诸如日本同类民间故事《弃老山》还被拍摄成电影,形成更大影响。追溯养老故事与养老风俗,在我国古代典籍《周礼》的"王制"中可以看到"凡养老,有虞氏以燕礼,夏侯氏以飨礼,殷人以食礼,周人修而兼用之"之类的内容,这说明养老故事有可能在当时就已经产生;但是,文献中缺少必要的证据来印证其故事产生的事实。固然,我们不能说这样的故事是从某一处走向全世界,民间文学生成律与传播律告诉我们,异地共生是普遍存在的。而我们所能看到记述这类故事的文献,最早确实是在北魏时期。如北魏时期吉迦夜和昙曜译撰的《杂宝藏经》"弃老国缘"中记述道:

过去久远,有国名弃老。彼国土中,有老人者,皆远驱弃。有一大臣,其父年老,依如国法,应在驱遣。大臣孝顺,心所不忍,乃深掘地,作一密屋,置父著中,随时孝养。

尔时天神,捉持二蛇,著王殿上,而作是言:"若别雌雄,汝国得安。若不别者,汝身及国,七日之后,悉当覆灭。"

王闻是已,心怀懊恼,即与群臣,参议斯事。各自陈谢,称不能别。即募国界,谁能别者,厚加爵赏。

大臣归家,往问其父。父答子言:"此事易别。以细软物,停蛇著上,其躁扰者,当知是雄;住不动者,当知是雌。"即如其言,果别雄雌。

天神复问言:"谁于睡者,名之为觉;谁于觉者,名之为睡。"王与群臣,复不能辩。复募国界,无能解者。

大臣问父,此是何言。父言:"此名学人,于诸凡夫,名为觉者;于诸罗汉,名之为睡。"即如其言以答。

天神又复问言:"此大白象,有几斤两?"群臣共议,无能知者。亦募国内,复不能知。

大臣问父。父言:"置象船上,著大池中,画水齐船,深浅几许,即以此船,量石著中,水没齐画,则知斤两。"即以此智以答。

天神又复问言:"以一掬水,多于大海,谁能知之?"群臣共议,又不能解,又遍募问,都无知者。

大臣问父,此是何语。父言:"此语易解。若有人能信心清净,以一掬水,施于佛僧及以父母困厄病人,以此功德,数千万劫,受福无穷。海水极多,不过一劫。推此言之,一掬之水,百千万倍,多于大海。"即以此言,用答天神。

天神复化作饿人,连骸挂骨,而来问言:"世颇有人饥穷瘦苦剧于我不?"群臣思量,复不能答。

臣复以状,往问于父。父即答言:"世间有人,悭贪嫉妒,不信三宝,不能供养父母师长,将来之世,堕饿鬼中,百千万岁,不闻水谷之名,身如太山,腹如大谷,咽如细针,发如锥刀,缠身至脚,举动之时,支节火然。如此之人,剧汝饥苦,百千万倍。"即以斯言,用答天神。

天神又复化作一人,手脚扭械,项复著锁,身中火出,举体焦烂。而又问言:"世颇有人苦剧我不?"君臣率尔,无知答者。

大臣复问其父。父即答言:"世间有人,不孝父母,逆害师长,叛于夫主,诽谤三尊,将来之世,堕于地狱,刀山剑树,火车炉炭,陷河沸屎,刀道火道,如是众苦,无量无边,不可计数,以此方之,剧汝困苦,百千万倍。"即如其言,以答天神。

天神又化作一女人,端正环玮,逾于世人,而又问言:"世间颇有端正之人,如我者不?"君臣默然,无能答者。

臣复问父,父时答言:"世间有人,信教三宝,孝顺父母,好施忍辱,精进持戒,得生天上,端正殊特,过于汝身,百千万倍。以此方之,如瞎猕猴。"又以此言,以答天神。

天神又以一真檀木,方直正等,又复问言:"何者是头?"君臣智力,无能答者。

臣又问父,父答言:"易知。著着水中,根者必沉,尾者必举。"即以其言,用答天神。

天神又以二白草马,形色无异;而复问言:"谁母谁子?"君臣亦复无能答者。

复问其父。父答言:"与草令食。若是母者,必推草与子。"

如是所问,悉皆答之,天神欢喜,大遗国王珍琦财宝,而语王言:"汝今国土,我当拥护,令诸外敌,不能侵害。"

王闻是已,极大踊悦,而问臣言:"为是自知?有人教汝?赖汝才智,国土获安。既得珍宝,又许拥护,是汝之力。"

臣答王言:"非臣之智。愿施无畏,乃敢具陈。"

王言:"设汝今有万死之罪,犹尚不问,况小罪过。"臣白王言:"国有制令,不听养老。臣有老父,不忍遗弃。冒犯王法,藏著地中。臣来应答,尽是父智,非臣之力。唯愿大王,一切国土,还听养老。"

王即叹美,心生喜悦。奉养臣父,尊以为师。济我国家,一切人命。如此利益,非我所知。即便宣令,普告天下:"不听弃老,仰令孝养;其有不孝父母,不敬师长,当加大罪。"

在北魏时期吉迦夜和昙曜译撰的《杂宝藏经》"波罗奈国有一长者子供天神感王行孝缘"中,有同类内容的记述:

往昔波罗奈国,有一贫人,惟生一子,然此一子,多有儿息。其家贫穷,时世饥俭,以其父母,生埋地中,养活儿子。

邻比问言:"汝父母为何所在?"

答言:"我父母年老,会当至死。我便埋之。以父母食分,欲养儿子,使得长大。"

第二家闻,谓此是理,如此展转,遍波罗奈国,即以为法。

复有一长者,亦生一子,此子闻之,以为非是,即作是念:"当作何方便,却此非法?"

遂白父言:"父今可应远行学读,使知经论。"

其父便去,少得学读,而便还家。

年转老大,子为掘地,作好屋舍,以父著中,与好饮食。作是思维:"谁当共我,除此非法?"

天神现身,而语之言:"我今与汝以为伴侣。"

天神疏纸,问王四事:"若能解此疏上事者,为汝拥护,若不解者,却后七日,当破王头,令作七分。"

四种问者:一者,何物是第一财;二者,何物最为乐;三者,何物味中胜;四者,何物寿最长。

榜著王门上。国王得已,搜问:"国中谁解此者?若有解者,欲求何事,皆满所愿。"

长者子取此文书,解其义言:"信为第一财;正法最为乐;实语第一味;智慧命第一。"

解此义已,还著王门头。

天神见已,心大欢喜,王亦大欢喜。

王问长者子言:"谁教汝此语?"

答言:"我父教我。"

王言:"汝父安在?"

长者子言:"愿王施无畏。我父实老,违国法故,藏著地中。愿听臣所说:大王,父母恩重,犹如天地。怀抱十月,推干去湿,乳哺养大,教授人事,此身成立,皆由父母。得见日月,生活所作,父母之力。假使左肩担父,右肩担母,行至百年,复种种供养,犹不能报父母之恩。"

时王问言:"汝欲求何等?"

答言:"更无所求,惟愿大王去此恶法。"

王可其言,宣下国内:若有不孝于父母者,当重治其罪。

与此有联系而故事主体不尽相同者,北魏时期吉迦夜和昙曜译撰的《杂宝藏经》"波罗奈国弟微谏兄遂彻承相劝王教化天下缘"记述为:

当知往昔波罗奈国,有不善法,流行于世:父年六十,与著敷㲲,使守门户。

尔时,有兄弟二人,兄语弟言:"汝与父敷㲲。使令守门。"

屋中唯一敷㲲,小弟便截半与父,而白父言:"大兄与父,非我所与,大兄教父使守门。"

兄语弟言:"何不尽与敷㲲?截半与之?"

弟答言:"适有一敷㲲,不截半与,后更何处得?"

兄问言:"欲更与谁?"

弟言:"岂可得不留与兄耶?"

兄言:"何以与我?"

弟言:"兄当年老,汝子亦当安汝置于门中。"

兄闻此语,惊愕曰:"我亦当如是耶?"

弟言:"谁当代兄?"便语兄言:"如此恶法,宜共除舍。"

兄弟相将,共至辅相所,以此言论向辅相说。

辅相答言:"实尔,我等亦共有老。"

辅相启王,王可此语,宣令国界:孝养父母,断先非法,不听更尔。

通过生活故事讲述生活道理,这是中国民间文学的普遍现象与重要规律。讲述的模式常常形成故事类型,在《百喻经》《贤愚经》和《杂宝藏经》等汉译佛教文化典籍中形成比较早的文献内容,标识着这些故事类型的出现历史时期(时段)。

中国民间文学史上有许多重要的民间故事类型,诸如"问活佛"故事、"巧媳妇"故事、"呆子(呆女婿)"故事和各种笑话类型,这些故事被不断述说的同时,还常常被融入一些文学作品,成为人们社会生活的重要教科书。

如著名的问活佛故事,许多地方演绎成摆脱贫穷,去西天询问活佛;故事被设置为一定的限制,即只能问询三个,否则就会前功尽弃;而问活佛者分别遇到头顶隐藏有明珠的蛇或龟、有奇异头发而不能说话的漂亮女子、因为地下埋藏黄金或许多财宝而不能生长庄稼日夜发愁的农民。问活佛者答应三者,失去为自己问询的机会,去得到珍珠、财宝和美女,获得幸福。其实,这个故事主要渲染的是大公无私、乐于助人者终于有好报,是歌颂佛法的。在20世纪30年代林兰编辑整理的民间故事丛书中,有许多同主题故事异文。查阅历史文献,其最早出现在北魏时期慧觉等人译撰的《贤愚经》卷十一第四十六《檀腻羁品》中。其记述为:

第一章 魏晋南北朝时期的民间传说和民间故事

乃往过去，阿僧祇劫，有大国王，名阿婆罗提目佉，晋言端正，治以道化，不枉民物。

时王国中，有婆罗门，名檀腻䩭。家理空贫，食不充口。少有熟谷，不能治之。从他借牛，将往践治。践谷已竟，驱牛还主。驱到他门，忘不嘱付，于是还归。牛主虽见，谓用未竟，复不收摄，二家相弃，遂失其牛。后往从索，言已还汝，共相诋谩。尔时牛主，将檀腻䩭，诣王债牛。适出到外，值见王家牧马之人。时马逸走，唤檀腻䩭，为我遮马。时檀腻䩭，下手得石，持用掷之，值脚即折。马吏复捉，亦共诣王。

次行到水，不知渡处。值一木工，口衔斫斤，褰衣垂越。时檀腻䩭，问彼人曰，何处可渡，应声答处，其口开已，斫斤堕水。求觅不得，复来捉之，共将诣王。

时檀腻䩭，为诸债主，所见催逼，加复饥渴，便于道次，从沽酒家，乞少白酒，上床饮之。不意被下，有小儿卧，压儿腹溃。尔时儿母，复捉不放："汝之无道，枉杀我儿！"并共持著，将诣王官。

到一墙边，内自思惟："我之不幸，众过横集。若至王所，傥能杀我。我今逃走，或可得脱。"作是念已，自跳踰墙，下有织公，堕上即死。时织工儿，复捉得之，便与众人，共将诣王。

次复前行，见有一雉，住在树上。遥问之曰："汝檀腻䩭，今欲那去？"即以上缘，向雉说之。雉复报言："汝到彼所，为我白王。我在余树，鸣声不快。若在此树，鸣声哀好。何缘乃尔？汝若见王，为我问之。"

次见毒蛇，蛇复问之："汝檀腻䩭，今欲何至？"即以上事，具向蛇说。蛇复报言："汝到王所，为我白王。我常晨朝，初出穴时，身体柔软，无有众痛，暮还入时，身粗强痛，碍孔难前。"

时檀腻䩭，亦受其嘱。复见母人，而问之言："汝欲何趣？"复以上事，尽向说之。母人告曰："汝到王所，为我白王，不知何故，我向夫家，思父母舍。父母舍住，思念夫家。"

亦受其嘱。时诸债主，咸共围守，将至王前。尔时牛主，前白王言："此人借我牛去，我从索牛，不肯偿我。"王问之曰："何不还牛？"檀腻䩭曰："我实贫困，熟谷在田。彼有恩意，以牛借我。我用践讫，驱还归主，主亦见之。虽不口付，牛在其门，我空归家。不知彼牛，竟云何失。"

王语彼人："卿等二人，俱为不是。由檀腻䩭口不付，汝当截其舌。由卿见牛，不自收摄，当挑汝眼。"彼人白王："请弃此牛，不乐剜眼截他舌也。"即听和解。

马吏复言："彼之无道，折我马脚。"王便为问檀腻䩭言："此王家马，汝何以辄打折其脚？"跪白王言："债主将我，从道而来。彼人唤我，令遮王马。高奔叵御，下手得石，捉而掷之，误折马脚，非故尔也。"

王语马吏："由汝唤他，当截汝舌。由彼打马，当截其手。"马吏白王："自当备马，勿得行刑。"各共和解。木工复前云："檀腻䩭失我斫斤。"王即问言："汝复何以失他斫斤？"跪白王言："我问渡处，彼便答我，口中斫斤，失堕渠水，求觅不得，实不故尔。"

王语木工："由唤汝故，当截其舌。担物之法，礼当用手，由卿口衔，致使堕水，今当打汝前两齿折。"木工闻是，前白王言："宁弃斫斤，莫行此罚。"各共和解。

时酒家母，复牵白王。王问檀腻䩭："何以乃尔，枉杀他儿？"跪白王言："债主逼我，加复饥渴，彼乞少酒，上床饮之，不意被下，有卧小儿，饮酒已讫，儿已命终，非臣所乐。唯愿大王，当见恕察。"

王告母人："汝舍沽酒，众客猥多。何以卧儿，置于坐处？覆令不现。汝今二人，俱有过罪，汝儿已死，以檀腻䩭，与汝作婿。令还有儿，乃放使去。"尔时母人，便叩头曰："我儿已死，听各和解。我不用此饿婆罗门作夫也。"于是各了，自得和解。

时织工儿复前白王："此人狂暴，蹑杀我公。"王问言曰："汝以何故，枉杀他父？"檀腻䩭曰："众债逼我，我甚惶怖，跳墙逃走，偶堕其上，实非所乐。"

王语彼人:"二俱不是。卿父已死,以檀腻鞡,与汝作公。"其人白王:"父已死了,我终不用此婆罗门以为父也。"听各共解。王便听之。

时檀腻鞡,身事都了,欣踊无量。故在王前,见二母人,共诤一儿,诣王相言。时王明黠,以智权计。语二母言:"今唯一儿,二母召之。听汝二人,各挽一手,谁能得者,即是其儿。"其非母者,于儿无慈,尽力顿牵,不恐伤损。所生母者,于儿慈深,随从爱护,不忍曳挽。王鉴真伪,语出力者:"实非汝子,强谋他儿。今于王前,道汝事实!"即向王首:"我审虚妄,枉名他儿。大王聪圣,幸恕虚过。"儿还其母,各尔放去。复有二人,共诤白毡,诣王纷纭。王复以智,如上断之。

时檀腻鞡,便白王言:"此诸债主,将我来时,于彼道边,有一毒蛇,殷勤倩我,寄意白王,不知何故,从穴出时,柔软便易,还入穴时,妨碍苦痛。我不自知,何缘有是。"

王答之言:"所以然者,从穴出时,无有众恼。心情和柔,身亦如是。蛇由在外,鸟兽诸事,触娆其身,瞋恚隆盛,身便粗大。是以入时,碍穴难前。卿可语之,若汝在外,持心不瞋,如初出时,则无此患。"

复白王言:"道见女人,倩我白王,我在夫家,念父母舍,若在父舍,复念夫家,不知所以,何缘乃尔?"

王复答言:"卿可语之:由汝邪心,于父母舍,更畜傍婿。汝在夫家,念彼傍人。至彼小厌,还念正婿,是以尔耳。卿可语之:汝若持心,舍邪就正,则无此患。"

又白王言:"道边树上,见有一雉,倩我白王,我在余树,鸣声不好,若在此树,鸣声哀和。不知其故,何缘如是?"

王告彼人:"所以尔者,由彼树下,有大釜金,是以于上,鸣声哀好。余处无金,是以住上,音声不好。"

王告檀腻鞡:"卿之多过,吾以释汝。汝家贫穷,困苦理极,树下釜金,应是我有,就用与汝,卿可掘取。"

奉受王教,一一答报。掘取彼金,贸易田业。一切所须,皆无乏少,便为富人,尽世快乐。

巧媳妇故事表现了农耕条件下我国传统社会对家庭主妇这一特殊角色的理解,是对家庭发展方式与家族社会中妇女地位等问题的思索。其中的故事又常常表现为智慧克服困难型、反问型、巧妙破除难题型等,表现出对有智慧有能力有高尚品格的妇女群体的认同与赞颂。在宗法社会中,媳妇料理家务,是男权社会的重要支持与依靠,关系到家族的兴衰大事。诸如许多绝技,常常有传递给媳妇而不能传递给要嫁人的女儿的限制,其意义正在这里。

这类故事在历史文献中的出现,最早见于北魏慧觉等译撰的《贤愚经》卷七《梨耆弥七子品第三十二》:

如是我闻。一时佛在舍卫国祇树给孤独园。尔时波斯匿王,有一大臣,名梨耆弥。家居大富,生七男儿,为其娶妻,已至于六,残第七子,当为求妇。自思惟言:"吾年衰迈,唯余一儿,为之纳妇,要令殊胜。"

时此长者有一亲厚婆罗门,来共相见,因议语曰:"今我欲为小儿求婚,未能知处。卿自昔来游行诸国,今欲烦君为我推觅,若见有女端政贤智,性命相宜,适我子意,乃当求之。"

时婆罗门即便然可,遍行看觅。

到特叉尸利国,见有五百童女群行游戏,采取好花,用作拂饰。此婆罗门随逐观之。转复前行,当度少水,诸女子辈皆脱革屣,中有一女而独不脱,并屣入水。转复前行,续更有河,众女褰衣,尔乃入水,唯此一女独并衣入。前行林间,诸女各各上树采花,时此一女自不上树,从他索之,得花甚多。

时婆罗门问此女言："我有少疑，欲得相问。"

其女答曰："有疑便问。"

婆罗门言："向者诸女，当入水时，尽脱革屣，汝独不脱，有何意故？"时女答言："汝痴何甚！所以作屣，正用护脚。陆地之事，眼有所见，荆棘瓦石，可得避之；水底隐匿，眼所不睹，倘有棘刺，及诸毒虫，伤害人脚？是以不脱。"

时婆罗门复更问曰："以何事故并衣入水？"

时女答言："女人之身，相有好恶。褰衣入水，为人所见，相好则可，不好嗤笑。以是事故，而不褰之。"

时婆罗门复更问言："以何缘故独不上树？"女便答言："若当上树，树枝倘所危害人身？以是事故，而不上耳。"此女即是波斯匿王弟昙摩诃羡女也。羡昔因罪逃奔彼国，便于其土安家纳娶，而生斯女，字毗舍利。

时婆罗门闻女所说，知必贤能，而问女言："汝父母在不？"女答曰在，遂逐到门，求共相见。女入白父："外有婆罗门，欲见大人。"时昙摩诃羡便出见之。问讯已竟，而语之言："向者女子，是君女不？"答言："是也。""为有主未？"答言："未也。"婆罗门言："舍卫国中有一大臣，字梨耆弥，君识之不？"答言："旧识。"婆罗门言："是梨耆弥，最下小儿端政聪明，欲求君女共为婚姻，可得尔不？"昙摩诃羡言："彼是豪姓，本与匹偶，苟其欲得，情在无违。"已蒙许可，便共克日。尔时有伴往舍卫国，时婆罗门即作书疏与梨耆弥，陈说事状。

长者闻已，办具娉物、车马、骑乘，往特叉户利国。渐近欲到，先遣使往。时昙摩诃羡善加敬待，即设宾会，以女娉之。诸事毕竟，当还舍卫。时此女母，于众人前，嘱其女言："自今已后，常著好衣，恒食美食，日日照镜，莫令断绝。"女即长跪，奉受教敕。梨耆弥闻，阴用为恨："人生一世，苦乐无定，好衣美食如何得常？恒照明镜，斯亦非理。"虽有此念，难不问之。客主相辞，于是别去，大小徒侣，进路归国。

于道中间,有一客舍,四面垂轩,极为清凉。其先到者在下休息。儿妇后至,启白姒(公公)言:"此不可住,速出向外。"姒不违之,出向露处。左右数人,不肯出去。时有象马,身体瘙痒,以身揩柱,屋即崩坏,填杀下人。

时梨耆弥作是念言:"我今脱死,由是儿妇。"敬遇之心,倍益隆厚。即便驾乘,进路而归。

到一大涧,草茂水美,众人息驾,涧侧而住。儿妇后到,便语之言:"住此不快,速出岸上。"即用其言,远涧休息。

须臾之间,便有云起,震雷降雨,滂沛而下,溢涧流来。时梨耆弥复重念曰:"吾等今日再脱于死,由此儿妇,得全身命。"复敕严驾,涉道进前。

既达本国,中表亲里悉来庆问。长者欣悦,即设供具,共相娱乐。终竟一日,宾客既罢,是时长者召诸儿妇而告之曰:"吾今年高,厌众事务,家居器物,欲有付托。卿等诸人,谁能为我知藏执钥?"六大儿妇尽辞不堪,其第七者自言能任。于是长者以诸藏钥,悉以付之。既以受命,勤谨不懈,朝朝早起,洒扫堂舍,炊蒸已竟,先饭姒姑及诸男女,后饭奴婢僮仆,使人各各分处赴趣作业,然后自食,以是为常。

姒见忠恪不与凡同,怪前母嘱而不用之,便问之曰:"汝前来时,被母教敕,好衣美食,日照明镜。其事云何?卿可说之。"

儿妇长跪,具答事状:"我母所约著好衣者,体上大衣,教使爱护,恒令净洁,时间客会,可得鲜妙。所敕美食,非为甘肥,教使晚饭,饥虚得食,粗细尽美。其明镜者,非铜铁镜,教令早起,洒扫内外,端整床席,务令净洁。我母所嘱,其事如是。"

时姒闻之,知有妙才,情存待遇,甚倍于前,家中众物,悉以委之,欢喜泰然,无复忧虑。

时有群雁飞入海渚食啖粳米,食之既饱,衔穗翔来,当王宫上,失堕殿前。诸人见之,取用奉王。王见奇好,必中作药,敕使留种,莫能弃散,赋与诸臣,各令殖之。

时梨耆弥亦得少许,持至于家,教令种之。儿妇奉取,驱率奴仆,调和畦田,于中下种,生长滋茂,大获子实。诸人种者,消息失度,悉皆不生。

时王夫人欻得笃疾,召问诸医治病所由。中有医言:"当须海渚粳米,作食食之,尔乃可差。"王自忆念:"昔得其种,赋人垦殖,今当推校,为有为无。"即召诸臣而问之言:"前敕种稻,为成熟不?今日急须,用治困病。"诸臣各各自说本末,或云不生,或云鼠啖。

时梨耆弥归家,问曰:"前种稻米,为获实不?欲得与王,治夫人病。"儿妇答言:"家内丰多,若用作药,足周一国,不济一人也。"时梨耆弥即送与王,寻用作食以与夫人,夫人食已,病得除愈。王甚欢喜,大与赏赐。

时特叉尸利、舍卫二国,共相嫌隙,常不和顺。时特叉尸利王欲试舍卫有圣智不,遣一使者至舍卫国,送特马二匹,而是母子,形状毛色一类无异,能别识者实为大善。王及群臣不能分别。

时梨耆弥从官归家,儿妇问言:"有何消息?"媱即答言,如向所见。儿妇白言:"此事易知,何足为忧?但取好草,并头而与,其是母者推草与之,其是子者曳搏食之。"

时梨耆弥寻往白王,王如其语,以草试之,果如其策,母子区别。即语使者:"斯是马母,彼是其驹。"时使答言:"审如来语,无有差错。"王大欢喜,倍加爵赏。

时彼来使还归本国,具白诸理。时特叉尸利王便更遣使,送于二蛇,粗细长短相似如一,能别雄雌者,斯亦大善。波斯匿王及诸群臣无能识者。时梨耆弥归问儿妇:"此复云何?"儿妇答言:"以一端细毡,敷置于地,取此二蛇,用著毡上。若是雌者静然不动,其是雄者搔扰不宁。何以知之?女之为性,爱著细滑,得软生染,不欲动摇;男子性刚,转侧不安。以此推之,可足知矣。"长者闻已,即往白王。王从其计,寻时试之,果如所言,了了识别。告彼使曰,是雄是雌。使寻报曰:"审尔不虚。"王甚庆悦,大赐财宝。

时彼国王复送一木,长满一丈,根杪正等,无有节目刀斧之迹,而语之曰:"若能识别此木上下,亦大快善,甚不可量。"王及诸臣无能识者。时梨耆弥复问儿妇,儿妇答曰:"此事易耳。但取其木,用著水中,根自沉没,头浮在上。"长者闻已,复往白王,王用其语,而便试之,果如其计,沉浮各殊。语彼使言:"浮者是头,沉处是根。"时使答言:"信如所论。"王益欢喜,重与赏赐。

彼使还国,具白因缘。其王闻之,心用信伏,更遣使命,兼献珍宝,因复语曰:"大王国中实有贤达,自今以后当修义好。"

波斯匿王情倍踊跃,召梨耆弥而问之曰:"顷来诸事,卿何由知?"

梨耆弥言:"非臣所达,是臣儿妇之智辩耳。"

国王闻已,深加欣敬,拜其儿妇,用为王妹。

与巧媳妇故事相对的是呆子或呆女婿故事,充满嘲讽。此类型故事林兰所编《呆女婿故事》最为知名。钟敬文把这类故事总结为三大类:一、拙于礼数的应付;二、对于性行为的外行;三、其他各种愚蠢的行动。并论述道:"中国的社会是通行家族制的,而一方面又是十分讲究仪式的礼仪之邦。因为通行家族制,所以对于亲族姻戚等,看得很紧要,所谓父族、母族、妻族,都和个人有特别重大的关系。礼教的严重,尤为个人生活上极大的枷锁,差不多无论何人,都不许超越的,你有意的超越了,或愚笨的干不来,那你只好做了大众的叛逆者和摈弃者。俗语说:'女婿当半子'。这话是不错的,中国人的儿子(假使他是讨了老婆的),不但是自己父亲母亲的'属物',而且还要做老婆的父亲母亲的'半属物'。社会上又是那样注重礼数的,一年中四季八节,和生死寿忌,差不多都有所谓应有的礼节,疏一点的戚友,且不容不因教循礼,何况半子的女婿呢?而这些季节中,最被重视的,当无过于一岁之首的元正,又生辰上寿,乃是后辈的对于尊长者一种免不得的重要礼数。

因此,呆女婿故事中许多元正上厅,及称樽上寿等情节,便产生出来了(至于讨了老婆不晓得性交,这自然是发生在中国社会从来不把性教育公开的根据上,但我以为也许它在故事上的出现,是半因为女婿、丈人等名词发生联想关系,而孕育了来的)。"[1]

追溯其历史文献的记述,则最早出现于北魏时期吉迦夜和昙曜译撰的《杂宝藏经》"长者请舍利弗摩诃罗缘":

> 昔舍卫城中,有大长者,其家巨富,财宝无量。常于僧次,而请沙门,就家供养。尔时僧次,次舍利弗,及摩诃罗,至长者家。长者见已,甚大欢喜。
>
> 当于时日,入海估客,大获珍宝,安稳归家。时彼国王,分赐聚落,封与长者。其妻怀妊,复生男儿。诸欢庆事,同时集会。舍利弗等,既入其家,受长者供,饭食已讫。长者行水,在尊者前,敷小床座。舍利弗咒愿而言:今日良时得好报,财利乐事一切集,踊跃欢喜心悦乐,信心踊发念十力,如似今日后常然。长者尔时,闻咒愿已,心大欢喜。即以上妙好毡二张,施舍利弗;然摩诃罗,独不施与。
>
> 时摩诃罗,还寺惆怅,作是念言:今舍利弗,所以得者,正由咒愿适长者意,故获是施,我今应当求是咒愿。即语舍利弗言:向者咒愿,愿授与我。即答之言:此咒愿者,不可常用。有可用时,有不可用时。
>
> 摩诃罗殷勤求请,愿必授我。舍利弗不免其意,即授咒愿。既蒙教授,寻即读诵,极令通利。作是思惟:我当何时,次第及我,得为上座。用此咒愿。
>
> 时因僧次,到长者家,得作上座。时彼长者,估客入海,亡失珍宝;长者之妇,遭囹官事;儿复死丧。而摩诃罗说本咒愿,言后常然。尔时长者,

---

[1] 钟敬文:《呆女婿故事探讨》,《民俗》周刊,1928 年第 7 期。

既闻是语,心怀忿恚,寻即驱打,推令出门。被晴打已,情甚懊恼,即入王田胡麻地中,踏践胡麻,苗稼摧折。守胡麻者,瞋其如是,复加鞭打,极令劳辱。

时摩诃罗,重被打已,过问打者言:我有何愆,见打乃尔?时守麻者,具说践踏胡麻之状,示其道处,涉路前进。

未经几里,值他割麦,积而为穰。时彼俗法,绕右旋,施设饮食,以求丰壤。若左旋者,以为不吉。

时摩诃罗,绕穰左旋,麦主忿之,复加打棒。时摩诃罗,复问之言:我有何罪,横加打棒?麦主答言:汝绕麦穰,何不右旋?咒言多入;违我法故,是以打汝。即示其道,小复前行,逢有葬埋,绕他冢圹,如向麦穰。咒愿之言,多入多入。丧主忿之,复捉过打,而语之言:汝见死者,应当悯之,言自今以后,莫复如是。云何返言,多入多入。摩诃罗言,自今已后,当如汝语。

又复前行,见他嫁娶,如送葬者之所教言,自今以后,莫复如是。时嫁娶者,瞋其如是,复加笞打,乃至头破。遂复前进,被打狂走,值他捕雁,惊怖惺惶,触他罗网。由是之故,惊散他雁。猎师瞋恚,复捉榜打。

时摩诃罗,被打困熟,语猎师言:我从直道行,数被质顿,精神失错,行步躁疾,触君罗网,愿见宽放,令我前进。猎师答言:汝极粗疏。佝偻乃尔。何不安徐,匍匐而行。

即前著道,如猎师语,匍匐而行。复于道中,遇浣衣者,见其肘行,谓欲偷衣,即时征捉,复加打棒。

时摩诃罗,既遭困急,具陈上事,得蒙放舍。至于祇桓,语诸比丘:我于先日,诵舍利弗咒愿,得大苦恼。自说被打肤体毁破,几失身命。诸比丘将摩诃罗,诣于佛边,具说其人被打因由。

大千生活世界,芸芸众生,千奇百怪。人们通过各种故事的讲述,宣泄胸中的积郁,形成语言与精神的狂欢。事实上,这也是在不断传送出关于人生的道理。

这些故事大多被魏晋南北朝时期的佛教文化汉译文献最早记录。诸如"不负责的奴仆"故事,表面上听从主人的安排,却虚与应付,造成主人财产的损失,其最早出现在南朝齐印度来华僧人求那毗地译《百喻经》(或称《百句譬喻经》,又称《痴华鬘》)卷上《奴守门喻》:"譬如有人将欲远行,敕其奴言:尔好守门,并看驴索。其主行后,时邻里家有作乐者,此奴欲听,不能自安。寻以索系门,置于驴上,负至戏处,听其作乐。奴去之后,舍中财物,贼尽持去。大家行还,问其奴言:财宝所在?奴便答言:大家先付门驴及索。自是以外,非奴所知。大家复言:留尔守门,正为财物。财物既失,用于门为!"诸如"先开口为败"故事,讲述朋友或者夫妻二人共同进餐,约定谁开口说话,就失约,不能得到食品。这种具有打赌色彩的故事,最早见诸文献是南朝齐时印僧求那毗地译《百喻经》卷下《夫妇食饼共为要喻》:"昔有夫妇,有三番饼。夫妇共分,各食一饼,余一番在,共作要言:若有语者,要不与饼。既作要已,为一饼故,各不敢语。须臾有贼入家偷盗,取其财物,一切所有,尽毕贼手。夫妇二人以先要故,眼看不语。贼见不语,即其夫前,侵略其妇。其夫眼见,亦复不语。妇便唤贼,语其夫言:云何痴人!为一饼故,见贼不唤。其夫拍手笑言:咄,婢,我定得饼!不复与尔!"诸如"最后一个吃饱"故事,讲述一个人吃饱饭,感慨早知道吃饱饭,就只吃最后一个。其见诸历史文献,也是南朝齐印度来华僧人求那毗地译《百喻经》卷上《欲食半饼喻》:"譬如有人,因其饥故,食七枚煎饼。食六枚半已,便得饱满。其人恚悔,以手自打,而作是言:我今饱足,由此半饼。然前六饼,唐自捐弃。设知半饼能充足者,应先食之!"还有"先尝过水果"故事,讲述一个人去买水果,他把每一个要买的水果都亲口尝过。这个故事最早在求那毗地所译《百喻经》卷下《尝庵婆罗果喻》中出现:"昔有一长者,遣人持钱至他园中,买庵婆罗果而欲食之。而敕之言:好甜美者汝当买来。即便持钱往买其果。果主言:我此树果悉皆美好,无一恶者。汝尝一果,足以知之。买果者言:我今当一一尝之,然后当取;若但尝一,何以可知。寻即取果,一一皆尝,持来归家。长者见已,恶而不食,便一切都弃。"这是对愚昧的调笑,是解嘲,应该是对所谓行为主义的抨击,由此可见这种愚笨之所以成为人生百态被人嘲讽的焦点,又如何不是对自己的提醒而设的明鉴?

这些故事都是外来和尚念的"经"。这是一群为了拯救和矫正汉代政治社会分崩离析后全社会所遭遇的道德沦丧、人心颓废、厚颜无耻、骄奢淫逸种种恶行而奔走的文化使者所做的呼号!

中国文化求稳求和,虽然从不缺乏醍醐灌顶式的警示,但却常常缺少真正的石破天惊般的醒人之语。外来的和尚会念经,因为一个"外"字,暗含了中国人对外面世界的张望。也正因为这个"外"字,便形成对中国本土文化的不断刺激。外来的和尚们为了让中国的老百姓能够听得懂,一方面把故事说得好听,一方面把佛教文化传达到位,所以,他们传达的佛教文化与他们所讲述的民间故事交相生辉。在中国民间文学史上,佛教文化的汉译形成魏晋南北朝这一特殊历史阶段尤为灿烂的风景。自此,佛教文化被不断世俗化,形成地地道道的中国佛教文化,佛教故事中出现了妙善观音传说之类的民间文学形态。

第二章
魏晋南北朝时期的民间歌谣和谚语

魏晋南北朝时期的民间歌谣和谚语在保存上有两个渠道,一是当时人的直接记述,一是后世人对此追述。由于多种原因,保存最为丰富、最为集中的属于后者,主要保存于宋人郭茂倩所编的《乐府诗集》。如六朝民歌与汉魏旧乐府歌曲形式不同,称为"新乐府",郭茂倩的《乐府诗集》把它归入"清商曲辞",即不作配乐的徒歌。《宋书·乐志》说:"吴歌杂曲,并出江东。晋宋以来,稍有增广。"《晋书·乐志》中说它"其始皆徒歌,既而被之管弦"。清商歌曲中除了吴声歌曲之外,还有属于"荆楚西声"的西曲歌以及淫祀之曲"神弦歌"。吴声歌曲和西曲歌是南朝民歌的两大代表,与北朝民歌相对峙,共同构成魏晋南北朝民歌的主体内容。北朝民歌与南朝民歌中的吴声歌曲、西曲歌一样,都被保存于《乐府诗集》,即《乐府诗集》中的"梁鼓角横吹曲"。《晋书·乐志》称:"横吹有鼓角,又有胡角,即胡乐也。"意谓"梁鼓角横吹曲"中包含着许多少数民族民间歌谣。罗根泽说:"南朝乐歌以柔婉胜,北朝乐歌以真率胜。"[1]这是很贴切的。从其分布上来看,南朝乐府民歌中的"吴歌"集中分布在太湖流域,其"西曲"集中分布在长江中上游地区,北朝民歌则主要分布在黄河中上游地区,在整体上构成一个三足鼎立的形势。这是否和汉末所形成的魏蜀吴三国对峙形势相关联,是值得我们思索

---

[1] 参见罗根泽《乐府文学史》第四章"概说",北平文化学社1931年版。

的。同时,我们也看到,南北朝乐府民歌并不是这个时代的全部内容,还有许多民间歌谣以另外的形式被保存。如《搜神记》《拾遗记》《齐谐记》《异苑》《博物志》《述异记》《水经注》《世说新语》《幽明录》《洛阳伽蓝记》等当世之作中,都保存有一些民间歌谣,后人的《古今风谣》引有与王粲、曹爽、孙皓、梁武帝相关的歌谣。

其他像曹丕的《典论》、颜之推的《颜氏家训》和贾思勰的《齐民要术》中,也保存了一些歌谣和谚语,在《文选》和《玉台新咏》中保存的民间歌谣也相当丰富;更不用说在《三国志》《后汉书》《续汉书》,以及后人撰的《晋书》《宋书》《南齐书》《北齐书》《梁书》《魏书》《周书》和《南史》《北史》《旧唐书》等史册典籍中,保存的歌谣更丰富。魏晋南北朝的民间歌谣正是这样以零散的形式保存的。当然,最能代表这个时代民间歌谣基本特色的,还是《乐府诗集》中"梁鼓角横吹曲"和"清商曲辞"这两大部分中所收录的民歌。

第一节 魏晋歌谣的时政意识

一个时代的民歌,尤其是爱情民歌,无论它曲调有多么美丽,意味有多么深长,都不能说是这个时代的镜子。表现这个时代最直接、最深刻的作品,一般都数时政歌谣。魏晋南北朝时期也是这样。时政歌谣成为这个时代最忠实的记录,它是一面镜子,一具风雨表。

首先是三国时代,在政治上,三个国家虽然呈三足鼎立之势,而在其体制及社会矛盾上,则是一致的。《三国志》的"魏""蜀""吴"各书,保存了一些反映这种内容的歌谣。如《三国志·魏书·典韦传》中所载"帐下壮士有典君,提一双戟八十斤",喻典韦容貌魁杰,名冠三军。《三国志·魏书·陈思王植传》记有"相门有相,将门有将",《三国志·魏书·裴潜传》注引《魏略》记"大鸿胪,小鸿胪,前后治行曷相如"等,体现出魏国社会一斑。《三国志·蜀书·马良传》中记马良"字季常,襄阳宜城人也。兄弟五人,并有才名",时人用歌谣唱道:"马氏五常,白眉最良。"白眉即马良。《三国志·吴书·周瑜传》中载:"瑜少精意于音乐,虽三爵之后,其有阙误,瑜必知之,知之必顾。"所以,"时人谣之曰:曲有误,周郎顾。"又如《三国志·吴书·陆凯传》载:

> 孙皓立,迁左丞相。皓时徙都武昌,扬土百姓溯流供给,以为患苦,又政事多谬,黎元穷匮。凯上疏曰:"愿陛下息大功,损百役,务宽荡,勿苛政。又武昌土地,实危险而塉埆,非王都安国养民之处,船泊则沉漂,陵居则峻危,且童谣言:
> "宁饮建业水,
> 不食武昌鱼;
> 宁还建业死,
> 不止武昌居。"
> 臣闻翼星为变,荧惑作妖,童谣之言,生于天心,乃以安居而比死,足明天意,知民所苦也。"

由此我们可以看到魏蜀吴三国社会共同的矛盾表现。这类状况在《晋书》等史籍中也不乏其例。如《晋书·五行志》中所记"司马越还洛"时童谣"洛中大鼠长尺二,若不早去大狗至",以及建兴中江南谣歌"訇如白坑破,合集持作瓯。扬州破换败,吴兴覆瓿甄",太和末童谣描述"海西公被废,百姓耕其门以种小麦"为"犁牛耕御路,白门种小麦",孝武帝太元末京口童谣"黄雌鸡,莫作雄父啼。一旦去毛衣,衣被拉飒栖","昔年食白饭,今年食麦麸。天公诛谪汝,教汝捻咙喉。咙喉喝复喝,京口败复败",苻坚时歌谣"阿坚连牵三十年,后若欲败时,当在江湖边","河水清复清,苻坚死新城"。又如《晋书·束皙传》中所记述"太康中,郡界大旱,皙为邑人请雨,三日而雨注",即有歌谣"束先生,通神明,请天三日甘雨零。我黍以育,我稷以生。

何以畴之?报束长生"。《晋书·祖逖传》载"豫州耆老为祖逖歌"更典型地反映出类似"报束长生"的真切心情:

帝乃以逖为奋威将军、豫州刺史。逖爱人下士,虽疏交贱隶,皆恩礼遇之,由是黄河以南尽为晋土。躬自俭约,劝督农桑,克己务施,不畜资产,子弟耕耘,负担樵薪,又收葬枯骨,为之祭醊,百姓感悦。尝置酒大会,耆老中坐流涕曰:"吾等老矣,更得父母,死将何恨!"乃歌曰:
"幸哉遗黎免俘虏,
三辰既朗遇慈父。
玄酒忘劳甘瓠脯,
何以咏恩歌且舞。"
其得人心如此。

《晋书·张轨传》中记有歌谣:"凉州大马,横行天下。凉州鸱苕寇贼消,鸱苕翩翩怖杀人。"《晋书·苻坚载记》中记有歌谣:"幽州歃,生当灭;若不灭,百姓绝","阿得脂,阿得脂,博劳旧父是仇绥,尾长翼短不能飞,远徙种人留鲜卑,一旦缓急语阿谁!"在这些歌谣中,对当世者的评判成为诵唱的主题,或得人心而为人称赞,或失人心而为人诅咒、诟骂。又如《三国志·魏书·岛夷刘义隆传》所载时人为"刘劭刘骏"所唱歌谣,集中体现出魏晋南北朝这个大动荡、大混乱时代相互残杀的黑暗、冷酷、残忍。歌谣愤怒地唱道:"遥望建康城,江水逆流萦;前见子杀父,后见弟杀兄。"这就是整个时代最为真实的写照,也是对这个时代最全面的总结。

魏晋南北朝时期的时局几乎每日都处在风雨飘摇中,人民痛不欲生,稍遇到像祖逖这样有作为的人,竟"歌且舞"以"咏恩",而他们遇到更多的是像苻坚、刘义隆父子之类的残暴之徒。黄巾起义被镇压之后,东汉王朝也崩溃了,武装割据的结果是形成魏、蜀、吴三国鼎立,后曹魏政权灭蜀汉,司马氏又篡夺曹魏政权灭孙吴,建立了历史上的西晋王朝。西晋王朝的统治以世族门阀为主体,终于出现西晋中期的八王之乱,冲荡世族门阀制度的主体地位。随后而来的是西北地区少数民族入主中原,世族门阀被迫南迁,史称东晋。北方则建立了以少数民族为政治主体的统治。接着,在南方相继出现了宋齐梁陈为代表的南朝;在北方出现大混乱,西北少数民族建立了十几个国家,争战不休,后由鲜卑拓跋氏统一,建立起史称北魏的魏王朝,后来魏王朝又分为东魏、西魏,进而变为北齐和北周,直到杨坚统一北方建立起隋帝国,这段历史称为北朝。

在这个时代漫长的岁月中,我国科学技术文化在艰难中发展,曾出现曹魏时代数学家刘徽对《九章算术》的注解,南朝祖冲之对圆周率的研究和对大明历的创制取得卓越成就,北朝贾思勰《齐民要术》对农学的研究也取得重大成果,其他还有王叔和的医学脉学著作《脉经》、皇甫谧的针灸著作《甲乙经》、葛洪的《肘后卒救方》、陶弘景的《本草经集注》等科学成果,但它们远不及魏晋玄学的社会影响深广,整个社会还是以谶纬符瑞、淫祀、佛教、道教相混合的有神论思潮作为文化发展的主流话语。

思想文化是一个时代尤其独特的社会生活内容,其体现的不仅仅是社会生活事实,而是一个民族的情感与信仰,成为一个时代最重要的文化标志。在这种意义上,三国魏晋南北朝是一个重要转折阶段,从汉王朝的文化复兴到隋唐时期文化大统一、大融合,使得中国文化经历了许多历练。特别是佛教文化的传入及其与道教文化的分庭抗礼,在相互竞争甚至不乏厮杀中,共同促进并推动了中国文化的历史发展进程。其中,宗教文化的崛起,也有效刺激了中国传统文化的内省。玄学作为一种文化形态,以独特的文化风度成为时代的标志。

这一时期的佛教文化出现大规模的译经热潮,诸如《经律异相》等文献的出现,被后世许多学者解释为印度民间故事传入中国并日益中国化。这应该是中国民间文学史上的重大事件。但是,印度即天竺作为一个文化概念,其众多僧人又是如何流向中国各地区的呢?

　　同时,袁绍、刘备、曹丕、刘裕等人以谶纬符瑞愚弄人民;佛教出现了以道安、支遁、支愍度、竺法温等为代表的般若学"六家七宗",尤其是梁武帝萧衍以佛化治国,北朝则大肆兴建龙门石窟、云冈石窟;道教徒葛洪、寇谦之改革民间道教,魏太武帝亲受符箓,"崇奉天师","显扬新法",陆修静"祖述三张,弘衍二葛"[1],撰就《三洞经书目录》,"山中宰相"陶弘景著成《登真隐诀》《真灵位业图》,整个社会一派乌烟瘴气。民间故事和民间传说的形成和记述,必然沾染上这种妖氛,而民间歌谣就不是完全相同了。因为民间故事和民间传说的形成与统治者的思想导向联系更密切,葛洪、干宝、刘义庆等作为代言人,对民间故事和民间传说传播机制的控制颇为有效;而民间歌谣尤其是前所举时政歌谣,更多是自发地抒发情怀,表达民间百姓对时局的切身感受,因此,魏晋南北朝的时政歌谣就成为这个时代无可替代的诗史、口碑。我国史志发展中向来有当世修志、隔代修史的传统,显然,在这些"史"的修撰过程中,史学家们采用了民间口述的歌谣。与那些粉饰现实的诗歌、骈文和赋等文体相比,这些时政歌谣对时代的表现更真实,更准确,也更全面。这些歌谣与那些充满情愫的乐府民歌一起,共同构筑成这个时代的民族心灵史。应该说,以刺世、讽世为主题的时政歌谣,与以咏情、述志为主题的乐府民歌一起形成了魏晋南北朝民歌的双翼,将这个时代的民族精神放飞在千百年间的文化长空。

第二节　南朝乐府民歌

　　南朝乐府民歌具有鲜明的文化风格,即以爱情的讴歌为主要内容。这除了采集民歌者所具有的以"艳曲"为主的倾向,还与南朝民间文化传统与

---

[1]　"三张"指张陵、张衡、张角,"二葛"指葛玄、葛洪。

人文产生机制等因素相关。如在《三国志·吴书·陆凯传》中,我们能听到"宁饮建业水,不食武昌鱼"那样的与统治者不合作的声音,但采集者却并不重视这一类歌谣,从一些史籍中,我们可以看到这种倾向性存在的社会基础。如《晋书·王恭传》所载"会稽王道子尝集朝士置酒于乐府。尚书令谢石因醉为委巷之歌";《南史·王俭传》中载有齐高帝"幸华林宴集,使各效伎艺,褚彦回弹琵琶,王僧虔、柳世隆弹琴,沈文季歌《子夜来》,张敬儿舞";《南齐书·王僧虔传》中,也提到"自顷家竞新哇,人尚谣俗,务在噍杀,不顾音纪,流宕无涯,未知所极,排斥正曲,崇长烦淫","故喧丑之制,日盛于廛里;风味之响,独尽于衣冠"。在这样的文化风尚中,又如何能关注"不食武昌鱼"之类的"恶声"呢?南朝乐府民歌的主要流传地点在江南、荆楚一带,魏晋南北朝时,这一带的文化开发还没有取得很深入的成效,民间文化传统基本上还是王逸在《楚辞章句·九歌·序》中所说的"昔楚国南郢之邑,沅湘之间,其俗信鬼而好祠。其祠必作歌乐、鼓舞以乐诸神",此"荆楚之常习",在这种环境中传播的"俗曲俚句","善淫"自然成为其主题并影响到后世。还有一个更重要的因素,即南朝统治者偏安东南,蓄养歌儿舞女,骄奢淫逸,以"善淫"为主题的民歌就必然受他们格外青睐。如《南史·王岷传》中曾载:"大明中,尚书仆射颜师伯豪贵,下省设女乐。岷时为度支尚书,要岷同听。传酒行炙,皆悉内伎。岷以男女无亲授,传行每至,令置床上,回面避之,然后取。毕,又如此。坐上莫不抚手嗤笑。"在这样的文化氛围之中,南朝乐府所采民歌偏重一个"情"字,也就是自然而然的了。诚如《乐府诗集》卷六十一《杂曲歌辞》所述:"自晋迁江左,下逮隋唐,德泽寝微,风化不竞,去圣逾远,繁音日滋。艳曲兴于南朝,胡音生于北俗。哀淫靡曼之辞,迭作并起,流而忘反,以至陵夷。原其所由,盖不能制雅乐以相变,大抵多溺于郑、卫,由是新声炽而雅音废矣。""虽沿情之作,或出一时,而声辞浅近,少复近古。"

南朝乐府民歌主要保存在《乐府诗集》的《清商曲辞》以及《杂曲歌辞》

《杂歌谣辞》中。从其内容及流传地域来划分类别,大致可分为"吴声歌曲""西曲歌"和"神弦歌"等。三类合计,有近500首,其中"吴声歌曲"计326首,存曲目24种;"西曲歌"计142首,存曲目34种;"神弦歌"共18首。

一、吴声歌曲

"吴声歌曲"的流传地主要在太湖流域的江南地区,《乐府诗集》卷四十四《清商曲辞》对其进行总结道:

> 《晋书·乐志》曰:吴歌杂曲,并出江南。东晋以来,稍有增广。其始皆徒歌,既而被之管弦。盖自永嘉渡江之后,下及梁陈,成都建业,吴声歌曲起于此也。《古今乐录》曰:吴声歌旧器有篪、箜篌、琵琶,今有笙筝。其曲有《命啸》,吴声游曲半折、六变、八解,《命啸》十解,存者有《乌噪林》《浮云驱》《雁归湖》《马让》,余皆不传。吴声十曲:一曰《子夜》,二曰《上柱》,三曰《凤将雏》,四曰《上声》,五曰《欢闻》,六曰《欢闻变》,七曰《前溪》,八曰《阿子》,九曰《丁督护》,十曰《团扇郎》,并梁所用曲。《凤将雏》以上三曲,古有歌,自汉至梁不改,今不传。《上声》以下七曲,内人包明月制舞《前溪》一曲,余并王金珠所制也。游曲六曲《子夜四时歌》《警歌》《变歌》,并十曲中间游曲也。半折、六变、八解,汉世以来有之。八解者,古弹、上柱古弹、郑干、新蔡、大治、小治、当男、盛当,梁太清中犹有得者,今不传。又有《七日夜》《女歌》《长史变》《黄鹄》《碧玉》《桃叶》《长乐佳》《欢好》《懊恼(侬)》《读曲》,亦皆吴声歌曲也。

郭茂倩提到的《古今乐录》,是陈代释智匠所著的一部典籍,其中也保存不少民歌。如《团扇郎歌》《华山畿歌》《读曲歌》等,这几首民歌都被收入《乐府诗集》。应该说,在魏晋南北朝时,"今不传"之作还有许多。如《南史·循吏列传》中所言:"凡百户之乡,有市之邑,歌谣舞蹈,触处成群,盖宋世之极盛也。"又如《太平御览》五六九卷引梁代裴子野《宋略》所云："及周道衰微,日失其序,乱俗先之以怨怒,国亡从之以哀思。扰杂子女,荡悦淫志。充庭广奏,则以鱼龙靡漫为瑰玮,会同享觐,则以吴趋楚舞为妖妍。""王侯将相,歌伎填室;鸿商富贾,舞女成群。竞相夸大,互有争夺,如恐不及,莫为禁令,伤风败俗,莫不在此。"由此可想见,当时乐府民歌的演唱和保存,在数量上是相当可观的。这种背景也决定了吴声歌曲的演唱内容。"歌伎填室"和"舞女成群",带来的是大量流行性的民歌。所以,许多学者不解的吴声歌曲中那么多民歌具有都市色彩的原因,也就不言自喻。

《乐府诗集》中,收入《子夜歌》42首,《子夜四时歌》75首,《读曲歌》89首等,其中,流传甚为久而广者有《子夜歌》《子夜四时歌》《丁督护歌》《团扇郎》《七日夜女歌》《碧玉歌》《桃叶歌》《长乐佳》《懊侬歌》《华山畿》《读曲歌》等。表现炽烈的情爱,大量运用"同声异字""异声同字"等谐声修辞法,成为"吴声歌曲"的重要特点。如《子夜歌》,《宋书·乐志》载:"晋孝武太元中,琅邪王轲之家,有鬼歌《子夜》。"《唐书·乐志》载:"晋有女子名子夜,造此声,声过哀苦。"其中多以"莲"示"怜",以"丝"示"思",以"星"示"心",以"琴"示"情",以"布匹"之"匹"为"匹偶"之"匹",以"故旧"之"故"为"本来"之"故"。如:

高山种芙蓉,
复经黄檗坞。
果得一莲时,("莲"同"怜")
流离婴辛苦。

始欲识郎时,
两心望如一。
理丝入残机,("丝"即"思")

何悟不成匹？（"匹"即"匹配"）

又如《碧玉歌》，一名《千金意》，《乐府诗集》作无名氏之作，其引《乐苑》道："《碧玉歌》者，宋汝南王所作也。碧玉，汝南王妾名，以宠爱之甚，所以歌之。"有人考证宋并无汝南王，以为其属"无稽"，其实，这正是民间歌曲的重要特征。其歌唱情爱异常大胆：

碧玉小家女，
不敢攀贵德。
感郎千金意，
惭无倾城色。
碧玉破瓜时，
相为情颠倒。
感郎不羞郎，
回身就郎抱。

其中的"破瓜"，即女性第一次与男人交媾欢爱而失去处女膜，这种说法至今还流传。在卫道者看来，这首民歌淫之至极，属"伤风败俗"之作，但民间歌曲就是这样直白抒发百姓间的相互爱慕之意。

《华山畿》是一首尤为感人的爱情民歌，而且相伴"神女冢"的动人传说，为人所传颂。其"棺木为侬开"被人推许为梁山伯祝英台故事的雏形，应该有一定道理。

释智匠在《古今乐录》中对此歌谣与传说故事记述道：

宋少帝时，南徐一士子，从华山畿往云阳，见客舍有女子年十八九，悦之无因，遂感心疾。

母问其故,具以启母。

母为至华山寻访,见女具说;闻感之,因脱蔽膝令母密置其席下卧之,当已。

少日,果差。忽举席,见蔽膝而抱持,遂吞食而死。气欲绝,谓母曰:"葬时车载从华山度。"

母从其意。比至女门,牛不肯前,打拍不动。

女曰:"且待须臾。"

妆点沐浴,既而出,歌曰:

"华山畿,

君既为侬死,

独生为谁施?

欢若见怜时,

棺木为侬开。"

棺应声开,女遂入棺。家人叩打,无如之何,乃合葬,呼曰"神女冢"。

这首歌谣和这则传说,使我们联想起著名的民间传说《梁山伯与祝英台》,其中的"合墓"情节,应当自此而来。记述"梁祝传说"较早的材料,见于唐初梁载言的《十道四番志》(见宋代张津《乾道四明图经》),其中提到"义妇祝英台与梁山伯同冢";晚唐时,张读在《宣室志》[1]中已经讲述得很详细,他提到"英台,上虞祝氏女也,伪为男装游学,与会稽梁山伯者同肄业。山伯,字处仁。祝先归。二年,山伯访之,方知其为女子,怅然如有所失。告其父母求聘,而祝已字马氏子矣。山伯后为鄞令,病死,葬鄮城西。祝适马氏,舟过墓所,风涛不能进。问知有山伯墓,祝登号恸,地忽自裂陷,祝氏遂并埋焉。晋丞相谢安奏表其墓,曰义妇冢"。至于宋人李茂诚所撰《义忠王

---

[1] 见张永钦等点校本,中华书局1983年版。

庙记》及其后所加"化蝶"等材料,另议。这里我们可以看到"晋丞相谢安奏表其墓,曰义妇冢"所透露的信息,即晋代就已经有梁山伯与祝英台的传说,那么,它取自《华山畿》民歌及其传说"神女冢"故事,当是很正常的事情,同时也说明《华山畿》的流传伴有不同寻常的民间传说。《乐府正义》说:"南徐州,刘宋时淮南地也。云阳,曲阿也。华山当是丰县之小华山。《乐录》之说甚诞,未足信。"其实,"未足信"就是民间传说的重要特征。

其他如《懊侬歌》《读曲歌》,《宋书·乐志》提到其为"晋石崇绿珠所作","民间为(谓)彭城王义康所作"。前者应是"托名之作",而后者转"伤"为"淫",其实也是民歌在文化传播中主题变异的普遍现象。《懊侬歌》中有"寡妇哭城倾"句,应当是关于《孟姜女》传说的记述。"吴声歌曲"突出的是一个"情"字,语言自然流畅,常富于夸张性表现,给人以深刻印象。如《华山畿》中的"相送劳劳渚。长江不应满,是侬泪成许",又如《读曲歌》中的"打杀长鸣鸡,弹去乌臼鸟。愿得连冥不复曙,一年都一晓"。"吴声歌曲"所用"复沓"句式,是民歌常用的手法,如《桃叶歌》中所用"桃叶复桃叶",《古今乐录》和《玉台新咏》称其为"晋王子敬之所作",其实民歌是学不像的。再者是《子夜歌》中的对唱形式和《子夜四时歌》中的"春夏秋冬"四季歌式,当是在魏晋南北朝时期第一次以"吴声歌曲"的形式出现,对后世相同形式的民歌具有滥觞意义。而这些,又都是我们所忽略的内容。

二、西曲歌

《乐府诗集》卷四十七引《古今乐录》道:

西曲歌有《石城乐》《乌夜啼》《莫愁乐》《估客乐》《襄阳乐》《三洲》《襄阳蹋铜蹄》《采桑度》《江陵乐》《青阳度》《青骢白马》《共戏乐》《安东平》《女儿子》《来罗》《那呵滩》《孟珠》《翳乐》《夜度娘》《长松标》《双行缠》《黄督》《黄缨》《平西乐》《攀杨枝》《寻阳乐》《白附鸠》《拔蒲》《寿

阳乐》《作蚕丝》《杨叛儿》《西乌夜飞》《月节折杨柳歌》三十四曲……按西曲歌出于荆、郢、樊、邓之间,而其声节送和与吴歌亦异,故依其方俗而谓之西曲云。

"西曲歌"所表现的也是重在一个"情"字,其抒发的"情"与"吴声歌曲"不尽相同,更多地表达出对自由、幸福的热切向往。其中虽然有情爱世界的具体描绘,但远不及"吴声歌曲"中有些民歌那种作赤裸裸的性爱的显示,它更多的是含蓄性的流露和表述。如"西曲歌"中出现较多的场景,一是水边,诸如江水、堤、湾、洲,一是与水相连的花、草、鱼、鸟、莲、杨柳,再就是以"春天"和"扬州"作为幸福生活的缩影,它们在民歌中成为一种境界和情结。作品给人带来的画面更朦胧,韵味也更悠远。

如《翳乐》:

人言扬州乐,
扬州信自乐;
总角诸少年,
歌舞自相逐。

如《莫愁乐》:

闻欢下扬州,
相送楚山头;
探手抱腰看,
江水断不流。

如《那呵滩》：

> 闻欢下扬州，
> 相送江津湾。
> 愿得篙橹折，
> 交(教)郎到(倒)头还。

如《襄阳乐》：

> 人言襄阳乐，
> 乐作非侬处。
> 乘星冒风流，
> 还侬扬州去。

> 扬州蒲锻环，
> 百钱两三丛。
> 不能买将还，
> 空手揽抱侬。

如此等等，我们能看到"荆郢樊邓"之地，即民间百姓心中的扬州情结——扬州以美丽的风景成为想象，紧系着他们的希望和憧憬。这使我们联想到后人"烟花三月下扬州"的诗句，又何尝不是这种情结的延续呢？一代又一代人做着缤纷的扬州梦，而扬州的发达直接源起于南北方的共同开发，扬州是以商贸的繁荣吸引着天下的[1]。商贾阶层在民间文学中的特殊地

---

[1] 参见拙作《唐代扬州民俗文化初论》，《民俗研究》，2000年第4期。

位,在这里典型地体现出来。这意味着魏晋南北朝民歌以"西曲歌"为代表,在文化结构与文化性格上已经发生了明显的转变,从往日以农耕生活为背景的动乱、灾荒、情爱等社会文化主题,转向了以都市为背景的受商业冲荡的更新的生活主题。

《月节折杨柳歌》在"西曲歌"中的出现,具有更为特殊的意义。连同"闰月",其共十三首,这是后世世俗小调"十三月望花"的最早起源。就其内容来看,它改变了传统的农事歌谣诸如《诗经·豳风·七月》的描述方式,同时也改变了表现主题,以个人情感变化的细腻表达,代替了农事歌谣逐事叙述的基本结构,这同样意味着商贸崛起后与商贾阶层联系尤为紧密的"伎"对民间文学的参与及其所带来的重要变化。在每一首歌谣中,都出现了独立的"折杨柳"字样,它作为歌唱时的节奏处理,标志着一种新的民歌体的产生。

如其中的《七月歌》：

> 织女游河边。
> 牵牛顾自叹,
> 一会复周年。
> 折杨柳。
> 揽结长命草,
> 同心不相负。

这里的"牛郎织女"传说,表现出各自身份的明朗化,"一会复周年"包含着鹊桥相会的传说,也包含着世间男女相爱、相互思念的感情变化。

"西曲歌"中的《西洲曲》,是南朝乐府民歌中最能体现五字句民歌艺术特点的典型,是"南风"的代表。《西洲曲》是一首恋歌：

忆梅下西洲,
折梅寄江北。
单衫杏子红,
双鬓鸦雏色。
西洲在何处?
两桨桥头渡。
日暮伯劳飞,
风吹乌臼树。
树下即门前,
门中露翠钿。
开门郎不至,
出门采红莲。
采莲南塘秋,
莲花过人头。
低头弄莲子,
莲子青如水。
置莲怀袖中,
莲心彻底红。
忆郎郎不至,
仰首望飞鸿。
鸿飞满西洲,
望郎上青楼。
楼高望不见,
尽日栏杆头。
栏杆十二曲,
垂手明如玉。

卷帘天自高,
海水摇空绿。
海水梦悠悠,
君愁我亦愁。
南风知我意,
吹梦到西洲。

这首民歌在艺术表现上"摇曳轻飔",既有普通"西曲歌"的含蓄,又有"吴声歌曲"的谐声。关于这首民歌的作者,《乐府诗集》和《古诗纪》都作"古辞",《玉台新咏》作江淹,《诗镜》则作梁武帝。应该说其中包含着江淹、梁武帝等人对"古辞"的加工,即对民间歌曲的借用或改造。从其形制来看,它与《月节折杨柳歌》颇为相似,语句口气也更多地近于"西曲歌"中的缠绵。如《三洲歌》中所唱的"送欢板桥湾,相待三山头;遥见千幅帆,知是逐风流。风流不暂停,三山隐行舟;愿作比目鱼,随欢千里流",其意境与《西洲曲》更近。关于《三洲歌》,《古今乐录》中说:"商客数游巴陵、三江口,往还因共作此歌。"意谓商业繁盛与商人逸豫促使这类歌谣的出现。那么,《西洲曲》也当如此。其中咏唱的"海水摇空绿""海水梦悠悠",当与"人言扬州乐,扬州信自乐"意同,是情深处的借指,体现出歌女的向往。同时我们也可以看到,既然与商旅相联系,商旅客人看惯了《懊侬歌》中的"江陵去扬州,三千三百里",在"吴声歌曲"和"西曲歌"中间也必然存在文化交流,这首民间歌曲就应当是以"交流"为背景的"西曲歌"。当然,在此歌的流传过程中,梁武帝应感到其特有的妩媚,那"吹梦到西洲"的韵致,明显不同于"吴声歌曲"中那些动辄言"碧玉破瓜时"之直露,他借用或有所改动也就是很正常的事情。民间歌谣在具体流传中,由于多种原因被融进宫廷燕乐或军中鼓曲,这并不影响它的存在,反而增强了它的传播途径和保存时效。

三、神弦歌

南朝民歌在"吴声歌曲"和"西曲歌"之外,还有一种"神弦歌",《乐府诗集》把它归入"清商曲辞",存18首。《古今乐录》中载其11曲、其词17章,其名见之于《宋书·乐志》中:"何承天曰:'或云今之《神弦》,孙氏以为《宗庙登歌》也。'史臣案陆机《孙权诔》'肆夏在庙,云翘承机',机不容虚设此言。又韦昭、孙休世上《鼓吹铙歌》十二曲表曰:'当付乐官善歌者习歌。'然则,吴朝非无乐官,善歌者乃能以歌辞被丝管,宁容止以《神弦》为庙乐而已乎?"应该说,三国时期江南一带就已经有此类祠神之曲,如朱熹在《楚辞集注·楚辞辩证》中所说"比其类则宜为《三颂》之属,而论其词则反为《国风》再变之《郑》《卫》"。

"神弦歌"不同于"吴声""西曲"者,是其虽有情爱的描写,而内容在于祭祀神灵,属于淫祀之曲。如其中著名的《青溪小姑曲》:

开门白水,
侧近桥梁;
小姑所居,
独处无郎。

此中的小姑即刘敬叔在《异苑》中所提的"青溪小姑,蒋侯第三妹也"。"蒋侯"即钟山之神蒋子文。干宝在《搜神记》中曾提到他,说他"尝为秣陵尉,因击贼,伤而死。吴孙权时封中都侯,立庙钟山,转号钟山为蒋山"。黄芝岗在《中国的水神》中,对此有过详细考证。

"神弦歌"还有《湖就姑曲》《姑恩曲》等咏及"青溪小姑"的民间歌曲,《圣郎曲》和《娇女诗》也隐约提及她。为何有这种现象呢?《续齐谐记》中所述"会稽赵文韶"一段传说,可见一斑:

会稽赵文韶,宋元嘉中为东扶侍,廨在青溪中桥,秋夜步月,怅然思归,乃倚门唱《乌飞曲》。忽有青衣,年可十五六许,诣门曰:"女郎闻歌声有悦人者,逐月游戏,故遣相问。"文韶都不之疑,遂邀暂过。须臾,女郎至,年可十八九许,容色绝妙。谓文韶曰:"闻君善歌,能为作一曲否?"文韶即为歌"草生磐石下",声甚清美。女郎顾青衣,取箜篌鼓之,泠泠似楚曲。又令侍婢歌《繁霜》,自脱金簪扣箜篌和之,婢乃歌曰:"歌繁霜,繁霜侵晓幕。何意空相守,坐待繁霜落?"留连宴寝。将旦,别去,以金簪遗文韶,文韶亦赠以银碗及琉璃匕。明日,于青溪庙中得之。乃知所见青溪神女也。

抛开是否有赵文韶与青溪小姑的风情万种,在相关的"神弦歌"中,我们可以看到淫祀歌的存在形式,即歌女(伎)、巫女的出现,使媚神的主题不断神秘化、丰富化。关于这一点,我们从《晋书·夏统传》中也可以看到。其中述及"其从父敬宁祠先人,迎女巫章丹、陈珠,二人并有国色,庄服甚丽,善歌舞,又能隐形匿影",后章丹、陈珠"轻步佪舞,灵谈鬼笑",敬宁便责诸人"奈何诸君迎此妖物,夜与游戏,放傲逸之情,纵奢淫之行"。其中女巫"善歌舞",能"吞刀吐火",即女伎。这是祭祀歌舞的习俗表现。沈约在《赛蒋山庙文》中曾提到"仰惟大王,年逾二百,世兼四代",那么,"神弦歌"中不断出现的"神仙"字眼,即"赛"的对象。淫祀中的取媚淫神,选择美丽而善歌善舞的伎与巫,使"神弦歌"具有更独特的意义,这是南朝乐府民歌中的又一枝奇葩,它的价值和意义应引起我们的重视。

第三节　北朝乐府民歌

北朝民歌今所见者,主要保存于《乐府诗集》的《梁鼓角横吹曲》中,其他如《杂曲》《杂歌谣辞》中也有零散保存。崇尚自然风光,崇尚勇猛刚武,是北朝民歌鲜明的文化主题。鼓角横吹曲冠之以"梁",并非因为它出于江南"宋齐梁陈"之"梁",据《古今乐录》的著者释智匠所记,是由于北朝的鼓角横吹曲曾经输入齐、梁[1],并为梁乐府所保存(事见《南齐书·东昏侯纪》),后人袭用,便有了"梁鼓角横吹曲"的名称。郭茂倩在《乐府诗集》卷二十一中对此解释道:"横吹曲,其始亦谓之鼓吹。马上奏之,盖军中之乐也。"他在卷二十五引《古今乐录》总结其数目时说:

> 《古今乐录》曰:梁鼓角横吹曲有《企喻》《琅琊王》《钜鹿公主》《紫骝马》《黄淡思》《地驱乐》《雀劳利》《慕容垂》《陇头流水》等歌三十六曲。二十五曲有歌有声,十一曲有歌。是时,乐府胡吹旧曲有《大白净皇太子》《小白净皇太子》《雍台》《擒台》《胡遵》《利羊丘女》《淳于王》《捉搦》《东平刘生》《单迪历》《鲁爽》《半和企喻》《比敦》《胡度来》十四曲。三曲有歌,十一亡。又有《隔谷》《地驱乐》《紫骝马》《折杨柳》《幽州马客吟》《慕容家自鲁企由谷》《陇头》《魏高阳王乐人》等歌二十七曲,合前三曲,凡三十曲。总六十六曲。

北朝文学发展中,民歌的地位尤其突出,而且其中的少数民族民歌占据了重要位置。这是当时的社会政治格局所决定的。当时大批文人南渡,相对于南朝而言,北朝文坛一片荒凉,即使有所谓三才之称的"魏收、邢劭、温子升",也并无多大贡献。这种局面直到庾信的北上才有所改变。至于王褒、郦道元、杨衒之、颜之推等北朝作家,虽然付出了艰辛努力,但终究没有形成集团阵容,没有构成更大气候。在这样的文化背景下,更显得北朝民歌的价值珍贵。

《旧唐书·音乐志》中说:

---

[1] 《横吹曲》本为胡乐,自汉武帝时即传入中原,李延年曾因《摩诃兜勒》更造新声。

第二章 魏晋南北朝时期的民间歌谣和谚语

北狄乐其可知者,鲜卑、吐谷浑、部落稽三国,皆马上乐也……后魏乐府始有北歌,即《魏史》所谓《真人代歌》是也。代都时,命掖庭官女晨夕歌之……今存者五十三章,其名目可解者六章:《慕容可汗》《吐谷浑》《部落稽》《钜鹿公主》《白净王太子》《企喻》也。其不可解者,咸多可汗之辞。按今大角,此即后魏世所谓《簸逻回》者是也,其曲亦多可汗之辞。北虏之俗,呼主为可汗。吐谷浑又慕容别种,知此歌是燕、魏之际鲜卑歌,歌辞虏音,竟不可晓。

这里提出了一个尤为重要的文化识别问题,即如何对待少数民族的原始语言与民间文学的联系。由此我们也更容易理解为何在《折杨柳》中会有"我是虏家儿,不解汉儿歌"之辞。

北朝民歌中,征战是一个重要主题。诸如《企喻歌》《慕容垂歌》《紫骝马歌》,以及《歌谣》中的《陇上歌》、《北史·李安世传》中所收的《李波小妹歌》等。如《陇上歌》:

陇上壮士有陈安,
躯干虽小腹中宽,
爱养将士同心肝。
骢骢父马铁锻鞍,
七尺大刀奋如湍,
丈八蛇矛左右盘,
十荡十决无当前。
百骑俱出如云浮,
追者千万骑悠悠。
战始三交失蛇矛,

弃我骢骢窜岩幽,
为我外援而悬头。
西流之水东流河,
一去不还奈子何!

在战争中,敢于搏杀的英雄受到人们敬仰,这里的陈安就是这样的英雄。《晋书·刘曜载记》中记述道:"刘曜围陈安于陇城,安败走,曜使将军平先追之,平斩安于涧曲。安善于抚下,吉凶夷险与众共之。及死,陇上为之歌。曜闻而嘉伤,命乐府歌之。"事实上,从歌谣的内容可以看出,陈安"并非败走",而是在敌众我寡的情况下"为我外援而悬头"。最能表现这种不怕牺牲精神的歌谣,还有《李波小妹歌》。这首歌谣并未被《乐府诗集》所收,存之于《北史·李安世传》:

广平人李波,宗族强盛,残掠不已,公私为患。百姓为之语:
"李波小妹字雍容,
褰裙逐马如卷蓬,
左射右射必叠双。
妇女尚如此,
男子安可逢!"
刺史李安世诱波等杀之。

这和《晋书·刘曜载记》所记一样存在着史学家的偏颇,问题并不在"残掠不已,公私为患",民间歌谣赞赏的是她的"褰裙逐马如卷蓬",其主调如《慕容垂歌》中的"枉杀墙外汉"、《紫骝马歌》中的"一去数千里,何当还故处"的慷慨是一致的。慷慨即无畏,即虽然有北方人民饱受战火折磨的创痛,但他们毫不畏惧战争,崇尚豪侠,这也是其民歌的重要主题。如《企喻歌》中的"男儿欲作健,结伴不须多。鹞子经天飞,群雀两向波";在《折杨柳》中曾唱"遥看孟津河,杨柳郁婆娑。我是虏家儿,不解汉儿歌",流露出对汉族懦弱性格的轻蔑,而高唱"健儿须快马,快马须健儿。跸跋黄尘下,然后别雄雌"。又如《高阳乐人歌》:

可怜白鼻䮷,
相将入酒家。
无钱但共饮,
画地作交赊!

这就是北朝人民的爽朗。其中所表现的是对刚强与豁达的崇尚,毫无小肚鸡肠、奸诈卑劣的宵小之风。所以,他们唱着"放马大泽中,草好马著膘"(《企喻歌》),驰骋万里,势不可挡。这更反衬出南朝统治者沉湎于酒色,陶醉于荒淫的腐朽、无能。

在北朝民歌中,大自然的景色给人以另一番感觉,显示出北方人民博大、宽阔的胸怀。如《陇头歌》中的"陇头流水,流离四下。念我行役,飘然旷野";又如著名的《敕勒歌》,《乐府广题》说它"本鲜卑语,易为齐言,故其句长短不齐","北齐神武(高欢)攻周玉壁,士卒死者十四五。神武恚愤,疾发。周王下令曰:'高欢鼠子,敢犯玉壁,剑弩一发,元凶自毙。'神武闻之,勉坐以安士众,悉引诸贵,使斛律金唱《敕勒》,神武自和之"。从其流传背景和歌谣的内容来看,它当是北方人民集体创作的歌曲,这里"使斛律金唱",只不过是借这首流传甚广的歌曲来"安士众",鼓舞士气:

敕勒川,
阴山下。
天似穹庐,

笼盖四野。

天苍苍,
野茫茫,
风吹草低见牛羊。

多少年后,我们一听到这样的歌声,就如同望见了歌中所描写的无比辽阔的大草原,胸中顿时开朗起来。宋人王灼在《碧鸡漫志》中说:"金(即斛律金)不知书,同于刘(邦)、项(羽),能发自然之妙如此,当时徐(陵)、庾(信)辈不能也。"此论正是看到了其中的口头传唱背景。这种歌调自然反映了北方人民特殊的性情。它能流传到今天,并且为广大人民所喜爱,对于整个中华民族热爱祖国,热爱生活,不屈服于强权,敢于拼搏,积极进取的性格形成也具有重要的影响作用。

北朝民歌中也有不少表现爱情的作品,体现出北方人民对待爱情的态度,以及其表达爱情的特殊方式。在这些民歌中,也不乏细腻、缠绵、含蓄的倾吐衷肠,如《淳于王歌》中的"肃肃河中育,育熟须含黄,独坐空房中,思我百媚郎",《黄淡思》中的"心中不能言,腹作车轮旋。与郎相知时,但恐旁人闻",以及《幽州马客吟歌》中的"荧荧帐中烛,烛灭不久停。盛时不作乐,春花不重生"等。但它更多的是热烈和直率,如《地驱乐歌辞》:

青青黄黄,
雀石颓唐。
槌杀野牛,
押杀野羊。

驱羊入谷,

白羊在前，
　老女不嫁，
　　蹴地唤天！

《折杨柳枝歌》中描述道：

　门前一株枣，
　　岁岁不知老。
　　阿婆不嫁女，
　　那得孙儿抱？

　敕敕何力力，
　　女子临窗织。
　　不闻机杼声，
　　只闻女叹息。

　问女何所思？
　　问女何所忆？
　　阿婆许嫁女，
　　今年无消息！

　　这是北方中原地区的一首民歌，第一节至今还在河南民间流传；其后两节分明在《木兰辞》中能见到，只不过其先有"不闻机杼声，只闻女叹息"，后有"问女何所思？问女何所忆"，与《木兰辞》中相同。尤其是最后一节的"阿婆许嫁女，今年无消息"两句，连接得尤其好。真不知道《折杨柳枝歌》与《木兰辞》谁借用了谁。

在《紫骝马歌》中,所描述的不是爱情的倾诉,而是一种婚俗:

> 烧火烧野田,
> 野鸭飞上天。
> 童男娶寡妇,
> 壮女笑杀人。

其实这应当是汉人眼中的胡俗,即少数民族中的婚姻习俗,是一种依据于传说的想象。在北方一些少数民族中,曾有过兄死其嫂嫁于其弟的婚俗,而汉族尤其是饱受儒教熏陶的中原汉族,则视之为荒诞不经,所以才有"壮女笑杀人"。在另一种意义上讲,如果其中有对爱情的表现,则可能是寡妇与童男偷情被人发觉后,人们故意对其开玩笑使其尴尬。当然,历史上有许多事情是我们不曾想象到的,对历史上民歌主题的辨识,同样需要走进民间去搜索论据。

最后应该提到的是关于北朝民歌《木兰诗》(《木兰辞》)的产生时间及其属性问题。这是我国民间流传的一首家喻户晓的叙事诗,从其具体内容上看,诗歌指明"可汗大点兵"等时令,显然是与少数民族统治中原的背景有联系,而其开头又有"唧唧复唧唧,木兰当户织",显然是中原地区农耕生活的描述。这表明其产生时间应是少数民族入主中原的北朝时代,但其出现于文献却相当晚。明确记述木兰代父从征故事者,见于唐代李冗的《独异志》。《独异志》卷上载"古有女木兰者,代其父从征,身备戎装,凡十三年,同穴之卒,不知其是女儿";元稹《元氏长庆集》卷二十三《乐府古题序》中,提及"由诗而下十七名,尽编为《乐录》","乐府等题"中"除《铙吹》《横吹》《郊祀》《清商》等词在《乐志》者","其余《木兰》《仲卿》《四愁》《七哀》

之辈,亦未必尽播于管弦明矣"[1]。应该说,在唐代已经有了这首民歌和木兰故事的流传;而在北朝乐府民歌中,我们也多处感受到与之相同的民歌句式与氛围。这不能说是《木兰诗》对它们的影响,而应该是后人整理这首民间叙事诗时对它所作的具有钩沉意义的整理和复原,即在魏晋南北朝时期,民间确实存在着一部以木兰故事为内容的长篇叙事诗,但由于未能及时记述,全部文本没有得到保存;此叙事民歌与《木兰诗》不是一回事,《木兰诗》明显是后人多重加工过的文本。当然,它毕竟保存了木兰故事,我们对此只能作为文人诗歌处理。关于这一点,宋人刘克庄在《后村诗话》中也指出"《焦仲卿妻》诗,六朝人所作也","《木兰诗》,唐人所作也"[2]。宋人魏泰在《临汉隐居诗话》中,述及"盖世传《木兰诗》为曹子建作,似矣"[3],这和托名某影响较大的人物这一文化传播方式是一致的。宋代有许多文献记述当时有木兰神庙,如王象之的《舆地纪胜》卷四十九所记"黄州"条;宋人吴可还在《藏海诗话》中具体注释《木兰诗》"磨刀霍霍向猪羊"句中"向"字为"能回护屠杀之意,而又轻清"[4]。考之诗作内容与北朝民歌中零散的诗句,此诗应当是唐代所整理;但在这种整理中,文人加工的痕迹非常明显。其实,"磨刀霍霍向猪羊"应是民间的语言,而"朔气传金柝"则是文人的语言。民间歌谣从来都是以生活气息为胜的。

第四节　魏晋南北朝时期民间谚语的保存

在民间文学史上,谚语是更为独特的部分。谚语的句式一般短小、精悍,人们用极其简练、准确而形象的语言,完整地表达某种经验。这种艺术形

---

[1] 存清文渊阁《四库全书》版("集部","别集类",第 1079 册)。
[2] 《后村诗话》前集卷一。清"(四部丛刊)本",景抄本《后村先生大全集》卷一百七十三。
[3] 存《丛书集成初编》,据清知不足斋丛书本。
[4] 《历代诗话续编》中存,无锡丁氏排印本(1916 年)。

式,通常是非常零散地保存在典籍中。也有一些是先保存在某种典籍中,后来因为人们使用得多了,就成了谚语,这种情况在先秦诸子的著作中较为常见。我们所注意的更多是从民间搜集整理的谚语。在魏晋南北朝时期,谚语比较集中地保存在贾思勰的《齐民要术》、颜之推的《颜氏家训》两部著作中。其他如《淮南子》《水经注》和《晋书》等典籍,也保存了这个时期的一些谚语。

《齐民要术》的成书,与贾思勰的人生态度及个人经历密切相关。如他在这本书的"序"中所述,他"采捃经传,爰及歌谣,询之老成,验之行事",查阅了一百六十多种文献,遍访河北、山东、山西民间百姓,以十年之力才完成这部我国最早的农学著作。其中所记述的谚语,除了引述《氾胜之书》《四民月令》和《管子》《左传》《淮南子》等典籍,主要是农谚,而且从文中可以看出,这些农谚的记述,几乎全是第一手资料。在《齐民要术》的"自序"中,贾思勰着重论述了"力耕"中"种谷树木"两种生产活动的意义,并引用了"智如禹汤,不如常耕""一年之计莫如种谷,十年之计莫如树木"等谚语。在引用的过程中,他所作的阐释(即对谚语内容的详细解说)显示出他对社会发展、农耕生产、人生追求等问题的卓识,同时,这些见解也可以看作他具有实用色彩的民间文化思想。在《耕田篇》《种谷篇》《黍稷篇》《小豆篇》《种麻篇》《种瓜篇》《大小麦篇》《种韭篇》《种葵篇》《种蒜篇》《种篇》《栽树篇》《种榆白杨篇》《养牛马驴骡篇》和《作酱法篇》等卷中,都表现了这种观念,给人以生动、翔实的感觉。如他在《杂说》中对"锄头三寸泽"的记述:

> 凡种麻地,须耕五六遍,倍盖之,以夏至前十日下子,亦锄两遍,仍须用心细意抽拔,全稠闹,细弱不堪留者即去却。一切但依此法。除虫灾外,小小旱不至全损。何者?缘盖磨数多故也。又锄耨以时,谚曰"锄头三寸泽",此之谓也。尧、汤旱涝之年则不敢保,虽然,此乃常式。古人云:"耕

锄不以水旱息功,必获丰年之收。"

有些阐释文字很简单,如卷六《养牛马驴骡篇》:

谚曰:"羸牛劣马寒食下。务在充饱调适而已。"

又如卷八《八和齑篇》:

蒜一,姜二,橘三,白梅四,熟栗黄五,粳米饭六,盐七,酱八。

这些谚语在《齐民要术》中有的标明为"谚曰",有的则标为"古人云",还有一些谚语直接化成一般用语。这种"化用"的例子尤其多,如卷一《种谷篇》中有"禾生于枣或杨,九十日秀","小豆忌卯,稻麻忌辰,禾忌丙,黍忌丑,秫忌寅未,小麦忌戌,大麦忌子,大豆忌申卯";卷二《黍篇》中有"刈穄欲早,刈黍欲晚";卷六《养牛马驴骡篇》中有"饮食之节,食有三刍,饮有三时";卷十有"杨桃无蹙,一岁三熟"等。这些谚语有的包含着千百年间劳动人民的总结,具有科学性,至今仍在流传,成为人们生活中的常识;而有一些则不免包含着古老的信仰,如某些民间禁忌。贾思勰较早地注意到对农谚的整理与保存,为古代科学技术的发展作出了突出贡献。他所整理的谚语,是我国民间文学史上珍贵的一页。与贾思勰的《齐民要术》不同的是,颜之推在《颜氏家训》中所保存的谚语,主要用来进行社会生活教育,诸如教子、识文、读书、治家等方面,重在提高人的素质和修养。这也与他的经历有关,如他在《观我生赋》所说的"一生而三化,备荼苦而蓼辛"。《颜氏家训》主要是以儒家思想教育、训导子弟,同时,也夹杂着作者对历史、文化和人生的理解,以及他对时局的态度等,还穿插一些见闻,这就使得其中的谚语不仅仅成为一种修辞手段。和《齐民要术》中阐释谚语的方式相似,《颜氏家训》

也总是作一些必要的引证、说明,使谚语的意义更为明确。

如《颜氏家训·教子篇》中对"习惯成自然"和"教妇初来,教儿婴孩"两条谚语的运用和保存:

> 当及婴稚,识人颜色,知人喜怒,便加教诲,使为则为,使止则止。比及数岁,可省笞罚。父母威严而有慈,则子女畏慎而生孝矣。吾见世间无教而有爱,每不能然。饮食运为,恣其所欲,宜诫翻奖,应诃反笑,至有识知,谓法当尔。骄慢已习,方复制之,捶挞至死而无威,忿怒日隆而增怨,逮于成长,终为败德。孔子云:"少成若天性,习惯如自然。"是也!俗谚曰:"教妇初来,教儿婴孩。"诚哉斯语!

他非常重视读书对人的教育,在《勉学篇》中运用谚语"积财千万,不如薄伎在身",强调"伎之易习而可贵者""无过读书":

> 夫明《六经》之旨,涉百家之书,纵不能增益德行,敦厉风俗,犹为一艺,得以自资。父兄不可常依,乡国不可常保,一旦流离,无人庇荫,当自求诸身耳。谚曰:"积财千万,不如薄伎在身。"伎之易习而可贵者,无过读书也。

当然,他也非常重视读书学习的方法,如他在《勉学篇》中对"博士买驴,书券三纸,未有驴字"的批评:

> 学之兴废,随时轻重。汉时贤俊,皆以一经弘圣人之道,上明天时,下该人事,用此致卿相者多矣。末俗以来不复尔,空守章句,但诵师言,施之世务,殆无一可……率多田里间人,音辞鄙陋,风操蚩拙,相与专固,无所堪能,问一言辄酬数百,责其指归,或无要会。邺下谚云:"博士买驴,书

券三纸,未有驴字。"

他不但重视读书、学习,而且重视治家,如他在《治家篇》中对谚语"落索阿姑餐"的运用:

妇人之性,率宠子婿而虐儿妇。宠婿则兄弟之怨生焉,虐妇则姊妹之谗行焉。然则女之行留,皆得罪于其家者,母实为之。至有谚云"落索阿姑餐",此其相报也。家之常弊,可不戒哉!

颜之推的《颜氏家训》体现出他的教育方法与教育思想,他所保存的这些谚语,至今还具有良好的教育意义,有许多还被民间所传诵。

其他保存谚语的文献也相当多。如曹丕在《典论·论文》中所引的"家有敝帚,享之千金"和"文人相轻,自古而然",在《典论·太子》中所引的"汝无自誉,观汝作家书"。郦道元在《水经注》中引用的谚语更多,诸如《湿水》中的"高梁无上源,清泉无下尾",《漾水》中的"南岈北岈,万有余家",《沔水》中的"冬涝夏净,断官使命",《湘水》中的"昭潭无底橘洲浮"等,这些谚语或者伴随着美丽的传说,或者成为一种地理常识。在《晋书》《宋书》《梁书》《魏书》《北齐书》等记述魏晋南北朝历史的史籍中,谚语的保存也相当可观。如《晋书·鲁褒传》中的"钱无耳,可使鬼",《晋书·苻洪载记》中的"雨若不止,洪水必起",《晋书·慕容超载记》中的"妍皮不裹痴骨",《宋书·颜延之传》中的"富则盛,贫则病"等,反映出社会生活以谚语形式所表现的各个方面的知识。

一部谚语史,是一部民间文化哲学史,也是一部科学技术思想史。在我们的民间文学发展史上,谚语的保存给我们提供了理解、认识一个时代文化精神的最直接、最方便的钥匙。在谚语世界中,我们可以看到各民族人民天才智慧的凝聚。魏晋南北朝是这样,其他时代也是这样。

魏晋南北朝的民间文学发展,在我国民间文学史上是一个重要的转折时期。在作家文学创作上,许多学者称这个时代出现了自觉的意识,那么,在民间文学方面,事实上也是这样。民间故事的形成、民间歌谣的演唱,都明显相异于汉代和汉代之前,从而真正地走向了艺术品格的成熟发展。

　　这个时代的南北差别,在民间文学的发展中也表现得相当明显,它使我们想起此后争说不休的南北文化问题,从后来的"宋人不用南相"到近世的"京派""海派"之争,魏晋南北朝时期民间文化上的纠纷是否具有滥觞意义呢?地域上自然景物的不同,会不会影响到人文生成变化的差别呢?这种差别是否会加剧、促使或者阻碍文化的交流与发展呢?世人又该如何正视这种差别并积极参与或控制这种局面的发展呢?凡此种种,都应该引起我们的思索。史迹表明,民间文学是可以引导的。

　　再者就是民间戏曲生活在魏晋南北朝时期的表现及记述问题。在《三国志·魏书·齐王纪》裴松之注引司马师"废帝奏"中,我们看到"日延小优郭怀、袁信等,于建始芙蓉殿前裸袒游戏","怀、信等于观下作辽东妖妇,嬉亵过度,道路行人掩目",这种黄色表演是否就是当时的戏曲存在形式呢?从唐代崔令钦的《教坊记》和《旧唐书·音乐志》中,我们看到"北齐兰陵王(高)长恭",其"性胆勇而貌妇人","刻木为假面"或"常著假面而对敌",成为戏曲发展中"大面""代面"起源,这意味着《兰陵王破阵曲》的形成。同是此《魏书》,在《王粲传》裴松之注引《吴质别传》中提到吴质因上将军曹真"性肥"而中领军朱铄"性瘦",即"召优使说肥瘦",使"真负贵,耻见戏",这里的戏是否就是即兴表演的小品艺术呢?其他还有《颜氏家训·书证篇》中提到的"傀儡子",以及"郭秃"善演"滑稽戏调",《三国志·魏书·杜夔传》裴松之注引傅玄文所提到的"水转百戏","使木人跳丸"而"出入自在","变巧百端",这些内容都是魏晋南北朝民间戏曲生活的几处斑点。

在我们看来,好像整个魏晋南北朝时期的民间文学一直在等待着隋唐时代民间文学的又一次大繁荣;我们分明听见了那个时代民间文学浪尖上的风,正朝着今天涌来。在这风中,夹着鼓角横吹,夹着木鱼声声,令人心旌难以平静。

第三章
民间文学中"药"与"酒"的时代特色

时代的诉求是文化发展的重要条件与职责。

三国魏晋南北朝时期的文化特色被人概括为"药"与"酒",极具时代意义。所谓"药"与"酒",其实就是济世,就是救世;在"药"中显示的是各种病态、弊端需要被拯救的时代诉求,在"酒"中,是无奈、尴尬、愤懑、仇怨等积重难返的社会情绪。"药"与"酒"被渐渐演绎为具有时代特色的神仙故事体系。

汉代社会是对周王朝(春秋战国仍然是相对统一的文化集合体)与秦王朝文化一统局面的恢复,以民族复兴色彩的文化整理而影响后世的文化传统。三国魏晋南北朝时期是一个乱世,一方面社会政治极度黑暗,士族门阀制度形成人才的壅堵,贫富差距日益增大,到处充满混乱、贫穷,礼崩乐坏,道德日益严重沦丧。在道家文化、道教文化与时代的呼应过程中越来越表现出无力的超越,于是,仙话即神仙故事便以不同的面目被表现,被记述,被讲述。与此同时,以中原文化为主要内容的中国传统文化出现日渐裂变、解析、分化的趋势,也出现来自宗教文化以世俗化为时代特色越来越激烈的冲击与挑战。如莎士比亚在《哈姆雷特》中提出的人类文明的命题:是死还是活着,这是一个值得考虑的问题。

第一节　旧瓶装新酒

文化的生存与发展变化离不开对历史遗产的继承。这种现象相当于我们惯用的比喻,叫旧瓶装新酒。有些传统故事模式并没有彻底改变,但是,其文化内涵已经有所改变。因此,酒故事就成为这个时代尤为独特的一个现象。人对于酒的喜爱有多种原因,或为豪情万丈,或为沉湎酒色,麻醉自我,得过且过,躲避现实。如人所说,醉生梦死。这是一个时代在酒中的映现,是现实的倒影。

如前文所述晋张华撰《博物志》卷十《千日酒》讲述了"一醉千日"的故事,晋干宝在《搜神记》卷十九《千日酒》中,讲述的刘玄石醉酒故事更具有生活趣味儿:

> 狄希,中山人也,能造千日酒,饮之千日醉。
> 时有州人姓刘,名玄石,好饮酒,往求之。
> 希曰:"我酒发来未定,不敢饮君。"
> 石曰:"纵未熟,且与一杯,得否?"
> 希闻此语,不免饮之。
> 复索曰:"美哉!可更与之。"
> 希曰:"且归,别日当来,只此一杯,可眠千日也。"
> 石别,似有怍色。至家,醉死。家人不之疑,哭而葬之。
> 经三年,希曰:"玄石必应酒醒,宜往问之。"
> 既往石家,语曰:"石在家否?"
> 家人皆怪之,曰:"玄石亡来,服以阕矣。"
> 希惊曰:"酒之美矣,而致醉眠千日,今合醒矣。"乃命其家人凿冢破棺看之。
> 冢上汗气彻天,遂命发冢。

方见开目张口,引声而言曰:"快哉,醉我也。"

因问希曰:"尔作何物也,令我一杯大醉,今日方醒,日高几许?"

墓上人皆笑之,被石酒气冲入鼻中,亦各醉卧三月。

显然,在"药"与"酒"中,都是催生狂欢的重要元素。

传统节日是一个民族最重要的时间单位,是风俗建设不可或缺的内容。每一个节日能够广泛而持久地流传,为人们所认同,首先是节日传说的内容被人们所知晓。如著名的介之推故事与寒食节风俗,《左传·僖公二十四年》"介子推不言禄"中有详细记述,在《庄子》《韩非子》《吕氏春秋》等典籍中也有不同形式的表现。两汉时期,关于介之推故事在《韩诗外传》《淮南子》《说苑》《新序》《史记》和《琴操》等典籍中有许多接着说的内容,而且表明最迟在汉代已经有了寒食节风俗的记述与存在。魏晋南北朝时期,这一故事继续被接着说,在晋王嘉撰《拾遗记》、南朝宋刘敬叔撰《异苑》、南朝梁殷芸撰《殷芸小说》等文献中屡屡出现。我们可以看到,之前的介之推故事明显出现了"不举火"的字眼,而寒食节的概念被阐释和寒食的文献记述,则源自南朝宋范晔撰《后汉书·周举传》,其称"太原一郡,旧俗以介之推焚骸有龙忌之禁。至其亡月,咸言神灵不乐举火。由是士民每冬中辄一月寒食,莫敢烟爨"。这是关于寒食节风俗历史的具体标志。或者说,每一种故事的每一次讲述,其文化价值都是不同的。

如《拾遗记》卷三有关"思烟台"记述:

僖公十四年,晋文公焚林以求介之推,有白鸦绕烟而噪,或集之推之侧,火不能焚。晋人嘉之,起一高台,名曰"思烟台。"

……或云戒所焚之山数百里居人不得设网罗,呼曰"仁鸟"。

再如《异苑》卷十"足下之称"记述:

> 介子推逃禄隐迹,抱树烧死。文公拊木哀嗟,伐而制屐。每怀割股之功,俯视其屐曰:"悲乎,足下!"
>
> "足下"之称,将起于此。

再如后人整理的《水经注异闻录》[1]所记述,其中加入了少见的桂树。而在北方,多为柳树,人们在歌谣中传唱"清明不戴柳,来世变黄狗",于此时在土中插柳。其讲述道:

> 昔子推逃晋文公之赏而隐于绵上之山也。
>
> 晋文公求之不得,乃封绵为介子推田,曰:"以志吾过,且旌善人。"因名斯山(绵山)为介山。
>
> 故袁山松《郡国志》曰:界休县有介山绵上聚子推庙。
>
> 王肃《丧服要记》曰:昔鲁哀公祖载其父。孔子问曰:"宁设桂树乎?"哀公曰:"不也。桂树者,起于介子推。子推,晋之人也。文公有内难,出国之狄。子推随其行;割肉以续军粮。后文公复国,忽忘子推。子推奉唱而歌。文公始悟,当受爵禄。子推奔介山,抱木而烧死。国人葬之,恐其神魂陨于地,故作桂树焉。吾父生于宫殿,死于枕席,何用桂树为?"

再如著名的地陷传说,汉代《淮南子·真训》中已有"历阳沦为湖"的记载;高诱撰《淮南子注》,为上述"历阳沦为湖"作注,其注《说文解字》时亦有"历阳沦为湖",其详细记述"视东城门阃有血便走上北山,勿顾"与"其暮,门吏故杀鸡,血涂门阃。明旦,老妪早往视门,见血便上北山,国没为湖"而"历阳之都,一夕反而为湖"的内容。其中的涂血与陷落巫术意义的联系,

---

[1] 任松如《水经注异闻录》,上海启智书局1935年;此据中国书店1991年版。

仍然是关键内容。

此时,"历阳沦为湖"在旧题三国魏曹丕所撰的《列异传》中记述为:

和州历阳沦为湖。先是有书生遇一老姥,姥待之厚,生谓姥曰:"此县门石龟眼血出,此地当陷为湖。"姥后数往候之。门使问姥,姥具以告,吏遂以朱点龟眼。姥见,遂走上北山,城遂陷。

地陷传说的真实性存在与否并不重要,重要的是它为什么被不断记忆与记述。"述异"是魏晋南北朝时期的重要文体,南朝齐祖冲之撰《述异记》和南朝梁任昉撰《述异记》都记述了"历阳沦为湖"的传说,只有晋干宝所撰《搜神记》所记述内容有不同,增加了"食鱼"报应的情节,而且"历阳沦为湖"传说故事被改变为安徽古巢与浙江长水县(今嘉兴市)两地。北魏郦道元的《水经注》和南朝梁刘之遴撰《神录》,包括《太平广记》引文,都有地陷传说及其中"见血"与"不敢顾"的内容,主要围绕"长水县"讲述。这类故事在20世纪30年代林兰所编《民间故事》中有保存,地陷讲述内容更具体。

如晋干宝《搜神记》卷二十《古巢老姥》:

古巢,一日江水暴涨,寻复故道。港有巨鱼重万斤,三日乃死。合郡皆食之。

一老姥独不食,忽有老叟曰:"此吾子也,不幸罹此祸。汝独不食,吾厚报汝。若东门石龟目赤,城当陷。"

姥日往视。有稚子讶之,姥以实告。

稚子欺之,以朱傅龟目。姥见,急出城。

有青衣童子曰:"吾龙子也。"乃引姥登山,而城陷为湖。

晋干宝《搜神记》卷十三《长水县》记述为:

由拳县,秦时长水县也。始皇时,童谣曰:"城门有血,城当陷没为湖。"
有妪闻之,朝朝往窥。门将欲缚之,妪言其故。
后门将以犬血涂门,妪见血便走去。
忽有大水欲没县。主簿令干入白令。
令曰:"何忽作鱼?"
干曰:"明府亦作鱼。"
遂沦为湖。

后来《太平广记》卷四六八也有题作《长水县》的传说,称其出《神鬼传》。此《神鬼传》为这一时期文献。其记述道:

秦时,长水县有童谣曰:"城门当有血,则陷没为湖。"
有老妪闻之,忧惧,旦旦往窥焉。门卫欲缚之,妪言其故。妪去后,门卫杀犬,以血涂门。
妪又往,见血走去,不敢顾。
忽有大水,长欲没县。主簿何干入白令。令见干曰:"何忽作鱼?"
干曰:"明府亦作鱼矣。"
遂沦陷为谷。

北魏郦道元在《水经注》卷二十八《由卷县》(任松如编《水经注异闻录》)中称出自《神异传》:

《神异传》曰:由卷县,秦时长水县也。始皇时,县有童谣曰:"城门当有血,城陷没为湖。"
有老妪闻之,忧惶。旦往窥城门,门侍欲缚之。妪言其故。妪去后,门侍杀犬,以血涂门。

妪又往,见血,走去不敢顾。

忽有大水,长欲没县。主簿令干入白令。

令见干曰:"何忽作鱼?"

干又曰:"明府亦作鱼!"

遂乃沦陷为谷矣,因目长水城水曰谷水也。

南朝梁刘之遴撰《神录》"长水县",增加了"老母牵狗北走六十里,移至伊莱山得免"的内容,其记述道:

由拳县,秦时长水县也。始皇时,县有童谣曰:"城门当有血,城陷没为湖。"

有妪闻之忧惧,每旦往窥城门;门侍欲缚之,妪言其故。

妪去后,门侍杀犬,以血涂门。

妪又往,见血走去,不敢顾。

忽有大水,长欲没县,主簿令干入白令。令见干曰:"何忽作鱼?"干又曰:"明府亦作鱼!"

遂乃沦陷为谷。

老母牵狗北走六十里,移至伊莱山得免。

西南隅今乃有石室,名为神母庙,庙前石上,狗迹犹存。

神鬼传说与民间信仰有最直接的联系,或者可以看作民间信仰的注释,是神仙故事即仙话的文化基础。这一时期的神鬼传说有不同讲述方式,一种是对前世传说照着讲,如著名的西门豹传说故事;一种是旧事新说,诸端鬼怪映出人间世态炎凉。

如西门豹故事最早出现在《史记》中,在北魏郦道元撰《水经注》中成为注释河流与地名的传说材料。破除虚妄与坚持信念二者之间并不矛盾，而且应该是统一的，因为对真理的理解方式与具体内容表达都是多元的，风俗文化与风俗生活以民间信仰为重要基础，其改易更革的主体正是满足并适应于时代发展的诉求，不断调整其违背人性与文明的实际内容。

如《水经注》卷十"为河伯娶妇"所记：

> 漳水又北迳祭陌西，战国之世，俗巫为河伯取妇，祭于此陌。魏文侯时，西门豹为邺令，约诸三老曰：为河伯娶妇，幸来告知，吾欲送女，皆曰诺。
>
> 至时，三老、廷掾赋敛百姓，取钱百万。巫觋行里中，有好女者，祝当为河伯妇，以钱三万聘女，沐浴脂粉如嫁状。
>
> 豹往会之，三老、巫、掾与民，咸集赴观。
>
> 巫妪年七十，从十女弟子，豹呼妇视之，以为非妙，令巫妪入报河伯，投巫于河中。
>
> 有顷，曰：何久也？又令三弟子及三老入白，并投于河。
>
> 豹声[磬]折曰：三老不来，奈何？复欲使廷掾、豪长趣之，皆叩头流血，乞不为河伯取妇。
>
> 淫祀虽断，地留祭陌之称焉。

任松如《水经注异闻录》保存相似文本，其记述曰：

> 魏文侯时，西门豹为邺令。约诸三老曰："为河伯娶妇，幸来告知，吾欲送女。"
>
> 皆曰："诺！"
>
> 至时，三老、廷掾，赋敛百姓，取钱百万。巫觋行里中，有好女者，祝当为河伯妇，以钱三万聘女，沐浴脂粉如嫁状。
>
> 豹往会之，三老、巫掾，与民咸集赴观。巫妪年七十，从十女弟子。豹

呼妇视之,以为非妙。令巫妪入告河伯。投巫于河中。

有顷,曰:"何久也。"又令三弟子及三老入白,并投于河。

豹磬折曰:"三老不来,奈何?"

复欲使廷掾、豪长,趣之。皆叩头流血,乞不为河伯取妇。淫祀虽断,地留祭陌之称焉。

神鬼信仰固然有其存在的合理性,诸如自我规范道德行为,讲究报应,反对泛恶与各种不负责任、危害他人,对社会稳定具有一定的积极意义。但是,随着人们对社会和世界的认识不断提高,对自身的理解不断形成超越与飞跃,神鬼信仰不断出现变化,尤其是其中的虚假、脆弱的一面,越来越让人更加清醒更加理性地认识到其局限性。

如《风俗通义·怪神》中出现的"李君神",在晋葛洪撰《抱朴子·内篇》卷九《桑生李》中被讲述为:

南顿人张助者,耕白田,有一李栽应在耕次,助惜之,欲持归,乃掘取之,未得即去,以湿土封其根以置空桑中,遂忘取之。助后作远职,不在。后其里中人见桑中忽生李,谓之神。有病目痛者,荫息此桑下,因祝之言:"李君能令我目愈者,谢以一豚。"其目偶愈,便杀豚祭之。传者过差,便言此树能令盲者得见。远近翕然,同来请福,常车马填溢,酒肉滂沱。如此数年。张助罢职,来还见之,乃曰:"此是我昔所置李栽耳,何有神乎?"乃斫去,便止也。

其《抱朴子·内篇》卷九《石人有神》有类似内容的记述,同时,保存了"相语云头痛者摩石人头,腹痛者摩石人腹,亦还以自摩,无不愈者"和"为立帷帐,管弦不绝"的内容。这些信仰现象在今天仍然普遍存在于一些古庙会,成为民众的信仰传统。其具体记述道:

汝南彭氏墓近大道，墓口有一石人，田家老母到市买数片饼以归。天热，过荫彭氏墓口树下，以所买之饼暂著石人头上，忽然便去，而忘取之。行路人见石人头上有饼，怪而问之。或人云：此石上人有神，能治病，愈者以饼来谢之。如此转以相语，云头痛者摩石人头，腹痛者摩石人腹，亦还以自摩，无不愈者。遂千里来就石人治病，初但鸡豚，后用牛羊，为立帷帐，管弦不绝，如此数年。忽日前忘饼母闻之，乃为人说，始无复往者。

《抱朴子·内篇》卷九《鲍君》记述道：

昔汝南有人于田中设绳罥以捕獐而得者，其主未觉。有行人见之，因窃取獐而去，犹念取之不事。其上有鲍鱼者，乃以一头置罥中而去。本主来，于罥中得鲍鱼，怪之，以为神，不敢持归。于是村里闻之，因共为起屋立庙，号为"鲍君"。后转多奉之者，丹楹藻棁，钟鼓不绝。病或有偶愈者，则谓有神，行道经过，莫不致祀焉。积七八年，鲍鱼主后行过庙下，问其故，人具为之说。其鲍鱼主乃曰："此是我鲍鱼耳，何神之有？"于是乃息。

南朝宋范晔撰《后汉书·宋均列传》"皆娶巫家"，地点不再是"汝南"，其记述了同类故事：

浚遒县有唐后二山，民共祠之，众巫遂取百姓男女，以为公妪，岁岁改易，既而不敢嫁娶，前后守令莫敢禁。均乃下书曰："自今以后，为山娶者，皆娶巫家，勿扰良民。"于是遂绝。

南朝宋刘敬叔撰《异苑》卷五《鳝父庙》中故事发生地点也离开中原地区。如其记述：

> 会稽石亭埭,有大枫树,其中朽空,每雨,水辄满。有估客携生鳣至此,辄放一头于朽树中。村民见之,以鱼鳣非树中物,咸神之。乃依树起室,宰牲祭祀,未尝虚日,目为鳣父庙。有秽慢者,则祸立至。后估客复至,大笑,乃求鳣臛食之。其神遂绝。

人鬼之间有许多故事,体现了人们在一定历史时期对神鬼信仰态度的变化。如著名的宋定伯背鬼故事,其中有鬼化而为羊、唾法破除、鬼身轻的女人,是迄今仍然存在的民间信仰。可以考证出,其故事见之于文献,应该最早出现在三国魏署名曹丕的《列异传》:

> 南阳宋定伯年少时,夜行逢鬼,问之,鬼言:"我是鬼。"鬼问:"汝复谁?"定伯诳之,言:"我亦鬼。"鬼问:"欲至何所?"答曰:"欲至宛市。"鬼言:"我亦欲至宛市。"遂行。数里,鬼言:"步行太迟,可共递相担,何如?"定伯曰:"大善!"鬼便先担定伯数里。鬼言:"卿太重,将非鬼也?"定伯言:"我新鬼,故身重耳。"定伯因复担鬼,鬼略无重。如是再三,定伯复言:"我新鬼,不知有何所畏忌?"鬼答言:"惟不喜人唾。"于是共行。道遇水,定伯令鬼先渡,听之,了无声音。定伯自渡,漕漼作声。鬼复言:"何以有声?"定伯曰:"新死,不习渡水故耳,勿怪吾也。"行欲至宛市,定伯便担鬼着肩上,急执之。鬼大呼,声咋咋然,索下。不复听之,径至宛市中下,着地化为一羊。便卖之,恐其变化,唾之,得钱千五百,乃去。当时石崇有言:"定伯卖鬼,得钱千五。"

晋干宝《搜神记》卷十六《宋定伯》对此传说故事也有记述:

> 南阳宋定伯,年少时夜行逢鬼,问之,鬼言:"我是鬼。"鬼问:"汝复

谁？"定伯诳之，言："我亦鬼。"鬼问："欲至何所？"答曰："欲至宛市。"鬼言："我亦欲至宛市。"遂行。数里，鬼言："步行太迟，可共递相担，何如？"定伯曰："大善。"鬼便先担定伯数里。鬼言："卿太重，将非鬼也。"定伯言："我新鬼，故身重耳。"定伯因复担鬼，鬼略无重。如是再三，定伯复言："我新鬼，不知有何所畏忌？"鬼答言："惟不喜人唾。"于是共行。道遇水，定伯令鬼先渡，听之，了然无声音。定伯自渡，漕漼作声。鬼复言："何以有声？"定伯曰："新死，不习渡水故耳。勿怪吾也。"行欲至宛市，定伯便担鬼，著肩上，急执之。鬼大呼，声咋咋然，索下，不复听之，径至宛市中。下著地，化为一羊，便卖之，恐其变化，唾之，得钱千五百，乃去。当时石崇有言："定伯卖鬼，得钱千五。"

魏晋南北朝时期鬼故事的盛行体现了这一时期社会现实中普遍存在的价值观念，是社会观，也是人生观。

鬼的基本特征在于害怕阳光、喜爱阴暗污浊，其行为卑微、心理歹毒，刻意危害人类。邪恶横行，自然鬼魅丛生。所以，中国传统生活中以鬼为丑，将之等同于恶。有些人既是活在人世，也被称为鬼；其得到许多好处时，自私本性被继续放大，人称之为鬼鬼祟祟，其偷偷摸摸的无耻行为被称为"做鬼"。鬼故事流传的核心在于展示那些品行低下的鬼魅如何害人。当然，也有一些屈死鬼，其冤屈值得人同情，而且身份毕竟低下，总有其受人可怜也为人所恨处（诸如不争）。魏晋南北朝鬼故事出现的重要原因应该是社会政治黑暗，许多时候人们无从倾诉吧！所以，佛教文化影响社会，出现无尽的魑魅魍魉。人们讲述许许多多的鬼故事，应该是强调如何防备丑恶之徒伤害人。

如晋干宝《搜神记》曾经讲述一个老者酒醉还家，半道上被假扮其亲的恶鬼欺侮，其意欲杀鬼，却伤害了自己：

梁北丈人有之市而醉者。黎丘鬼喜效人子侄之状,扶而道苦之。归而诮其子,始知奇鬼也。明旦复往,其真子往迎之。丈人望其真子拔剑而刺之。

干宝《搜神记》卷十六《秦巨伯》记述故事更为详细,到底还是为鬼所害,乃防不胜防。其讲述道:

琅琊秦巨伯,年六十。尝夜行饮酒,道经蓬山庙,忽见其两孙迎之,扶持百余步,便捉伯颈着地,骂:"老奴,汝某日捶我,我今当杀汝。"伯思惟,某时信捶此孙。伯乃佯死,乃置伯去。伯归家,欲治两孙,孙惊惋叩头,言为子孙,宁可有此?恐是鬼魅,乞更试之。伯意悟。数日,乃诈醉,行此庙间,复见两孙来扶持伯,伯乃急持,鬼动作不得。达家,乃是两人也。伯著火灸之,腹背俱焦坼,出著庭中,夜皆亡去,伯恨不得之。后月余,又佯酒醉夜行,怀刀以去,家不知也。极夜不还,其孙恐又为此鬼所困,仍俱往迎伯,伯竟刺杀之。

民间传说鬼能够在合适的时候得到托生,其实,这是其自私自利的又一种表现形式。魏晋南北朝时期,私欲膨胀,鬼魅成殃,人们传说如何防备鬼患,通过鬼故事讲述保护自己的生活理念。如南朝宋刘义庆《幽明录》"救女得妻"所讲述:

曲阿有一人,忘姓名,从京还,逼暮不得至家。遇雨,宿广屋中。雨止月朗,遥见一女子,来至屋檐下。便有悲叹之音,乃解腰中缲绳,悬屋角自绞,又觉屋檐上如有人牵绳绞。此人密以刀斫缲绳,又斫屋上,见一鬼西走。向曙,女气方苏,能语,家在前,持此人将归,向女父母说其事。或是天运使然,因以女嫁与为妻。

人间的鬼魅可以是恶人,也可以是禽兽。狐狸的媚态与丑恶如何成为民间文学常常表现的内容,或许在这一历史时期文献中找到踪影。传说动物成精怪(或狐精),冒充他人(或亲属)作祟。人将精怪杀死,与《搜神记》卷十六《秦巨伯》故事一样,却使自己受到伤害。此最早见于晋干宝《搜神记》卷十八《吴兴老狸》中:

> 晋时,吴兴一人,有二男,田中作时,尝见父来骂詈,赶打之。儿以告母。母问其父,父大惊,知是鬼魅,便令儿斫之。鬼便寂不复往。父忧恐儿为鬼所困,便自往看。儿谓是鬼,便杀而埋之。鬼便遂归,作其父形,且语其家:"二儿已杀妖矣。"儿暮归,共相庆贺;积年不觉。后有一法师过其家,语二儿云:"君尊侯有大邪气。"儿以白父,父大怒。儿出,以语师,令速去,师遂作声入,父即成大老狸,入床下,遂擒杀之。向所杀者,乃真父也。改殡治服。一儿遂自杀;一儿忿懊,亦死。

应该说,一切传说故事的背后都有着一定的现实依据。防鬼其实就是防备那些恶人!

第二节 穿越时空的神仙世界

在鬼神世界中,鬼与神有着十分明显的差别。神的崇高神圣,与鬼的低下与庸俗,构成毁坏世界者与监督保护世界者的巨大差异。在神鬼之间,有一个连接二者的群体,就是神仙部落。神仙们自由来往于上上下下之间,以超越不同时空界限为标志,体现出人们对未知世界极其可贵的探索。

神仙传说的广泛流传,其真正原因应该是表达了社会大众对自由、公正、美好等理想世界的向往。神仙信仰与鬼魅信仰形成善恶之间的不同选择,一个为了惩恶扬善而无所不能,一个为了为非作歹而无恶不作。所以,神仙信仰所影响的民间故事既是对美好事物的维护与发展,也是对邪恶事物的消除与监督,这只能说是一种健康的意愿,而不应该简单斥之为愚昧。

魏晋南北朝时期的神仙故事中,东方朔被继续美化为智慧的象征。如晋张华《博物志》卷八《不死酒》的记述,与《汉武故事》中东方朔故事一脉相承:

> 君山有道,与吴包山潜通,上有美酒数斗,得饮者不死。汉武帝斋七日,遣男女数十人至君山,得酒,欲饮之,东方朔曰:"臣识此酒,请视之。"因一饮至尽。帝欲杀之,朔乃曰:"杀朔若死,此为不验。以其有验,杀亦不死。"乃赦之。

这一时期神仙故事在民间文学史上具有重要意义的当数董永故事与牛郎织女故事。

董永故事感人至深,首次出现在魏晋南北朝时期,晋干宝撰《搜神记》卷一《董永》,是目前可知最早而完整的文本;其情节核心有两处,即先有因穷困而卖身成孝行,后有"天之织女"之"缘君至孝",奉"天帝令"而"助君偿债"。后世传说应该从此出发,情节不断被丰富。其记述道:

> 汉董永,千乘人。少偏孤,与父居,肆力田亩,鹿车载自随。父亡,无以葬,乃自卖为奴,以供丧事。主人知其贤,与钱一万,遣之。永行,三年丧毕,欲还主人,供其奴职。道逢一妇人曰:"愿为子妻。"遂与之俱。主人谓永曰:"以钱与君矣。"永曰:"蒙君之惠,父丧收藏,永虽小人,必欲服勤致力,以报厚德。"主曰:"妇人何能?"永曰:"能织。"主曰:"必尔者,但令君妇为我织缣百匹。"于是永妻为主人家织,十日而毕。女出门,谓永曰:"我,天之织女也。缘君至孝,天帝令我助君偿债耳。"语毕,凌空而去,不知所在。

同为天上女仙身份的织女,董永故事中董永卖身葬父感动天帝,使织女嫁与董永,使贫穷者得到幸福,是对善良、忠厚等美好品德的鼓励。牛郎织女故事中织女,却夫妻姻缘拆散、分别,使人在遗憾中形成具有同情色彩的情感共鸣。

如前所述,《诗经·小雅·大东》已记述牵牛、织女二星与天汉的内容。东汉时期《古诗十九首》中深情歌唱道:"迢迢牵牛星,皎皎河汉女,纤纤擢素手,札札弄机杼,终日不成章,泣涕零如雨。河汉清且浅,相去复几许?盈盈一水间,脉脉不得语。"这表明此前应该已有织女渡鹊桥的传说流传,但是,文献中形成牛郎织女故事与七夕风俗的具体结合材料,还是后来学者引述前人著述时才明确体现出来的,诸如《风俗通义》《淮南子》的佚文作以证明。白居易《白帖》卷九五所引《淮南子》佚文曾经说"乌鹊填河成桥渡织女",韩鄂《岁华纪丽》卷三所引《风俗通义》也说到"织女七夕当渡河,使鹊为桥"的故事内容。天上人间,人神联姻,正是神仙文化关注的热点,所以三国魏曹植《九咏》歌唱出"目牵牛兮眺织女,交有际兮会有期"。此时,西晋学人傅玄在《拟天问》记述了"七月七日,牵牛织女,时会天河"的内容。唐代徐坚等人所辑《初学记》卷四引述晋周处《风土记》详细记述七夕"乞富乞寿,无子乞子"风俗与牛郎织女传说:"七月七日,其夜洒扫于庭中,露施几筵,设酒脯时果,散香粉于河鼓(牵牛)、织女。言此二星神当会,守夜者咸怀私愿。或云见天汉中有奕奕正白气,有耀五色,以此为征应,见者便拜,而愿乞富乞寿,无子乞子。唯得乞一,不得兼求,三年乃得言之。颇有受其祚者。"张华在《博物志》卷十《杂说下》"乘槎至天河"记述了此故事在当时衍生的星辰传说,提及"天河与海通"和乘槎人在天河见到牛郎、织女,即"遥望宫中多织妇,见一丈夫牵牛渚次饮之"故事:

旧说云天河与海通。近世有人居海渚者,年年八月有浮槎去来,不失期,人有奇志,立飞阁于槎上,多赍粮,乘槎而去。十余日中,犹观星月日辰,自后茫茫忽忽,亦不觉昼夜。去十余日,奄至一处,有城郭状,屋舍甚严。遥望宫中多织妇,见一丈夫牵牛渚次饮之。牵牛人乃惊问曰:"何由至此?"此人具说来意,并问此是何处,答曰:"君还至蜀郡,访严君平则知之。"竟不上岸,因还如期。后至蜀,问君平,曰:"某年月日,有客星犯牵牛宿。"计年月,正是此人到天河时也。

人神(仙)通婚故事,毕竟人未能成为神仙,此体现出人间对未知世界的渴望与期盼,是对幸福、快乐、美丽、自由世界的向往与理解,其文献材料不惟见于牛郎织女与董永故事;此时出现一些毛衣女故事,内容与牛郎织女故事有许多相似之处。《水经注》《玄中记》和《搜神记》等文献典籍从不同方面记述了这些内容。郦道元《水经注》卷三十五《江水三》"新阳男子"中以地名传说与风物传说为主要内容,其讲述"与共居,生二女,悉衣羽而去",可谓织女离别牛郎情节的再现,其记述道:"江之右岸,富水注之,水出阳新县之青溢山,西北流迳阳新县,故豫章之属也。地多女鸟,《玄中记》曰:阳新男子于水次得之,遂与共居,生二女,悉衣羽而去。豫章间养儿,不露其衣,言是鸟落尘于儿衣中,则令儿病,故亦谓之飞夜游女矣。"此《玄中记》即郭璞所撰《玄中记》,其"毛衣女"部分所载此故事,具体讲述为:

姑获鸟夜飞昼藏,盖鬼神类。衣毛为飞鸟,脱毛为女人。一名天帝少女,一名夜行游女,一名钩星,一名隐飞。鸟无子,喜取人子养之,以为子。今时小儿之衣不欲夜露者,为此物爱以血点其衣为志,即取小儿也。故世人名为鬼鸟,荆州为多。昔豫章男子,见田中有六七女人,不知是鸟,匍匐往,先得其毛衣,取藏之,即往就诸鸟。诸鸟各去就毛衣,衣之飞去。一鸟独不得去,男子取以为妇,生三女。其母后使女问父,知衣在积稻下,得之,衣而飞去。后以衣迎三女,三女儿得衣亦飞去。今谓之鬼车。

这是对"鬼车"及其传说的阐释,在事实上保存了与牛郎织女传说故事相似的又一个文本,同样是民间文学史上珍贵的内容。

时代的诉求就是文化发展最好的机遇。南朝佛教文化迅速发展,有"梁朝四百八十寺,多少楼台烟雨中"的美誉,梁时期武帝萧衍他们积极鼓励文化多样发展,倡导自由宽松的文化氛围,时文风最盛,神仙故事以牛郎织女为典型,在文献中出现同样较为频繁。如吴均撰《续齐谐记》之"成武丁",记述了这个故事的衍生文本,即"七月七日织女当渡河"故事:"桂阳成武丁有仙道常在人间,忽谓其弟曰:七月七日织女当渡河,诸仙悉还宫,吾向已被召不得停与尔别矣。弟问曰:织女何事渡河去?当何还?答曰:织女暂诣牵牛,吾复三年当还。明日失武丁,至今云织女嫁牵牛。"同时期的宗懔在《荆楚岁时记》中记述七夕风俗,是对传说的证明与丰富:"七月七日,为牵牛织女聚会之夜。是夕,人家妇女结彩缕,穿七孔针。或以金银鍮石为针,陈瓜果于庭中以乞巧,有喜子网于瓜上,则以为符应。"风俗生活是民间文学的重要土壤,一定的传说故事与相应的风俗生活相结合时,传说故事会流传更远。这些内容都表明当世神仙文化的繁荣景象。

神仙传说故事显示,与神仙相遇,是积善修德的结果,会有好报。

遇仙传说与董永故事和牛郎织女故事一样,都是在讲述世间凡人与神仙的接触、交往等不同方式的联系。这也是神仙文化的典型体现。如天台山故事讲述两个乡间的百姓在山中遇到两个仙女,受到邀请,结为夫妻,待后来回到家乡,一切早就物是人非。此故事有三篇内容大体相似的异文。其故事类型在后世流传甚多。20世纪30年代,林兰编《民间故事》中所收《烂柯山》故事为其典型。

遇仙故事中,通常有时空相隔的情节,某人或入山采樵、伐木,迷路,遇见老人(或数童子)对弈,从而忘记回家。此时,饮食饮玉浆(或食枣核),获得仙体。当某人回到家乡的时候,多少年已经过去,一切都发生了重要变化。晋袁山松撰《郡国志》中《王质》曾记述"道士王质,负斧入山,采桐为琴,遇赤松子与安期先生棋而斧柯烂"的故事。南朝宋刘敬叔撰《异苑》卷五《樗蒲仙》记述道:"昔有人乘马山行,遥望岫里有二老翁相对樗蒲,遂下马造焉,以策注地而观之。自谓俄顷,视其马鞭,摧然已烂,顾瞻其马,鞍骸枯朽。既还至家,无复亲属,一恸而绝。"《述异记》卷上《王质》记述道:"信安郡石室山,晋时王质伐木至,见童子数人棋而歌,质因听之。童子以一物与质,如枣核,质含之不觉饥。俄顷,童子谓曰:何不去?质起视斧柯烂尽。既归,无复时人。"陶潜《搜神后记》卷一《仙馆玉浆》中,也是此类故事的记述:"嵩高山北有大穴,莫测其深,百姓岁时游观。晋初,尝有一人误堕穴中。同辈冀其傥不死,投食于穴中。坠者得之,为寻穴而行,计可十余日,忽然见明,又有草屋,中有二人对坐围棋。局下有一杯白饮坠者告以饥渴,棋者曰:可饮此。遂饮之,气力十倍。棋者曰:汝欲停此否?坠者不愿停。棋者曰:从此西行,有天井,其中多蛟龙,但投身入井,自当出。若饿,取井中物食。坠者如言,半年许,乃出蜀中,归洛下,问张华,华曰:此仙馆大夫所饮者玉浆也,所食者龙穴石髓也。"刘义庆《幽明录》"仙馆棋者"故事与此相同:"嵩高山北有大穴,晋时有人误堕穴中,见二人围棋。下有一杯白饮,与堕者饮,气力十倍。棋者曰:汝欲停此否?堕者曰:不愿停。棋者曰:从此西行有大井,其中有蛟龙,但投身入井,自当出。若饿,取井中物食之。堕者如言,可半年,乃出蜀中。归洛下,问张华。华曰:此仙馆。夫所饮者玉浆,所食者龙穴石髓。"此故事还见诸南朝梁殷芸撰《殷芸小说》卷七《仙馆棋者》,后世文献如杜光庭撰《仙传拾遗》之《嵩山叟》,与此内容相同。其讲述中故事发生地点引《玄中记》等材料,改为"蜀郡青城山有洞穴,分为三道,西北通昆仑"云云,都是与时俱进。神仙故事最突出的标志是人间与仙境之间的巨大差别,而一切都是在不经意中发生,形成时空隔离。

如后世《太平广记》所引《搜神记》佚文"天台二女"中记述道:

刘晨、阮肇入天台取谷皮,远不得返。经十三日,饥。遥望山上有桃树,子实熟,遂跻险援葛至其下,啖数枚,饥止体充,欲下山,以杯取水,见芜菁叶流下,其鲜新,复有一杯流下,有胡麻焉。乃相谓曰:"此近人家矣。"遂渡山,出一大溪。

溪边有二女子,色甚美,见二人持杯,便笑曰:"刘、阮二郎捉向杯来!"

刘、阮惊。二女遂欣然如旧相识曰:"来何晚耶?"

因邀还家。南、东二壁各有绛罗帐,帐角悬铃,上有金银交错。各有数侍婢使令。其馔有胡麻饭、山羊脯、牛肉,甚美。食毕,行酒,俄有群女持桃子,笑曰:"贺汝婿来。"

酒酣作乐。夜后各就一帐宿,婉态殊绝。

至十日,求还,苦留半年。

气候草木是春时,百鸟啼鸣,更怀乡,归思甚苦,女遂相送,指示还路。

既还,乡邑零落,已十世矣。

同类内容在题名为陶潜所撰的《搜神后记》卷一《剡县赤城》中,天台山地点转换为"赤城",结局同为恍若隔世。其记述道:

会稽剡县民袁相、根硕二人猎,经深山重岭甚多,见一群山羊六七头,逐之。经一石桥,甚狭而峻。羊去,根等亦随渡,向绝崖。崖正赤,壁立,名曰"赤城"。上有水流下,广狭如匹布,剡人谓之瀑布。羊径有山穴如门,豁然而过。

既入,内甚平敞,草木皆香。有一小屋,二女子住其中,年皆十五六,容色甚美,著青衣。一名莹珠,一名□□。见二人至,欣然云:"早望汝来。"

遂为室家。忽二女出行,云复有得婿者,往庆之。曳履于绝岩上行,琅琅然。

二人思归,潜去归路。

二女已知,追还,乃谓曰:"自可去。"乃以一腕囊与根等,语曰:"慎勿开也。"于是乃归。

后出行,家人开视其囊。囊如莲花,一重去,复一重,至五盖,中有小青鸟,飞去,根还知此,怅然而已。后根于田中耕,家依常饷之,见在田中不动,就视,但有壳如蝉蜕也。

"刘晨、阮肇"因为遇仙而闻名。其实有其人否？南朝宋刘义庆撰《幽明录》对这个传说进行了进一步渲染,内容与《搜神记》佚文"天台二女"基本相同,故事过程更为详细,而且时间被标明具体出现在东汉永平至东晋太元间。其讲述道：

汉明帝永平五年,剡县刘晨、阮肇共入天台山取谷皮,迷不得返,经十三日,粮食乏尽,饥馁殆死。遥望山上有一桃树,大有子实,而绝岩邃涧,永无登路。攀援藤葛,乃得至上。各啖数枚,而饥止体充。

复下山,持杯取水,欲盥漱,见芜菁叶从山腹流出,甚鲜新,复一杯流出,有胡麻饭糁,相谓曰："此必去人径不远。"

便共没水,逆流二三里,得度山,出一大溪,溪边有二女子,姿质妙绝,见二人持杯出,便笑曰："刘、阮二郎,捉向所失流杯来。"

晨、肇既不识之,缘二女便呼其姓,如似有旧,乃相见欣喜。问："来何晚邪？"

因邀还家。其家铜[1]瓦屋,南壁及东壁下各有一大床,皆施绛罗帐,帐角悬铃,金银交错。床头各有十侍婢,敕云："刘、阮二郎,经涉山岨,向虽得琼实,犹尚虚弊,可速作食。"食胡麻饭、山羊脯、牛肉,甚甘美。食毕行酒,有一群女来,各持五三桃子,笑而言："贺汝婿来。"

酒酣作乐,刘、阮欣怖交并,至暮,令各就一帐宿,女往就之,言声清

---

[1]《太平御览》引作"筒"。

婉,令人忘忧。

十日后,欲求还去。女云:"君已来是,宿福所牵,何复欲还邪?"遂停半年。

气候草木是春时,百鸟啼鸣,更怀悲思,求归甚苦。女曰:"罪牵君,当可如何?"遂呼前来女子有三四十人,集会奏乐,共送刘、阮,指示还路。

既出,亲旧零落,邑屋改异,无复相识。问讯得七世孙,传闻上世入山,迷不得归。

至晋太元八年,忽复去,不知何所。

遇仙生喜,是人生的快事。这种幸福应该说对于普通人只可遇而不可求,正如此,其流传的空间才不断得到拓展。总的看来,神仙与人相遇,就是凡俗之人的福分,这种福分的具体标志,除了与神仙一起生活(包括通婚),享受神仙世界无拘无束、自由自在的快乐,就是得到世间少有的瑰宝。神仙世界的实质在于因为向往而体现奇异的想象。如遇仙而富是一种类型,还有许多神仙世界的片段描述,诸如南海鲛人眼能泣珠传说,体现出与天台山相近的神仙观念。此类故事最早可见于张华《博物志》卷二"鲛人泣珠":"南海外有鲛人,水居如鱼,不废织绩,其眼能泣珠。"也见于传说中题名郭宪著,其实也是魏晋时期著述的《汉武帝别国洞冥记》卷二"蛟人泪珠",其记述吠勒国故事,称:"去长安九千里,在日南。人长七尺,被发至踵,乘犀象之车。乘象入海底取宝,宿于蛟人之舍,得泪珠。则蛟所泣之珠也,亦曰泣珠。"干宝撰《搜神记》卷十二"鲛人"、南朝梁任昉《述异记》卷下"南海鲛人",都有此类得到奇异宝贝的内容。此类故事还有《搜神记》卷五中"鱼腹得书刀"之类奇遇,如其所记述:"宫亭湖孤石庙,尝有估客至都,经其庙下,见二女子,云:可为买两量丝履,自相厚报。估客至都,市好丝履,并箱盛之,自市书刀亦内箱中。既还,以箱及香置庙中而去,忘取书刀。至河中流,忽有鲤鱼跳入船内。破鱼腹,得书刀焉。"《搜神记》卷五"返还犀簪"记述:

"南州人有遣吏献犀簪于孙权者,舟过宫亭庙而乞灵焉。神忽下教曰:须汝犀簪。吏惶遽,不敢应。俄而犀簪已前列矣,神复下教曰:俟汝至石头城,返汝簪。吏不得已,遂行。自分失簪,且得死罪。比达石头,忽有大鲤鱼长三尺,跃入舟,剖之得簪。"《幽明录》"鲤腹得簪"记述:"孙权时,南方遣吏献犀簪。吏过宫亭湖庐山君庙请福,神下教求簪,而盛簪器便在神前。吏叩曰:簪献天子,必乞哀念。神云:临入石头,当相还。吏遂去,达石头,有三尺鲤鱼跳入船,吏破腹得之。"

与此类似者,还有人与仙精成婚故事,这是遇仙故事人神通婚内容的变异。在民间传说中,常常有某人为野兽掠去或同居成为夫妻,或生有子女,后来逃回家中的内容。此类故事可见于晋张华撰《博物志》卷三《异兽》"玃盗妇":"蜀山南高山上,有物如猕猴,长七尺,能人行,健走,名曰猴玃,一名马化,或曰猳玃。伺行道妇女有好者,辄盗之以去,人不得知。行者或每遇其旁,皆以长绳相引,然故不免。此得男子气自死,故取女不取男也。取去为室家,其年少者终身不得还。十年之后,形皆类之,意亦迷惑,不复思归。有子者辄俱送还其家,产子皆如人;有不食养者,其母辄死,故无敢不养也。及长,与人无异,皆以杨为姓,故今蜀中西界多谓杨,率皆猳玃、马化之子孙,时时相有玃爪者也。"干宝撰《搜神记》卷十二《猳国马化》所记传说故事与此大致相同:"蜀中西南高山之上,有物,与猴相类,长七尺,能作人行。善走逐人。名曰猳国,一名马化,或曰玃猿。伺道行妇女有美者,辄盗取将去,人不得知。若有行人经过其旁,皆以长绳相引,犹故不免。此物能别男女气臭,故取女,男不取也。若取得人女,则为家室。其无子者,终身不得还。十年之后,形皆类之,意亦迷惑,不复思归。若有子者,辄抱送还其家。产子皆如人形。有不养者,其母辄死。故惧怕之,无敢不养。及长,与人不异,皆以杨为姓。故今蜀中西南多诸杨,率皆是猳国马化之子孙也。"后来《太平广记》卷四四四《猳国》和《稗史汇编》卷一五八《禽兽门·兽四·猳国》,均出自此。包括唐代《补江总白猿传》等文学作品都有类似内容。当然,这些传说故事还基本停留在人与兽的层面,真正成为精怪,还是西晋束皙《发蒙记》与《述异记》等文献中关于谢端与"白水素女"的传说。如《发蒙记》所记述:"侯官谢端,曾于海中得一大螺,中有美女,云我天汉中白水素女,天矜卿贫,令我为卿妻。"任昉撰《述异记》卷上《谢端》记述为:"晋安郡有一书生谢端,为性介洁,不染声色。尝于海岸观涛,得一大螺,大如一石米斛。割之中有美女,曰:予天汉中白水素女,天帝矜卿纯正,令为君作妇。端以为妖,呵责遣之。女叹息,升云而去。"此异文甚多,如南朝宋刘义庆撰《幽明录》"吴龛"中,神女不是大螺,而是浮石:"阳羡县小吏吴龛,有主人在溪南。尝以一日乘掘头舟过水,溪内忽见一五色浮石,取内床头,至夜化成一女子,自称是河伯女。"南朝梁任昉撰《述异记》卷下《吴龛》,与《幽明录》基本相同:"阳羡县小吏吴龛,家在溪南,偶一日以掘头船过水,溪内忽见一五色浮石,龛遂取归置于床头。至夜化为一女子,至曙仍是石。后复投于本溪。"祖冲之撰《述异记》"吴龛"记述为:"武昌小吏吴龛得一浮石,取其(置)床头,化成一女,端正,与龛为夫妻。"南朝宋刘敬叔《异苑》卷二《五色浮石》记述为:"阳羡县小吏吴龛于溪中见五色浮石,因取内床头。至夜,化成女子。"情节记述最详细者为题陶潜名《搜神后记》,其卷五《白水素女》记述道:

晋安帝时,侯官人谢端,少丧父母,无有亲属,为邻人所养。至年十七八,恭谨自守,不履非法。始出居,未有妻,邻人共愍念之,规为娶妇,未得。端夜卧早起,躬耕力作,不舍昼夜。后于邑下得一大螺,如三升壶。以为异物,取以归,贮瓮中,畜之十数日。端每早至野还,见其户中有饭饮汤火,如有人为者。端谓邻人为之惠也。数日如此,便往谢邻人。邻人曰:"吾初不为是,何见谢也?"端又以为邻人不喻其意,然数尔如此。后更实问,邻人笑曰:"卿已自取妇,密着室中炊爨,而言吾为人炊耶?"端默然心疑,不知其故。

后以鸡鸣出去,平早潜归,于篱外窃窥其家中。见一少女,从瓮中出,至灶下燃火。端便入门,径至瓮所视螺,但见壳。乃到灶下问之曰:"新妇从何所来,而相为炊?"女大惶惑,欲还瓮中,不能得去。答曰:"我天汉中白水素女也。天帝哀卿少孤,恭慎自守,故使我权为守舍炊烹。十年之中,使卿居富,得妇,自当还去。而卿无故窃相同掩,吾形已见,不宜复留,当相委去。虽然,尔后自当少差。勤于田作,渔采治生。留此壳去,以贮米谷,常可不乏。"端请留,终不肯。时天忽风雨,翕然而去。端为立神座,时节祭祀。居常饶足,不致大富耳。于是乡人以女妻之。后仕至令长。云今道中素女祠是也。

无论是牛郎还是董永,还是刘晨、阮肇、谢端他们,都因为遇仙而使神仙面目更加清晰,使神仙传说更加生动。从其显示出的文化属性可见,仙话的实质在于从世俗中产生了新的神话;这种现象在后世广泛存在,诸如伏羲女娲的"显灵"故事,以天地人间全神的面目,监护一方人民,保护一方人民免受突如其来的各种各样的灾难。这种现象最好的解释就是其属于民间神话,与一般的民间传说有非常明显的差别,应该纳入神话传说故事的文化体系。

牛郎织女故事与董永故事,包括天台山故事,都是遇仙,即偶然的机会遭遇神仙,使得自己的命运发生变化,通过隔世的时空变化显示神仙世界的奇异。与之相联系的还有"升仙"故事,其内容已经大不相同。如张华《博物志》卷十《蟒气》:

天门郡有幽山峻谷,而其土人有从下经过者,忽然踊出林表,状如飞仙,遂绝迹。谷中如此甚数,遂名此处为仙谷。有乐道好事者,入此谷中洗沐,以求飞仙,往往得去。有长生意思人,疑恐是妖怪,乃以大石自坠,牵一犬入谷中,犬复飞去。其人还告乡里,募数十人,执杖揭山草伐木,至山顶观之,遥见一物长数十丈,其高隐人,耳如簸箕。格射刺杀之,所吞人骨积此左右如阜。蟒开口广丈余,前后失人,皆此蟒气所噏上。于是此地遂安稳无患。

神仙处处可见,这是神仙故事的基本观念,与所谓泛神论、万物有灵息息相关。与神仙文化、神仙信仰相关的故事,可见于一些地名传说与精怪传说。地名传说中总是有超自然的内容,与神仙相关,如晋伏琛《三齐略记》"驱石下海":"秦始皇作石桥,欲过海,观日所出处。传云,时有神能驱石下海,阳城十一山,今尽起立,嶷嶷东倾,如相随行状。又云,石去不速,神人辄鞭之,皆流血,石莫不悉赤,至今犹尔。"晋顾微《广州记》"五羊衔谷"载,"广州厅事梁上画五羊像,又作五谷囊随像悬之,云昔高固为楚相,五羊衔谷萃于楚庭,故图其像为瑞。六国时广州属楚"云云。这是物华蕴天宝地灵生人杰的观念,也应该具有风水信仰的因素。将传说与神仙相联系,是神仙传说的衍生,这种故事模式直接影响到地方传说的解释传统。如《水经注》卷十九《渭水下》"戏亭":"苏林曰:戏,邑名,在新丰东南三十里。孟康曰:乃水名也,今戏亭是也。昔周幽王悦褒姒,姒不笑,王乃击鼓举烽,以征诸侯,至无寇,褒姒乃笑,王甚悦之。及犬戎至,王又举烽以征诸侯。诸侯不至,遂败幽王于戏水之上,身死于丽山之北,故《国语》曰:幽灭者也。"其中虽然没有将周幽王作为精怪,在事实上却包含着相关因素。又如,许多地方有望夫冈之类传说,讲述人间婚姻情感的不寻常。干宝《搜神记》卷十一《望夫冈》记述:"鄱阳西有望夫冈。昔县人陈明与梅氏为婚,未成而妖魅诈迎妇去。明诣卜者,决云:行西北五十里求之。明如言,见一大穴,深邃无底,以绳悬入,遂得其妇。乃令妇先出。而明所将邻人秦文,遂不取明。其妇乃自誓执志,登此冈首而望其夫,因以名焉。"晋刘澄之撰《鄱阳记·望夫冈》记述:"鄱阳西有望夫冈。昔县人陈明与梅氏为姻,未成而妖魅诈迎妇去。明请卜者决云:'西北五十里求之。'明如言,见大穴深邃无底,以绳悬入,遂得其妇。乃令妇先出,而明所将邻人秦文,遂不取明。其妻乃自誓执志登此冈首而望其夫,因以名焉。"正是神奇因素促成人间姻缘。在精怪传说中,精怪成为与神仙具有同等法力或神性的"仙",人蛇相应,人生怪胎,皆有缘由。或者可以说,这里暗含着后世白蛇传故事的原型。如干宝《搜神记》卷十四《窦氏蛇》载:"后汉定襄太守窦奉妻生子武,并生一蛇。奉送蛇于野中。及武长大,有海内俊名。母死将葬,未窆,宾客聚集。有大蛇从林草中出,径来棺下,委地俯仰,以头击棺。血涕并流,状若哀恸。有顷而去。时人知为窦氏之祥。"刘义庆《幽明录》"谢妇生蛇"载:"会稽谢祖之妇,初育一男,又生一蛇,长二尺许,便径出门去。后数十年,妇以老终。祖忽闻西北有风雨之声,顷之,见一蛇,长十数丈,腹可十余围,入户造灵座,因至枢所,绕数匝,以头打枢,目血泪俱出,良久而去。"这里的精怪通于人性,被赋予奇异的生活背景,诸如人虫相生,如陶潜《搜神后记》卷十《蛟子》,讲述人与蚊虫形成特殊联系。其讲述道:"长沙有人,忘其姓名,家住江边。有女子渚次浣衣,觉身中有异后不以为患,遂妊身。生三物,皆如鳜鱼。女以己所生,甚怜异之。乃着澡盘水中养之。经三月,此物遂大,乃是蛟子。各有字:大者为当洪,次者为破阻,小者为扑岸。天暴雨水,三蛟一时俱去,遂失所在。后天欲雨,此物辄来。女亦知其当来,便出望之。蛟子亦举头望母,良久方去。经年后女亡,三蛟子一时俱至墓所哭之,经日乃去。闻其哭声,状如狗嗥。"人兽之间的故事,一切以奇异为胜,其中的历史文化意义更复杂。如《搜神后记》卷十《女嫁蛇》,这是蛇郎故事最早的文献,其记述:"晋太元中,有士人嫁女于近村者,至时,夫家遣人来迎,女家好遣发,又令女乳母送之。既至,重门累阁,拟于王侯。廊柱下有灯火,一婢子严妆直守。后房帷帐甚美。至夜,女抱乳母涕泣,而口不得言。乳母密于帐中以手潜摸之,得一蛇,如数围柱,缠其女,从足至头。乳母惊走出外,柱下守灯婢子,悉是小蛇,灯火乃是蛇眼。"《搜神后记》卷九《熊穴》记述了人与熊的故事:"晋升平中,有人入山射鹿。忽堕一坎,窅然深绝。内有数头熊子。须臾,有一大熊来,瞪视此人。人谓必以害己。良久,出藏果,分与诸子。末后作一分,置此人前。此人饥甚,于是冒死取啖之。既而转相狎习。熊母每旦出,觅果食还,辄分此人,赖以延命,熊子后大,其母一一负之而出。子既尽,人分死坎中,穷无出路。熊母寻复还入,坐人边。人解其意,便抱熊足,于是跃出。竟得无他。"其意为何？另有许多人兽相处故事,皆未必能够一言以蔽之。

第三节　报应传说

　　报应,即所谓种瓜得瓜种豆得豆,善有善报恶有恶报,是中国民间文化历史发展中体现出的重要人生理念,人们提倡积善行德,多做好事,包括帮助他人克服困难与珍爱生命。同时,人们把报应的执行主体归结为神灵,纳入命理的体系。所以,人们承认离地三尺有神灵,述说日里不做亏心事,夜半不怕鬼敲门,述说要想人不知,除非己莫为,用俗语将其进一步解释为善有善报恶有恶报,不是不报,时候不到,时候一到,终究要报！神灵报应是魏晋南北朝时期民间故事的重要内容,形成这一历史时期独特的文化特色。

　　报应是中国民间文学史上十分普遍的文化主题。或许可以说,在我国古代很早就有了关于善恶有报的理论,如《周易》中就有"积善之家,必有余庆；积不善之家,必有余殃"之说。而真正形成在社会大众间流行的更广泛的人生报应理念,应该是佛教文化融入民间社会之后。如南朝宋时大秦僧人求那跋陀罗所著《杂阿含经》卷二中所讲:"有因有缘集世间,有因有缘世间集；有因有缘灭世间,有因有缘世间灭。"许多民间传说故事极力宣传世间报应,确实是对佛教文化的世俗化推进,是佛教文化融入中国文化形成的说教艺术。如有学者指出,固然中国佛教文化与佛教自印度传入中国并影响中国文化发展有非常重要的联系,但是,中国佛教文化发展中的因果报应理论既不同于印度佛教的因果报应理论,也不同于中国固有的因果报应观念。魏晋南北朝时期的报应理念广泛融化于民间故事,应该既与中国古代的天命论、灵魂论、道德论、善恶论有联系,也与佛教文化的善恶有报、人生轮回等理念有关。报应的背后是具有神仙色彩的文化在推动故事情节的发展,表现为珍惜生命、尊敬父母、甘于奉献,从而得到好报。最典型的报应结果就是人在危难之时能够得到安全,解除危险,或者获得意外收获。

如民间故事中经常出现善待他人既有益于他人,也有益于自己的生活理念。孝与爱,是人间敬爱父母、尊重他人(生命)的高尚品格与良好道德,常常能够使自己得到善待,获得幸福,或转危为安。民间传说故事常常选择一些历史上或现实中那些有名有姓的人物作为自己讲述对象,以增强讲述效果。

如盛冲至孝的传说,在《晋书》卷八十八《盛彦传》中以正史名目出现,同时,也在《搜神记》《志怪》《搜神后记》等典籍中以民间传说故事形式出现。如干宝撰《搜神记》卷十一《蚯蚓炙》,讲述"盛冲至孝"传说故事道:

> 盛彦字翁子,广陵人。母王氏,因疾失明,彦躬自侍养。母食,必自哺之。
> 母疾既久,至于婢使,数见捶挞。
> 婢忿恨,闻彦暂行,取蚯蚓炙饴之。
> 母食,以为美,然疑是异物,密藏以示彦。
> 彦见之,抱母恸哭,绝而复苏。
> 母目豁然即开,于此遂愈。

东晋时期祖台之《志怪》"盛冲"对此传说故事的讲述有所变化,其讲述道:

> 吴中书郎盛冲至孝,母王氏失明。冲暂行,敕婢食母;婢乃取蚯蚓蒸食之,王氏甚以为美,而不知是何物。
> 儿还,王氏语曰:"汝行后,婢进吾一食,甚甘美;然非鱼非肉,汝试问之。"
> 既而问婢,婢服曰:"实是蚯蚓!"
> 冲抱母恸哭,母目霍然立开。

第三章 民间文学中"药"与"酒"的时代特色

魏晋南北朝时期的人神相通、万物有灵故事,常常表现为民间故事中某人搭救某种动物,此后受到被救动物的搭救的现象。这是我国古老的动物故事特色,具有博爱、泛爱的情怀,也是真实生态环境的理念在这一历史时期的表达。

如《搜神后记》卷十《乌衣人》记述:

> 吴末,临海人入山射猎,为舍住。夜中,有一人,长一丈,着黄衣白带,径来谓射人曰:"我有仇,克明日当战。君可见助,当厚相报。"
>
> 射人曰:"自可助君耳,何用谢为?"
>
> 答曰:"明日食时,君可出溪边。敌从北来,我南往应。白带者我,黄带者彼。"
>
> 射人许之。
>
> 明出,果闻岸北有声,状如风雨,草木四靡。视南亦尔。唯见二大蛇,长十余丈,于溪中相遇,便相盘绕。白蛇势弱,射人因引弩射之,黄蛇即死。
>
> 日将暮,复见昨人来,辞谢云:"住此一年猎,明年以去,慎勿复来,来必为祸。"
>
> 射人曰:"善。"
>
> 遂停一年猎,所获甚多,家至巨富。
>
> 数年后,忽忆先所获多,乃忘前言,复更往猎。见先白带人告曰:"我语君勿复更来,不能见用。仇子已大,今必报君,非我所知。"
>
> 射人闻之,甚怖,便欲走。乃见三乌衣人,皆长八尺,俱张口向之,射人即死。

这是晋干宝《搜神记》经常表现的主题与内容。如《搜神记》卷三《淳于智》讲述：

> 谯人夏侯藻，母病困，将诣智（淳于智）卜。忽有一狐，当门向之嗥叫。藻大愕惧，遂驰诣智。智曰："其祸甚急。君速归，在狐嗥处拊心啼哭，令家人惊怪，大小毕出，一人不出，啼哭勿休。然其祸仅可免也。"藻还，如其言，母亦扶病而出。家人既集，堂屋五间拉然而崩。

报应故事中，那些十分不起眼的蚂蚁、蝼蛄，或者狗、狐狸等动物，都能够感谢那些心地善良的人。如《搜神记》《齐谐记》《幽明录》等文献多次出现关于吴富阳县董昭之和庐陵太守太原庞企搭救动物被报答的传说故事。在这里，动物报恩故事的意义，除了对善与恶报应理念的表达，是否在批评社会现实中一些人忘恩负义，嘲讽他们知恩不报，连禽兽都不如的丑恶现象呢？

如《搜神记》卷二十《董昭之》，对吴富阳县董昭之救蚂蚁受到报恩故事的记述：

> 吴富阳县董昭之，尝乘船过钱塘江，中央见有一蚁，着一短芦，走一头回，复向一头，甚惶遽。
>
> 昭之曰："此畏死也。"欲取着船。
>
> 船中人骂："此是毒螫物，不可长。我当踏杀之！"
>
> 昭意甚怜此蚁，因以绳系芦着船。船至岸，蚁得出。
>
> 其夜，梦一人乌衣，从百许人来谢云："仆是蚁中之王，不慎堕江，惭君济活。若有急难，当见告语。"
>
> 历十余年，时所在劫盗，昭之被横录为劫主，系狱余杭。
>
> 昭之忽思蚁王梦，缓急当告，"今何处告之？"
>
> 结念之际，同被禁者问之，昭之具以实告。

其人曰："但取两三蚁着掌中,语之。"

昭之如其言。

夜果梦乌衣人云："可急投余杭山中。天下既乱,赦令不久也。"

于是便觉,蚁啮械已尽,因得出狱,过江投余杭山。旋遇赦,得免。

此故事也见于南朝宋东阳无疑《齐谐记》之《蚁王报德》中:

吴富阳县董昭之,尝乘船过钱塘江。中央,见有一蚁著一短芦走,一头回复向一头,甚遑遽。昭之曰:"此畏死也。"因以绳系芦,欲取著船头。

船中人骂:"此是毒螫物,不可长,我当蹋杀之!"

昭意甚怜此蚁。会船至岸,蚁缘绳得出。

中夜梦一人乌衣,从百许人来,谢曰:"仆不慎堕江,惭君济活。仆是虫王,君若有急难之日,当见告语!"

历十余年,时江左所在劫盗,昭之从余杭山过,为劫主所牵,系余姚狱。

昭之忽思蚁王之梦,结念之际,同被禁者问之,昭之曰:"蚁云缓急当告,今何处告之?"

有囚言:"但取两三蚁著掌中祝之。"

昭之如其言,暮果梦乌衣人言云:"可急去,入余杭山,天子将下赦,今不久也。"

于是便觉,蚁啮械已尽,因得出狱;过江,投余杭山,旋遇赦得免。

《太平广记》卷四七三《乌衣人》,称该传说出于《齐谐记》,也记述了这则故事:

吴富阳县有董昭之者,曾乘船过钱塘江。江中见一蚁著一短芦,惶遽畏死,因以绳系芦著舡,船至岸,蚁得出。

其夜,梦一乌衣人谢云:"仆是蚁中之王也,感君见济之恩。君后有急难,当相告语。"

历十余年,时所在劫盗,昭之被横录为劫主,系余姚。

昭之忽思蚁王之梦,结念之际,同被禁者问之,昭之具以实告。其曰:"但取三两蚁著掌中语之。"

昭之如其言,夜果梦乌衣云:"可急投余杭山中。天下既乱,赦令不久也。"

既寤,蚁啮械已尽,因得出狱。过江,投余杭山,旋遇赦,遂得无他。

《搜神记》最早记述了晋庐陵太守太原庞企祖先受蝼蛄报恩,其后代"常以四节祠祀之于都衢处"故事(《太平广记》卷四七三《庞企》,出自《搜神记》;后来明代王圻纂集《稗史汇编》卷一六二《鳞介门·昆虫·蝼蛄》有《蝼蛄神》传说故事,同属异文),其卷二十讲述道:

庐陵太守太原庞企,字子及。自言其远祖不知几何世也,坐事系狱,而非其罪,不堪拷掠,自诬服之。及狱将上,有蝼蛄虫行其左右,乃谓之曰:"使尔有神,能活我死,不当善乎?"因投饭与之,蝼蛄食饭尽去。顷复来,形体稍大。意每异之,乃复与食。如此去来,至数十日间,其大如豚。及竟报,当行刑。蝼蛄夜掘壁根为大孔,乃破械,从之出去。久时遇赦得活。于是庞氏世世常以四节祠祀之于都衢处。后世稍怠,不能复特为馔,乃投祭祀之余以祀之。至今犹然。

南朝宋刘义庆《幽明录》之《蝼蛄救人》将此故事记述为:

晋庐陵太守庞企,字子及。上祖坐事系狱,而非其罪。见蝼蛄行其左右,相谓曰:"使尔有神,能活我死,不当善乎?"因投饭与蝼蛄,食尽去。有顷复来,形体稍大,意异之。复与食,数日间其大如豚。及当行刑,蝼蛄掘壁根,为大孔,破,得从此孔出亡,后遇赦得救。

在民间传说故事中,狗救人的传说故事屡见不鲜。魏晋南北朝时期,这类故事被详细记述,在记述、讲述的语言模式上,常常出现被明确标出具体时间(朝代)、地点、人物等真实性内容。此类故事既可以看作人物传说,也可以看作风物传说。有虎报恩故事,见于《搜神记》卷二十《苏易》所记述:"苏易者,庐陵妇人,善看产,夜忽为虎所取。行六七里,至大圹,厝易置地,蹲而守。见有牝虎当产,不得解,匍匐欲死,辄仰视。易怪之,乃为探出之,有三子。生毕,牝虎负易还,再三送野肉于门内。"有义犬救主,意在歌颂忠实、忠诚。《搜神后记》卷九《乌龙》有关于"会稽句章民张然",其妻与家中仆人私通,设计陷害张然,被义犬乌龙所救的故事。故事中讲述:

会稽句章民张然,滞役在都,经年不得归。家有少妇,无子,惟与一奴守舍,妇遂与奴私通,然在都养一狗,甚快,名曰乌龙,常以自随。后假归,妇与奴谋,欲得杀然。然及妇作饭食,共坐下食。妇语然:"与君当大别离,君可强啖。"然未得啖,奴已张弓拔矢当户,须然食毕。然涕泣不食,乃以盘中肉及饭掷狗,祝曰:"养汝数年,吾当将死,汝能救我否?"狗得食不啖,惟注睛舐唇视奴。然亦觉之。奴催食转急,然决计,拍膝大呼曰:"乌龙与手!"狗应声伤奴。奴失刀仗倒地,狗咋其阴,然因取刀杀奴。以妇付县,杀之。

后《太平广记》卷四三七保存《张然》,指出故事出自《续搜神记》,南朝宋东阳无疑撰《齐谐记·张然》,所记非常简单:"张然滞役多年,妇遂与奴私通,后归,奴与妇谋然;狗注睛舐唇视奴,然曰:'乌龙与手!'应声荡奴,奴失刀仆,然取刀杀奴也。"其他如唐代冯贽撰《云仙杂记·乌龙》、明代陈霆撰《两山墨谈·张然》、王圻纂集《稗史汇编》卷一五七《禽兽门·兽三·奸妇狗报》,都是这一故事文本的再叙述。此类故事影响深远。

如《搜神记》卷二十《义犬冢》所讲孙权时襄阳纪南人李信纯故事,其记述道:

孙权时,李信纯,襄阳纪南人也。

家养一狗,字曰"黑龙"。爱之尤甚,行坐相随,饮馔之间,皆分与食。

忽一日,于城外饮酒大醉,归家不及,卧于草中。遇太守郑瑕出猎,见田草深,遣人纵火爇之。信纯卧处,恰当顺风。犬见火来,乃以口拽纯衣,纯亦不动。卧处比有一溪,相去三五十步。犬即奔往,入水湿身,走来卧处周回,以身洒之,获免主人大难。犬运水困乏,致毙于侧。

俄尔信纯醒来,见犬已死,遍身毛湿,甚讶其事。睹火踪迹,因尔恸哭。闻于太守。

太守悯之曰:"犬之报恩甚于人!人不知恩,岂如犬乎?"即命具棺椁衣衾葬之。

今纪南有义犬冢,高十余丈。

《搜神后记》卷九《杨生狗》讲述了晋太和中广陵人杨生的故事:

晋太和中,广陵人杨生者蓄一犬,怜惜甚至,常以自随。

后生饮醉,卧于荒草之中时方冬燎原,风势极盛,犬乃周匝嗥吠,生都不觉。

犬乃就水自濡,还即卧于草上。如此数四,周旋跬步,草皆沾湿。火至免焚,尔后生因暗行堕井,犬又嗥吠至晓。

有人经过,路人怪其如是,因就视之。见生在焉。遂求出己,许以厚报。其人欲请此犬为酬。

生曰:"此狗曾活我于已死。即不依命,余可任君所须也。"路人迟疑未答。

犬乃引领视井,生知其意,乃许焉。既而出之,系之而去。却后五日,犬夜走还。

《搜神记》卷二十《华隆家犬》,讲述了晋太兴中吴民华隆养一快犬故事:

太兴中,吴民华隆,养一快犬,号"的尾",常将自随。隆后至江边伐荻,为大蛇盘绕,犬奋咋蛇,蛇死。隆僵仆无知,犬彷徨涕泣,走还舟,复反草中。徒伴怪之,随往,见隆闷绝,将归家。犬为不食。比隆复苏,始食。隆愈爱惜,同于亲戚。

南朝宋刘义庆撰《幽明录·的尾救主》,是此故事同一种传说:

晋太兴二年,吴氏华隆好猎,养一快犬,名曰的尾,常将自随。隆后至江边伐荻,犬暂出渚次,隆为大蛇所围绕周身,犬还,便咋蛇,蛇死。隆僵仆无所知,犬仿佛涕泣,走还船,复反草中。其伴怪其所以,随往,见隆闷绝委地,将归家。二日,犬为不食,隆复苏,乃始进饭。隆愈爱惜,同于亲戚。后忽失之,二年寻求,见在显山。

故事中讲述的庐陵夫人苏易、会稽句章民张然、吴富阳县董昭之、晋庐陵太守太原庞企祖先、晋太和中广陵人杨生、晋太兴中吴民华隆等,都是真实的人物。在民间故事中,或许他们的这些生活故事未必就是真实的事实,但是,真实的历史人物和现实人物都成为传说中的故事内容,这正显示出这一历史时期报恩故事以传说的形式得以流传并被依附于具体时间、地点、人物的特点。

二十四孝故事包含着另外一种结局的报应,是我国民间文学史上重要的一页,其许多内容取自汉代文献,诸如刘向《孝子传》。流行于后世的《二十四孝》,全名《全相二十四孝诗选》,是元代郭氏所编,因为在流传中被配上图画,所以又称《二十四孝图》。这种现象中,形成一条具有普遍规律的民间文学传播路径,即口头到文字,再从文字到口头,其不断循环往复,并相互影响。在这一时期,民间故事与二十四孝的联系主要表现在相关故事的情节日益完善。诸如王祥卧冰故事,后来唐代李世明著述《晋书》卷三十三中,有《王祥传》,作为真实历史人物有记载,故事与舜孝顺继母故事有近似内容。史称,"王祥字休徵,琅邪临沂人",其"祥性至孝。早丧亲,继母朱氏不慈,数谮之,由是失爱于父,每使扫除牛下,祥愈恭谨",其"父母有疾,衣不解带,汤药必亲尝",其"母常欲生鱼,时天寒冰冻",出现"祥解衣将剖冰求之,冰忽自解,双鲤跃出,持之而归",所以"乡里惊叹,以为孝感所致焉"。比较《搜神记》卷十一《王祥》记述:"性至孝……母常欲生鱼,时天寒冰冻,祥解衣,将剖冰求之。冰忽自解,双鲤跃出,持之而归。"可知,这一故事类型其史料来源为《搜神记》。《晋书》为史,记述王延,故事与此相近。如《晋书》卷八十八《王延传》:"王延字延元,西河人也。九岁丧母,泣血三年,几至灭性。每至忌日,则悲啼至旬。继母卜氏遇之无道,恒以蒲穰及败麻头与延贮衣。其姑闻而问之,延知而不言,事母弥谨。卜氏尝盛冬思生鱼,敕延求而不获,挞之流血。延寻汾叩凌而哭,忽有一鱼长五尺,涌出冰上。延取以进母,卜氏食之,积日不尽。于是心悟,抚延如己生。"此类故事在《搜神记》中出现甚多,如《搜神记》卷十一《王延》记述:"王延,性至孝。继母卜氏,尝盛冬思生鱼,敕延求而不获,挞之流血。延寻汾,叩凌而哭,忽有一鱼,长五尺,跃出冰上。延取以进母。卜氏食之,积日不尽。于是心悟,抚延如己子。"再如《搜神记》卷十一《楚僚》记述:

"楚僚早失母,事后母至孝。母患痈肿,形容日悴,僚自徐徐吮之,血出,迨夜即得安寝。乃梦一小儿语母曰:'若得鲤鱼食之,其病即差,可以延寿。不然,不久死矣。'母觉而告僚。时十二月冰冻,僚乃仰天叹泣,脱衣上冰卧之。有一童子,决僚卧处,冰忽自开,一双鲤鱼跃出。僚将归奉其母,病即愈,寿至一百三十三岁。盖至孝感天神,昭应如此。"

这一时期,卧冰传说出现甚多,或者说,这是后世二十四孝故事系统化的重要起点。如南朝宋师觉授撰《孝子传》"王祥"记王祥求鱼事迹则增加了垂纶获鱼等内容:"王祥少有德行,早失母,后母憎而谮之,祥孝弥谨。盛寒,河水坚冰,网罟不施。母欲得生鱼,祥解褐扣冰,求之。忽冰小开,有双鱼游出,祥垂纶而获之。时人谓之至孝所致也。"南朝梁刘孝标注《世说新语·德行》"王祥"引《晋阳秋》,则又有弟媳妇等角色。如其讲述:"后母数谮祥,屡以非理使祥,弟览辄与祥俱。又虐使祥妇,览妻亦趋而共之,母患,方盛寒冰冻,母欲生鱼,祥解衣将剖冰求之,会有处冰小解,鱼出。"卧冰求鱼,以王祥最有名,还有楚僚,都因为卧冰而受人赞扬。如《稗海》本《搜神记》卷五《樊寮卧冰》所记述:

昔有樊寮至孝,内亲早亡,继事后母。后母乃患恶肿,内结成痈,楚毒难忍,夙夜不寐。寮即愁烦,衣冠不解,一月余日,形体羸瘦,人皆不识。

寮欲唤师针灸,恐痛,与口于母肿上吮之,即得小差。以脓血数口流出,其母至夜,便得眠卧安稳。

夜中,梦见鬼来语母曰:"其疮上复得鲤鱼哺之,后得无病,寿命延长。若不得鲤鱼食之,即应死矣。"

寮闻此语,忧心恐惧,仰面向天而叹曰:"我之不孝,今乃如此,十一月冬冰结凝之时,何由得此鱼食?"

即抱母头而别,出入行哭,悲啼泣泪,仰天而叹曰:"天若怜我,愿鱼感出,无神休也。"

寮乃脱衣覆冰之上，不得鱼，遂赤体卧冰之上。

天知至孝，当寮背下，感出鲤鱼一双。心生欢悦，将归与母食之，及哺之于疮上，即得差矣。命得长远，延年益寿，乃得一百一十而终也。

樊寮至孝，松柏终不改易。

二十四孝故事中，郭巨埋儿故事与王祥卧冰一样，在于牺牲自我，表达对父母的敬爱，以赡养为契机，述说社会文化发展中道德伦理延续与传承等问题。郭巨牺牲自己的儿子，获得意外收获的故事，在汉代末年就已有流传。晋代葛洪是道教文化的重要学者，他在《抱朴子·内篇·微旨》中说："郭巨煞子为亲，而获铁券之重赐。"他提到这则故事，其实是为了述说大道的意义。

考察郭巨埋儿故事的最早文献，应该是在干宝《搜神记》卷十一《郭巨》中。其记述道：

郭巨，隆虑人也，一云河内温人。兄弟三人，早丧父。礼毕，二弟求分。以钱二千万，二弟各取千万。巨独与母居客舍，夫妇佣赁，以给供养。居有顷，妻产男。巨念与儿妨事亲，一也；老人得食，喜分儿孙，减馔，二也。乃于野凿地，欲埋儿，得石盖，下有黄金一釜，中有丹书，曰："孝子郭巨，黄金一釜，以用赐汝。"于是名振天下。

再则是丁兰刻母故事，在二十四孝故事中，是表达思念、追怀的诚挚感情，意在述说常怀对父母生养感激之心。故事讲述丁兰供养父母神像，刻木为念。后来，其妻用火灼像，他人用木杖敲打，或用刀砍，皆遭到惩罚。丁兰刻木为像故事在汉代已经有流传，如应劭在《风俗通义·愆礼》中，提到"世间共传丁兰克木而事之"的内容，却不知道具体的情节。详细而完整的故事文本在文献中出现，最早出现在干宝《搜神记》佚文《丁兰刻

母》[1]中,具体讲述丁兰母亲像遭遇邻居"盗斫",丁兰"报仇"与"汉宣帝嘉之"故事:

> 丁兰,河内野王人。年十五,丧母。乃刻木作母事之,供养如生。邻人有所借,木母颜和则与,不和不与。后邻人忿兰,盗斫木母,应刀血出。兰乃殡殓,报仇。汉宣帝嘉之,拜中大夫。

晋孙盛撰《逸人传》"丁兰"[2]则记述"邻人张叔"之"谇骂木人"与丁兰"奋剑杀张叔",而后有"郡县嘉其至孝,通于神明,图其形像于云台"故事。其讲述道:

> 丁兰者,河内人也。少丧考妣,不及供养,乃刻木为人,仿佛亲形,事之若生,朝夕定省。后邻人张叔妻从兰妻有所借,兰妻跪报木人,木人不悦,不以借之。叔醉疾来谇骂木人,以杖敲其头。兰还,见木人色不怿,乃问其妻。妻具以告之,即奋剑杀张叔。吏捕兰,兰辞木人去。木人见兰,为之垂泪。郡县嘉其至孝,通于神明,图其形像于云台也。

值得注意的是故事反映出"汉宣帝嘉之"等内容的同时,也表现出社会风俗中巫蛊等现象的存在,丁兰刻母像,丁母颜色变化指示,邻居"盗斫","邻人张叔"之"谇骂木人"等内容,都包含着复杂的巫术意义。或许这就是后世文学作品中屡屡出现的为了宣泄仇恨,一些人采用巫蛊、针扎人像等移植仇恨之类故事的重要源头。当然,这之前社会生活中肯定有此类现象存在,但是,作为文献保存,此为最早。同时,这类巫术的解释,我们可以从

---

[1] 见《太平御览》卷四八二存。
[2] 此文失佚,见于后世文献,如唐徐坚等辑《初学记》卷十七、《太平御览》卷四一四等处所引述。

弗雷泽的《金枝》所论述的相似巫术、交叉巫术,以及所谓平行率、交叉率等学术思想中得到启发。可以作为旁证的故事见诸《搜神记》的其他篇,如《搜神记》佚文《画女钉心》[1]:"(顾恺之)常悦一邻女。乃画女于壁,当心钉之。女患心痛,告于长康,拔去钉,乃愈。"巫术的意义在于假借神灵等超自然能力达到自己的意愿,意愿为恶,便是巫蛊,便是诅咒、谩骂,便是害人;意愿为善,便是祝福,如相互间的节日问候,包括祈求祖先保佑,祈求神灵帮助去除灾害。有相当长的时期,我们把二十四孝故事视作愚昧不堪,用封建迷信的概念对其概括总结。中华民族有推崇敬老的美德,通过此类故事的反复讲述,形成一种强大的道德传统与道德风尚,这是民族的信念,也是社会的规则,传统生活即"风俗"核心,又如何因为现代文明强调自我利益而诉之孝道以腐朽的恶名呢?

对于历史文化而言,民间文学的语言表达,是对一定社会历史时期最直接最真实最细致的记录。不同时代,文化独具其个性,各领风骚;自汉至三国,至魏晋南北朝,南北有别,如永嘉之乱,中原文化向四方大转移,同时,异域文化如佛教文化,从西方、南方等不同区域进入中原,不断影响到中国文化的发展。由于多种原因,佛教文化的翻译有许多典籍失传,只能从一些异文或佚文中看到踪影。在总体上讲,佛教文化的翻译促进了中国民间文学从内容到体裁的重要变化。诸如著名的十兄弟故事,极有可能与佛教传说有关系。传说佛陀在世说法时,有十大弟子,他们是大迦叶(头陀第一)、目犍连(神通第一)、富楼那(说法第一)、须菩提(解空第一)、舍利弗(智慧第一)、罗睺罗(密行第一)、阿难陀(多闻第一)、优婆离(持律第一)、迦旃延(议论第一)、阿尼律陀(天眼第一)。每一个"第一"都是一种本领,也都是一种传说故事。其出现在这一时期的佛教文化典籍中,对后世文学作品产生深远影响。如《水浒传》讲述一百零八将,其实就是十兄弟故事模式的衍生。

---

[1] 见于张彦远《历代名画记》。

也就是说,三国魏晋南北朝时期,是社会政治的大动荡时期,是历史文化发展的大变化时期,一方面是礼崩乐坏,一方面是百花齐放,人文文化、世俗文化、宗教文化,纷纷粉墨登场。尤其是佛教文化以迅雷不及掩耳之势横冲直撞,严重冲击传统文化与文化传统的格局,形成新的文化形态。这是时代的文化标识,民间文学应运而生,以日常生活与大众话语的形式不断重复、叙述着来自全社会的理念与思想。

魏晋风度,不仅仅在于"药"与"酒",也不仅仅在于神与仙、鬼与怪,也不仅仅在于儒释道如何分庭抗礼或相互潜移默化地影响,而是以特有的文化气象横空出世。如人所言,五胡乱华,乱在文化的大碰撞,形成文化的大交流和大发展、大繁荣。一个"乱"字,最为形象、贴切。这在总体上相当于一个新的春秋战国时代,各种学说纷至沓来,在神仙世界与佛家学说中,有醉生梦死,有得过且过、麻木不仁,有悲愤交集、慷慨、愤懑丛生,也有骄奢淫逸、飞扬跋扈、极尽无耻与无知、无畏,种种世态如云烟尽散去,只有文化成为历史的遗产,在风中飘荡,在废墟中叹息。

从而,中国民间文学在历史上翻开新的一页。

第四章
隋代民间文学的新发展

隋唐时代文化的发展,离不开对魏晋南北朝时期文化的继承。但是,历史的进步并不是仅仅靠继承,更重要的是创造;只有创造,才能有发展,才能有文化的飞跃与辉煌。当然,这种创造离不开宽阔的胸怀与视野;民族的融合、异域文化的吸收、创新气象的积极营造与引导,是一个民族大创造大发展的基础。隋王朝的建立,在我国历史文化发展中具有十分重要的意义,它深刻地影响着中国文化在大唐时代出现高度繁荣。如一位历史学家所说:"自十六国至隋灭周,中原地区成为各族融化的大熔炉,凡商周秦汉以来前后出现的各族,全部或极大部分合并入汉族。融化各族的炭火,就是汉族的经济和文化。"[1] 在隋王朝建立之前,魏太武帝消灭了十六国割据残余势力,使整个黄河流域得到统一,做出了南朝汉族腐朽透顶的专制政治根本无法做到的历史性贡献;虽然曾有以鲜卑旧俗立国的齐王朝出现,魏末大乱,历史曾出现曲折,但这种大统一的趋势是谁也改变不了的,只不过是早一天晚一天的事情,而杨坚就是在事实上实现了这种大统一的人。杨坚消灭了周政权,结束了数百年来连绵不断的战乱,他所建立的隋王朝,使历史翻开了全新的一页。民间文学在这个时代也出现了新的声音,启发了大唐帝国民间文学的繁荣发展。杨坚建立隋王朝,不是对北周政权的篡夺,而是对历史

---

[1] 范文澜:《中国通史》(第二册),人民出版社 1979 年版,第 677 页。

潮流的顺应。政权建立后,他加强中央集权,厘定官制和兵制,实行均田、轻税和减役,厉行节俭,与民生息,对中华民族的发展是有重要贡献的。

如《隋书·高祖纪》载:

> (隋文帝)劬劳日昃,经营四方。楼船南迈则金陵失险,骠骑北指则单于款塞。《职方》所载,并入疆理,《禹贡》所图,咸受正朔。虽晋武之克平吴会,汉宣之推亡固存,比义论功,不能尚也……于是,躬节俭,平徭赋,仓廪实,法令行,君子咸乐其生,小人各安其业,强无凌弱,众无暴寡,人物殷阜,朝野欢娱。二十年间,天下无事,区宇之内晏如也。

当然,这里是借"史臣之言"有意褒文帝而贬炀帝,但它透露出隋政权求新顺时的改革和发展措施。隋朝的历史表明,整个隋代虽然只有两位皇帝,历经三十八年,其贡献是巨大的。其中最典型的例子就是南北统一之后,皇家不失时机地将南北朝所存文献典籍进行整理,分类编目,《隋书·经籍志》能载录那么多的书目,绝不是偶然的。如《隋书·经籍志》在"序"中所载:"隋开皇三年,秘书监牛弘表请分遣使人,搜访异本。每书一卷,赏绢一匹。校写既定,本即归主,于是,民间异书往往间出。及平陈已后,经籍渐备。检其所得,多太建时书,纸墨不精,书亦拙恶。于是总集编次,存为古本,召天下工书之士京兆韦霈、南阳杜頵等,于秘书内补续残缺,为正副二本,藏于宫中。其余以实秘书内外之阁,凡三万余卷。"隋开皇初,制定七部伎,其后又制定九部伎,废置清商署,积极吸收西域乐伎艺术,诸如新俗乐器,不但影响到当世,而且影响到后世。唐代西域胡乐盛行,应该是与此相关的。当然,这种求新的文化态度,与隋王朝杨氏、唐王朝李氏其先世都家于武川这样一个匈奴人、鲜卑人杂居的地域有关,杨氏原姓普六茹,李氏原姓大野,具有鲜卑血统,这必然影响到他们的爱好即文化风尚的具体形成。《隋书·音乐志》载:"高祖受命维新,八州同贯,制氏全出于羌人,迎神犹带于边曲。""开皇二年,齐黄门侍郎颜之推上言:礼崩乐坏,其来自久。今太常雅乐,并用胡声。请冯梁国旧事,考寻古典。高祖不从,曰:梁乐,亡国之音,奈何遗我用耶!"朝廷是这样,当然影响到世俗。如崔令钦《教坊记》所记王令言:"其子在家弹琵琶,令言惊问:'此曲何名?'其子曰:'内里新翻曲子,名安公子。'"《教坊记》中记有三百多首曲,以"子"为名者近七十种,可知"曲子"应该最早在隋代明确出现,其明显不同于六朝乐府民歌。

"曲子"是这样,"戏场"也是这样,如《隋书·音乐志》所载:"每岁正月,万国来朝,留至十五日,于端门外、建国门内,绵亘八里,列为戏场。百官起棚夹路,从昏达旦,以纵观之。"

由此可知隋代盛行"戏场"。这与"至六年,帝乃大括魏、齐、周、陈乐人子弟,悉配太常,并于关中为坊置之","猖优獶杂,咸来萃志"(《隋书》一五、一三)的记载应该是相关联的。曲子经过教坊、歌伎等传播,融入民间文化,这是很自然的事情。后世戏曲的发展,离不开民间戏曲在漫长岁月中以多种形式所形成的文化积淀,而隋代泛起的"曲子"和"戏场"又如何不是这种积淀中的重要内容!特别是隋代"教坊"的设置,应该与宋代戏曲中的勾栏、瓦肆有着一定的联系。有学者考证出隋代传杂言曲子辞调有《纪辽东》《夜饮朝眠曲》《一点春》[1],可见民间歌唱对戏曲文学、诗歌等艺术发展的重要影响。在这种意义上,我们可以把隋代民间文学看作唐宋民间戏曲的准备,它是直接将民间歌唱和魏晋南北朝文学相糅合,并羼杂胡乐胡歌所进行的文化大操练。

管窥隋代民间文学的发展,我们不能避开对隋炀帝杨广生前身后的评价问题。隋炀帝在隋代经济、文化的发展上是有重要贡献的历史人物。如《通典》卷十《漕运》所记:

---

[1] 见任半塘《唐声诗》,上海古籍出版社1982年版。

> 炀帝大业元年,发河南诸郡男女百余万,开通济渠。自西苑引谷、洛水达于河,又引河通于淮海,自是天下利于转输。四年,又发河北诸郡百余万众,开永济渠,引沁水南达于河,北通涿县。自是丁男不供,始以妇人从役。

这在事实上是利于经济发展的。他不但懂得开凿河流利于交通和防治旱涝而且好读书,如《资治通鉴》"隋纪"之六所载:"炀帝好读书著述,自为扬州总管,置王府学士至百人,常令修撰……自经术、文章、兵农、地理、医卜、释道,乃至蒲博鹰狗,皆为新书,无不精洽,共成三十一部,万七千余卷。"而在《隋书·炀帝纪》中,这些作为都被一句所谓"史臣曰"贬为"傲狠明德""荒淫无度","海内骚然无聊生",对于其"爱在弱龄,早有令闻,南平吴会,北却匈奴,昆弟之中独著声绩",则一笔带过。尤其是后世民间文学所渲染的隋炀帝使裸女拉游船以取乐、征伐高丽而为天下带来祸端,这些都表明民间文学常受到作为主流话语的史官文化的影响,更是我国史官文化与毁庙制度相联系的结果[1]。我认为,隋炀帝失败的关键不在于以上这些事例,而在于他触动了富商大贾的利益,政治改革上不够彻底而导致了失败。如《隋书·炀帝纪》中所载"徙天下富商大贾数万家于东京","右屯卫将军宇文化及"等人"以骁果作乱",可见他触怒了世族豪强这些传统政治力量,才导致"崩于温室"的结局。

民间传说包含着千百万人民的智慧,而愚民政治作为一种文化传统,又常常使民间传说更远地游弋于历史真实之外。我们应该清醒地看到这种较为普遍的历史现象。

---

[1] 参见拙作《中国庙会文化》,上海文艺出版社1998年版。

第一节　隋朝民歌

民歌,或曰民间歌谣,是特殊的历史文化形式。

隋代历史太短,民间文学被记述的不是太多,除了《乐府诗集》等典籍有一些保存外,《隋书》《北史》等史籍中也有零星保存。《乐府诗集》"近代曲辞"中所录"丁六娘《十索》四首""无名氏《十索》二首",从语言风格上看,当属于隋代民歌,与隋炀帝《春江花月夜》及杨素、薛道衡、虞世基他们相和的诗等作品有着明显区别。如"丁六娘《十索》四首":

裙裁孔雀罗,
红绿相参对。
映以蛟龙锦,
分明奇可爱。
粗细君自知,
从郎索衣带。

为性爱风光,
偏憎良夜促;
曼眼腕中娇,
相看无厌足。
欢情不耐眠,
从郎索花烛。

君言花胜人,
人今去花近。
寄语落花风,

莫吹花落近。
欲作胜花妆,
从郎索红粉。

二八好容颜,
非意得相关。
逢桑欲采折,
寻枝倒嫩攀。
欲呈纤纤手,
从郎索指环。

此中"十索",《乐苑》中释为"羽调曲",实为隋代曲子辞。有人考证"丁六娘"或为民间善歌乐伎姓名,或无实有。这说明"近代曲辞"所录的匿名性特征,也表明其流传之广。另外两首,也有人一定要考证出到底谁是它真正的作者,我以为没有必要。其歌曰:

含娇不自转,
送眼劳相望。
无那关情伴,
共入同心帐。
欲防人眼多,
从郎索锦幛。

兰房下翠帷,
莲帐舒鸳锦。
欢情宜早畅,

密态须同寝。

欲共作缠绵,

从郎索花枕。

唐代《迷楼记》[1]中,曾记述隋代宫人歌唱事,保存当时一首民间传唱的歌谣:

大业九年,帝将再幸江都。有迷楼官人静夜亢歌云:

"河南杨柳谢,

河北李花荣。

杨花飞去去何处,

李花结果自然成。"

帝闻其歌,披衣起听。召宫女问之云:"孰使汝歌也?汝自歌之耶?"宫女曰:"臣有弟,民间得此歌,曰道途儿童多唱此歌。"

这首歌谣的句式是"五五七七",与同书所载《看梅二首》相同,表现出隋代民歌的演唱风格。其他还有李月素《赠情人》、罗爱爱《闺思》、秦玉鸾《忆情人》、苏蝉翼《因古人归作》、张碧兰《寄阮郎》,《诗纪》载为隋代乐府,罗根泽说它们"不见古书,惟兼见明刻《续玉台新咏》,未可为据"[2]。

当时还流行"民间戏弄"之一《踏摇娘》,《旧唐书》卷二九载:

《踏摇娘》,生于隋末。隋末,河内有人貌恶而嗜酒,常自号郎中,醉归必殴其妻。其妻美色,善歌,为怨苦之辞。河朔演其曲,而被之弦管。

---

[1] 鲁迅校录《唐宋传奇集》存此歌。有人以为此歌伪,其实不然。陕西博物馆所存隋代宫人碑,就曾载掖庭宫妓习歌舞的内容。

[2] 罗根泽:《乐府文学史》,北平文化学社1931年版。

由此可知《踏摇娘》在隋末的流行。这种"民间戏弄"是北方民歌,"演"与"弦管"的加入,则分明具有了戏曲综合艺术的内容。

《隋书》保存了一些隋代流传的民间歌谣,与前所举例不同处,在于这些歌谣多为"徒歌",而且带有谶语色彩。

如《隋书·五行志》载:

帝因幸江都……遂无还心。
帝复梦二竖子歌曰:
"住亦死,
去亦死,
未若乘船渡江水。"
由是筑宫丹阳,将居焉。功未就而帝被弑。
大业中,童谣曰:[1]
"桃李子,
鸿鹄绕阳山,
宛转花林里。
莫浪语,
谁道许。"

其后李密坐杨玄感之逆,为吏所拘,在路逃叛。潜结群盗,自阳城山而来,袭破洛口仓,后复屯兵苑内。莫浪语,密也。宇文化及自号许国,寻亦破灭。谁道许者,盖惊疑之辞也。

此类歌谣在《南史·陈本纪赞》中也有:

---

[1] 又见于《资治通鉴》一八三"大业十二年记"。

161

始梁末童谣云：

"可怜巴马子，

一日行千里。

不见马上郎，

但有黄尘起。

黄尘污人衣，

皂荚相料理。"

及僧辩灭，群臣以谣言奏闻，曰："僧辩本乘巴马以击侯景，马上郎，王字也，尘谓陈也，而不解皂荚之谓。"

既而陈灭于隋，说者以为江东谓羖羊角为皂荚，隋氏姓杨，杨，羊也，言终灭于隋。然则兴亡之兆，盖有数云。

《北史·隋庶人谅传》载：

开皇元年，立为汉王……十七年，出为并州总管……以太子谮废，居常怏怏，阴有异图。及蜀王以罪废，谅愈不自安。会文帝崩，遂发兵反，从乱者十九州。炀帝遣杨素进击之，谅乃降。除名，绝其属籍，竟以幽死。先是，并州谣言：

"一张纸，

两张纸，

客量小儿作天子。"

时伪署官告身皆一纸，别授则二纸。谅闻谣，喜曰："我幼字阿客，量与谅同音，吾于皇家最小。"以为应之。

谶语作为歌谣存在，具有多种意义，但有一点是无疑的，即不同的人从中得到不同的启发,之所以形成谶谣,更多的是时人有意所造。前几首都太玄,不能为人所理解,而"隋庶人谅"这位"小阿客"妄加理解惹下灾祸才是真的。这种误导,实属自欺欺人之结果。

在《旧唐书·屈突通传》中,记述了两位执法严整的兄弟,更具有朴实性:

> 开皇中,文帝擢(屈突通)为右武侯车骑将军,奉公正直,虽亲戚犯法,无所纵舍。时通弟(屈突盖)为长安令,亦以严整知名。时人为之语曰:
> "宁食三斗艾,
> 不见屈突盖。
> 宁服三斗葱,
> 不逢屈突通。"
> 为人所忌惮如此。

这首歌谣在前所举的隋代歌谣中,是一首难得的时政歌谣。屈突通、屈突盖兄弟执法严整,为何又"为人所忌惮如此"呢?可见《旧唐书》作者是非观念的局限。这种局限是史官文化中普遍存在的现象,表现出对隋代社会历史的曲解或误解。历史在民间文学中常得到最真实的表现,但有时也会被扭曲。隋代社会生活的真实在历史上比其他时代被扭曲被误解者更多。但我们不可否认的是,民间传说作为特殊的史料,更多的是对时代最真实的记录。虽然我们承认隋炀帝父子曾有所作为,作为封建专制统治者,其骄奢淫逸、飞扬跋扈的残忍本性与其他统治者是一样的。

明杨慎所辑的《古今风谣》中,保存了一首《隋大业长白山谣》,就是记述农民起义军反抗隋统治者残酷统治的:

> 长白山前知世郎,
> 纯著红罗锦背裆。

长稍侵天半，
轮刀耀日光。
上山吃獐鹿，
下山吃牛羊。
忽闻官军至，
提刀向前荡。
譬如辽东死，
斩头何所伤。[1]

在《炀帝海山记》中，曾记述"大业十年，东幸维扬，御龙舟，中道，夜半闻歌者甚悲"的民间歌谣：

我兄征辽东，
饿死青山下。
今我挽龙舟，
又困隋堤道。
方今天下饥，
路粮无些小。
前去三千程，
此身安可保？
寒骨枕黄沙，
幽魂泣烟草。
悲损门内妻，

---

[1] 《隋书·来护儿传》中记来护儿："封荣国公。子整，武贲郎将，右光禄大夫。整尤骁勇，善抚士众，讨击群盗，所向皆捷，诸贼甚惮之，为作歌曰：'长白山头百战场，十十五五把长枪，不畏官军十万众，只畏荣公第六郎。'"这也是隋代民间歌谣，记述了一个封建专制爪牙"荣公第六郎"对起义军的屠杀。

望断吾家老。
安得义男儿,
焚此无主尸。
引其孤魂回,
负其白骨归。

在记述此歌谣时,其又记述"帝闻其歌,遽遣人求其歌者,至晓不得其人。帝颇彷徨,通夕不寐"。

民间歌谣可以看作历史,是因为许多歌谣都是从历史中产生,是对历史事实的反映;每一个歌谣都有一个具体的传说故事作为解释、阐释的"谜底",离开这种解说,歌谣就只剩下几句白话。

一般说来,历史上最重要的民间文学不是粉饰现实的颂词,而是那些具有讽刺、批判意味的时政歌谣,因为它们最真实。控诉统治者的罪恶,讴歌劳动者的心声,是民间文学史上民间歌谣的重要主题。隋代也是这样。这些歌谣没有丝毫的奴颜和媚骨,是隋代,也是整个专制时代最珍贵的民间文学。

第二节　隋朝故事

故事是因为不同的社会历史生活而形成不同语言形态的叙事,并形成一定的叙事传统与叙事模式。

隋朝故事就是来自底层社会眼中、耳中和口中,对于隋朝社会生活不同方面不同内容最真实的记录。这一时期民间故事文献保存有两部典籍值得重视,一是侯白撰《启颜录》,一是天竺三藏法师阇那崛多译《佛本行集经》。《唐书·经籍志》《新唐书·艺文志》云:"《启颜录》十卷,侯白撰。其存"……"论难""辩捷""昏忘""嘲诮"等篇(四类),鲁迅在《中国小说史略》中称其"俳谐太过,时复流于轻薄"。其实,这正是民间文学的风格。原书已经遗失,后人辑录版本中融入了隋朝以后的内容。有学者考证,在现存诸多辑本中,最为珍贵的是敦煌遗书中唐开元抄本,载笑话四类四十则。《太平广记》中所辑内容最为丰富,为六十九则。阇那崛多(522—600年),汉语为"至德"之意。传说他是犍陀罗国人,属刹帝利种姓。唐道宣《续高僧传》卷二云:"崛多道性纯厚,神志刚正。爱德无厌,求法不懈。博闻三藏,远究真宗,遍学五明,兼闲世论。"其"三衣一食,终固其成。仁济弘诱,非关劝请。勤诵佛缕,老而弥笃"。当年周武灭佛,强迫僧徒还俗,崛多等亦被逼改从儒礼,但他誓死不从,被放归本国。隋兴,佛教文化复兴,开皇四年(584),崛多被延请至京;他经过十五年的紧张劳作,终于译出《佛本行集经》等三十余部佛教文化典籍。六十卷《佛本行集经》,人称其以昙无德部所传佛传为主,集合摩诃僧祇、萨婆多、迦叶维、尼沙塞四部与《譬喻经》等异说,取《释迦牟尼佛本行》经名为本书名,称《佛本行集经》。其中保存许多民间故事,如流传甚广的十兄弟故事,其实即《佛本行集经》中十大弟子转型,如《佛本行集经·大迦叶因缘品》和《增一阿含经》卷三载,摩诃迦叶"头陀行第一";《佛本行集经·舍利目连因缘品》载目犍连"神通第一";《佛本行集经·舍利目连因缘品》载舍利弗为"智慧第一";其他如阿尼律陀,意为"如意""无贪",《佛本行集经》卷十一、十九等处载,其能见天上地下六道众生,称为"天眼第一"云云。

《启颜录》之"启颜",即在于开颜,在于喜笑颜开,是笑逐口开。从其记述故事内容可见,既有先秦时期"郑人适履"之类故事的影踪,又有后世呆女婿故事、傻子学说话故事的影踪。如镜中人故事,早在三国魏时邯郸淳撰《笑林》中就有记述:"有民妻不识镜。夫市之而归,妻取照之,惊告其母曰:某郎又索一妇归也。其母亦照曰:又领亲家母来也。"《启颜录》有"买奴购镜"篇,讲述"鄠县董子尚村,村人并痴",将故事作了更详细更具有生活意味的记述。其实这是一个呆子群故事类型:

鄂县董子尚村，村人并痴，有老父遣子将钱向市买奴，语其子曰："我闻长安人卖奴，多不使奴预知之，必藏奴于余处，私相平章，论其价值，如此者是好奴也。"

其子至市，于镜行中度行，人列镜于市，顾见其影，少而且壮，谓言市人欲卖好奴，而藏在镜中，因指麾镜曰："此奴欲得几钱？"

市人知其痴也，诳之曰："奴值十千。"便付钱买镜，怀之而去。

至家，老父迎门问曰："买得奴何在？"

曰："在怀中。"

父曰："取看好不？"

其父取镜照之，正见须鬓皓白，面目黑皱，乃大嗔，欲打其子，曰："岂有用十千钱，而贵买如此老奴？"举杖欲打其子。

其子惧而告母，母乃抱一小女走至，语其夫曰："我请自观之。"又大嗔曰："痴老公，我儿止用钱十千，买得子母两婢，仍自嫌贵？"

老公欣然。释之余，于处尚不见奴，俱谓奴藏未肯出。

时东邻有师婆，村中皆为出言甚中，老父往问之。

师婆曰："翁婆老人，鬼神不得食，钱财未聚集，故奴藏未出，可以吉日多办食求请之。"

老父因大设酒食请师婆，师婆至，悬镜于门，而作歌舞。

村人皆共观之，来窥镜者，皆云："此家王相，买得好奴也。"

而悬镜不牢，镜落地分为两片。

师婆取照，各见其影，乃大喜曰："神明与福，令一奴而成两婢也。"因歌曰："合家齐拍掌，神明大歆飨。买奴合婢来，一个分成两。"

一个傻，一群也傻，个个呆傻。通过呆子行为与话语中的种种异常，形成揭示谜底、开怀大笑的效果，这是民间故事惯用的述说方式。如《启颜录》"痴人买帽"讲述"梁时有人，合家俱痴"故事，着眼点即在"合家俱痴"，与

"村人并痴"相映成趣:

> 梁时有人,合家俱痴,遣其子向市买帽,谓曰:"吾闻帽拟盛头,汝为吾买帽,必须容得头者。"
>
> 其子至市觅帽,市人以皂绐帽与之,见其叠着未开,谓无容头之理,不顾而去。历诸行铺,竟日求之不获。最后,至瓦器行,见大口瓮子,以其腹中宛宛,正是好容头处,便言是帽,取而归。
>
> 其父得以盛头,没面至项,不复见物。每着之而行,亦觉研其鼻痛,兼拥其气闷;然谓帽只合如此,常忍痛戴之。乃至鼻上生疮,项上成胝,亦不肯脱。后每着帽,常坐而不敢行。
>
> 属岁朝,子孙当拜岁,先语家中曰:"汝子孙欲拜岁者,可早来,阿公若着帽坐待竟,即不见你去。"
>
> 其朝,老父欲受家人拜岁,不可露头,便戴帽坐待。
>
> 家人拜岁总至,拜于阶下。
>
> 老父已戴帽,一无所见,长新妇前拜贺,因祝:"愿公口还得出气,眼还得见明,头还依旧动,脚还不废行。子子孙孙俱戴帽,长住屋里坐萌萌。"

世间可笑之处甚多,傻可笑,呆可笑,多忘更可笑。《启颜录》"多忘"记述道:

> 鄠县有一人多忘,将斧向田斫柴,并妇亦相随。至田中遂急便转,因放斧地上,旁便转讫,忽起见斧,大欢喜云:"得一斧。"仍作舞跳跃,遂即自踏着大便处,乃云:"只应是有人因大便遗却此斧。"其妻见其昏忘,乃语之云:"向者君自将斧砍柴,为欲大便,放斧地上,何因遂即忘却?"此人又熟看其妻面,乃云:"娘子何姓,不知何处记识此娘子。"

可笑之处不仅仅在于呆傻与多忘,还在于自欺欺人与以其人之道还治其人之身的智慧故事。如《启颜录》"馄蜜"讲述老师蒙骗弟子,弟子反过来欺骗老师,使之哑口无言:

尝有一僧忽忆馄吃,即于寺外作得数十个馄,买得一瓶蜜,于房中私食。食讫,残馄留钵盂中,蜜瓶送床脚下,语弟子云:"好看我馄,勿使欠少,床底瓶中,是极毒药,吃即杀人。"此僧即出。

弟子待僧去后,即取瓶泻蜜,搵馄食之,唯残两个。

僧来即索所留馄蜜,见馄唯有两颗,蜜又吃尽,即大嗔云:"何意吃我馄蜜?"

弟子云:"和尚去后,闻此馄香,实忍馋不得,遂即取吃。畏和尚来嗔,即服瓶中毒药,望得即死,不谓至今平安。"

僧大嗔曰:"作物生,即吃尽我尔许馄。"

弟子即以手于钵盂中取两个残馄,向口连食,报云:"只做如此吃即尽。"

此僧下床大叫,弟子因即走去。

又如《启颜录》"当作号号"讲述一个打赌故事,某人使用聪明引诱某官员纠正自己学狗叫为名,被纠正的同时,也陷入圈套即"令明府作狗吠",同样以欺人取得令人发笑效果。其记述道:

侯白初未知名,在本邑,令宰初至,白即谒,会知识曰:"白能令明府作狗吠。"

曰:"何有明府得遣作狗吠?诚如言,我辈输一会饮食;若妄,君当输。"

于是入谒,知识俱门外伺之,令曰:"君何须得重来相见?"

白曰:"公初至,民间有不便事,望谘公,公未到前,甚多盗贼,请命各家养狗,令吠惊,自然盗贼止息。"

令曰:"若然,我家亦须养能吠之狗,若为可得?"

白曰:"家中新有一群犬,其吠声与余狗不同。"

曰:"其声如何?"

答曰:"其声恼恼者。"

令曰:"君全不识,好狗吠声当作号号,恼恼声者,全不是能吠之狗。"伺者闻之,莫不掩口而笑。

白知得胜,乃云:"若觅如此能吠者,当出访之。"遂辞而出。

佛教文化以《佛本行集经》中故事为胜,多以猴子、鸟等动物为述说主体。故事是一个外壳,其故事归结点,则无一例外为现身说法,如"虬与猕猴"故事所讲:"尔时佛告诸比丘言:汝诸比丘,当知彼时大猕猴者,我身是也。彼时虬者,魔波旬是。于时犹尚诳惑于我,而不能得;今复欲将世间自在五欲之事,而来诱我,岂能动我此之坐处。""双头鸟"故事讲:"佛告诸比丘:汝等若有心疑,彼时迦喽嗏鸟,食美华者,莫作异见,即我身是。彼时优波迦喽嗏鸟,食毒华者,即此提婆达多是也,我于彼时,为作利益,反生瞋恚,今亦复尔,我教利益,反更用我为怨仇也。"其意不在于讲述故事,而是在于故事所蕴含的佛教文化意义。这正是佛教故事进入民间文学所体现出的普遍性意义,并以此形成民间文学与宗教文化相结合的传统。

《佛本行集经》卷三十一"虬与猕猴"故事讲述:

尔时佛告诸比丘言:我念往昔,于大海中,有一大虬。其虬有妇,身正怀妊,忽然思欲猕猴心食。以是因缘,其身羸瘦,痿黄宛转,战栗不安。时彼牡虬,见妇身体如是羸瘦,无有颜色。见已问言:"贤善仁者,汝何所患?欲思何食?我不闻汝从我索食,何故如是?"时其牸虬,默然不报。其夫复问:"汝今何故,不向我道?"妇报夫言:"汝若能与我随心愿,我当说之,若不能者,我何假说。"夫复答言:"汝但说看。若可得理,我当方便,会觅令得。"妇即语言:"我今意思猕猴心食,汝能得不?"夫即报言:"汝所须者,此事甚难;所以者何,我居止在大海水中,猕猴乃在山林树上,何由可得?"妇言:"奈何!我今意思如此之食;若不能得如是物者,此胎必堕,我身不久,恐取命终。"是时其夫复语妇言:"贤善仁者,汝且容忍,我今求去。若成此事,深不可言,则我与汝,并皆庆快。"尔时彼虬,即从海出,至于岸上。去岸不远,有一大树,名优昙婆罗。时彼树有一大猕猴,在于树头,取果子食。是时彼虬,既见猕猴在树上,坐食于树子。见已渐渐到于树下。到已,即便共相慰喻,以美语言,问讯猕猴:"善哉善哉,婆私师吒,在此树上,作于何事,不甚辛勤受苦恼耶?求食易得,无疲倦不?"猕猴报言:"如是仁者,我今不大受于苦恼。"虬复重更语猕猴言:"汝在此处,何所食啖?"猕猴报言:"我在优昙婆罗树上,食啖其子。"是时虬复语猕猴言:"我今见汝,甚大欢喜。遍满身体,不能自胜。我欲将汝作于善友,共相爱敬。汝取我语,何须住此。又复此树子少无多,云何乃能此处。愿乐,汝可下来,随逐于我,我当将汝渡海彼岸,别有大林,种种诸树,花果丰饶。所谓庵婆果、阎浮果、梨拘阇果、颇那娑果、镇头迦果、无量树等。"猕猴问言:"我今云何得至彼处?海水深广,甚难越渡。我当云何堪能浮渡?"是时彼虬,报猕猴言:"我背负汝,将渡彼岸。汝今但当从树下来,骑我背上。"

尔时猕猴,心无定故,狭劣愚痴,少见少知。闻虬美言,心生欢喜,从树而下。上虬背上,欲随虬去。其虬内心,生如是念:"善哉善哉,我愿已成。"即欲相将至自居处。身及猕猴,俱没于水。是时猕猴,问彼虬言:"善友何故忽没于水?"虬即报言:"汝不知也。"猕猴问言:"其事云何?欲何所为?"虬即报言:"我妇怀妊,彼如是思欲汝心食,以是因缘,我将汝来。"

尔时猕猴,作如是念:"呜呼!我今甚不吉利,自取磨灭。呜呼!我今作何方便,而得免此急速厄难,不失身命!"复如是念:"我须诳虬。"作是念已,而语虬言:"仁者善友。我心留在优昙婆罗树上寄著,不持将行。

仁于当时,云何依实,不语我知,今须汝心。我于当时,即将相随。善友还回,放我取心,得已还来。"尔时彼虬,闻于猕猴如是语已,二俱还出。猕猴见虬欲出水岸,是时猕猴,努力奋迅,捷疾跳踯,出大筋力,从虬背上跳下,上彼优昙婆罗大树之上。其虬在下,少时停待,见彼猕猴,淹迟不下,而语之言:"亲密善友,汝速下来,共汝相随,至于我家。"猕猴嘿然,不肯下树。虬见猕猴,经久不下,而说偈言:

"善友猕猴得心已,愿从树上速下来;
我当送汝至彼林,多饶种种诸果处。"

尔时猕猴,作是思惟:"此虬无智。"如是念已,即向彼虬,而说偈言:

"汝虬计挍虽能宽,而心智虑甚狭劣。
汝但审谛自思忖,一切众类谁无心。
彼林虽复子丰饶,及诸庵罗等妙果,
我今意实不在彼,宁自食此优昙婆。"

尔时佛告诸比丘言:"汝诸比丘,当知彼时大猕猴者,我身是也。彼时虬者,魔波旬是。于时犹尚诳惑于我,而不能得;今复欲将世间自在五欲之事,而来诱我,岂能动我此之坐处?"

《佛本行集经》卷五十九有"双头鸟"故事,其讲述道:

尔时佛告诸比丘言:我念往昔,久远世时,于雪山下,有二头鸟,同共一身,在于彼住。一头名曰迦喽嗏鸟,一名优波迦喽嗏鸟。而彼二鸟,一头若睡,一头便觉。其迦喽嗏,又时睡眠。近彼觉头,有一果树,名摩头迦。其树华落风吹,至彼所觉头边。其头尔时作如是念:"我今虽复独食此华,若入于腹,二头俱时得色得力,并除饥渴。"而彼觉头,遂即不令彼睡头觉,亦不告知,默食彼华。

其彼睡头,于后觉时,腹中饱满,欬哕气出,即语彼头,作如是言:"汝于何处,得此香美微妙饮食,而啖食之,令我身体,安隐饱满,令我所出音声微妙?"

彼头报言:"汝睡眠时,此处去我头边不远,有摩头迦华果之树。当于彼时,一华堕落,在我头边。我于尔时,作如是念:今我但当独食此华,若入于腹,俱得色力,并除饥渴。是故我时不令汝觉,亦不语知,即食此华。"

尔时彼头闻此语已,即生瞋恚嫌恨之心,作如是念:"其所得食,不语我知,不唤我觉,即便自食。若如此者,我从今后,所得饮食,我亦不唤彼觉语知。"

而彼二头,至于一时,游行经历,忽然值得一个毒华,便作是念:"我食此华,愿令二头俱时取死!"于是语彼迦喽嗏言:"汝今睡眠,我当觉住。"

时迦喽嗏闻彼优波迦喽嗏头如是语已,便即睡眠,其彼优波迦喽嗏头,寻食毒华,迦喽嗏头既睡觉已,咳哕气出,于是即觉有此毒气,而告彼头,作如是言:"汝向觉时,食何恶食,令我身体,不得安隐,命将欲死?又令我今语言粗涩,欲作音声,障碍不利。"

于是觉头报彼头言:"汝睡眠时,我食毒华,愿念二头,俱时取死!"

于时彼头语别头言:"汝所为者,一何太卒!云何乃作如是事也!"即说偈言:

"汝于昔日睡眠时,我食妙华甘美味,

其华风吹在我边,汝反生此大瞋恚。

凡是痴人愿莫见,亦愿莫闻痴共居。

与痴共居无利益,自损及以损他身。"

佛告诸比丘:"汝等若有心疑,彼时迦喽嗏鸟,食美华者,莫作异见,即我身是。彼时优波迦喽嗏鸟,食毒华者,即此提婆达多是也,我于彼时,为作利益,反生瞋恚,今亦复尔,我教利益,反更用我为怨仇也。"

《启颜录》与《佛本行集经》是隋朝故事的两类典型,亦雅亦俗,俗中见雅,雅俗互用,各自表达出具体的文化思想。

或者说,从来就没有纯粹的宗教文化,也从来就没有纯粹的世俗文化,一切文化都具有自己的思想实质。但是,无论什么样的文化艺术,一味直白,都将失去自己的受众,如何利用有效的文化艺术形式感动人,这就是对艺术最好的利用与创造。

尤其是《佛本行集经》故事的流行,表明宗教文化的实质在于劝人皈依某种文化理想,形成具有特定意义的文化集群,相互支持、相互帮助。说教的方式多种多样,对于一定的艺术形式,诸如壁画、说唱、雕塑、雕刻等艺术形态,与宗教文化结合成为具体的民间文化艺术形态。在故事中表现一定的道理、义理,是宗教文化走得更远、更久的有效途径,因此而形成重要的民间文学传统。

隋朝民间文学的内容虽然因为时代的短暂而不及其他王朝丰富,但是,其影响后世的程度,同样深远。特别是那些反映人民大众反抗压迫的歌声,其慷慨、激扬,无遮无拦,无拘无束,酣畅淋漓,是中国民间文学史上光辉灿烂的一页。

或者说,隋朝民间文学形成魏晋南北朝以来文化大潮最显眼的浪尖,催生了大唐帝国的昂扬与豁达。在大唐王朝的烟花三月下扬州的绵绵歌唱中,在金戈铁马、铁马秋风的鼓角声中,无论是民间文学的哪一种形式,都迥异于历史。尤其是隋王朝的风流史话,被后世一再述说;此时的江南,日益成为中原文化的美丽梦幻和热烈想象。

第五章
唐代民间文学的发展

唐代文化的辉煌,代表着中华民族文化发展的一个高峰。在这个非凡的时代里,与隋王朝杨氏一样具有鲜卑血统的唐代统治者,同样注重创新,积极吸收中原之外的异质文化,开拓视野,不断拓展文化艺术的表现领域。这个时代的民间文学,因此具有新的气象,令当世和后世都为之瞩目。诸如《大唐西域记》《酉阳杂俎》《敦煌变文集》、民间说话和传奇、民间竹枝词等民间歌谣、谚语、戏曲,尤其是灿若星云的民间诗歌,都成为我们为之骄傲的民族文化遗产,辉耀至今。著名的藏族史诗《格萨尔王传》也在这个时代产生、形成。唐代民间文学的深厚基础在于民间文化,而民间文化的发展,又是与统治者的文化政策,以及佛教、道教和民俗生活的具体变化密切联系在一起的。

唐帝国的统治者继承隋代政治,在土地赋税制度、城市经济制度、科举制度、军事制度、对外政策和包括宗教在内的文化政策等方面,都作了相应的改进,这些都具体影响到唐代民间文学的发生、发展和变化。有些学者追求所谓纯粹的民间文学,反对将民间文学与时代政治等因素联系在一起,事实上这是不科学的;如果只认定那些在形式上相对独立的民间文学为艺术,势必形成挂一漏万的偏颇。唐代民间文学的发展,说到底是唐代民间文化生活的具体表现;如果看不到唐代政治、经济、文化等因素所构成的大背景,就不可能真正认识唐代民间文学这个小世界。当然,和历史上的其他时期一样,唐代民间文学并不是时代的简单翻版。

唐代统治者的文化政策,在文化发展中成功地控制了社会文化发展的主流意识。除了它所实行的租庸调制、均田制刺激经济发展,庶族阶层和商贾阶层迅速崛起外,它实行科举制及其由此派生的省卷行卷风,刺激了诗歌的繁荣、传奇文学的兴盛,相应地也催生了变文俗讲等民俗文化生活的活跃。世袭的士族势力被打击、限制后,整个社会呈现出文化的新气象、新风尚,这必然影响到民间文学品格的变化。唐代统治者重视文治,儒释道三教并举,更深刻地影响了这种品格的变化。举数唐代科学文化的发展,我们不难看到唐代科学家僧一行等人对《周髀》的修正、对"大衍历"的制订和浑天铜仪的发明创造(隋代已有庾质、卢太翼和耿询发明水力转动浑天仪);在数学方面有王孝通的《缉古算经》及李淳风等为"算经十书"所作的注解;在医学方面有孙思邈的《千金要方》《千金翼方》、王焘的《外台秘要》、苏敬等人的《唐本草》等。这是唐代社会对整个人类进步所做出的巨大贡献。然而,弥漫在科学文化圣坛周围的,却是更浓的佛风道烟,民间文学就在这种文明与愚昧相搏杀的世界中产生。诗歌的繁荣发展,有时也被这种氛围所笼罩。在李白、杜甫、白居易、韩愈、柳宗元、刘禹锡、王维、高适、岑参等人的作品中,我们也不难看到这种氛围的反映。在唐代文化的发展过程中,曾经涌现出傅奕、吕才、刘知己、卢藏用、李华、柳宗元、刘禹锡、李藩、牛僧孺、李德裕、皮日休和沈颜等无神论者,但他们的声音在帝国以佛道作为愚民政治的文化声浪中,又是那样微弱。唐帝国的统治者宣扬君权神授,制造符瑞和谶告,崇佛、崇道,利用民间占卜、相面、巫术和风水信仰,筑构了这个时代的精神支柱。唐代民间文学必然刻下这种烙印。

天命神授历来是封建统治者的法宝,唐代统治者也是这种法宝的使用者。如《旧唐书·纪一》所载:"有史世良者,善相人,谓高祖曰:'公骨法非常,必为人主,愿自爱,勿忘鄙言。'"又称李世民"生于武功之别馆","生时有二龙戏于馆门之外,三日而去";"太宗时年四岁,有书生自言善相,谒高祖曰:

'公贵人也,且有贵子。'见太宗,曰:'龙凤之姿,天日之表,年将二十,必能济世安民矣。'"《通志》卷四三《礼略》载:"唐乾封元年,追号老君为太上玄元皇帝。""开元二年三月,亲祠玄元皇帝庙,追尊玄元皇帝父。""二十九年,两京及诸州各置庙一所,并置崇玄馆。"他们把春秋时代道家学说的创始人李耳不断神化,以此来装扮鲜卑旧族出身的李姓王朝[1]。

  道教文化在唐代有着特殊的地位,是与李姓王朝的倡导密切相关的。这种倡导具有两种意义,一是在胡乐即外来文化渗入时,唐王朝统治者要保持自己的文化之根,即传统文化,尽管他们具有鲜卑血统。道教文化在更大的范围内是以原始信仰为思想基础的,更易于为民间百姓所接受,而李姓王朝要实现对民间文化思想的有效控制,道教就无疑是最好的选择。尤其是魏晋南北朝时期葛洪等人为道教建立了一套相对完整的理论体系和通往神仙境界的人生指南之类的应用学说,这种理论和学说不断被规范,隋唐时代更进一步发展,也就有了不寻常的文化意义。唐政权建立不久,曾有道士称在羊角山遇骑马老翁李耳,李耳自称为唐李皇帝的祖先,其子孙将享国千年。不论这个道士是否在说谎,这种说法被唐王朝所接受则是事实[2]。所以,唐王朝立国后即坚持道先佛后的文化政策,唐太祖、太宗、睿宗、玄宗、武宗和僖宗都曾经亲受符箓或亲服丹药,甚至出现皇帝称道士皇帝(如玄宗、武宗),其子称道士女冠的现象。《道藏》中有杜光庭的《历代崇道记》,记述"从国初以来,所造宫观一千九百余所,所度道士计一万五千余人,其亲王贵主

---

[1] 唐代民间信仰不独在于其自身的继承和发展,而且与政治力量、宗教力量等社会内容相关,其中民俗文化具有重要的影响作用。《旧唐书·礼仪志》载,有人请"每于四季月郊祀天地",得准。《唐会要》卷五《观》中载,一年十二个月中,仅朝廷就祭祀八十次,更不用说民祀。

[2] 如《旧唐书·王玙传》载,代宗时,有道士李国祯"请于昭应县南三十里山顶置天华上宫露台、大地婆父、三皇、道君、太古天皇、中古伏羲、娲皇等祠堂,并置扫洒宫户一百户。又于县之东义扶谷故湫置龙堂,并许之";肃宗时,曾"遣女巫分行天下,祈祭名山大川"。由此可见,朝野上下,巫道横行。全国各地都敕建玄元宫,京师长安为太清宫,东都洛阳叫太微宫,诸郡称紫极宫,民间信仰在此影响下,尤为繁盛。

及公卿士庶,或舍宅让庄为观,并不在其数";至唐末,杜光庭撰成《墉城集仙录》《洞天福地岳渎名山记》《道教灵验记》《历代崇道记》《神仙感遇传》等著述,神仙理论更加系统化、规范化,又有清虚子《铅汞甲庚至宝集成》、张果《玉洞大神丹砂真要诀》和施肩吾《西山群仙会真记》等,具体记述炼丹方法,成为成仙得道的实践意义的总结。这些现象必然影响到民间文化中仙话的产生,如八仙故事等都应该与此有密切联系。另一种意义在于佛教文化与外域文化传入中原之后,道教文化成为与之相抗衡的文化选择,这更符合传统文化中的"万物负阴而抱阳以冲中和",即佛与道在文化控制中的双重运用,使民众的信仰得到更为有效的管理[1]。愚民政治与自欺欺人的天命神授相结合,导致道教文化成为唐帝国主流文化中的重要内容。尤其是唐中宗实行买卖度牒,使道士可以通过买度牒达到逃税牟利的目的,道教文化因此泛滥甚至成灾。

  唐代佛教文化的发展,也深刻影响着这一时期的民间文化和民间文学,《大唐西域记》和《敦煌变文》都与之有联系。佛教自魏晋南北朝发展之后,在唐代出现了天台宗、法相宗、华严宗、禅宗、密宗、净土宗等派别,不同程度地影响到民间文化的表里。如天台宗以《法华经》为经典,以为一切都是虚幻,宣扬对人生暂时苦痛的忍受可以达到彼岸的报偿,而人间充满了痛苦,需要佛、菩萨和观世音来拯救,只要颂佛、供佛,便可达到幸福的彼岸。法相宗又称唯识宗,以玄奘、窥基为奠基者,以《解深密经》《瑜伽师地论》和《唯识二十论》等佛教经典为理论依据,以为心外无法(物),万法唯识;观一切法生于真如,即可走出"我"而得涅槃,摆脱一切苦难和烦恼。华严宗以为真如即万法。禅宗即梵语中的"禅那",意为安静地思索,以达摩的"禅定"为理论基础,提倡甘心受苦受难,苦乐随缘,高唱"菩提本无树,明镜亦非

---

[1] 《旧唐书·李德裕传》载,李德裕任浙江观察使时,"锐于布政,凡旧俗之害民者,悉革其弊","四郡之内,除淫祠一千一十所",可见民间信仰中巫风之盛,有此类举动者,还有柳宗元、韩愈等人,但他们总是抵不住佛教文化在主流政治支持下的大趋势。

台,佛性常清净,何处有尘埃"(《坛经》),认为"前念迷即凡,后念悟即佛",讲究"菩提只向心觅",只要诚心信佛,佛即在眼前。密宗以《金刚顶经》和《大日经》为经典,倡导"真言",主张诚心供养佛。净土宗又称白莲宗,以《无量寿经》和《阿弥陀经》为理论依据,鼓吹"念佛"、"一心称念",宣扬"黄金为地"的"西方净土",鼓吹其中"昼夜六时,天雨宝花"。由此可知,佛教文化在唐代的发展,除了从印度传入,更多的是结合中国社会实际而自成新说,尤其是其强调轮回报应等观念,对于民间文化、民间文学有很重要的影响。

综上所述,唐代民间文学的构成中,道教文化、佛教文化、西域文化与世俗传统文化相结合,形成了其思想文化的四根支柱。其中,道教文化和佛教文化的影响偏重在上层社会和文人阶层,以及崛起的商贾阶层中,而西域文化和世俗传统文化则偏重流传于社会中下层。这四种文化相互作用,互相渗透,共同促进了唐代民间文化和民间文学的发展和繁荣。

第一节 《大唐西域记》

唐代文化表现出开阔的胸襟,一方面是广为吸收域外文化及中原地区之外的少数民族文化,一方面则把自己的文化播向五湖四海,任那些遣唐使去瞻仰并移向异邦。《大唐西域记》就是这种文化背景下的产物,相传它是唐代高僧玄奘(即法相宗奠基者)自贞观元年至贞观十九年(627—645)从长安到印度寻求佛经,一路历经西域各国,各种见闻被他口述,由其弟子笔录而成的。这部典籍以大量笔墨记述了西域各国的自然和人文概况,保存了丰富的民间传说和民间故事,对唐代民间文学的发展变化有着直接的影响。

《大唐西域记》采录民间传说和民间故事时,由于玄奘意在宣扬佛法,这种采录自然会受到佛法意识的影响,因而其中保存了大量关于佛本生的故事,也就在情理之中了。这些佛本生故事以民间百姓熟悉的动物为述说对象,讲述它们如何在孝敬父母、舍己为人等行事方面表现出高尚的品格,从而形象地阐释人生涅槃与佛义相合的一些道理。如《大唐西域记》卷三"迦湿弥罗国"中的《佛牙伽蓝及传说》:

  新城东南十余里,故城北大山阳,有僧伽蓝,僧徒三百余人。其窣堵波中有佛牙,长可寸半,其色黄白,或至斋日,时放光明。昔讫利多种之灭佛法也,僧徒解散,各随利居。

  有一沙门游诸印度,观礼圣迹,伸其至诚。后闻本国平定,即事归途,遇诸群象横行草泽,奔驰震吼。

  沙门见已,升树以避。是时群象相趋奔赴,竞吸池水,浸渍树根,互共排掘,树遂颠仆。

  既得沙门,负载而行,至大林中,有病象疮痛而卧,引此僧手,至所苦处,乃枯竹所刺也。沙门于是拔竹敷药,裂其裳,裹其足。别有大象持金函授与病象,象既得已,转授沙门。沙门开函,乃佛牙也。诸象围绕,僧出无由。明日斋时,各持异果,以为中馔。食已,载僧去林数百里外,方乃下之,各跪拜而去。

  沙门至国西界,渡一驶河,济乎中流,船将覆没。

  同舟之人互相谓曰:今此船覆,祸是沙门,沙门必有如来舍利,诸龙利之。

  船主检验,果得佛牙。

  时沙门举佛牙,俯谓龙曰:"吾今寄汝,不久来取。"

  遂不渡河,回船而去,顾河叹曰:"吾无禁术,龙畜所欺。"

  重往印度,学禁龙法。三岁之后,复还本国,至河之滨,方设坛场,其龙于是捧佛牙函以授沙门。

  沙门持归,于此伽蓝而修供养。

这是一篇报恩故事,由此我联想到魏晋南北朝时期,南朝宋人刘敬叔《异苑》中的《大客》:"始兴郡阳山县有人行田,忽遇一象,以鼻卷之,遥入深山,见一象脚有巨刺。此人牵挽得出,病者即起,相与蹋陆,状若欢喜。前象复载人就一污湿地,以鼻掘出数条长牙,送还本处。彼境田稼常为象所困,其象俗呼为大客。因语云:'我田稼在此,恒为大客所犯,若念我者,勿复见侵。'便见踯躅,如有驯解。于是,一家业田,绝无其患。"还有刘义庆《幽明录》中的《蝼蛄报恩》,以及东阳无疑《齐谐记》中的《董昭之(蚂蚁报恩)》等,都是以报恩为主题的民间故事。那么,这些故事是否同出于一源呢?显然不是。《佛牙伽蓝及传说》记述的是"迦湿弥罗国"的故事,寺院中三百多位僧侣供奉佛牙,这则故事就是述说其具体来历的,目前尚无充足的证据证明《佛牙伽蓝及传说》就是魏晋南北朝时期这些报恩故事的延续,更不能说后者是前者的来源;但我们可以说,由于《佛牙伽蓝及传说》的流传,加剧了这些佛本生类民间故事在唐代及其后世的传播。在后世以至今日的民间报恩故事中,几乎所有的主题都沾染上了佛法的意义,同时与我们民族关于"积善成德"的传统美德教育有具体联系。唐代民间故事中也有同类主题的故事,如张鹭《朝野佥载》中的《华容庄象》、戴孚《广异记》中的《阆州莫徭》,所不同者就是地区和人物。报恩故事还与后世许多文人传说相融合,它告诉人们"好人必有好报"的朴素的生活道理,民间谚语把这种道理归结为"恶有恶报,善有善报;不是不报,时辰不到;时辰一到,必有所报"。同时,这也提出了一个民间文化中生命哲学的问题,即我们应该如何思索"终成正果"之类的社会道德修养,如何对待唯利是图和忘恩负义的丑恶现象。这种问题的解答,成为民间报恩故事的主要阐释内容。

又如《大唐西域记》卷六《雉王本生故事》:

精舍侧不远,有窣堵波,是如来修菩萨行时,为群雉王救火之处。
昔于此地有大茂林,毛群羽族,巢居穴处。惊风四起,猛焰飙逸,时有一雉,有怀伤愍,鼓濯清流,飞空奋洒。

时天帝释俯而告曰:"汝何守愚,唐劳羽翮?大火方起,焚燎林野,岂汝微躯所能扑灭?"

雉曰:"说者为谁?"

曰:"我,天帝释耳。"

雉曰:"今天帝释有大福力,无欲不遂,救灾拯难,若指诸掌,反诘无功,其咎安在?猛火方炽,无得多言。"

寻复奋飞,往趣流水。

天帝遂以掬水泛洒其林,火灭烟消,生类全命,故今谓之救火窣堵波也。

  这本是一篇佛本生故事,但它使我想起了《山海经》中的《精卫填海》和《列子》中的《愚公移山》。精卫填海意在报父冤屈之仇,愚公移山则是全家挖山不止,感动天帝使神移走了太行、王屋二山。他们都有不自量力之处,但又都表现出大无畏的勇敢精神,这正是人类发展提高的最宝贵的因素,因而受到不同国家和民族的共同礼赞。在《大唐西域记》中,这类佛本生故事固然很有价值,但更为重要的是玄奘在讲述中,自觉地融入了他所熟知的中国文化知识的背景。在这些故事中,可以看到刘向《列女传》和我国古代守孝故事所表现的类似主题。玄奘从长安出发去印度寻取佛经之前,应该是受过良好的古典文化教育的,他应该熟悉《列女传》这类典籍,尤其是范晔《后汉书》中的"列女传"。孝子故事和烈女故事作为中国文化特有的情结,自然会融注进玄奘的知识背景、审美思维和价值判断等思想文化因素之中。在这之前,佛经故事总集《经律异相》在梁武帝时代被修撰而成,其中的佛本生故事必然会影响到玄奘;而真正使玄奘形成具体的判断、选择的,我以为还是古典文化的知识背景。玄奘走过那么多的路,经历了无数风险,聆听过许多民间传说和民间故事,真正让他刻骨铭心而难以忘怀的,应该是能引起他情感共鸣的内容。也就是说,他所记述的关于佛本生的传说故事,首先是被中国文化过滤之后的印度故事——没有这种前提,此类故事就难以在中国民间文化生活中生根发芽。这种现象,我们应该很清醒地看到,而不应该动辄奢谈我们的某某民间文学作品来源于什么大梵天神话。当然,我国民间文学所受域外文化的具体影响,我们同样应该清醒地看到,尤其应看到其潜移默化的作用。

在《大唐西域记》中,有许多关于龙的神话传说故事。在我国古代典籍中,龙是神秘的天使、神使,如谶纬文化中有许多帝王就是龙种。在佛教文化中,龙同样具有神秘的意义,如古代印度文化称龙为"那伽",它蛇形,能在水中兴起风雨,曾是佛所使用的神器。观音菩萨的右胁侍是二十诸天之一娑竭罗龙的女儿,即龙女,年方八岁,她听文殊菩萨在龙宫说法,遂觉悟,至灵鹫山礼佛,以龙身成佛道,后辅助观世音普度众生。龙女故事在唐代颇为流行,岑参曾写《龙女祠》:

龙女何处来,
来时乘风雨。
祠堂青林下,
宛宛如相语。
蜀人竞祈恩,
捧酒仍击鼓。

还有李朝威所写的传奇《柳毅传》,也是描述龙女故事的。佛教经典中有天龙八部,又叫龙神八部,《华严经》中曾载有毗楼博叉龙王、娑竭罗龙王等无量大龙王,它们兴云布雨,能使人间消除烦恼。按《唐才子传校笺》,岑参生年为开元五年(717),为玄奘圆寂五十三年后。李朝威为贞元至元和间人,亦晚于玄奘。他们所描写的龙女故事,应该受到《大唐西域记》的具体影响。《大唐西域记》中的龙女等龙族故事,对唐代和唐代之后文学作品,包括民间文学中的龙族故事有着重要影响。其卷一所记述的"迦毕试国",即有《大雪山龙池及其传说》:

> 王城西北二百余里,至大雪山,山顶有池。请雨祈晴,随求果愿。闻诸先志曰:
>
> 昔健驮逻国有阿罗汉,常受此池龙王供养,每至中食,以神通力并坐绳床,陵虚而往。侍者沙弥密于绳床之下攀援潜隐,而阿罗汉时至便往,至龙宫,乃见沙弥。龙王因请留食。龙王以天甘露饭阿罗汉,以人间味而馔沙弥。阿罗汉饭食已讫,便为龙王说诸法要。沙弥如常为师涤器,器有余粒,骇其香味,即起恶愿,恨师怼龙:愿诸福力于今悉现,断此龙命,我自为王。
>
> 沙弥发是愿时,龙王已觉头痛矣。罗汉说法诲谕,龙王谢咎责躬。沙弥怀怼,未从悔谢。既还伽蓝,至诚发愿,福力所致,是夜命终,为大龙王,威猛奋发。遂来入池,杀龙王,居龙宫,有其部属,揔其统命。以宿愿故,兴暴风雨,摧拔树木,欲坏伽蓝。
>
> 时迦腻色迦王怪而发问,其阿罗汉具以白王。王即为龙于雪山下立僧伽蓝,建窣堵波,高百余尺。龙怀宿怼,遂发风雨。王以宏济为心,龙乘瞋毒作暴,僧伽蓝、窣堵波六坏七成。
>
> 迦腻色迦王耻功不成,欲填龙池,毁其居室,即兴兵众至雪山下。时彼龙王深怀震惧,变作老婆罗门,叩王象而谏曰:"大王宿植善本,多种胜因,得为人王,无思不服,今日何故与龙交争?夫龙者,畜也,卑下恶类,然有大威,不可力竞。乘云驭风,蹈虚履水,非人力所制,岂王心所怒哉?王今举国兴兵,与一龙斗,胜则王无伏远之威,败则王有非敌之耻。为王计者,宜可归兵。"
>
> 迦腻色迦王未之从也,龙即还池,声震雷动,暴风拔木,沙石如雨,云

雾晦冥，军马惊骇。

王乃归命三宝，请求加护，曰："宿殖多福，得为人王，威慑强敌，统赡部洲，今为龙畜所屈，诚乃我之薄福也。愿诸福力，于今现前。"即于两肩起大烟焰，龙退风静，雾卷云开。

王令军众人担一石，用填龙池。龙王还作婆罗门，重请王曰："我是彼池龙王，惧威归命。唯王悲愍，赦其前过！王以含育，覆焘生灵，如何于我，独加恶害？王若杀我，我之与王俱堕恶道。王有断命之罪，我怀怨仇之心，业报皎然，善恶明矣。"

王遂与龙明设要契，后更有犯，必不相赦。

龙曰："我以恶业，受身为龙。龙性猛恶，不能自持，瞋心或起，当忘所制。王今更立伽蓝，不敢摧毁。每遣一人候望山岭，黑云若起，急击犍椎。我闻其声，恶心当息。"

其王于是更修伽蓝，建窣堵波，候望云气，于今不绝。

这是一则以龙王歧视沙弥即小和尚而兴起战事的复仇故事，最后所显示的是迦腻色迦王在斗法中获胜。我由此想起"龙战于野，其血玄黄"，这里的沙弥起恶愿而化身为大龙王，报了龙王"以天甘露饭阿罗汉，以人间味而馔沙弥"的仇，败给了迦腻色迦王，其中当有更复杂的争斗背景。更重要的是，自《大唐西域记》广为流行之后，龙王故事使这之前的"好龙""豢龙""屠龙"之类简单的情节丰富化、生动化，因而才有诸如李朝威《柳毅传》那样的传奇崛起。在后世流传的隋唐故事，诸如《说唐》和《西游记》之类作品中，我们都可以看到"大雪山龙池"中龙王的踪影。应该说，与佛教相关联的龙族故事，拓展了唐代民间文学更为广阔的审美表现空间。在这种意义上，《大唐西域记》起到了相当重要的作用。除了这里举到的龙族故事，《大唐西域记》中还有许多关于龙的民间传说故事，如其卷三中"揭罗曷国"中的"瞿波罗龙"、"乌仗那国"中的"阿波逻罗龙"和"龙女"、"迦湿弥罗国"

中的"龙王"等,为唐代和唐之后的民间文学提供了新颖的素材。在唐代民间文化的世界里,佛教中的龙王故事和中国仙话中的龙神传说相结合,同时,又掺和了具有原始信仰意义的龙图腾等民俗生活,形成了具有鲜明时代特色的中国龙族传说系统。《大唐西域记》对这个系统的形成,起到催化剂的作用。

《大唐西域记》卷十一记述了"僧伽罗国"(今斯里兰卡)两则与这个国家始祖相关的传说。第一则传说讲述的是山中狮子抢走了南印度国的公主,生有一子;其子成人,"形貌同人"而"性种畜也",他知晓自己出身背景的实情后,携带母亲和妹妹逃回原来其母所生活的南印度,过上平民生活。狮子失去了妻子和儿女,四处寻找,并疯狂地伤害人类。国王悬赏天下,募人除去狮子;其子欲应募,遭到母亲反对。狮子见到儿子后,"尚怀慈爱,犹无忿毒",被儿子所杀。其子成为英雄,但他的身世也不能掩盖下去,国人愤怒斥责他的弑父行为,他被驱逐出这个国家;国王"重赏以酬其功,远放以诛其逆",并留下他的母亲。他和他的妹妹各乘一船,漂至"宝渚",建立"狮子国"即"僧伽罗国",其妹建立西大女国。明永乐间流传的《大唐西域记》又有僧伽罗斩除罗刹女的故事,"附记"中称昔释迦牟尼化身为"僧伽罗"[1]。故事讲述僧伽罗代父经商,路遇一岛,知悉岛上有罗刹女与众商人结合生育孩子,同时又要将这些商人吃掉。僧伽罗逃回家,罗刹女先行赶至僧伽罗的家中,并迷惑住僧伽罗的父亲,与他结婚。僧伽罗非常痛苦,因为他父亲拒不听从他的劝告;最后,罗刹女杀掉了僧伽罗的家人,僧伽罗带领众人战胜了罗刹女,拯救出未被吃掉的商人,在岛上建立了僧伽罗国。两则传说传入中国,使国人视野迅速扩展。更重要的是唐代民间文学融入了浓郁的外域文化,其自身也随之发生重要变化。其中一个最显著的变化,就是拓宽了民间文学的审美表现领域,形成了《山海经》神话时代的复兴。在《山海经》神话中,

---

[1] 参见季羡林《〈大唐西域记〉校注》,中华书局1985年版,第881页。

我们看到东西南北四方大海大荒的广阔无垠,但笼罩《山海经》这种文化内涵的却是巫,呈现的是被巫化的神话世界;在《大唐西域记》中,主要是西域这片广大的土地——我们的祖先曾经情有独钟而颇为向往的这个陌生的世界,经过玄奘这位僧人的口头描述,以丰富而神奇的传说,带给我们另一种感觉。

唐帝国时代的"西域"是一个笼统的文化地理概念,它不但包括我们国土之外的"异域",也包括玉门关以西我国新疆在内的大片疆域,中国文化通常以神秘的笔调来描绘它。从著名使者张骞和"丝绸之路",到玄奘去"西域"寻找佛经真谛,都使这个文化地理概念被蒙上一层神秘的面纱,进而影响到后世民间文学有关"西域"的文化传说。尤其是后世流传甚广的《西游记》及其传说故事,使"西天"成为一个说不尽的文化地理概念。我们可以看到,在《大唐西域记》中记述的我国西部地区的民间传说和民间故事,有着更为特殊的价值和意义。如其卷十二"瞿萨旦那国"所记我国古代新疆民族的故事。有一则是"鼠王"帮助国王战胜匈奴数十万侵边敌兵的传说,记述鼠众在敌兵出骑时,咬断马鞍、弓弦、甲链等骑座上的关键器物,使"瞿萨旦那王"获得大胜,为了表示谢意,在当地设祠祭祀。故事涉及的"鼠壤坟遗迹"及有关版画,至今还有流传、保存。还有一则是"龙鼓"的传说:

城东南百余里有大河,西北流,国人利之,以用溉田。其后断流,王深怪异。于是命驾问罗汉僧曰:"大河之水,国人取给,今忽断流,其咎安在?为政有不平,德有不洽乎?不然,垂谴何重也!"罗汉曰:"大王治国,政化清和。河水断流,龙所为耳。宜速祠求,当复昔利。"王因回驾,祠祭河龙。忽有一女凌波而至曰:"我夫早丧,主命无从,所以河水绝流,农人失利。王于国内选一贵臣,配我为夫,水流如昔。"王曰:"敬闻,任所欲耳。"龙遂自说国之大臣。王既回驾,谓群下曰:"大臣者,国之重镇。农务者,人之命食。国失镇则危,人绝食则死。危死之事,何所宜行?"大臣越席跪而对曰:"久已虚薄,谬当重任,常思报国,未遇其时。今而预选,敢塞深责。苟利万姓,何吝一臣?臣者国之佐,人者国之本,愿大王不再思也!幸为修福,建僧伽蓝!"王允所求,功成不日。其臣又请早入龙宫。于是,举国僚庶,鼓乐饮饯。其臣乃衣素服,乘白马,与王辞诀,敬谢国人。驱马入河,履水不溺,济乎中流,麾鞭画水,水为中开,自兹没矣。顷之,白马浮出,负一旃檀大鼓,封一函书。其书大略曰:"大王不遗细微,谬参神选,愿多营福,益国滋臣。以此大鼓悬城东南;若有寇至,鼓先声震。"河水遂流,至今利用。岁月浸远,龙鼓久无。旧悬之处,今仍有鼓,池侧伽蓝,荒圮无僧。

龙鼓、龙女、龙婿,在这则故事的记述中是三个关键词。玄奘记述的目的是在于讲述西域的国情、世情和民情,无意间为我们保留下一则关于新疆和田"玉龙喀什河"的风物传说。这类在我国西部地区少数民族间流传的民间传说,还有"盘陀国"所记述的塔吉克族起源的故事。其故事背景是波利斯国(即今波斯)国王与中国联姻,迎娶中国公主做波利斯皇后,行至塔什库尔干时,因前方发生战争停留下来。时过三个月,战争结束,使臣们发现公主怀孕。调查原因,原来是一位英俊的小伙子每天中午都从太阳上骑神驹降至公主居住的山顶上与公主相会。众人非常惧怕回到波利斯后国王会杀掉他们,于是就商定在塔什库尔干这个地区停留下来,不再回国。大家推举公主做首领,在山崩建起宫殿和城堡。公主生下一个男孩;男孩长大后成为出色的首领,建立了"盘陀国"。这些故事的记述,诚如玄奘在《进〈西域记〉表》中所说:"今所记述,有异前闻,虽未极大千之疆,颇穷葱外之境,皆存实录,匪敢雕华。"其中"葱外之境"即葱岭之外的广大地区,具体涉及我国唐代的版图,在我国文化发展中具有特殊意义,它实际上把超出当今我国版图的一些地区的文化,也纳入了"大唐"这个伟大的国家,成为唐帝国文化的一部分。由此,我想起了高适、岑参等人的边塞诗篇。文化的交流促进了文化的发展和繁荣,对于"边塞"这堵政治障碍的突破,域外民间故事的介绍起到了将士们用金戈铁马所不能起到的作用。玄奘对于印度民间故事的介绍,让大唐帝国的人们感受到以佛教文化为移入契机的更系统、更全面、更生动的簇新的文明。他继张骞之后,使连接中原文化与异域文化的丝绸之路铺展得更宽广、更遥远。继《大唐西域记》之后,还有陈劭的《通幽记》、薛用弱的《集异记》、段成式的《酉阳杂俎》、牛僧孺的《玄怪录》、薛渔思的《河东记》和裴铏的《传奇》等著述,都曾记述印度故事、阿拉伯故事等"新声"。

如一位学者所说,《大唐西域记》这部书,"早已经成了研究印度历史、哲学史、宗教史、文学史等等的瑰宝","我们几乎找不到一本讲印度古代问题而不引用玄奘《大唐西域记》的书"[1]。的确是这样,自从梁武帝时代僧旻和宝唱撰集《经律异相》,介绍大量印度佛本生故事之后,我国民间文学的题材与表现方式都发生了重要变化;但是,由于多种原因,《经律异相》为世人所知者并不是很多,而《大唐西域记》则几乎家喻户晓。玄奘,这位著名的佛学大师,被《西游记》作为唐僧的原型,成为我国古典文学中屈指可数的典型形象。《大唐西域记》不仅影响了唐代的民间文学,而且对唐代之后的民间文学和作家创作都产生影响和作用,个中原因值得我们深思。敝帚自珍、坐井观天、孤芳自赏或者视异域文化如洪水猛兽,是不可能产生《大唐西域记》这样影响较大的作品的;同时,我们也可以看到,文化的开放并不是对文学的民族审美表现个性的扼杀,而是在其中注入了旺盛的生机——心灵脆弱者是不敢面向世界的。唐代社会大开放带来文化大繁荣,玄奘和尚西行求法产生了《大唐西域记》,使唐帝国的民间文学进入了一个新阶段。这种情况的出现不是偶然的,而是与唐帝国的文化政策和文化风尚密切相连的。如中唐宰相贾耽、杜佑等上层人士,就非常注意对异域文化的关注,在著作中给以记述。贾耽曾以三十年之力撰成《海内华夷图》和《古今郡国

---

[1] 季羡林:《玄奘与〈大唐西域记〉》,《〈大唐西域记〉校注》,中华书局1985年版,第135页。

县道四夷述》,对"九州之夷险,百蛮之土俗,区分指画,备究源流"。杜佑的《通典》也汇聚了他半生的心血,其中的"州郡典"按九州分布,分述不同地区的民间传说等内容;这种形式直接影响到我国民俗志意义的方志文体与文化传统。其"边防典"之类,详细记述了域外以及我国古代少数民族间流传的民间传说和民间故事等内容,在民间文学史上有独特的价值。在一些少数民族的历史传说中,有些内容表现出图腾色彩,像《通典》卷一九七《边防典》所记"北狄",内中就有狼种故事,记述传说中人与狼相交而生育后代,其实是狼图腾文化遗迹的表现,而杜佑却以为就是真实的历史,以"其人好引声长歌,又似狼嗥""其俗蹲踞亵黩,无所忌避"为"不洁净"之表现。这是老大沙文主义文化观的反映,显示出唐帝国特有的民族优越感。当然,唐代对外域文化的吸收也是有选择的,如源于波斯的"泼寒胡戏",在唐开元元年之前传入中国后,曾风行一时,至寒冬季节,演出者"裸露形体,浇灌衢路,鼓舞跳跃而索寒","裸体跳足,挥水投泥"[1]。这种民俗生活虽然深受人们欢迎,连皇室都亲临观看,但因为它有悖于教化,所以虽"渐浸成俗,因循已久",也被"禁断"[2]。这正是大国从容的文化选择!

第二节 《酉阳杂俎》和唐代民间传说故事的保存

唐代民间文学在文献典籍中的保存尤为丰富,特别是敦煌石窟的发现,使我们看到一个更为广阔的世界。唐代民间传说和民间故事的记述,也出现了空前的繁荣景观。其中给人印象最突出者,当数段成式的《酉阳杂俎》,它集中体现了唐代民间传说和民间故事的记述手段与文化风格。在同时代的众多典籍中,《酉阳杂俎》记述范围的广阔、记述的可靠性与准确性之高,

---

[1] 《唐会要》卷三四《杂录》吕元泰、张说"疏"。
[2] 《旧唐书·张说传》载。

是同时代许多人所不能比的。也就是说,《酉阳杂俎》的记述效果,标志着唐代民间文学记录技术的最高成就;其所记讲述背景和异文,对于我们研究唐代民间文学嬗变形态的历史表现,有着很重要的意义。

《酉阳杂俎》得名于"梁湘东王"的"赋"中所述"访酉阳之逸典"[1]。段成式是唐朝宰相段文昌之子,幼年曾在四川生活,后来又至长安、成都、荆州、扬州等地生活,并在吉州、江州、处州等地任地方官吏。他小时受过良好的古典文化教育,博览群书,颇有政绩,终为太常卿,所以陈振孙在《直斋书录解题》中,说《酉阳杂俎》为"唐太常少卿临淄段成式撰"(其传附列于《旧唐书·段文昌传》)。《新唐书·艺文志》小说家类载《酉阳杂俎》"三十卷",《宋史·艺文志》作"二十卷"(又有《续酉阳杂俎》十卷)。段成式在《酉阳杂俎自序》[2]中讲到自己撰写这部书的感受时道:

夫《易》象一车之言,近于怪也;诗人南箕之奥,近乎戏也。固服缝掖者,肆笔之余,及怪及戏,无侵于儒。无若诗书之味大羹,史为折俎,子为醯醢也,炙鸮羞鳖,岂容下箸乎!固役而不耻者,抑志怪小说之书也。成式学落词曼,未尝覃思,无崔骃真龙之叹,有孔璋画虎之讥。饱食之暇,偶录记忆,号《酉阳杂俎》,凡三十篇,为二十卷,不以此间录味也。

《酉阳杂俎》中,志怪、传奇、杂录、琐闻、考证等融会一体,所记述民间传说和民间故事,多见于前集卷十四、十五的《诺皋记》,续集卷一、二、三中的《支诺皋》等处。其所记述故事多采自"传说",既有酉阳地方传说,又有其他地方流传的故事,还有海外诸如古龟兹国和印度等"异域"故事。它记述了多种国际上最早的民间故事类型,如《旁㐌》是最早的狗耕田型故

---

[1] 见宋周登《酉阳杂俎后序》,涵芬楼影印赵氏脉望馆刊本。
[2] 涵芬楼影印赵氏脉望馆刊本。

事,《叶限》是最早的灰姑娘型故事。"灰姑娘"在国外的记述者是法国作家沙·佩罗,他在1697年写的《鹅妈妈的故事或寓有道德教训的往日的故事》中,记述了此类主题的内容,而《酉阳杂俎》成书于9世纪,比它至少早了800年。19世纪初德国出版了《格林童话》,其中也有《灰姑娘》,这比《酉阳杂俎》更晚。

《叶限》存于《酉阳杂俎》"续集"卷一《支诺皋》的"上篇"。它不但记述了故事全文,而且记述了故事讲述者的情况:

> 南人相传,秦汉前有洞主吴氏,土人呼为吴洞。娶两妻,一妻卒,有女名叶限。少慧,善淘金,父爱之。末岁父卒,为后母所苦,常令樵险汲深。
>
> 时尝得一鳞,二寸余,赪鬐金目,遂潜养于盆水。日日长,易数器,大不能受,乃投于后池中。女所得余食,辄沉以食之。女至池,鱼必露首枕岸。他人至,不复出。
>
> 其母知之,每伺之,鱼未尝见也。因诈女曰:"尔无劳乎?吾为尔新其襦。"乃易其弊衣。后令汲于他泉,计里数里也。
>
> 母徐衣其女衣,袖利刃,行向池呼鱼,鱼即出首,因斫杀之。鱼已长丈余,膳其肉,味倍常鱼,藏其骨于郁栖之下。
>
> 逾日,女至向池,不复见鱼矣,乃哭于野。忽有人被发粗衣,自天而降,慰女曰:"尔无哭,尔母杀尔鱼矣!骨在粪下。尔归,可取鱼骨藏于室,所须,第祈之,当随尔也。"
>
> 女用其言,金玑衣食,随欲而具。
>
> 及洞节,母往,令女守庭果。
>
> 女伺母行远,亦往,衣翠纺上衣,蹑金履。
>
> 母所生女认之,谓母曰:"此甚似姊也。"
>
> 母亦疑之。
>
> 女觉,遽反,遂遗一只履,为洞人所得。

母归,但见女抱庭树眠,亦不之虑。

其洞邻海岛,岛中有国名陀汗,兵强,王数十岛,水界数千里。洞人遂货其履于陀汗国,国主得之,命其左右履之,足小者履减一寸。乃令一国妇人履之,竟无一称者。其轻如毛,履石无声。陀汗王意其洞人以非道得之,遂禁锢而拷掠之,竟不知所从来。乃以是履弃之于道旁,即遍历人家捕之,若有女履者,捕之以告。

陀汗王怪之,乃搜其室,得叶限,令履之而信。

叶限因衣翠纺衣,蹑履而进,色若天人也。始具事于王,载鱼骨与叶限俱还国。

其母及女即为飞石击死。洞人哀之,埋于石坑,命曰懊女冢。

洞人以为媒祀,求女必应。

陀汗王至国,以叶限为上妇。一年,王贪求,祈于鱼骨,宝玉无限,逾年不复应。王乃葬鱼骨于海岸,用珠百斛藏之,以金为际。至征卒叛时,将发以赡军。一夕,为海潮所沦。

成式旧家人李士元所说。

士元本邕州洞中人,多记得南中怪事。

考"陀汗",《旧唐书》等史籍载,确有其国,贞观年间,曾向唐朝贡。"邕州"吴洞,为今广西扶绥。"陀汗"位于"吴洞"之"邻海岛"之中,我以为应为今北部湾北海市涠洲岛,或其他相邻岛屿。那么,这则故事应流传于唐代的广西。有学者以为是唐代流行的壮族民间故事[1],也有道理。不论此故事是否就发生于广西一带,由此向中原一带流传,或者由中原向广西流传,它所保留的故事文本都具有非凡的意义,已引起国内外民间文学研究者的广

---

[1] 见兰鸿恩《广西民间文学散论》中的《〈灰姑娘〉与〈达架〉》,广西人民出版社1981年版。

泛注意[1]。这是段成式对世界民间文学史的贡献。

《旁㐌》也见于续集《支诺皋》。这是一则"新罗国"故事,"新罗"即今朝鲜,表明它是朝鲜族民间流传的兄弟分家型故事:

> 新罗国有第一贵族金哥,其远祖名旁㐌。有弟一人,甚有家财。其兄旁㐌因分居,乞衣食。国人有与其隙地一亩,乃求蚕谷种于弟。弟蒸而与之,㐌不知也。
>
> 至蚕时,有一蚕生焉。日长寸余,居旬大如牛,食数树叶不足。其弟知之,伺间杀其蚕。
>
> 经日,四方百里内蚕飞集其家,国人谓之巨蚕,意其蚕之王也。
>
> 四邻共缫之,不供。
>
> 谷惟一茎植焉,其穗长尺余,旁㐌常守之。忽为鸟所折,衔去,旁㐌逐之。
>
> 上山五六里,鸟入一石罅。日没径黑,旁㐌因止石侧。至夜半月明,见群小儿赤衣共戏。
>
> 一小儿云:"尔要何物?"
>
> 一曰:"要酒。"
>
> 小儿露一金锥子,击石,酒及樽悉具。
>
> 一曰:"要食。"
>
> 又击之,饼饵羹炙罗于石上。良久,饮食而散,以金锥插于石罅。
>
> 旁㐌大喜,取其锥而还,所欲随击而办,因是富侔国力,常以珠玑赡其弟。
>
> 弟方始悔其前所欺蚕谷事,乃谓旁㐌:"试以蚕谷欺我,我或如兄得

---

[1] (美)R・D・詹姆森:《中国的灰姑娘故事》,见钟敬文主编《民间文艺学探索》,北京师范大学出版社1987年版。

金锥也。"

旁㢱知其愚,谕之不及,乃如其言。弟蚕之,止得一蚕如常蚕;谷种之,复一茎植焉。将熟,亦为鸟所衔。

其弟大悦,随之入山。至鸟入处,遇群鬼怒曰:"是窃余金锥者!"

乃执之,谓曰:"尔欲为我筑塘三版乎?欲尔鼻长一丈乎?"

其弟请筑塘三版。三日,饥困,不成,求哀于鬼,乃拔其鼻,鼻如象而归。国人怪而聚观之,惭恚而卒。

其后,子孙戏击锥求狼粪,因雷震,锥失所在。

类似情节在后世民间故事中不断出现,成为兄弟分家型故事的主要内容,还被融入舜传说故事中,即令舜用炒过的麻籽种地,舜反而得到宝物,或得到神仙帮助。在我国11世纪开始流传的《尸语故事》[1]中也收入这篇故事,并以"长鼻子哥哥"为名,在藏族和蒙古族地区流传。这里面所包含的文化成分相当复杂,既有兄弟分家型故事情节,又有报应故事情节,同时还有域外内容及精怪内容。《酉阳杂俎》中此类故事颇多,如"屏妇踏歌""头陀与道士""石枕""长须国""登娘""野叉妻""巨木白耳""真官""村正射怪""乌郎与黄郎"等,都不同程度地表现出这些内容。可以说,《酉阳杂俎》是我国唐代一部颇为难得的民间故事集。

《酉阳杂俎》记述了许多精怪故事,有一些精怪故事成为道教或佛教传说的内容。如关于许真君的传说记述东晋道士许逊受人尊敬,因他在四川旌阳任县令时政绩颇佳,人称他"许旌阳"。在我国南方四川一带,流传着他斩蛟除水患的故事,《酉阳杂俎》前集卷二中记述道:

---

[1] 阿底峡(子书)所记,约于此时开始流传。《尸语故事》原为印度民间故事,11世纪传入西藏,其原来情节为健日旺遇到一位出家人,出家人要他背尸体,尸体会讲故事。但健日旺要守禁忌,不准说话,否则,尸体就会飞,健日旺还要重新背尸体。尸体即僵尸鬼告知健日旺,出家人要杀害他,他便杀了出家人,僵尸鬼成为他的好朋友。参见金克木《梵语文学史》,人民文学出版社,1964年版。

> 晋许旌阳,吴猛弟子也。当时江东多蛇祸,猛将除之,选徒百余人。至高安,令具炭百斤,乃度尺而断之,置诸坛上。一夕,悉化为玉女,惑其徒。至晓,吴猛悉命弟子,无不涅(湿)其衣者,唯许君独无,乃与许至辽江。及遇巨蛇,吴年衰,力不能制,许遂禹步敕剑登其首斩之。

这种传说在《朝野佥载》中也曾记述,后人因此题材创作通俗小说《晋代许旌阳得道擒蛟铁树记》、杂剧《许真人拔宅飞升》等,流传甚广。同时,我们从李公佐《古岳渎经》所记大禹治水传说中也可以看到类似情节。近人黄芝岗在《中国的水神》[1]中对这类传说进行认真考察,发现许真人与李冰、二郎神、杨泗将军等传说人物有许多相似处,可见《酉阳杂俎》在后世民间文学中的深远影响。此类传说载于《酉阳杂俎》前集卷十四《诺皋记》上篇。在张天翁传说中也有记述,是玉皇故事的原型:

> 天翁姓张名坚,字刺渴,渔阳人。少不羁,无所拘忌。尝张罗,得一白雀,爱而养之。梦天刘翁责怒,每欲杀之,白雀辄以报坚,坚设诸方待之,终莫能害。天翁遂下观之,坚盛设宾主,乃窃骑天翁车,乘白龙,振策登天。天翁乘余龙追之,不及。坚既到玄宫,易百官,杜塞北门,封白雀为上卿侯,改白雀之胤不产于下土。刘翁失治,徘徊五岳作灾。坚患之,以刘翁为泰山太守,主生死之籍。

《酉阳杂俎》中,"天翁"和"天师"都是以法术制胜,而这种法术并不仅仅是一种技能,更多的是智慧和勇气。在前集《怪术》篇《翟天师召龙》中,"峡中人"以法术召龙治峡滩,其内容与此相同,显现出唐代民间文学的文

---

[1] 黄芝岗:《中国的水神》,生活书店,1934年版,上海文艺出版社1988年影印。

化特征：

> 云安井自大江溯别派，凡三十里。近井十五里，澄清如镜，舟楫无虞。
> 近江十五里，皆滩石险恶，难于沿溯。乾祐念商旅之劳，于汉城山上结坛考召，追命群龙。凡一十四处，皆化为老人，应召而至。乾祐谕以滩波之险，害物劳人，使皆平之。一夕之间，风雷震击，一十四里尽为平潭矣。惟一滩仍旧，龙亦不至。乾祐复严敕神吏追之。
> 又三日，有一女子至焉，因责其不伏应召之意。女子曰："某所以不来者，欲助天师广济物之功耳。且富商大贾，力皆有余；而佣力负运者，力皆不足。云安之贫民，自江口负财货至近井潭，以给衣食者众矣。今若轻舟利涉，平江无虞，即邑之贫民无佣负之所，绝衣食之路，所困者多矣。余宁险滩波以赡佣负，不可利舟楫以安富商。所以不至者，理在此也。"
> 乾祐善其言，因使诸龙各复其故；风雷顷刻，而长滩如旧。

段成式还在《酉阳杂俎》中记述了一些佛教故事。如其"续集"卷四《贬误》中对吴均《续齐谐记》中的鹅笼书生故事进行了较早的民间故事比较研究。他说："释氏《譬喻经》云：昔梵志作术，吐出一壶，中有女与屏处作家室。梵志少息，女复作术，吐出一壶，中有男子，复与共卧。梵志觉，次第互吞之，柱杖而去。余以吴均尝览此事，讶其说，以为至怪也。"他还在这里对中岳道士顾玄绩的传说故事与《大唐西域记》卷七中的《婆罗疵斯国》所记"烈士池"进行比较，指出"盖传此之误，遂为中岳道士"的嬗变形态。在前集卷十《物异》中，他记述了"衡阳湘乡县有石鱼山"的传说，能"照人五脏"的"秦镜"的传说，"食一枚，心中一孔明；食至七，心七窍洞彻，可以夜书"的萤火神芝的传说等。同时，他还记述了一些故事的异文，如《物异》中所记："井鱼脑有穴，每翕水，辄于脑穴蹙出，如飞泉散落海中，舟人竞以空器贮之。海水咸苦，经鱼脑穴出，反淡如泉水焉。成式见梵僧普提胜说。"其解释道："奔鳄一名㺡,非鱼非蛟,大如船,长二三丈,色如鮎,有两乳在腹下,雄雌阴阳类人,取其子著岸上,声如婴儿啼。顶上有孔通头,气出吓吓作声,必大风,行者以为候。相传懒妇所化。杀一头得膏三四斛,取之烧灯,照读书纺绩辄暗,照欢乐之处则明。"这两种鱼都是"脑有穴"类,其传说相异,段成式特意注明,可见其忠实记录的原则体现[1],这是我们所应发扬的文化风范。

《酉阳杂俎》中还记述了一些少数民族的民间传说,如其前集卷四《境异》所记古突厥人"以人祭纛"仪式的起源故事:

> 突厥之先曰射摩舍利海神。神在阿史德窟西。射摩有神异,又海神女每日暮以白鹿迎射摩入海,至明送出。
>
> 经数十年后,部落将大猎。至夜中,海神谓射摩曰:"明日猎时,尔上代所生之窟,当有金角白鹿出。尔若射中此鹿,毕形,与吾来往;或射不中,即缘绝矣。"
>
> 至明入围,果所生窟中有金角白鹿起。
>
> 射摩遣其左右固其围。将跳出围,遂杀之。
>
> 射摩怒,遂手斩呵嚧首领,仍誓之曰:"自杀此之后,须人祭天。"即取呵嚧部落子孙斩之以祭也。
>
> 至今,突厥以人祭纛,常取呵嚧部落用之。
>
> 射摩既斩呵嚧,至暮还。
>
> 海神女报射摩曰:"尔手斩人,血气腥秽,因缘绝矣。"

突厥族是我国古代历史上一个历经艰辛而不屈不挠的民族,《周书·突厥传》中曾记载这个民族乃"狼所生"的历史传说。有学者从民间文学发展

---

[1] 此类记述又见于《酉阳杂俎》"贬误"中的《"浑子"和"恨子"》,其中"又云",显然是两则传说故事而主题相同。

中,考辨出维吾尔族与哈萨克族都是突厥民族后裔[1]。至11世纪,出现了著名的《突厥语大辞典》,其中保存不少民间传说。在《酉阳杂俎》中,我们可以看到这些突厥族历史传说间的复杂联系。

《酉阳杂俎》中的"鲁般传说"也颇有意义,其"续集"卷四《贬误》中载:

> 今人每睹栋宇巧丽,必强谓鲁般奇工也。至两都寺中,亦往往托为鲁般所造,其不稽古如此。据《朝野佥载》云,鲁般者,肃州敦煌人,莫详年代,巧侔造化。于凉州造浮图,作木鸢,每击楔三下,乘之以归。无何,其妻有妊,父母诘之,妻具说其故。父后伺得鸢,击楔十余下,乘之,遂至吴会。吴人以为妖,遂杀之。般又为木鸢乘之,遂获父尸。怨吴人杀其父,于肃州城南作一木仙人,举手指东南,吴地大旱三年。卜曰:般所为也。赍物具千数谢之,般为断一手,其日吴中大雨。国初,土人尚祈祷其木仙。六国时,公输般亦为木鸢以窥宋城。

鲁般即鲁班,又称公输般,是我国民间传说中能工巧匠的典型。其造木鸢的传说,《墨子·鲁问》中曾记述为"削竹木以为鹊,成而飞之,三日不下";至魏晋南北朝时期,任昉《述异记》中则记述为"刻木为鹤":"天姥山南峰,昔鲁班刻木为鹤,一飞七百里,后放于北山西峰上。汉武帝使人往取之,遂飞上南峰。往往天将雨,则翼翅摇动,若将奋飞。"在段成式笔下,鲁班传说的情节与肃州敦煌的民俗生活联系起来,增加了仇视东南的内容。今传《朝野佥载》无此传说,也可能散佚了。但这则传说的转述,确实具有唐代西北地区历史文化的地方特色和时代特色。

《酉阳杂俎》不仅记述了各种类型的民间传说和民间故事,而且记述了许多生动的歌谣和谚语。在其前集中,卷十《物异》记有与"异"相关的谚语;

---

[1] 见马学良等主编《中国少数民族文学史》,中央民族学院出版社1992年版第82—84页。

卷十六至卷二十总题为"广动植",分述"羽""毛""鳞介""虫""木""草"等篇,保存的谚语即为对自然界各种奇异现象的总结。如卷十六中的"小麦忌戌,大麦忌子",我们在《四民月令》中就已见到;"木再花,夏有雹;李再花,秋大霜"的记述,源于对物候的总结;"买鱼得鲂,不如食茹。宁去累世宅,不去制鱼额。洛鲤伊鲂,贵于牛羊",则是对社会生活经验的总结,既可看作歌谣,又可看作谚语。其他如卷十七中对"蜘蛛"观察时,引"颠当颠当牢守门,蠾蝓寇汝无处奔",也属此类。《酉阳杂俎》还记述了一些历史上的歌谚和谚语,如卷十四所记"欲求好妇,立在津口。妇立水旁,好丑自彰",卷十六所记"不服辟寒金,那得君王心。不服辟寒钿,那得君王怜","续集"卷四所记"朝亦饮酒醉,暮亦饮酒醉。日日饮酒醉,国计无取次","续集"卷八所记"金驴一鸣,天下太平",以及"续集"卷十所记"王母甘桃,食之解劳"等。这些歌谣并不是单独地记述,而有着一定的历史背景,如"续集"卷四中所记的歌谣,是以"北齐高祖常宴群臣,酒酣,各令歌"为其背景的;武卫斛律丰乐所歌"饮酒醉",其意集中在"日日饮酒醉,国计无取次"上。这是对当时社会腐败的大胆批判,这则传说也显示出作者为人的正直。

《酉阳杂俎》对唐代民间文学的保存,在类型上颇有典型性,既有古代的,又有当代的;既有中原的,又有边疆的,还有国外的;既有汉族的,又有少数民族的。同时,它还保存了一些重要的异文,为我们研究唐代民间文学提供了珍贵材料。尤其是其卷十四在人梦境中描述到唐代"踏歌",这种民俗生活所表现的氛围,令我们沉醉。在我们的耳边,仿佛正回响着这千年前发自段成式笔端的"春阳"声声:

  长安女儿踏春阳,
  无处春阳不断肠。
  舞袖弓腰浑忘却,
  蛾眉空带九秋霜。

这歌声把我们带到大唐帝国的长安街头,带到胜日寻芳的水滨,带到风云翻卷的山间,让我们去忘情地抚摸着那彩霞般绚丽的民间文学,任我们的心潮汹涌着、澎湃着。

戴孚的《广异记》洋洋二十卷,十余万字。这应当是唐代规模更大的一部文献,但唐宋以来的史志都没有录入它。在《文苑英华》卷七三七中载有顾况的《戴氏广异记序》,才略述戴氏生平。从中我们可以知晓,戴孚是至德二年进士,与顾况同年登科,这本书曾有抄本六卷,后主要以条文形式存于《太平广记》。其所述传说,多为唐玄宗执政期间,江浙等东南一带的故事。顾况在"序"中对此书评介说:

大钧播气,不滞一方。梼杌为黄熊,彭生为大豕;苌弘为碧,舒女为泉;牛哀为虎,黄母为鼋;君子为猿鹄,小人为虫沙。武都妇人化为男,成都男子化为女。周娥殉墓,十载却活;嬴姬暴市,六日而苏;蜀帝之魂曰杜鹃,炎帝之女曰精卫。洪荒窈窕,莫可纪极。古者青鸟之相冢墓,白泽之穷神奸;舜之命夔以和神,汤之问革以语怪。音闻鲁壁,形镂夏鼎,玉牒石记,五图九篇,说者纷然。故汉文帝召贾谊问鬼神之事,夜半前席。志怪之士刘子政之《列仙》,葛稚川之《神仙》,王子年之《拾遗》,东方朔之《神异》,张茂先之《博物》,郭子潢之《洞冥》,颜黄门之《稽圣》,侯君素之《精异》,其中神奥,顾君《真诰》,周氏之《冥通》;而《异苑》《搜神》《山海》之经,《幽冥》之录,襄阳之《耆旧》,楚国之《先贤》,《风俗》所通,《岁时》所记,吴兴《阳羡》,南越《西京》,注引古今,辞标淮海。裴松之、盛弘之、陆道瞻等诸家之说,蔓延无穷。国朝《燕梁四公传》,唐临《冥报记》,王度《古镜记》,孔慎言《神怪志》,赵自勤《定命录》,至如李庚成、张孝举之徒,互相传说。谯郡戴君孚,幽赜最深,安道之胤,若思之后,邈为晋仆射,逵为吴隐士,世济文雅,不陨其名。

《广异记》所存民间传说,最具特色者,首先是几则胡人识宝传说,如其中《破山剑》《成弼》《清泥珠》《宝珠》等篇。程蔷等在《唐帝国的精神文明》中,对"胡人识宝传说"论述道:"识宝传说在中国古已有之,唐代则由于中西交通发达、中外贸易频繁、西域僧商来华人数众多,此类传说遂获得与胡人相结合的时代色彩。"如《破山剑》所记:

近世有士人耕地得剑,磨洗诣市。有胡人求买,初还一千,累上至百贯,士人不可。胡随至其家,爱玩不舍,遂至百万,已克明日持直取剑。会夜佳月,士人与其妻持剑共视,笑云:"此亦何堪,至是贵价!"庭中有捣帛石,以剑指之,石即中断。及明,胡载钱至,取剑视之,叹曰:"剑光已尽,何得如此?"不复买。士人诘之。胡曰:"此是破山剑,唯可一用。吾欲持之,以破宝山,今光芒顿尽,疑有所触。"士人夫妻悔恨,向胡说其事。胡以十千买之而去。

这是识宝传说中"悔恨"型故事,即以寻宝失败而结局。在《宝珠》中,这种结局得到了改变。故事先述说"咸阳岳寺后,有周武帝冠,其上缀冠珠,大如瑞梅,历代不以为宝",有人无意间把这颗"冠珠"拿到,却又忘在寺中;当他听人讲到此类宝珠时,才知道此宝珠的非凡。他找回宝珠,交给了胡人,胡人给了他很多钱财。他又与胡人一起到海上,亲眼看到胡人"以银铛煎醍醐","以金瓶盛珠"并"于醍醐中重煎",后制成神奇的药膏。胡人将这种药膏涂在脚上,就能在水上行走如飞,来往非常自由。在《青泥珠》中,胡人寻到曾经流入中华的西国之宝,"胡得珠,纳腿肉中,还西国"。此事甚至惊动武则天,她召胡人问"贵价市此,焉所用之",才知道"西国有青泥泊,多珠珍宝,但苦泥深不可得。若以此珠投泊中,泥悉成水,其宝可得","则天因宝持之,至玄宗时犹在"。这是追回宝珠的传说类型。在这些识宝传说中,"胡人"形象并无奸诈或猥琐之举,如一位学者所说,这些交易都是在"平等和谐"的情况下进行的,胡商"诚实而守信用",珍视宝物,又"坦诚相告","从一个侧面生动地反映出唐代民族自尊心的强旺和社会风气的淳朴"[1]。程蔷说,"综观唐代众多的胡人识宝传说,是颇能感受到渗透于其中的盛唐气象的"[2]。识宝传说流传至今不绝,在每一个时代,其流传的意义又明显不同。在近代列强侵入中国时,产生了洋人盗宝的传说;而在新中国建立后,识宝传说又明显具有人民翻身做主的新气象。在民间流传的"九龙杯"[3],就是这种新气象的表现,同时也存在着"胡人识宝"与"洋人盗宝"两类传说的复杂主题。

在《阆州莫徭》中,戴孚记述了与胡人识宝传说相关的另一类故事,并加入了报恩故事的内容:

> 阆州莫徭以樵采为业,常于江边刈芦,有大象奄至,卷之上背。行百余里,深入泽中,泽中有老象,卧而喘息,痛声甚苦。至其所,下于地,老象举足,足中有竹丁。莫徭晓其意,以腰绳系竹丁,为拔出,脓血五六升许。小象复鼻卷青艾,欲令塞疮。莫徭摘艾熟挼,以次塞之,尽艾方满。久之,病象能起,东西行立。已而复卧,回顾小象,以鼻指山,呦呦有声,小象乃去。须臾,得一牙至,病象见牙大吼,意若嫌之,小象持牙去。顷之,又将大牙。莫徭呼象为将军,言未食,患饥,象往,折山栗数枝食之,乃饱。然后,送人及牙还。行五十里,忽而却转,人初不了其意,乃还取其遗刀。人得刀毕,送至本处,以头抵人,左右摇耳,久之乃去。其牙酷大,载至洪州,有商胡求买,累自加直,至四十万。寻至他人肆,胡遽以苇席覆牙。他胡

---

[1] 刘守华:《中国民间故事史》,湖北教育出版社1999年9月版,第186页。
[2] 《唐帝国的精神文明》,中国社会科学出版社1996年8月版,第528页。
[3] 《"文革"中流传的手抄本故事》,中原农民出版社1990年版。另见拙作《"文革"时期民间文学论略》,《河南大学学报》1998年4期。

问:"是何宝而辄见避?"主人除席,云:"止一大牙耳。"他胡见牙,色动,私白主人,许酬百万,又以一万为主人绍介,伴各罢去。顷间,荷钱而至,本胡复争之,云:"本买牙者,我也。长者参市,违公法。主人若求千百之贯,我岂无耶!"往复交争,遂相殴击。所由白县,县以白府。府诘其由,胡初不肯以牙为宝。府君曰:"此牙会献天子,汝辈不言,亦终无益。"固靳,胡方白云:"牙中有二龙,相躩而立,可绝为简。本国重此者,以为货,当直数十万万,得之为大商贾矣!"洪州乃以牙及牙主、二胡并进之。天后命剖牙,果得龙筒,谓牙主曰:"汝貌贫贱,不可多受钱物。"赐敕阆州每年给五十千,尽而复取,以终其身。

这则传说中的大象报恩,在《大唐西域记》卷三《迦湿弥罗国》中也有记述,所增加的是胡商相争,具有报恩故事和识宝传说的双重意义。同时,我们也可以看到,大象报恩,其中也具有精怪传说的意义。在《广异记》中,人与自然(包括以精怪为外表的动物和植物)的关系及对它的解说、阐释,成为民间传说故事的一个重要主题,这也是其书名所以标"异"的基本原因。在这些被称为"异"的传说中,我们所能感受到的更多的是狐精故事和虎精故事,其中有"千年之狐,姓赵姓张"之类的民间谚语和民间信仰,以及老僧指点人得到"狐口中媚珠"等内容。这里的狐精和虎精同样具有类似于人的情感,表现出狐精对人间情爱的向往和虎精"涕泣辞母"的人性未泯。在某种意义上讲,这些精怪传说是对魏晋南北朝时期精怪(神怪)故事的总结和整理,又是对后世神怪传奇文学的启发。在《聊斋志异》中,我们可以看到这种精怪故事的回响。

唐代民间文学中的精怪主题,在薛用弱的《集异记》和谷神子的《博异志》等著述中也有不少表现。如《集异记》中《崔韬》所述蒲州崔韬夜宿滁州"取虎为妻"并与虎生子的故事,最后虎妻得虎皮"乃化为虎","食子及韬而去"。《集异记》中的"陈蔡游侠之士"朱覲在"汝南"斩蛇,是一则颇为特殊的精怪传说故事：

> 朱觊者，陈蔡游侠之士也。旅游于汝南，栖逆旅。时主人邓全宾家有女，姿容端丽，常为鬼魅之幻惑，凡所医疗，莫能愈之。觊时过友人饮，夜艾方归，乃憩歇于庭。至二更，见一人着白衣，衣甚鲜洁，而入全宾女房中。逡巡，闻房内语笑甚欢，不成寝，执弓矢于黑处，以伺其出。候至鸡鸣。见女送一少年而出，觊射之，既中而走；觊复射之，而失其迹。晓乃闻之全宾，遂与觊寻血迹，出宅可五里已来，其迹入一大枯树孔中。令人伐之，果见一蛇，雪色，长丈余，身带二箭而死。女子自此如故，全宾遂以女妻觊。

在《博异志》中，"富家子李黄"故事也属于此类传说，所不同者是李黄贪色，与"白衣女"极尽欢爱，身化为水，惟有头存。同篇故事还附有"李琯"，述说某公子与白蛇所化少女相触，"脑裂而卒"。这里的蛇与狐、虎一样，都成为"恶"的化身，体现出与动物崇拜相联系的民间信仰。究其形成原因，如张鷟在《朝野佥载》中所述："唐初以来，百姓多事狐神，房中祭祀以乞恩，食饮与人同之，事者非一主。当时有谚曰：无狐魅，不成村。"可见这种民间信仰存在的广泛性，它必然影响到唐代民间文学的主题生成及其表现。唐五代时蜀中道士杜光庭曾撰《录异说》和《神仙感遇传》等著述，也记述了一些神怪故事，如《神仙感遇传》中的信州人叶迁韶救雷神，得雷神相送神符而获神奇的法术，"行符致雨，咸有殊效"，他"多在江浙间周游，好啖荤腥，不修道行，后不知所之"。李隐曾撰《大唐奇事》，原书已佚，散见于《太平广记》，其中有鲁人"廉广"采药泰山，雨中于树下遇隐士赠五彩神笔的故事，因所画能通神灵，遭到县令迫害，后用神笔画鸟而逃，将神笔奉还。这当是后世流传甚广的《神笔马良》传说的原型。在唐末《潇湘记》（《太平广记》卷二八七引）中，有襄阳"鼓刀之徒"并华，游春时"醉卧汉水滨"，遇老叟赠神斧，"造飞物即飞，造行物即行"，造木鹤与他相爱的人飞返安陆与襄阳之间,却被富人告发,惹来杀身之祸,"所乘鹤亦不能飞"。神笔与神斧故事已经明显超出了精怪、神怪故事的范围,它从另一个方面表现出唐人济世无门的无奈情怀。

还应提到的是托名隋代侯白的《启颜录》,这是继《笑林》之后我国又一部民间笑话故事集。原书已散佚,后人从《太平广记》和《类说》及敦煌残卷中,辑录成新本《启颜录》[1]。隋代确有侯白其人,但早卒,唐初之前即已病故,《启颜录》保存了许多唐代民间故事,显然有唐人所记述或唐人整理加入的故事内容。今辑注本《启颜录》保存了许多生动的民间笑话,从故事类型上可分为"机智人物故事""呆女婿故事"或"呆子故事"。其中有许多作品,今天还仍然流传着。它启发了民间曲艺诸如相声艺术的发展。如《多忘》记述鄠县人多忘,丢斧又见斧,"踏着大便处",便说"只应是有人因大便遗却此斧",其妻揭开谜底时,他又说"娘子何姓?不知何处记识此娘子"。《倾麦饭》中,有人在冰窟中"倾饭于孔中","倾之总尽,随倾即散","不知所以",待"水清,照见其影",这人就把水中自己的影子当作贼。另如《瓮帽》《买帽》《书生卖羊》《驴鞍桥》《食石榴》《犯人出走》等,都以笑形成特殊的审美效果,有一些还可看作民间寓言故事。类似于此笑话故事者,唐代还有朱揆《谐噱录》、无名氏《笑言》、赵璘《因话录》,以及张鷟《朝野佥载》中的部分篇章。《酉阳杂俎》中也有一些类似笑话。唐代笑话故事以《启颜录》为代表,表现出唐代社会独特的幽默观。

唐代民间传说中,风物传说相当丰富。在一定程度上讲,《酉阳杂俎》也可看作一部关于酉阳一带的风物传说故事集。"杂俎"这种形式,影响着岁时风俗及风物传说典籍的发展,诸如韩鄂的《岁华纪丽》《四时纂要》,无名氏的《辇下岁时记》、李淖的《秦中岁时记》和孙思邈的《千金月令》等。它们和《酉阳杂俎》一样,深受唐之前《风俗通义》《荆楚岁时记》和《四民

---

[1] 见曹林娣、李泉辑注本《启颜录》,上海古籍出版社1990年版。

月令》等典籍的影响,而在对"岁时"的记述上,都体现出"杂俎"的意义,即包罗万象。每一个节日、每一种民俗生活事项,其实都意味着一则传说。因为作为民俗生活,其传承意义决定了它具有传说作为存在背景,并具有对其存在功能进行阐释的内容,只是记述时或详或略而已。

被保存在《敦煌变文集》卷八中的句道兴本《搜神记》一卷以"伯2621"为原卷整理的《孝子传》,既可看作民间传说和民间故事的保存文献,又可看作民间讲唱的底本[1]。尤其是《孝子传》的讲唱句式最为明显。其中一段故事讲述完之后,常有"诗曰""又诗云"等内容,当是唱词。在《孝子传》中的孝子传说,总计有舜子、姜涛、蔡顺、老莱子、王循、吴猛、孟宗、丘吴子、曾参、子路、闵子骞、董永、董孝理、萨包、郭巨、江革、鲍出、鲍永、王祥、王元伟、王褒、赵孝、季扎、孟轲、伯夷、叔齐、卖孩与王将军者、文让、向生、王武子、丁兰、闪子等三十二人的故事,虽然其结尾处有"出《史记》""出《孝子传》"等引诸典籍字样,但其中的传说故事与原著差别甚明显,可知其采自民间。《搜神记》一卷,其中前题为"行孝第一",或者是出于对"孝"的推崇,或者还有其他内容未被保存下来。此本《搜神记》中句式颇为特别,一般在开题处冠以"昔有××"字样,然后再述说具体的传说故事,结尾处一般也标明"事出××(文献典籍)",作为传说故事的来源。其所记传说故事也是以人物为主,总计有樊寮、张嵩、焦华、榆附、扁鹊、管辂、秦瑗、刘安、辛道度、侯霍、侯光侯周兄弟、王景伯、赵子元、梁元皓与段子京、段孝真、王道凭、刘寄、杜伯、刘义狄、李纯、李信、王子珍、田昆仑、孙元觉、郭巨、丁兰、董永、郑袖、孔嵩、断缨之人、孔子、齐人与鲁人、惠王、隋侯、羊角哀等三十五则,其中郭巨、丁兰、董永故事与《孝子传》相重复。这些传说故事有特色者,当数"昔有田昆仑者"条。

---

[1] 唐代寺院俗讲不是唐代唯一的说唱形式,如李商隐《骄儿》中有"或谑张飞胡,或笑邓艾吃";应该说当时不仅在寺院,在其他地方也有说唱存在。

句道兴将自己的著述亦取名《搜神记》,有比之于干宝《搜神记》的成分。在干宝《搜神记》卷十四中载有《毛衣女传说》:"豫章新喻县男子,见田中有六七女皆衣毛衣,不知是鸟。匍匐往,得其一女所解毛衣,取藏之,即往就诸鸟。诸鸟各飞去,一鸟独不得去,男子取以为妇,生三女。其母后使女问父,知衣在积稻下,得之衣而飞去。后复以迎三女,女亦得飞去。"这是一篇著名的天鹅处女型故事。到了唐代,此故事发生重要变化,从故事主题到讲述方式都明显不同于干宝《搜神记》。特别是句道兴的记述语言是有内在韵致的民间话语形式,描述非常生动、细致。也可能是因为这种缘故,才有学者将它归之于"变文"吧:

> 昔有田昆仑者,其家甚贫,未娶妻室。当家地内,有一水池,极深清妙。至禾熟之时,昆仑向田行,乃见有三个美女洗浴。其昆仑欲就看之,遥见去百步,即变为三个白鹤,两个飞向池边树头而坐,一个在池洗垢中间。遂入谷莠底,匍匐而前,往来看之。其美女者乃是天女,其两个大者抱得天衣乘空而去。小女遂于池内不敢出池。其天女遂吐实情,向昆仑道:"天女当共三个姊妹,出来暂于池中游戏,被池主见之。两个阿姊当时收得天衣而去;小女一身邂逅中间,天衣乃被池主收将,不得露形出池。幸愿池主宽恩,还其天衣,用盖形体出池,共池主为夫妻。"
>
> 昆仑进退思量,若与此天衣,恐即飞去。昆仑报天女曰:"娘子若索天衣者,终不可得矣。若非吾脱衫,与且盖形,得不?"其天女初时不肯出池,口称至暗而去。其女延引,索天衣不得,形势不似,始语昆仑:"亦听君脱衫,将来盖我着出池,共君为夫妻。"其昆仑心中喜悦,急卷天衣,即深藏之。遂脱衫与天女,被之出池。语昆仑曰:"君畏去时,你急捉我着。还我天衣,共君相随。"昆仑生死不肯与天衣,即共天女相将,归家见母。
>
> 母实喜欢,即造设席,聚诸亲情眷属之言,曰呼新妇。虽则是天女,在于世情,色欲交合,一种同居。日往月来,遂产一子,形容端正,名曰

田章。

其昆仑点着西行,一去不还。其天女自夫之去后,养子三岁,遂启阿婆曰:"新妇身是天女,当来之时,身缘幼小,阿耶与女造天衣,乘空而来。今见天衣不知大小,暂借看之,死将甘美。"其昆仑当行去之日,殷勤属告母言:"此是天女之衣,为深举(弄),勿令新妇见之,必是乘空而去,不可更见。"其母告昆仑曰:"天衣向何处藏之,时得安稳?"昆仑共母作计,其房自外,更无牢处。惟只阿娘床脚下作孔,盛着中央,恒在头上卧之,岂更取得。遂藏奔讫,昆仑遂即西行。去后天女忆念天衣,肝肠寸断,胡至竟日无欢喜,语阿婆曰:"暂借天衣着看。"频被新妇咬啮,不违其意,即遣新妇且出门外少时,安庠入来。新妇应声即出。其阿婆乃于床脚下取天衣,遂乃视之。其新妇见此天衣,心怀怆切,泪落如雨,拂摸形容,即欲乘空而去。为未得方便,却还分付与阿婆藏着。

于后不经旬日,复语阿婆曰:"更借天衣暂看。"阿婆语新妇曰:"你若着天衣弃我飞去?"新妇曰:"先是天女,今与阿婆儿为夫妻,又产一子,岂容离背而去,必无此事。"阿婆恐畏新妇飞去,但令牢守堂门。其天女着衣讫,即腾空从屋窗而出。其老母捶胸懊恼,急走出门看之,乃见腾空而去。姑忆念新妇,声彻黄天,泪下如雨,不自舍死,痛切心肠,终朝不食。

其天女在于阎浮提经五年已上,天上始经两日。其天女得脱到家,被两个阿姊皆骂:"老婢!你共他阎浮众生为夫妻!"乃此悲啼泣泪。其公母乃两个阿姊语小女曰:"你不须干啼湿哭,我明日共姊妹三人,更去游戏,定见你儿。"

其田章年始五岁,乃于家啼哭,唤歌歌娘娘,乃于野田悲哭不休。其时乃有董仲先生来闲行,知是天女之男,又知天女欲来下界,即语小儿曰:"恰日中时,你即向池边看,有妇人着白练裙,三个来,两个举头看你,一个低头佯不看你者,即是母也。"田章即用董仲之言,恰日中时,遂见池内相有三个天女,并白练裙衫,于池边割菜。田章向前看之,其天女等遥见,知是儿来,两个阿姊语小妹曰:"你儿来也。"即啼哭唤言:"阿娘。"其妹虽然惭耻不看,不奈肠中而出,遂即悲啼泣泪。三个姊妹遂将天衣,共乘此小儿上天而去。

天公见来,知是外孙,遂即心肠怜愍,乃教习学方术伎艺能。至四五日间,小儿到天上,状如下界人间,经十五年已上学问。公语小儿曰:"汝将我文书八卷去,汝得一世荣华富贵。倘若入朝,惟须慎语。"小儿旋即下来,天下所有闻者,皆得知之,三才俱晓。天子知闻,即召为宰相。于后,殿内犯事,遂以配流西荒之地。

于后,官家游猎,在野田之中,射得一鹤,分付厨家烹之。厨家破割其鹤嗉中,乃得一小儿,身长三寸二分,带甲兜牟,骂辱不休。厨家以事奏上官家,当时即召集诸群臣百僚及左右问之,并言不识。王又游猎野田之中,复得一板齿,长三寸二分,赍将归回,捣之不碎。又问诸群臣百官,皆言不识。遂即官家出敕,颁宣天下:谁能识此二事,赐金千斤,封邑万户,官职任选。尽无能识者。时诸群臣百官,遂共商议,惟有田章一人识之,馀者并皆不辩。

官家遂发驿马走使,急追田章到来。问曰:"比来闻君聪明广识,甚事皆知。今问卿天下有大人不?"

田章答曰:"有。"

"有者谁也?"

"昔有秦故彦是皇帝之子,当为昔鲁家斗战,被损落一板齿,不知所在。有人得者,验之官家,自知身得。"

更款问曰:"天下有小人不?"

田章答曰:"有。"

"有者是谁也?"

"昔有李子敖身长三寸二分,带甲兜牟,在于野田之中,被鸣鹤吞之,犹在鹤嗉中游戏,非有一人猎得者,验之即知。"

官家道好。

又问:"天下之中有大声不?"

章答曰:"有。"

"有者何也?"

"雷震七百里,霹雳一百七十里,皆是大声。"

"天下有小声不?"

章答曰:"有。"

"有者何也?"

"三人并行,一人耳声鸣,二人不闻,此是小声。"

又问:"天下之中,有大鸟不?"

田章答曰:"有。"

"有者何也?"

"大鹏一翼起西王母,举翅一万九千里,然始食,此是也。"

又问:"天下有小鸟不?"

曰:"有。"

"有者何是也?"

"小鸟者无过鹪鹩之鸟,其鸟常在蚊子角上养七子,犹嫌土广人稀。其蚊子亦不知头上有鸟,此是小鸟也。"

帝王遂拜田章为仆射。因此一来,帝王及天下人民始知田章是天女之子也。

后来,田章三岁时,田昆仑"点著西行,一去不还",天女就对阿婆讲了自己的来历,欲骗阿婆把天衣拿出来。阿婆因田昆仑曾嘱她"勿令新妇见之",就先拒绝了天女,后经不住"频被新妇咬啮,不违其意"。天女得见天衣,便"腾空从屋窗而出"。阿婆"痛切心肠,终朝不食"。待田章五岁,"唤歌歌娘娘,乃于野田悲哭不休",受董仲指点,见到其母;三个天女"共乘此小儿上天而去"。田章在天庭受到很好的教育,来到人世,被天子"召为宰相",因"后殿内犯事,遂以配流西荒之地"。后因"官家游猎"得奇物而不识,惟田章识之,"遂拜田章为仆射"。其中,关于天下有无"大人""小人""大声""小声""大鸟""小鸟"的问答,具有十分浓郁的民俗生活意蕴,给人印象尤为深刻。其实,这段问答是依《晏子春秋》"外篇"卷八所记晏子与齐景公的"问对"和《神异经》中所载陈章与齐桓公"相论"两则故事演绎而成。容肇祖在《西陲木简中所记的"田章"》[1]和《田章故事考补》[2]中,对其具体演变作了详细考证,指出"田章故事乃汉魏六朝间民间最通行的传说",是《毛衣女》故事与其他故事混合的结果。钟敬文在《中国的天鹅处女型故事》[3]中,也指出"田章的召对等重要情节,都是出于后来的增益"。而尤为重要的是句道兴在这里保存的这篇唐代天鹅处女型故事,成为我们研究此民间传说和民间故事发展史的重要材料;而且,从中我们也可以管窥唐代民间说唱的基本形态。

唐代的民间传说和民间故事,除了以上典籍有保存,还见诸一些野史、杂文和笔记等典籍中,如张鷟的《朝野佥载》、刘𫗧的《隋唐嘉话》、刘肃的《大唐新语》、李肇的《唐国史补》、赵璘的《因话录》、封演的《封氏闻见记》、王仁裕的《开元天宝遗事》、段安节的《乐府杂录》、刘恂的《岭表录异》、莫休符的《桂林风土记》等。在《旧唐书》《新唐书》中,有些传说被当作史料记载。在后世的《太平广记》和后人辑录的各种文集,以及一些庙碑、方志等文献中,都有或多或少的记述,给我们留下了唐代民间传说的线索。这些文献中的民间传说和民间故事一般较为零碎,而且存在着甄别、辨识问题,但它们同样是很珍贵的,为我们提供了难得的民间文学资料。诸如关于皇帝、帝后、皇妃的传说,在唐代民间传说中形成一个亮点。《旧唐书·太宗本纪》中曾

---

[1] 见《岭南学报》卷2第3期。1932年6月。
[2] 见《民俗》113期,1933年4月。上海文艺出版社1988年影印本。
[3] 见《民众教育季刊》第三卷第一号,1933年1月。

记述"有二龙戏于馆门之外,三日而去",以表现李世民出身之不凡。这与刘邦之母感龙而孕如出一辙。在《明皇杂录》中,曾记述"明皇自为上皇,尝玩一紫玉笛。一日吹笛,有双鹤下。顾左右曰:'上帝召我为孔升真人。'未几,果崩"。唐明皇的传说在野史、笔记中尤其多。陈鸿在撰《长恨歌传》中,还特地提到有一本《玄宗内传》,并说其"所据,王质夫之说尔"[1]。《开天传信记》中,记述有唐玄宗自述"昨夜梦游月宫,诸仙娱予以上清之乐,寥亮清越,殆非人间所闻也。酣醉久之,合奏诸乐以送吾旧",并提到"以玉笛寻之",其所得曲即《紫云回》,有"太常刻石在焉"。在《开元天宝遗事》中,记述"明皇正宠妃子,不视朝政。安禄山初承圣眷,因进助情花香百粒,大小如粳米而色红。每当寝处之际,则含香一粒,助情发兴,筋力不倦"。表面看来,这些传说是指斥唐玄宗的淫靡,而实际上是民间传说中猎奇心理、性心理的综合反映。民间百姓包括民间文人,按照自己理解的朝廷生活来塑造他们心目中的唐明皇。唐明皇被后世的民间戏曲团体崇拜为他们的祖师"老郎神",应该是与唐代传说对唐明皇的集中审视密切联系在一起的。唐代社会本身就充满令人神往的奇异,再加上唐代统治者有意造神弄鬼,其举世无双的大国地位又形成强烈的民族自豪感、优越感,所以,后世民间文学中以唐代风云变幻为题材者,也就尤其多。

唐代小说保存民间文学,具有自己独立自觉的意识。如其开篇,常常明确指出传说故事发生地点,有明显的民间传说讲述模式;其结尾处,常常有从哪里听到传说故事、是谁讲述了这些民间故事等说明性文字。如沈既济《任氏传》记述"建中二年,既济自左拾遗于金吴。将军裴冀、京兆少尹孙成、户部郎中崔需、右拾遗陆淳皆适居东南,自秦徂吴,水陆同道。时前拾遗朱放因旅游而随焉。浮颍涉淮,方舟沿流,昼宴夜话,各征其异说。众君子闻任氏之事,共深叹骇,因请既济传之,以志异云";白行简《李娃传》记述"予

---

[1]《文苑英华》卷七九四《丽情集》中载。

伯祖尝牧晋州,转户部,为水陆运使,三任皆与生为代,故谙详其事。贞元中,予与陇西公佐话妇人操烈之品格,因遂述汧国之事。公佐拊掌竦听,命予为传。乃握管濡翰,疏而存之";李公佐《南柯太守传》记述"公佐贞元十八年秋八月,自吴之洛,暂泊淮浦,偶觌淳于生梦,询访遗迹,翻覆再三,事皆摭实,辄编录成传,以资好事";其《古岳渎经》记述"贞元丁丑岁,陇西李公佐泛潇湘苍梧,偶遇征南从事弘农杨衡,泊舟古岸,淹留佛寺,江空月浮,征异话奇,杨告公佐云";其《庐江冯媪传》记述"元和六年夏五月,江淮从事李公佐使至京,回次汉南,与渤海高钺、天水赵儧、河南宇文鼎会于传舍。宵话征异,各尽见闻。钺具道其事,公佐因为之传";其《尼妙寂》记述"公佐大异之,遂为作传。太和庚戌岁,陇西李复言游巴南,与进士沈田会于蓬州。田因话奇事,持以相示,一览而复之。录怪之日,遂纂于此";牛僧孺《玄怪录·齐饶州》记述"余闻之已久,或未深信。太和二年秋,富平尉宋坚尘,因坐中言及奇事,客有郿王府参军张奇者,即韦之外弟,具言斯事,无差旧闻";其《玄怪录·张老》记述"贞元进士李公者,知盐铁院,闻从事韩准大和初与甥侄语怪,命余纂而录之";皇甫枚《三水小牍·王知古》记述"余时在洛敦化里第宴集中,渤海徐公说为余言之。岂曰语怪,亦以摭实,故传之焉";李玫《纂异记·齐君房》记述"大和元年,李玫习业在龙门天竺寺,镜空自香山敬善寺访之,遂闻斯说";沈亚之《湘中怨解》记述"元和十三年,余闻之于朋中,因悉补其词"。此类现象在《全唐五代小说》中比比皆是,如其卷四保存唐临《宜城民》篇,其开题记述"隋大业八年,宜州城东南四十余里有一家姓皇甫。居家兄弟四人,大兄小弟,并皆勤事生业,仁慈忠孝"云云;其结尾则记述"长安弘法寺静林法师,是迁邻里,亲见其猪,法师传向道说之"。又如《全唐五代小说》卷四六保存温庭筠《曹朗》篇,讲述故事之后,记述"东吴人尽知其事"云云。再如《全唐五代小说》卷四九保存李玫《嵩岳嫁女》记述穆王、王母、麻姑等群仙相会,结尾处记述人"捐弃家室,同入少室山","今不知所在"。《全唐五代小说》卷八二王仁裕《封舜卿》《韩申》《伊用昌》《灌园婴女》《杀妻者》等篇,或在开篇记述"闻诸耆旧云",或在结尾处记述"襄州从事陆宪尝话此事""熊(某)言亲睹其事""蜀人大以为欢笑矣"等语句;其许多篇述说神话传说故事中人物结局时,皆有"不知所至"之类语言,所有这些现象,正是当时民间故事在讲述中惯用的语言习惯。

第三节　敦煌变文与曲子词

1900年初夏,敦煌千佛洞的藏经洞被人发现,两万多卷石室藏书得见天日,伴随着列强的掠夺,在国际上兴起了一门"敦煌学"。

人们在这些经卷中发现了大量的抄本和一部分刻本,有佛教经典,也有道教、景教、摩尼教等宗教文化的经典,当然,还有一些经史子集和各种账表;既有汉文,又有回纥文、龟兹文、梵文、藏文等多种古文字。其中,说唱体文献颇有特色,引起有识之士的关注,王重民等一批学者不辞辛苦,从欧洲等地,辑录了大量敦煌经卷文献,编成《敦煌变文集》,此外还有刘半农的《敦煌掇琐》、罗振玉的《敦煌零拾》、任半塘的《敦煌歌辞总编》等,后世整理文献越来越多,为我们研究唐代民间文学提供了极大的方便。

同时,这些敦煌经卷之类文献的发现,也向我们提出了一个问题:对于文物,是主动开发还是被动开发,其效果又有多少差别!敦煌经卷中的民间文学主要有两大类,一是变文,一是曲子词;还有以传说故事为主要内容的典籍文献,也保存了丰富的民间文学。那些壁画,其实也应看作与三者相联的一个部分。

一、敦煌变文

变文,即俗讲的底本。它一般为寺庙中的俗讲僧人、民间职业艺人,包括一些下层文人所完成,有讲有唱;其内容主要用通俗而生动的语言,讲唱佛教等宗教经义,其中自然保存了一些民间文学。关于变文是否专为佛经讲唱而作,以往我们存在着误解,以为变文即为佛经而设的俗讲。其实,变文有从佛经中取材的,也有不少从民间传说和历史故事中取材的;当然这和唐代寺院中盛行俗讲及各地"转"变文的文化行为,有着直接的联系。从现存的敦煌文物、文献可知,在变文的演唱中,"开讲俗讲时除用图画外,似乎也用音乐伴唱","唐代讲唱变文一类话本的不限于寺院道观,民间也很流行,并为当时人民所喜爱"[1]。在赵璘《因话录》、段安节《乐府杂录》等典籍中,我们可以看到类似这种情况的记述。同时,我们从《全唐诗》中,可以看到吉师老《看蜀女转昭君变》诗,知道讲唱变文者,不仅有文溆那样"其声宛畅、感动里人"的男性大师,而且有"清词堪叹九秋文""画卷开时塞外云"的妇女。变文的讲唱"甿庶易诱","愚夫冶妇乐闻其说,听者填咽寺舍,瞻礼崇奉,呼为和尚。教坊效其声调以为歌曲";如人所言,"其敷衍佛教故事,目的并不在于宣传宗教"[2],而是一种精神的狂欢,是因为"敷衍佛教故事"而形成的民俗文化生活。也就是说,以敦煌变文、曲子词及相关典籍为典型存在于唐代的民间文艺活动中,这些内容是融为一体的,同属于唐代民俗文化生活的组成部分。变文只是其中之一,它是俗讲的底本,是唐代民间说唱文学的文本表现。与变文的讲唱相联系的唐代民间文艺活动,除了曲子词的演唱,还有"驱傩""方相四人""侲子五百""张宫悬乐"(见段安节《乐府杂录》"驱傩"条)等巫术艺术行为[3]。关于这一点,高国藩《敦煌民俗资料导论》和《敦煌古俗与民俗流变:中国民俗探微》等著述中曾详细描述和论述,代表了这一研究领域的学术水平。

敦煌变文是唐代民间文学的文本表现,它主要包括两个部分:一,对佛教经卷的解说和佛教传说故事的演绎,可称为"佛变"。二,对民间传说民

---

[1] 向达:《敦煌变文集·引言》,人民文学出版社1957年版。
[2] 向达:《敦煌变文集·引言》,人民文学出版社1957年版。
[3] 唐代戏曲已出现参军戏等形式,有说,有唱,有表演,是趋于成熟的戏曲艺术表现形式。它们与巫有时分离,而更多时候联系在一起,是戏曲艺术发育中的一种状态。

间故事的讲唱,可称为"俗变"。另外还有民间小调之类的变文,多述自然变化和社会生活知识,还有包括人生道理等内容的"赋",可归于"俗变"中。当然,这种划分主要是以变文的基本内容为依据的。

1. 佛变

"佛变"是敦煌变文的基本内容。这是敦煌作为唐帝国的重要驿站,连接东西方文化交往的特殊地理位置所决定的。更重要的是,敦煌是佛教文化的重要集散地,这些经卷首先就是佛教徒所保存的文献。变文的宗教义理讲解的功利性,在"佛变"中得到最为集中的体现。敦煌壁画中佛国世界的图像表现,从另一个方面表明了这种文化主题。

"佛变"分为两大类,一类是具体的佛教经籍的讲说,如《敦煌变文集》卷四中的《太子成道经》和《太子成道变文》。《太子成道经》也并非纯粹的教义,而是把教义化成通俗而生动的俗语,通过故事讲述,阐述教义的内容;《太子成道变文》则是通俗的佛教故事讲述,具有明显的故事情节,但这些故事都是为佛教经义而设。这类"佛变"集中在《敦煌变文集》的卷四、卷五、卷七中。另一类是佛教文化影响下所形成的民间传说的具体讲唱,这是"佛变"中典型的民间文学。这类"佛变"集中保存在《敦煌变文集》的卷六中,诸如《目连缘起》《目连变文》《地狱变文》等。两类"佛变",前者突出的是佛教经义的世俗性言说,而后者突出的是民间传说故事的讲唱,在讲唱中流露出佛教经义。它们都离不开"佛"的内容,只不过显示的艺术方式和义理成分有所不同。即使是前者这些以佛教经义言说为主要内容的变文,也非常注重世俗生活内容的引入,如《太子成道经》《太子成道变文》《八相辨》《破魔变文》《降魔变文》《难陀出家缘起》《金刚般若波罗蜜经讲经文》《佛说阿弥陀经讲经文》《妙法莲华经讲经文》《维摩诘经讲经文》《佛说观弥勒菩萨上生兜率天经讲经文》《无常经讲经文》《父母恩重经讲经文》《八相押座文》《三身押座文》《维摩经押座文》等。后者对后世民间文学发展的影响更大,最典型的就是《目连变文》即《大目乾连冥间救母变文》(《敦煌变文集》中列"并图一卷并序"),这可以看作后世目连神戏的起源。

　　目连故事最早在魏晋南北朝时期的佛教经典中出现,隋唐时代沿袭成宗教传说的重要典型。目连救母与我国传统文化中"孝"的主题密切相连,所以深受民间百姓的喜爱。著名的盂兰盆会即以目连故事为文化基础。如晋宗懔《荆楚岁时记》中记述"七月十五日,僧尼道俗悉营盆供诸佛","广为华饰,乃至刻木割竹,饴蜡剪彩,模花叶之形,极工妙之巧";南朝颜之推《颜氏家训》中也曾记述"七月十五日盂兰盆斋,望子孙依行不绝"。盂兰盆,不论是汉语或者是梵文音译,都成为目连故事的文化象征符号。《佛说盂兰盆经》是最早详细记载这一故事的佛教经典,西晋竺法护将之译成汉文,始在我国产生广泛影响。其中记述道:佛陀弟子目连,具有天眼神力,他发现自己死去的母亲在饿鬼中受尽苦难,饿困之至。于是,他就带上饭食找到母亲,希望能为母亲解除痛苦;但是,他母亲吃饭时,没有入口,饭就变成了火炭。目连只得去请教佛陀,佛陀告诉他,必须集十方众僧,才能依靠神力摆脱这种困厄。佛教徒曾因为雨季对生活的限制,将每年四月十六日至七月十五日定为"安居日";"安居日"满后,众僧相聚,任人指出自己所犯过错,称为"自恣"——每一次"自恣",僧人受戒年龄便增一岁即一腊,七月十五日也就成为"僧受岁日"。目连就在这一天"为七世父母及现在父母厄难中者具饭百味五果,汲灌盆器,香油锭烛,床敷卧具,尽世甘美,以著盆中",从而"供养十方大德众僧",救其母"得脱一劫饿鬼之苦",年年七月十五日"常以孝慈忆所生父母,为作盂兰盆,施佛及僧,以报父母长养慈爱之恩",遂相沿成习为"盂兰盆会""盂兰盆节"。《敦煌变文集》中的《大目乾连冥间救母变文》所记述的就是这个故事,同卷中的《目连缘起》和《目连变文》所述内容相同,只是前者的记述更详细,原始文本也保存得更完整。

　　《大目乾连冥间救母变文》先交代"盂兰盆会"的由来,既而唱诵这位"在俗未出家时名曰罗卜"的目连如何痛苦,他"学道觅如来",感动世尊,其景象描写非常生动:

罗卜自从父母没,
礼泣三周复制毕,
闻乐不乐损形容,
食旨不甘伤觔(筋)骨。
闻道如来在鹿宛(苑),
一切人天皆无(抚)恤,
我今学道觅如来,
往诣双林而问仏[1]。
尔[2]时佛自便逡巡,
稽首和尚两足尊,
左右摩诃释梵众,
东西大将散诸神。
看(胸)前万字颇黎(玻璃)色,
项后圆光像月轮,
欲知百宝千花上,
恰似天边五色云。
弟子凡愚居五(欲),
不能舍离去贪嗔,
直为平生罪业重,
殃入慈母入泉(门)。
只恐无常相逼迫,
苦海沉沦生死津,

---

[1] 仏,唐代俗字,当为"佛"。
[2] 尔,唐代俗字,当为"此"。

愿仏慈悲度弟子,
学道专心报二亲。
世尊当闻罗卜说,
知其正直不心邪,
屈指先论四谛去,
后闻应当没七遮。
纵令积宝凌云汉,
不及交人暂出家,
恰似盲龟遇浮木,
由如大火出莲花。
炎炎火宅难逃避,
滔滔苦海阔无边,
直为众生分别故,
如来所已(以)立三车。
仏唤阿难而剃发,
衣裳变化作袈裟,
登时证得阿难(罗)汉,
后受婆罗提木叉。
罗卜当时在仏前,
金炉怕怕(啪啪)起香烟,
六种琼林动天地,
四花标样叶清天。
千般锦绣补(铺)床坐,
万道珠幡空里玄(悬),
仏自称言我弟(子),
号曰神通大目连。

当时目连于双林树下,证得阿罗汉果。何为如此,准《法华经》云:穷子品先受其价然后除粪,此即是也。先得阿难(罗汉)果,后当学道,看目连深山坐禅之处……

这是"佛变"的铺垫模式。可以想象,先诵后唱,唱后又诵,如此反复,形成有张有弛的效果,难怪有"听者填咽寺舍"的景观。

从这篇"变文"的整体结构来看,以唱为主,在诵(如同道白)时还有对所唱内容重复的现象。

如其第二唱段之后有:

目连(到天宫寻父,至一门见长者),白言长者:"贫道小时,名字罗卜。父母亡没以后,投仏出家,剃除须发,号曰大目乾连,神通第一。"长者见说小时名字,即知是儿,(曰:)"别久,好在已否?"罗卜目连认得慈父,起居问讯已了,(曰:)"慈母今在何方,受于快乐?"长者报言罗卜:"汝母生存在日,与我行业不同。我修十善五戒,死后神织(识)得(生)天上。汝母平生在日,广造诸罪。命终之后,遂堕地狱。汝向阎浮提冥路之中寻问阿娘,即知去处。"目连闻语,便辞长者,顿身下降南阎浮提,向冥路之中寻觅阿娘不见。且见八九个男子女人,闲闲无事,目连向前问其事由之处……

这与至今仍流传的民间大鼓书在讲唱方式上保持一致。目连为寻母在冥间路上奔走,故事一步步展开,终于找到了其母亲的下落;最后又通过"行至一长者家门前,见一黑狗身从宅里出来,便捉目连袈裟"一段,叙述完目连救母故事,其母也得正果,"当时此经时,有八万菩萨八万僧八万优婆塞八万(优婆)姨,作礼围绕,欢喜信受奉行"。故事让人看到目连寻母救母的艰辛,也让人看到修身奉佛的光明前途,从表面上来看,这确实是一部优美的劝善"变文";但是,若我们认真探究目连在冥间所遇到的一系列事情,不难发现"冥间即人间"这样一个普通的道理,这也正是敦煌变文时代特色的体现。

如目连遇到父亲,父亲告知其母在冥间,他开始寻找,在第一个驿站,遇见几个"闲闲无事"者,他们告诉目连:

只为同名复同姓,
名字交错被追来。
勘当恰经三五日,
无事得放却归回。
早被妻儿送坟墓,
独自尅(抛)我在荒祁(郊)。
四边更无亲伴侣,
孤(狐)狼鸦鹊竞分张。
宅舍破坏无投处,
王边披诉语声哀。
判放作鬼闲无事,
受其余报更何哉……

原来这是一群被错抓的冤鬼,"名字交错被追来"又何尝不是人世间司法腐败的写照!又如目连所见"奈河"中的众鬼惨痛形状,以及"五道将军性令恶","或有劈腹开心,或有面皮生剥",令他"魂惊胆落"。这同样是世间酷刑的真实写照,反映了民间百姓在水深火热中所受的煎熬及统治者的残忍、冷酷与狠毒。它告诉我们,这里地狱即人间,人间即地狱。我认为,这才是此变文深受人们喜爱,能引起千百万在苦难中挣扎着的底层人民情感上的共鸣,从而在世间广为传播,经久不衰的真正原因。

民间百姓在讲唱中得到审美的愉悦,也得到情感的宣泄,这是变文在民间文化生活中基本功能的体现,也是民间文学在传播中所表现的普遍规律。这种来自社会最底层的声音充满了痛苦,也充满了愤怒,它积聚着全社会强大的仇恨,终究要唤醒人民去反抗,去革命,所以,变文传至宋代,那位善于装神弄鬼的宋真宗便坚决制止了它的讲唱;变文在宋代不再延续,正是这种原因。民间文学不同形式的产生及流传,具有不同的意义;在这类倾诉苦痛的变文中,我们能感觉到无数苦难的灵魂在俗讲外表下的呻吟,同时,我们也能感受到一种世间真谛的揭示,即革命是不朽的!当然,这或许已经超出了佛教文化创造者的初衷。

2. 俗变

敦煌变文中的"俗变",是民间文学保存最为集中也最为纯粹的民间文体,主要集中在《敦煌变文集》的卷一、卷二、卷三中,卷七中也有一部分。其具体内容,主要有民间传说和民间故事两大类。

民间传说一般分为三类,即历史传说、人物传说和风物传说。《敦煌变文集》中"俗变"所保存的,主要是人物传说。这些人物,有历史上实有的著名人物,也有民间传说中的传奇人物,还有当世人物即当代传说人物。

历史上的一些著名人物,作为历史文化的某种情结,在民间传说中通常被神化,从而形成与历史真实相异的民间传说。如"俗变"中所记的舜、伍子胥、苏武、李陵、季布、唐太宗、王昭君、王陵等,他们的传说,与其说是"历史"的记忆,不如说是民间百姓借助他们所进行的某种情感的具体表达。这些传说中的历史人物的典型个性,正是在某种情感的具体表达中显示出来的,同时也表现出民间百姓独特的历史观、审美观和道德观、价值观等内容。口述史学表明,某一个历史人物的故事被不断传播,都给某一个地区或某一个民族带来一种具有鲜明的情感性的知识,这种知识构成了一定的文化资源和精神资源。变文中"俗变"所表现的内容,已经远远超出了佛教文化的经义,而是更典型也更为纯粹的民间文学。这些历史人物在民间传说中的存在,与他们在历史典籍中的存在或者是一致的,或者是不一致的,关键在于民间文化的审美选择。从《敦煌变文集》所收录的伍子胥、李陵、季布、王昭君和苏武等人的变文来看,他们的身上都洋溢着悲壮、不屈、刚强这些色彩,从而显示出民间文学所崇尚的具体内容。如伍子胥的历史故事,在《左传》《史记》和《吴越春秋》中所描述的都是复仇。史载楚平王荒淫无道,以儿媳为妾,伍奢谏阻反而被诛杀;伍奢之子伍子胥逃到吴国,受吴王阖闾重用,后起兵伐楚,报了父兄被杀之仇;阖闾死后,夫差即位,听信谗言逼迫伍子胥自尽。变文所强化的是伍子胥作为悲剧英雄身处逆境而不屈不挠的精神,其中还出现了打纱女和渔夫两个平民,他们曾帮助过伍子胥,一个在其落难逃亡、饥寒交迫时馈食给他,后来抱石投河而死,一个帮助他渡江奔赴他乡,后来覆船而亡。他们的死,是对统治者残酷无道的愤怒控诉。尤其是伍子胥在逃亡中被自己的两个外甥出卖,他们见利忘义,与打纱女和渔夫相比,两类人品格的差别非常突出。在伍子胥乞食到妻子门前一段,故事尤为感人。夫妻相见,不能相认,伍子胥心中无限感慨,他打破牙齿,以隐语与妻子相对答,形成了特殊的审美效果。在对答中,许多中药名运用得尤为恰切,诸如以"槟榔"喻"宾郎",以"柴胡"喻"材狐",以"长在藿乡,父是蜈公,生居贝母"喻伍子胥的身世,表现出民间百姓的天才智慧。这种修辞方法是民间文学中惯用的,在南朝民歌和唐代的竹枝词中都有具体表现。《伍子胥变文》中洋溢的是悲壮,是英雄主义的豪迈,虽然结尾收录不全,给人的感觉却是对心灵的震撼。《王昭君变文》所表现的也是这种氛围,渲染出王昭君远嫁异邦,思念故国和亲人,其中"千回下泪"一段心理描写,是唐代民间文学在审美表现手段上的典型,对后世话本小说、章回小说的影响是深远的。

《舜子变》和《唐太宗入冥记》是"俗变"中非常特殊的两种变文。两个帝王具有两种品格,其变文表现也因而具有两种意义。《舜子变》记述舜"三年池(持)孝,淡服千日寡体",受继母百般虐待、刁难,在"后妻设得计成"

中。舜每每脱险,后"帝释变作一黄龙"搭救于他,邻人又指引他见到生母,"悲啼血"。"阿娘报言舜子:'儿莫归家,儿大未尽。但取西南角历山躬耕,必当贵。'"这里明显具有佛教文化中的阴世色彩,是神话传说被佛教文化渲染的典型表现。"舜来历山,俄经十载,便将米往本州",与父相认,"便即前抱父头,失声大哭。舜子拭其父泪,与舌舐之,两目即明。母亦聪慧,弟复能言。市人见之,无不悲叹",这段传说明显改变了古典神话的内容。在这里,我们可以看到佛教文化、道教文化、儒教文化与民俗文化四者的复杂聚合形态,这也是唐代民间文学的特色。《唐太宗入冥记》则明显是佛教徒借唐太宗这位大唐天子"入冥"来述说佛教义理的。如其中太宗自述"朕自亲征,无阵不经,无阵不历,杀人数广",那么,前世罪孽,要在后世即阴间偿还,于是唐太宗便有了"乞生魂"的举止。这是民间百姓借审李世民的传说,表达原始的民主愿望,在以"陛下若到长安,须修功德,发走马使,令放天下大赦,仍□□门街西边寺录,讲《大云经》。陛下自出己分钱,抄写《大□□(云经)》"来渲染佛教义理的同时,也对统治者的良知进行拷问,这是对黑暗政治的另一种形式的鞭挞。审问权贵实现了下层人民蔑视权贵的愿望,其中当然包含着他们在残酷的政治压迫下自身情感的发泄。

取材于当世传说的《张义潮变文》和《张淮深变文》,其意义更复杂。在唐玄宗天宝年间爆发了安史之乱,边防空虚,吐蕃、回鹘乘机侵占河西和陇右地区,给人民带来痛苦,张义潮率义军收复河西。这段史实是《张义潮变文》形成的背景。这则变文直接描述了张义潮与入侵者的"三战",即收复失地的三次重要战斗,其场面描写中有"展旗帜,动鸣鼍,纵八阵,骋英雄""须臾阵合,昏雾涨天"的非凡气势,相接的是酣畅淋漓的一段唱词:

> 汉家持刃如霜雪,
> 虏骑天宽无处逃,
> 头中锋矢陪垅土,

血溅戎尸透战袄。

一阵吐浑输欲尽，

上将威临煞气高。

　　这种效果是其他时代民间文学中所少见的，英雄主义成为这类变文的主题。另一篇《张淮深变文》的主人公张淮深是张义潮的侄儿，变文记述的是张淮深率领义军与回鹘战斗的故事。这两篇变文可看作姊妹篇，都是民间英雄主义的颂歌。尤其值得重视的是，张义潮、张淮深抗敌收复国土的史实，在史籍中只是一笔带过，非常简略，而这两则变文所作的记述不但详细而且生动，这正是口述史的重要意义的体现。同时，这样的"变文"在敦煌一带流传，具有更特殊的价值。可以说，这两篇变文是唐代民间文学中英雄主义、爱国主义精神的典型体现，应被看作优秀的民间叙事诗。

　　取材于民间传说中传奇人物的变文，在民间传说嬗变史上具有尤为重要的意义。从某个方面讲，这种变文是民间文学主题形态变换、发展的突出体现。在《敦煌变文集》中，《孟姜女变文》《董永变文》《秋胡变文》《韩朋赋》等民间传说得到新的述说，从而也产生新的主题意义，体现出唐代民间文学的时代特征，其中最明显者是《孟姜女变文》。

　　《孟姜女》传说故事的文献记载，在唐代之前屡有出现，王充《论衡》中的《感虚》《变动》两篇所记，比《韩诗外传》《玉台新咏》《淮南子》《说苑》《列女传》等文献所载较为详细，但作者是为了指其虚妄，仍然不够完整。三国时代的曹植在自己的作品中对孟姜女故事屡有记述，如《娱宾赋》《传太子坐》《赠丁廙》《筝篌引》《妾薄命》《求通亲亲表》《文帝诔》《精微篇》《令禽恶鸟论》等，但作者显然是在以自己比孟姜女这位遭遇坎坷、身世凄凉的妇女，述说自己的感受。他并不在意故事描述的完整性。到了魏晋南北朝时期，崔豹的《古今注》中提及杞梁之妻哭崩杞都城，其妹明月作曲《杞梁妻》；《乐府诗集》所存《懊侬歌》中有《寡妇哭城颓》；刘义庆《幽明录》等著述和郦道元《水经注》也都提及杞梁妻哭崩都城;庾信在《哀江南赋》《拟咏怀》《咏画屏风诗》《和赵五看妓》等作品中,同样是以孟姜女比说自己。到了唐代,这种不完整的记述有了改变,《同贤记》[1]中有孟超女仲姿浴时为杞梁所见,因而嫁给杞梁,杞梁逃筑城役被打死,筑尸于城,孟女仲姿前往哭夫,哭崩城后,滴血识其夫骨。另外,李白、孟浩然、张籍、孟郊、王建、许浑、白居易、皮日休和僧贯休等人,在各自的作品中也给予孟姜女故事不同程度的关注,李善在注《文选》时也作有记述。但像《孟姜女变文》这样纯粹以民间文学的原始形式作保存的,迄今所见文献中仅有此例。当然,《敦煌变文集》所收此作,应是以《同贤记》等文献所述尤其是民间所流行的这个传说为基础的。也就是说,在唐代,《孟姜女》至少有两个流传系统,一个是《同贤记》等文献类记述,一个是民间口头上的讲述。变文是讲唱的底本,应该与"讲述"连得更紧密一些。因此,《孟姜女变文》的影响,也就成为其他形式所不及的了。

《孟姜女变文》文本残缺较多,但从其所存的材料中,就可以知晓其基本面貌。如:

　　□贵珍重送寒衣,
　　未□将何可报得?
　　热(执)别之时言不久,
　　拟于朝暮再还乡。
　　谁为忽遭椎杵祸,
　　魂销命尽塞垣亡。
　　当别已后到长城,
　　当作之官相苦克。

---

[1]《雕玉集》卷一二《感应篇》"杞梁之妻泣而使城崩"条引出《同贤记》。

命尽便被筑城中,
游魂散漫随荆棘。

劳贵远道故相看,
冒涉风霜损气力。
千万珍重早皈还,
贫兵地下长相忆。
其妻闻之大哭叫,
不知君在长城妖(夭)。
既云骸骨筑城中,
妾亦更知何所道。
姜女自雹哭黄天,
只恨贤夫亡太早。
妇人决列(烈)感山河,
大哭即得长城倒。
……
姜女哭道何取此,
玉貌散在黄沙里。
为言坟陇有标提(题),
壤壤骷髅若个是?
呜呼哀哉难捡择,
见即令人愁思起。
一一捻取自看之,
咬指取血从头试。
若是儿夫血入骨,
不是杞梁血相离。

果报认得却回还,
幸愿不须相惟(违)弃。
大哭咽喉声已闭,
双眼长流泪难止;
黄天忽尔逆人情,
贱妾同向长城死!

变文中还有孟姜女与骷髅相问的情节,骷髅所述"我等并是名家子,被秦差充筑城卒,辛苦不禁俱役死。铺尸野外断知闻,春冬镇卧黄沙里",更显出社会黑暗、冷酷,其情景催人泪下。我们可以想象,在这既诵既唱中,多少听众曾因此而拭泪不已。这种咏唱所形成的效果,是一般散文体言语述说所不可能达到的。现存变文中,有游魂陈述、哭崩长城、以血试骨和众鬼魂相托等部分,基本再现了传说故事的主体内容。读着变文,我隐约感觉到脊背发凉,记得小时候在农村老家听流浪艺人唱诵类似的曲调,听众随着流浪艺人的咏唱都呜咽不止。多少年后,我仍然不能忘怀这情景。后来在田野作业中,我又听到在许多地方所传唱的《孟姜女十二月歌》,其唱词与这篇变文的许多内容是相同的,它们之间应该有渊源关系。

《董永变文》的主题在于"孝"。唐代之前东汉、魏晋南北朝时的典籍中曾有记述,如《搜神记》卷一"董永"已有卖身葬父而感动天神故事。变文中民间传说故事的质朴性更为突出,其韵极为流畅自然而生动,原文的保存也更为完整。开题虽然有说教色彩,引入话题则并无生硬感觉,如:

人生在世审思量,
暂时吵闹有何方(妨);
大众志心须净听,
先须孝顺阿耶娘。

  好事恶事皆抄录,
  善恶童子每抄将。
  孝感先贤说董永,
  年登十五二亲亡。
  自叹福薄无兄弟,
  眼中流泪数千行。
  为缘多生无姊妹,
  亦无知识及亲房。
  家里贫穷无钱物,
  所买(卖)当身殡耶娘。
  便有牙人来勾引,
  所发善愿便商量……

  善与恶是佛教义理中惯于运用的一对概念,董永故事便成为其阐释对象。"殡耶娘"靠的是"当身",此即"善",即"孝",于是,其行为就自然为民间文化所崇尚,生发出"路逢女人来安问",感动了天上的女神委身嫁与董永的故事。她"不弃人微同千载,便与相逐事阿郎",有了"但织绮罗数已毕,却放二人归本乡","却到来时相逢处,辞君却至本天堂"等情节。夫妻相别后,董永之子董仲长大,向董永索要"阿娘",靠孙宾帮助,母子重相逢。整个故事的情节是完满的,其细节设置对后世的影响,在民间戏曲中表现尤为明显。从某种意义上讲,《董永变文》可以看作后世《天仙配》等同类题材戏曲文学的雏形。或者说,没有此变文,便没有后世此戏曲。《韩朋赋》所述故事即《搜神记》卷十一所载《韩凭妻》,其情节大致相同。在《韩朋赋》中与《韩凭妻》不同的是宋王被处死。韩朋夫妇死后,"天下大雨,水流圹(圹)中",有青白二石"道东生于桂树,道西生于梧桐",而"枝枝相当,叶叶相笼,根下相连,下有流泉,绝道不通",有"梁伯"为此解释成"枝枝相当是其意,叶叶相笼是其恩,根下相连是其气,下有流泉是其泪"。宋王使人伐掉"韩朋树"后,"三日三夜,血流汪汪",韩朋夫妇"变成双鸳鸯,举翅高飞"。其所留"羽毛"被宋王得到后,"即将磨拂项上,其头即落",而且"未至三年,宋国灭亡"。按此"赋"所讲,这一切都是"夺庶人之妻,枉杀贤良"所引起的。在其结尾又有"梁伯父子,配在边疆。行善获福,行恶得殃"之言,仍显示了"恶"与"善"的报应文化主题,但这并不影响这则爱情故事的千古流传。在后世流传的《梁山伯与祝英台》故事中,"化蝶"与这里的"变成双鸳鸯"相似,应该说是传说之间主题与细节相互影响、借用(化用)的具体表现。

《秋胡变文》也是在一则古老的传说故事的基础上形成的。这里通过对比描写,突出显示了秋胡与其妻的两种个性,也即两种品格的对比。一个是贤惠、厚道、勤劳的农村妇女,一个是卑劣、轻浮、无耻的名利之徒。他别家却妻,在外宦游九年始归故里。在他请准省亲的话语中,可以看到他还知道一些做人的道理,他举到"董永卖身葬父母,天女以之酬恩;郭巨埋子赐金,黄(皇)天照察"等孝子传说,懂得"慈乌有返哺之报恩,羊羔有跪母酬谢,牛怀舐犊之情,母子宁不眷恋"等孝道,唯独不记得与妻相别时"夫妻至重,礼合乾坤,上接金兰,下同棺椁","共娘子俱为灰土"的承诺;在他"至采桑之时,行至本国"之际遇见其妻,虽不相识,却以"采桑不如见少年,力田不如丰年!仰赐黄金二两,乱彩一束,暂请娘子片时在于怀抱"相诱。其妻严词拒绝,当她在家中辨认出丈夫即此相诱之人时,怒斥其"于国不忠,于家不孝"。从这里我们可以看出唐代民间文学所表现的对民族美德的赞颂,对邪恶现象的轻蔑、唾弃。

民间文学与敦煌经卷的联系非常密切,但显然,敦煌经卷中的民间文学只是其中的一部分。《敦煌变文集》所收录的民间文学,有许多被改编,掺杂进佛教义理和儒家的孝道等内容,而这些并不影响它作为民间文学形式的具体存在。变文中的民间文学,除了以上我们所列举的,还有《燕子赋》《晏子赋》《茶酒论》《下女夫词》以及《季布诗咏》《百鸟名》《四兽因缘》《齖蒯书》等,它们都受到不同程度的文人化处理。这是民间文学发展中普遍存在的现象。(《敦煌变文集》卷八所收的《搜神记》《孝子传》两书另述。)

变文的影响和作用,在我国古典文学史和民间文学发展史上,都是非常重要的,其价值更不用讲,诚如郑振铎所言:

> 在变文没有发现以前,我们简直不知道:"平话"怎么会突然在宋代产生出来?"诸宫调"的来历是怎样的?盛行于明清二代的宝卷、弹词及鼓词,到底是近代的产物呢,还是"古已有之"的?许多文学史上的重要问题,都成为疑案而难于有确定的回答。但自从三十年前史(斯)坦因把敦煌宝库打开了而发现了变文的一种文体之后,一切的疑问,我们才渐渐的可以得到解决了。我们才在古代文学与近代文学之间得到了一个连锁[1]。

二、敦煌曲子词

敦煌曲子词的发现,使我们更进一步认识到唐代词的产生,原在于民间,其最早者可断定为7世纪中叶。如《旧唐书·音乐志》所载:"旧相传有宫商角徵羽宴乐五调歌词各一卷。或云贞观中侍中杨仁恭妾赵方等,所铨集词多郑卫……自开元已来,歌者杂用胡夷里巷之曲。"也就是说,随着城镇规模不断发展,文化需求日益出现多元化,"胡夷"之声与"里巷之曲"的引入,共同促进了民间文艺的发展。由于多种原因,早期在民间流行的词曲内容及其演唱状况,在古典文献中很难见到,而随着敦煌石室的打开,我们从其保存的材料中,能更清晰地看到这种现象。诸如罗振玉校辑《敦煌零拾》、刘复校辑的《敦煌掇琐》以及王重民校辑的《敦煌曲子词集》、任二北校录的《敦煌曲》、任半塘校编的《敦煌歌辞总编》、饶宗颐纂辑的《敦煌曲》等,都保存了丰富的敦煌曲子词。可考的曲子词,如《苏莫遮》和《龟兹

---

[1]《中国俗文学史》上册第六章《变文》,商务印书馆1938年版。

乐》《菩萨蛮》《望月婆罗门》等。即为西域"胡夷"之声;民间流传的"里巷之曲"更丰富,如《黄獐》《得蓬子》《缭踏歌》《迷神子》《牧护子》《拜新月》《七夕子》《倾杯》《三台》等,数不胜数。敦煌曲子词内容异常丰富,如王重民在《敦煌曲子词集·叙录》中所讲:"有边客游子之呻吟,忠臣义士之壮语,隐君子之怡情悦志,少年学子之热望与失望,以及佛子之赞颂、医生之歌诀,莫不入调"[1],但无论怎样,这些作品多出于下层民众这一民间文学重要创作主体,是无疑的。许多敦煌曲子词表现出两种倾向,一种是具有礼佛、释佛义色彩的曲子词,一种是世俗生活的曲子词。这两种都应看作是民间曲子词,以"变文"为代表的敦煌经卷、歌辞等内容,已经说明了这个问题。

敦煌曲子词中,最为动人者仍是与妇女命运相关联的作品。如《敦煌歌辞总编》中所录《捣练子·孟姜女》,其中甲组所描述内容为:孟姜女丈夫杞梁辞母与妻,去修长城;孟姜女思念丈夫,为他送寒衣;裁衣时梦见丈夫;待至长城,知杞梁死,于是滴血认亲;杞梁魂嘱咐孟姜女勤事父母。故事情节较为完整,虽不像《孟姜女变文》中的唱段那么酣畅,其语言作为曲子词,个性显示非常突出。如其中的几段,明显采用"三三七七七"的平韵体,这种韵体在后世民间文学中不断出现:

> 堂前立,
> 拜辞娘,
> 不觉眼中泪千行。
> 劝你耶娘少怅望,
> 为吃[他]官家重衣粮。(伯[2]2809)
> 辞父娘了,

---

[1] 商务印书馆1956年版。
[2] "伯"即"伯西和本",以下还有"斯"即"斯坦因本"。在敦煌经卷文献中,大量散乱不堪,以此为标志。

入妻房。

莫将生分向耶娘。

君去前程但努力,

不敢放慢向公婆。

孟姜女,

杞梁妻,

一去燕山更不归。

造得寒衣无人送,

不免自家送征衣。(伯3911)

这里的曲子联章是以杂言体现出来的,没有和声,不存在相隔的现象。在民间曲子词中,这种咏唱效果也就因此明了、通畅。又如:

长城路,

实难行,

乳酪山下雪纷纷。

吃酒只为隔饭病,

愿身强健早还归。(伯3319)

娘子好,

体一言,

离别耶娘十数年,

早晚到家乡勤悖懺,

月尽日交管黄纸钱。(伯3718)

这样的句式,顿挫、跌宕皆有致,尤宜于像《孟姜女》传说之类的"苦情"

相诉。"伯 3718 号"中的后两句,"家乡"和"尽日",可以简化为"家""尽",在整体上字数保持不变,这也是民间曲子词中常用的句式[1]。

又如《敦煌歌辞总编》所收《渔歌子》,在句式上具有"戏弄扮演"的色彩:

> 睹颜多,
> 思梦误,
> 花枝一见恨无路。
> 声哽噎,
> 泪如雨,
> 见便不能移步。
> 五陵儿,
> 恋娇态女,
> 莫阻两情从过与。
> 畅平生,
> 两风醋,
> 若得丘山不负。(伯 2838 号)

这种演唱效果给人又一种感觉,不像《捣练子》"三三七七七"中的最后两句那样给人悠长、缠绵的印象,这里化用成"三三六(七)"的句式,给人的印象更急促、短快,从而更宜于表现"欢情"。

敦煌曲子词中,"五更转"和"十二时"是尤为常见的两种民间文学形式。它使用杂言,格调上较为自由,内容上既有民俗生活类,又有佛教文化

---

[1] "三三七"体歌谣在荀子《成相歌》中即存在,可见其流传已久。《南唐书·陈陶传》中曾载,开宝中有老翁老媪"行舞而歌",其所唱"蓝采禾,蓝采禾,尘事纷纷事更多,争如卖药沽酒饮,归去深崖拍手歌",与此《捣练子》句式相同。吴融《江行》模拟这种歌体,可见其不但影响了后世民间文学,而且影响了大量的文人创作。

生活类。从《乐府诗集》"小序"所记"五更转盖陈以前曲",可知唐以前就有这种形式存在;但我们并不知道当时的存在状况。自从刘半农抄回敦煌曲子词《太子五更转》之后,可见其当时已在民间广泛传唱。如刘半农《敦煌掇琐》所存此曲:

一更初,
太子欲发坐心思,
须知耶娘防守到,
何时度得雪山水?
二更深,
五百个力士睡昏沉。
遮取黄羊及车匿,
朱鬃白马同一心。
三更满,
太子腾空无人见,
宫里传声悉达无,
耶娘肠肝寸寸断。
四更长,
太子苦行万里香,
一乐菩提修佛道,
不藉你世上作公王。
五更晓,
大地下众生行道了,
忽见城头白马骠,
则知太子成佛了。

在《敦煌零拾》中也存有此类调,罗振玉名其为"叹五更",更近于民间原始文本。刘氏所收此"五更转",显然是从民间原始文本向宗教世俗文本的过渡形式。其原始文本在民间至今还传唱着,如《敦煌掇琐》中的《思妇五更转》;其宗教世俗文本,在敦煌曲词中还有《太子修道赞五更转》《禅门五更曲》等唱五更形式,可见这种民间曲子词在当时的广泛存在。

"十二时"是后世民间文学中常见"十二月调"的早期形式,在南朝民歌中已有端倪。敦煌曲子词中,以《敦煌零拾》所载《天下传孝十二时》为典型,可见其从民间原始文本向"孝"义阐释世俗文本转变的"痕迹":

> 平旦寅,
> 叉手堂前咨二亲,
> 耶娘约束须领受,
> 检校好要莫生嗔。
> 日出卯,
> 情知耶娘渐觉老,
> 子父恩深没多时,
> 递户相劝须行孝。
> 食时辰,
> 尊重耶娘生尔身,
> 未曾孝养归泉路,
> 来报生中不可论。
> 起中巳,
> 耶娘渐觉无牙齿,
> 隅坐力弱须人扶,
> 饮食吃得些些子。
> 正南午,

董永卖身葬父母，
天下流传孝顺名，
感得织女来相助。
日昃未，
入门莫取外婿意，
六亲破却不须论，
兄弟惜他断却义。
晡时申，
孝养父母莫生嗔，
第一温言不可得，
处分小语过于珍。
日入酉，
父母在堂少饮酒，
阿阇世王不是人，
杀父害母生禽兽。
黄昏戌，
五擿之人何处出，
空里唤向百街头，
恶业牵将不拣足。
人定亥，
世间父子相怜爱，
怜爱亦没得不多时，
不保明朝阿谁在。
夜半子，
独坐思维一段事，
纵然妻子三五房，

> 无常到来不免死。
> 鸡鸣丑,
> 败坏之身应不久,
> 纵然子孙满堂前,
> 但是恩爱非前后。

其每段句首与某时相连,正是"子丑寅卯辰巳午未申酉戌亥",应十二甲子之数。与此同类的还有《敦煌零拾》中的《禅门十二时》、《敦煌掇琐》中的《太子十二时》等篇。《敦煌掇琐》中有《女人百岁》,从"壹拾花枝两斯兼""贰拾笄年花蕊春""叁拾朱颜美少年""肆拾当家主计深""伍拾连夫怕被嫌"到"玖拾余光似电流""百岁山崖风似颓",述说妇女人生的特殊命运。作品以"数"为题,借以描述不同的人生感怀,这种形式至今还在民间文学中存在着。

敦煌曲子词中,佛教义理的显示是一个突出的现象。许多学者因此而排斥其作为民间文学的一部分,这是无视唐代民间文学的存在特点的。敦煌曲子词之所以能得到保存,固然有历史的偶然成分,但它若不是与当时的佛教文化相联系,恐怕早就隐没在历史的风云中了;而且佛教文化在唐代呈现出上升趋势,曲子词被佛教文化所选择和利用,无疑也使其自身注入了活力,同时也为民间曲子词的传播提供了可贵的发展契机。如著名的蛇报恩故事在唐代流传甚广,敦煌写本"斯2607"所载《伤蛇曲子》和"伯3128"所载《浣溪沙》,都曾表现这一题材。《伤蛇曲子》是讲唱文学,开头有"听说昔时,隋侯奉命,出使行"的讲唱文学惯用的述说方式。作品虽然残缺甚多,但其中"开展芝囊,取药封裹"诸句,可以表明它是有具体的故事情节被设置、展开的。《浣溪沙》就不完全一样了,其词曲特征非常明显:

> 结草衔珠不忘恩,

些些言语莫生嗔。
比死共君缘外客,
悉安存。

百鸟相依投林宿,
道逢枯草再迎春。
路上共君先下拜,
遇药伤蛇口含真。

此曲主题在于"莫生嗔"与修善,其句式显得整齐而舒缓,可以想象这种曲子词在演唱时所表现出的动人情景。任半塘《唐戏弄》[1]曾对这种演唱特征进行整理总结,揭示曲子词与民间文艺生活的直接联系。他告诉我们,没有民间文艺生活中诸如歌舞、戏弄、表演、讲唱等活动,以敦煌曲子词为代表的民间曲子词就无法产生;而当时的民间文艺演出,有许多内容是与佛教文化密切相关的。当然,应该指出的是,这些佛教文化中的民间文学是经过改造的文本,但其根源仍然在"民间"。如敦煌写本"斯6537"所载的《斗百草》及"斯0467"所载的《苏莫遮》中,有"建寺祈长生""大圣慈悲,方便潜身救"等句,明显与佛教文化有关,而其形式显然是从民间曲子词中借用或改造的。

敦煌曲子词中还有一个问题是我们不能回避的,那就是民间文学中"伎"的成分与地位。民间曲子词的产生和传播,事实上是与歌妓的参与分不开的,许多原来颇为严肃庄重的主题,都明显地掺入了"伎"的内容。如《破阵子》中源于征伐的内容,却掺有"蓬脸柳眉羞晕",更不用说《望江南》中的"为奴吹散月边云"、《渔歌子》中的"恨狂夫,不归早"了。由此可知,

---

[1] 上海古籍出版社1984年版。

原声"郑卫之音"经过教坊之类的加工、改造,变成了"伎"所传唱的更为规范的曲子词,充斥其间的仍是"性"与"爱"两种基本内容。如《乐府杂录》中所记的"记春娘子"张红红,就是歌伎出身,许和子是吉州乐女出身。这些歌妓自民间入宫,自然就将民间歌曲带进宫廷,成为社会文化中音乐艺术的主流话语[1]。如敦煌写本"斯1441"中所存的《破阵子》:

> 日暖风轻佳景,
> 流莺似问人。
> 正是越溪花捧艳,
> 独隔千山与万津。
>
> 单于迷虏尘。
> 雪落梅庭愁地,
> 香檀枉注歌唇。
> 拦径萋萋芳草绿,
> 红脸可知珠泪频。
> 鱼笺岂易呈。

再如《敦煌歌辞总编》74号所载《临江仙》:

> 岸阔临江底见沙,
> 东风吹柳向西斜。
> 春光催绽后园花。

---

[1] 如孟简《酬施先辈》中有"乐府正声三百首,梨园新入教青娥"。还有许多现象表明,如果没有歌妓的传唱,曲子词就不会取得广泛的社会支持。甚至可以说,歌妓促使了曲子词的繁荣。另有详述。

莺啼燕语撩乱,
争忍不思家。

每恨经年离别苦,
等闲抛弃生涯。
如今时世已参差。
不如归去,
归去也,
沉醉卧烟霞。

敦煌写本"斯6537"所记《阿曹婆》载思征夫曲,其实非为征夫,而是情郎:

昨夜春风入户来,
动人怀。
只见庭前花欲发,
半含哈。

直为思君容貌改,
征夫镇在陇西坏。
正见庭前双鹊喜,
君在塞外远征回。
梦先来。

更直露地显示这种"情爱"与欲的内容的,当数敦煌写本"伯3271"中的《斗百草》:

庭前一枝花,
芬芳独自好。
欲摘问旁人,
两两相捻笑。
喜去喜去觅草,
灼灼其花报。

"征夫"是敦煌曲子词中常见的角色,也是很典型的情感符号,表现出浓郁的思念和焦渴的等待。如《敦煌零拾》所存《鹊踏枝》:

叵耐灵鹊多满语,
送喜何曾有凭据。
几度飞来活捉取,
锁上金笼休共语。
比拟好心来送喜,
谁知锁我在金笼里。
欲他征夫早归来,
腾身却放我向青云里。

《敦煌零拾》所存《长相思》以伎为述说主体,特色也很明显:

作客在江西,
富贵世间稀。
终日红楼上,
□□舞著词。

频频满酌醉如泥,
轻轻更换金卮。
尽日贪欢逐乐,
此是富不归。

作客在江西,
寂寞自家知。
尘土满面上,
终日被人欺。
朝朝立在市门西,
风吹泪点双垂。
遥望家乡长短,
此是贫不归。

作客在江西,
得病卧毫厘。
还往观消息,
看看似别离。
村人曳在道傍西,
耶娘父母不知。
身上缀牌书字,
此是死不归。

这里的"相思"以"富""贫""死"三种视角来显示。尤其是"终日被人欺"句,使人联想起《望江南》中的"莫攀我,攀我太心偏。我是曲江临池柳,者人折了那人攀。恩爱一时间"。在所有妓女歌唱中,咏的都是情,都是焦渴的等待与思念,然而,这种曲子词所形成的氛围无一不是"怨",是爱的失落与迷惘。因此,更多的是"天上月,遥望似一团银。夜久更阑风渐紧,为奴吹散月边云,照见负心人"的吟唱。整个世间太多的是这种"负心",自然形成了敦煌曲子词中不尽的怨恨及其诉说。

也有一些敦煌曲子词,其内容既不是佛,也不是妓,而是纯粹的民间歌曲。如《敦煌曲子词集》所存《菩萨蛮》:

枕前发尽千般愿,
要休且待青山烂。
水面上秤锤浮,
直待黄河彻底枯。

白日参辰现,
北斗回南面。
休即未能休,
且待三更见日头。

这类作品当更多,敦煌文献的记述相当丰富。

在敦煌文献中,还保存着丰富的少数民族文学。如英国F.W.托马斯《东北藏古代民间文学》[1]中转述的《金波聂吉新娘的故事》,在这则故事中,讲述了机廷国一个男人和他的两个妻子,以及两个妻子所生出的几个孩子之间的矛盾冲突。故事的主角叫金波聂吉,是小妻子所生的穷孩子。有一次,他和大妻子生的六个孩子一起在雪中捕鸟,他捕住了一只孔雀,这只孔雀后来

---

[1] F.W.Thomas:*Ancient Folk-literature From North-Eastern Tibet*,1957年柏林英文版。李有义、王青山译,四川民族出版社1986年版。

成了他的妻子。这则故事的情节,与句道兴本《搜神记》中的"昔有田昆仑者"一章相似,反映出吐蕃人的信仰观念。在这部书的第五部分,还保存了"伟大的松巴谚语终"即藏族民间文学中的《松巴谚语》[1]。同时,敦煌文献中还保存着一些吐蕃歌谣,如《训世格言》,其中唱道"无父不生女和男,无母不育不生产;母亲育儿多辛苦,最初怀胎步履艰","念此应以孝为先"等,表现出汉化倾向。又如一首保存在手抄敦煌吐蕃文献中的卜辞形式的歌谣:

啊,小鸟呢飞枝低,
难上呢高天际。
小人呢没本领,
不能呢报恩情。

吐蕃人与唐帝国缔结了不一般的关系,贞观时期有文成公主入藏嫁与松赞干布,唐帝国对他封爵,至今还保着许多相关内容的传说。吐蕃王朝在公元9世纪崩溃了,在它与唐帝国的交往中,其文化得到迅速发展。有学者据现存藏文文献和《格萨尔王传》中的具体内容,认为这部闻名于世界的巨型英雄史诗"早在唐代即基本形成"[2],其根据在于史诗中的天王之子、藏族英雄格萨尔,受白梵天王所派,来到人间救苦救难。他所领导的岭国,战胜了魔国和姜国等外部敌对力量。格萨尔的生母为龙王之女,格萨尔的妻子是赛马大会获胜后娶来的珠牡;格萨尔因为无子,传位于其侄儿,后返回天国。这些内容正应合于吐蕃王朝公元9世纪之前的历史,而且史诗中出现了"嘉察",即汉妃之子,考唐朝公主嫁与吐蕃的时间,诸如贞观十五年、景龙四年,正是公元7至8世纪,由此可以推定《格萨尔王传》产生于唐代历

---

[1] 参见谢后芳《古代藏族谚语集》,《民间文学》1981年11期。
[2] 见蔡源莉、吴文科《中国曲艺史》,文化艺术出版社1998年版第29页。

史时期的吐蕃王朝。

其他还有南诏王朝，虽不见于敦煌文献，但其民间文学也保存于同一历史时期。如樊绰《蛮书》中所记述的"河赕贾客"谣：

> 高黎贡山在永昌西，下临怒江。左右平川，谓之穹赕、汤浪，加萌所居也。草木不枯，有瘴气。自永昌之越赕，途经此山，一驿在山之半，一驿在山之巅。朝济怒江登山，暮方到山顶。冬中山上积雪苦寒，秋夏又苦穹赕、汤浪毒暑酷热。河赕贾客在寻传羁离未还者，为之谣曰：
> 冬时欲归来，
> 高黎贡山雪。
> 秋夏欲归来，
> 无那穹赕热。
> 春时欲归来，
> 平中络赂绝。

有学者考证，"穹赕"即怒江西、高黎贡山东南一带，"寻传"即云龙至腾冲一带；"络赂"即白族语言中的"整贿"（金钱、路费）[1]，可见这是被翻译、整理过的一首民间歌谣。《蛮书》中还记述了白族少年演唱民歌的文化生活：

> 少年子弟，暮夜游行间巷，吹壶卢笙，或吹树叶。声韵之中，皆寄情言，用相呼召。

应该说，这是关于少数民族歌舞中"壶卢笙"（即"葫芦笙"）的较早记述的文献。在《蛮书》中，还记述了"上请天、地、水三官，五岳四渎及管川谷诸

---

[1]《白族文学史》（修订版），云南人民出版社1983年版，第75—76页。

神灵",显然,有神灵就应有传说。唐代民间文学中的少数民族文化异常珍贵。

敦煌石室的打破,带来了学术研究中许多人为樊篱的打破。变文也好,曲子词也好,让我们看到了一片崭新的天地;但这种局面并不让我们感到由衷的欣喜。因为我们的学术传统自汉代末年开始形成时,已日益背离了先秦诸子那种大胆开拓进取的探索精神、求真精神,学术成为经学的附庸和专制政治的奴婢,它只能离真知越来越远。我们所强调得更多的,是"板凳坐得十年冷",并不重视"行万里路"这种更艰辛也更有意义的学术方法。尤其在敦煌文献的研究中,存在着对义理、辞章,考据这种传统学术方法的回归,这并不是学术发展的福音。专制作为文化精神存在的时候,其危害丝毫不亚于它作为政治体制存在的时候,因为它严重限制了我们民族思维的发展。在文学史的写作中,我们看到一种相当普遍的现象,即几千年的鲜活的文学生活,好像就是为了证明某位人物的几句话。敦煌石室打破了一百年,学术建设并没有出现令人惊诧的结果;敦煌文物被纳入学术视野之后,经学传统的复归,使我们的时代错过了一个新的学术方法形成的良机。虽然曾经出现王国维等有识之士对"双重证据法"的热切呼唤,但这声音在整个20世纪的中国还显得太微弱。学术的发展固然是贵在创新,但更重要的应该是解放思想。敦煌变文和曲子词的发现,给我们许多新的启发;面对大唐帝国异常灿烂辉煌的文明,面对"胡夷"之声与"里巷之乐"影响下的民间文学,我们的笔触不应该仅仅在故纸堆中游弋了!

第四节 唐传奇与民间文学

传奇是唐代文人小说,指"传述奇事奇遇",如陈翰《异闻录》载元稹《莺莺传》,就题其名为"传奇"。胡应麟《少室山房笔丛》卷四一中称,"传奇之名,不知起自何代","唐所谓传奇,自是小说书名,裴铏所撰"。

唐传奇的产生,在鲁迅看来,是与当时的"行卷"之风分不开的。他说:

"唐时考试的时候,甚重所谓行卷","到开元、天宝以后,渐渐对于诗,有些厌气了,于是就有人把小说也放到行卷里去,而且竟也可以得名","因之传奇小说,就盛极一时了"[1]。郑振铎则通过对古文运动的考察,指出在"元稹、陈鸿、白行简、李公佐诸人"的文学活动中,"皆是与古文运动有直接间接的关系"[2]。他们都看到了唐代文士阶层对传奇小说的影响。但我们还应该看到,唐传奇的兴起,还应该与当时的民俗文化生活密切联系在一起。在唐传奇的具体内容中,我们可以看到大量的民间文学原型,这应该与唐代说话、俗讲、变文及民间信仰中崇尚佛道(巫)等文化风尚有着直接联系。唐代"有意识的作小说",固然是传奇繁荣的原因,而没有广泛的社会文化需求和必要的社会支持,也就不可能有传奇的大发展。从某种意义上讲,传奇是民间文化养护成长起来的,它不仅仅是"至唐人乃作意好奇,假小说以寄笔端",而且在广为汲取民间文学,保存丰富的民间文学的同时,也影响到民间文学更深广的传播。没有唐代民间文化生活的背景,传奇就无从产生。许多传奇作品的传播,使我想起手抄本小说的出现,它在某个时代屡禁而不止,是因为民间文化对它的需求及它对民间文化的满足与融入。甚至我们可以把某些传奇看作民间说唱的底本,与"变文"有某种相同的意义。在唐传奇中,大量适于讲唱的民间传说和民间故事,既有对魏晋南北朝时期志怪小说等内容的吸收,又有对当世民间文学的采用,这种文化表现方式构成了唐代民间文学发展的某种特色。

唐代传奇分前后两个时期,前期主要有单篇传奇,以王度的《古镜记》、张说的《梁四公记》、张鷟的《游仙窟》三部中篇,何延之的《兰亭记》、郭湜的《高力士外传》、萧时和的《杜鹏举传》、无名氏的《补江总白猿传》、陈玄祐的《离魂记》等短篇,和牛肃的《纪闻》、张荐的《灵怪集》等传奇小说集为

---

[1] 见《中国小说的历史的变迁》,《鲁迅全集》第10卷,人民文学出版社1981年版。
[2] 郑振铎《插图本中国文学史》第二十九章《传奇文的兴起》,上海古籍出版社1982年版。

典型,是唐传奇的试验和探索阶段。其后期,即唐德宗之后,出现了单篇传奇如沈既济的《任氏传》《枕中记》、李景亮的《李章武传》、李朝威的《柳毅传(洞庭灵姻传)》、陈鸿的《长恨歌传》《东城老父传》、无名氏的《后土夫人传》、元稹的《莺莺传》、蒋防的《霍小玉传》、白行简的《李娃传(一枝花)》《三梦记》、薛调的《无双传》、李公佐的《谢小娥传》《李汤(无枝祁传)》、杜光庭的《虬髯客传》。无名氏的《聂隐娘传》、郑权的《御史姚生》、无名氏的《李令绪》、无名氏的《灵应传》《感异记》《独孤穆》和《华岳灵姻传》、柳理的《刘幽求传》《上清传》、无名氏的《贾笼》《王生》、无名氏的《樱桃青衣》《南柯太守传》《冥音录》和《东阳夜怪录》、柳宗元的《河间传》《李赤传》和《设渔者对智伯》、沈亚之的《异梦录》《湘中怨解》《秦梦记》《冯燕传》和《李绅传》、韩愈的《石鼎联句诗序》等篇,以及一些传奇小说的作品集如牛僧孺的《玄怪录》、李玫的《纂异记》、袁郊的《甘泽谣》、陈昭的《通幽记》、李复言的《续玄怪录》、裴铏的《传奇》、康骈的《剧谈录》、皇甫枚的《三水小牍》、薛渔思的《河东记》、卢肇的《逸史》、皇甫氏的《原化记》、高彦休的《阙史》、沈汾的《续仙传》、刘崇远的《耳目记》等、无名氏的《灯下闲谈》、杜光庭的《神仙传记》等也可看作传奇作品集,这是传奇大繁荣的表现。这些传奇大多存于《太平广记》,有一小部分存于《道藏》。从其作者来看,除了有一些篇子为"无名氏"(或撰者不详),许多作者是颇有学识、修养的作家和史学家,其政治地位还相当高。如柳宗元、韩愈是著名作家,王度、卢肇等人是史学家。这种作者结构必然影响到传奇作品的文化品格,与敦煌写本作者即那些僧人或下层文人的作品相比,表现出鲜明的不同。他们的大雅与敦煌写本的大俗并不是截然对立的,而是让我们看到了一种审美机制的转换形态,从而启发我们深入地理解雅与俗两种审美表现之间的复杂联系。诚如陈汝衡在《说书史话》中所讲:"寺院里和尚们的俗讲既演进为唱说民间故事,这对于当时士大夫阶层的文学创作是有很大影响的。他们选择当时流行的民间故事,写成若干不朽的传奇小说,而这些小说的题材,主要的是妓女、侠士之类。一方面它们暴露了唐代社会,具有现实主义精神,一方面也扩大了六朝以来志怪小说传统的范围,产生了新兴文艺,带来了新的创作力,更影响于宋以后的市民文学。"[1]

唐代传奇是唐代作家文学向民间文学的自觉靠拢,或者改写民间文学,或者直接保存民间文学,不同程度上表现出民间文学的原型内容,最典型的表现就是以民间信仰为底蕴的大量神怪鬼魅狐仙传说故事。其中,有一些是颇为难得的神话传说,如李公佐所撰《李汤》存于《太平广记》卷四六七"水族"类中,鲁迅辑录《唐宋传奇集》中题为"古岳渎经",其故事我在"大禹神话时代"中已经引述过。这是在传说中包裹的民间神话,讲述大禹治水时遇淮涡水神无支祁作怪而诸神不能制服,后由大禹使庚辰将其制服后锁于龟山之下。这是大禹神话传说在唐代的流传中所表现的具体形态,所引《古岳渎经》则明显是假托之言,是为了增强表述的真实效果。其他传奇所记的诸神故事应是民间神话的重要内容,它所具有的原始信仰意蕴,已经明显超出了一般的传说。如《灵怪集》中的《郭翰》讲述织女奉帝命来与人间的郭翰相会,后来离别,相互以诗诉说衷情。这是节外生枝的织女传说。织女在传说中的表现尤为超脱,她竟称自己与人相会和牛郎并不相干,即使被牛郎知晓,也没有什么可怕。《姚氏三子》即《御史姚生》,存于《太平广记》卷六五"女仙"类,讲述姚某被罢去御史之后居于蒲州左邑,其子夜读,遇一小猪卧其裘襟,遂赶其走。后来才知道这只小猪是某天神之子,御史之子非常害怕。某天神为了安慰他们,以其女相配。这中间所加的内容有:天上神女嫁与御史之子及甥三人时,有人观察到织女星、婺女星、须女星三星无光。这就使故事的主题得到特殊的处理,可以看作织女传说的又一流传变异形态。《华岳灵姻传》以人间故事为外表,述说了华岳诸神之劣迹。《纂异记》中的《嵩岳嫁女》和《浮梁张令》,所述皆为人神之间的交往,其中有西王母

---

[1] 陈汝衡:《说书史话》第二章《唐代说书》,作家出版社1958年版,第32页。

主持嵩岳神女儿的婚礼,并且集合了周穆王、汉武帝、唐玄宗等人,以及仙官请天曹增寿等内容,既可看作仙话,又可看作西王母神话的世俗性表现。《耳目记》中的《李甲》记述有常山人李甲夜至大明山下,听到大明山神、黄泽神、漳河河伯等在一起议论将有大劫的故事,也具有神话的色彩。更不用说杜光庭的《仙传拾遗》等神仙故事著述,其中也有不少作品,可看作民间神话的嬗变形态。这些民间神话既不同于古典神话,又不同于后世仙话,更不同于一般民间传说故事,但是它们之间有着密切联系。民间神话是原始思维与后世世俗信仰的聚合物,是古典神话世俗性嬗变的特殊形态。

龙神信仰及其传说故事,也是唐代传奇中民间文学的重要内容,它们有许多被后世民间文学所演绎,成为民间传说、民间戏曲的原型性题材。一般人以为,龙为神使。甲骨文中,龙被写作"𠃌"、"⌇"等形状,如蛇,如蜥蜴;也有写作"𧈢"的,如马。在后世民间文化生活中,龙被称为"虯龙""蛟龙""虺龙""螭龙""飞龙""蟠龙"等,这些具有原始信仰意义的图腾物不断增加新的内容,渐变成"鹿角、牛耳、驼首、兔目、蛇颈、蜃腹、鱼、鳞、虎掌、鹰爪"[1]之状。抛开其演变过程,我们可以看到它所集中体现的内容,就是作为神使的文化符号所显示的丰富的象征意义。在唐传奇中,龙的形象与它在民间传说中的形象是吻合的。如《太平广记》卷三一一所引的《萧旷》中,说龙"好睡,大即千年,小不下数百岁。偃仰于洞穴,鳞甲间聚其沙尘。或有鸟衔木实,遗弃其上,乃甲拆生树,至于合抱"。更多的是龙作为神性家族与人间所发生的纠葛,其中具体显示出龙的神性异彩。这里面所包含的意义也更为复杂,既有佛教文化的龙女痕迹,又有道教文化的仙化痕迹,而其融会于民间文化生活,则生成一系列丰富多彩的龙神传说。

在唐代传奇中,龙女是一个尤为生动的艺术典型。如《梁四公记》中记述杰公周游六合,知道海外有六个女儿国等奇事,曾派人至龙洞中与龙女周

---

[1] 见李时珍《本草纲目》所引王符言。

旋,取到两枚硕大的龙珠。《灵应传》中记述龙女九娘子与湫龙交战,得到郑承符帮助,战胜了欲强迫守寡的九娘子嫁给朝那龙的湫龙,九娘子拜郑承符为平难大将军。在《续玄怪录》中,《李靖》篇记李靖曾在霍山游猎,夜宿"朱门大第,墙宇甚峻"人家,餐有鲜鱼,所用"衾被香洁,皆极铺陈",遇"大郎子"报当行雨,始知此处为"龙宫",李靖得到雨器,多洒下天雨,连累龙神及其子遭罚;《苏州客》中的龙夫人,见人就要一口吞下吃掉。《传奇》是唐代传奇的典型之作,"传奇"一词即与此作品集相关。其中的《张无颇》有袁大娘送暖金合、玉龙膏的情节;《崔炜》中记述崔炜在枯井中为龙王白蛇治好唇上的疣,于是白蛇"吐径寸珠"相酬;《周邯》中有金龙潜于八角井守护宝珠,保证地方风调雨顺,若有人贪财攫取宝珠,金龙一怒便会"百里为江湖,万人为鱼鳖";《萧旷》中记述萧旷与织绡娘子的谈话,提到了有无"柳毅灵姻""龙畏铁""雷氏子佩丰城剑,至延平津,跃入水,化为龙""梭化为龙","龙之变化如神"而"求马师皇疗之"、龙"嗜燕血"等传说。集中体现各种龙神传说且对后世影响深远者,是《洞庭灵姻传》即《柳毅传》,存于《太平广记》卷四一九。其中记述柳毅在泾水之滨路遇牧羊女,牧羊女请柳毅为其传书到洞庭龙宫。洞庭龙君得知嫁与泾水龙王次子的女儿为泾水龙王全家虐待,被逼出龙庭而化为牧羊女,十分悲恸;于是,洞庭龙君之弟钱塘龙君将泾水龙王全家杀掉,还在筵席上胁迫柳毅娶龙女为妻,柳毅不从,他得到龙宫大量馈赠后辞归,成为巨富;最后娶一卢氏女子,生一子后始知卢氏即龙女,二人幸福终身。这则传说在唐代就产生了重要影响,如前面举到的《萧旷》中就提到萧旷询问"近日人世或传柳毅灵姻之事,有之乎"。龙族传说与世俗生活相结合,无论怎样变化,我们都可以看到神话思维所产生的审美表现机制及其作用的存在;而这种存在,正是民间文化中普遍性的"集体无意识"表现。

与龙神传说相似的民间传说和民间故事,还有许多神仙和灵怪的内容,大量存在于唐传奇中。如《古镜记》在王度、王绩兄弟二人的故事中串联着诸多与古镜相关的小故事,其中的灵异、妖魔,都表现出民间信仰的特有意蕴。尤其是古镜的传说,据称此镜为黄帝所造的十五只宝镜中的第八只宝镜,正应和了唐帝国为三代之后的第八个王朝,具有谶纬之意;而且宝镜曾以"龙头蛇身"之形存于河汾间,应合唐王朝李氏起家之地;后来古镜在隋炀帝决定迁都扬州时咆哮而去。这些情节包含着作者对政治的理解,而大大小小的民间传说故事,则成为其表现意图的隐喻体。《游仙窟》中,作者自述路经金州积石山,与崔十娘、五嫂相遇,性爱的内容自此展开;并且有歌谣传唱,又有"相知不在枣""不忍即分梨"中的"枣""梨"来借喻"早""离",这正是民间文学中常用的修辞方法,在六朝民歌中即已存在[1]。《补江总白猿传》见于《太平广记》卷四四四,是一篇无名氏之作。它所描述的是人与猿相恋的故事,记述南朝将领欧阳纥之妻被千岁白猿所掠,当欧阳纥救出妻子时,其妻已经怀有白猿之子,出生之后"厥状肖焉"。这篇作品被后世学者以为"假小说以施诬蔑"[2],但其中我们可以看到精怪传说的原型。如张华《博物志》中曾记述"蜀中南高山上,有物如猕猴,长七尺,能人行,健走,名曰猴玃,一名马化,或曰猳玃。伺行道妇人有好者,辄盗之以去,人不得知。……十年之后,形皆类之,意亦迷惑,不复思归"。此后,宋元间的《陈巡检梅岭失妻》与此相似,至今民间还能听到类似传说。记得小时候听到过此类故事,不过其情节发生了变异,变为猴精把人家的新婚妇掠走,生有一子,这个孩子被猴精用石锤砸死,而且猴儿们因中了人为捕获它们所设的计,屁股上留下了红红的一块疤。每当我看见猴子,就想起这则传说,心中禁不住发笑。在《离魂记》中,我们看到张镒女倩娘与王宙相恋的故事,因为倩娘许嫁他人,王宙郁郁而亡,倩娘也与之同去,后来他们竟在阴间生有二子。这则故事在《幽明录》等典籍中已有所记述。陈玄祐在《离魂记》中

---

[1]《游仙窟》中还保存了一些占卜性谚语,如"朝闻鸟鹊语,真成好客来""昨夜眼皮瞤,今朝见好人",等,至今还在民间流传,成为民间文化中的生活常识性内容。

[2] 鲁迅:《中国小说史略》,人民文学出版社1981年版,第71页。

自述道:"玄祐少常闻此说,而多异同,或谓其虚。大历末,遇莱芜县令张仲规,因备述其本末。锓则仲规堂叔,而说极备悉,故记之。"由此可见此传说的记述背景。元代杂剧《倩女离魂》,即以此为题材进行了再创作。沈既济的《任氏传》和《枕中记》是两篇寓意颇为复杂的传奇。《任氏传》记述穷困潦倒的郑六遇到自称秦人的狐女任二十娘,他们结合后,任氏指点郑六卖马,使生活富足。韦崟是郑六的亲戚,也曾接济过郑六,见到任二十娘貌美,便"爱之发狂,乃拥而凌之"。任氏说服了韦崟,两家继续来往;后郑六调他乡为宦,携带任氏同往,至马嵬坡任氏被猎犬追杀。任二十娘是一个美丽、善良、刚强的狐仙,这则故事在后世作品如《聊斋志异》中能见其遗响。《枕中记》即人们熟知的黄粱一梦,其情节类于《幽明录》中的"焦湖庙祝",李公佐在《南柯太守传》中复述了这一故事,所记更为详细。如其中写吴楚游侠淳于棼醉中梦见被二紫衣人扶至"大槐安国",与金枝公主婚配;婚后,淳于棼受命为南柯郡太守,在那里大展抱负;不久,金枝公主去世,淳于棼罢郡还京,在京都受人拥戴,遭到国王猜忌,被送出国。淳于棼梦醒之后追寻梦中所遇,果然发现槐枝间有蚁穴,知道紫衣人等即蚁精。从诸多文献反复描述同一故事来看,这则故事在当时应该流传颇广。汤显祖根据此故事创作了《南柯记》,《聊斋志异》中也曾表现此题材。陈鸿的《长恨歌传》是对白居易《长恨歌》的阐发,见《太平广记》卷四八六。其前一部分内容与《长恨歌》相似,即唐玄宗失国,无限思念死于马嵬驿的杨贵妃;后一部分则写在东海找到杨贵妃,而她"冠金莲,披紫绡,珮红玉,曳风舄,左右侍者七八人",已成为女仙。她忆及"昔天宝十载,侍辇避暑于骊山宫,秋七月,牵牛织女相见之夕","上凭肩而立,因仰天感牛女事,密相誓心,愿世世为夫妇"。这是以传说套传说的记述方式。此传说不仅在唐代广为流传,而且成为后世文学作品不断运用的题材。如元代诸宫调《天宝遗事》、杂剧《唐明皇秋夜梧桐雨》,清代洪昇的《长生殿传奇》,都以此描写新意;更不用说民间传说中杨贵妃渡海东瀛等,至今盛传不衰。《后土夫人传》见于《太平广记》卷二九九,题为《韦安道》,是无名氏之作。故事也是记人神相恋,讲韦安道与后土女神结成夫妇,生活幸福安康,而武后却以其为"妖魅",使人治服不成,最后由韦氏父母出面才使夫妇重返"王城",有四方神灵朝见后土。其中写武则天以大罗天女身份也来朝见,而且遵后土之命,任韦安道为五品官。在这则传说中,后土女神与韦安道本应为三百年夫妇,却因武则天的嫉妒而不成,明显具有谴责之意。《纂异记》中的《蒋琛》和《许生》两篇传奇,是借传说批评时政的代表。《蒋琛》记述了湘江神、屈原、范蠡、伍子胥诸神在霅溪神、太湖神和松江神举行的境会上聚会,各自抒发情怀,唱出了"夜来渡口拥千艘,中载万姓之脂膏"和"载舟覆舟皆我曹"的昂扬诗句,抨击社会黑暗。《许生》则写许生至寿安甘玉泉遇群鬼喊冤叫屈的故事,其中有"罪标青史竟何名""天爵竟为人爵误"之类的愤怒控诉。有学者考证,两篇传奇分别影射唐代政治斗争中的"牛李党争"与"甘露之变"[1]。我以为,这两篇传奇作为文人间流传的民间传说,其传播意义更为重要,应引起我们重视。文人间流传的民间传说常为我们所排斥,这是狭隘的民间文学观念的表现——民间文学可以是不识字的人创造的,更可以是那些识字者而且是身居社会底层的正直、刚强的文人所能创造的。排斥文人创造的民间文学,无疑是一种偏执。《续玄怪录》中的《定婚店》记述了韦固夜遇月下老人,知其妻为卖菜老妪的三岁女孩,就使人害之,结果后来还是娶了这个女孩。这是月老传说的典型,至今仍有流传。《传奇》中的《裴航》记述了著名的"蓝桥遇仙"故事,语句优美,是传奇中的佳品:

> 经蓝桥驿侧近,因渴甚,遂下道求浆而饮。见茅屋三四间,低而复隘。有老妪绩麻苎。航揖之,求浆。妪咄曰:"云英,擎一瓯浆来,郎君要饮。"航讶之,忆樊夫人诗有"云英"之句,深不自会。俄于苇箔之下,出双玉手,

---

[1] 见薛洪绩《传奇小说史》,浙江古籍出版社1998年版,第105—106页。

捧瓷。航接饮之,真玉液也。但觉异香氤郁,透于户外。因还瓯,遽揭箔,睹一女子,露裛琼英,春融雪彩,脸欺腻玉,鬓若浓云,娇而掩面蔽身,虽红兰之隐幽谷,不足比其芳丽也。

《河东记》中保存了许多神奇变幻的民间传说故事,如其中的《板桥三娘子》记述这个会施邪术的三娘子开黑店,用木人木牛耕床前地,能收麦七八升,制成烧饼,让客人食之,将客人化为驴,然后杀掉食其肉,后来遇到道术更高者,反将她变为驴,并使她作为脚力受尽折磨惩罚;《申屠澄》讲述了申屠澄夜宿吐山村,遇虎女,娶以为妻,后来虎女重游故地,得虎皮,化虎而去;《胡媚儿》中的胡媚儿有奇术,能将数十辆车货吸入一小瓶内,其自身也跳入瓶中,人将瓶击碎时,却什么也见不到。《逸史》中的《李林甫》记述李林甫遇仙人对他说,若为相二十年而不嗜杀,三百年后可以成仙,但李林甫为恶多端,后有仙人带他到水族世界,说水下将是其归宿。这是带有诟骂李林甫性质的传说,也是后世政治笑话常使用的传统模式。《续仙传》见于《道藏》,记述了许多唐五代时期的神仙传说诸如《蓝采和》等,流传甚广。其中文人学者传说居多,他们修仙学道,济世救人,行为怪异,是后世流传的"八仙故事"的雏形。如李白、张志和、蓝采和、卖药翁、谭峭、司马承祯、殷七七、马自然等各色人物,性格尤为夸张而鲜明突出。其中一些诗句,如"线作长江扇作天""笑看沧海欲成尘,王母花前别众真。千岁却归天上去,一心珍重世间人"等,使这些传说更多了一些意蕴。其他还有《灯下闲谈》中的《鲤鱼变女》《湘妃神会》《神仙雪冤》等篇,也记述了一些神仙灵怪传说故事。这些与人间烟火若即若离的故事情节,不论是在流传中还是在传奇的保存或运用之中,都从不同方面体现出唐代社会最为真实的内容,具有非凡的意义。

唐代传奇所记述的侠义传说和妇女传说也颇有特色,成为后世同类传说的原型。

侠义传说在唐代的出现不是偶然的,它代表着对正义力量的渴望,同时也体现出社会的黑暗即言路闭塞、邪恶横行等现象存在的普遍性。诸如《虬髯客传》《谢小娥传》《聂隐娘传》和《红线》等篇，侠的形象栩栩如生。《虬髯客传》存于《太平广记》卷一九三，是侠义传说极具典型性的作品，原题为《虬髯客》。故事从隋炀帝下扬州、杨素在京擅权、李靖献救国之策开始记述，讲李靖夜遇红拂妓；不久，二人同去太原，在灵石旅社遇见"赤髯如虬，乘蹇驴而来"者。此即"虬髯客"，他与红拂结为兄妹，还在酒间"取一人头并心肝"，"以匕首切心肝，共食之"，称所食心肝为"天下负心者"，流露出侠客的个性。李靖、红拂、虬髯客三人查访李世民，虬髯客将资产赠李靖。后李世民称帝，虬髯客在海外称王。虬髯客的无私、勇敢、慷慨，构成侠义传说的核心。《谢小娥传》记述谢小娥父亲和丈夫在经商浔阳时为大盗申春、申兰兄弟所杀，弟兄俩幸免沉于江底，逃往他乡。后谢小娥潜访杀父凶手，至浔阳郡发现申氏兄弟就是自己的仇人，寻找机会将二人杀死，之后出家为尼。谢小娥为父婿报仇，不苟且偷生的性格，是侠义传说的又一类典型。《聂隐娘传》中的聂隐娘是大将聂锋之女，年少时被一僧尼夺去，学五年剑术后归，与磨镜人结为夫妇，心遂忍隐，不思仇杀。魏博节度使与人不和，使聂隐娘刺杀该人，聂隐娘感于该人光明正直，转而保护这位被刺者，战胜刺客空空儿。这是弃暗投明、崇高大义的侠义典型。袁郊《甘泽谣》中的《红线》是与前几类侠义传说不同的又一类典型。红线为了保障国家安定，夜盗魏博节度使金盒，迫使其听从朝廷之命，使"两地保其城池，万人全其性命"，其主题已超出了一般侠义传说的复仇情节，而更多了一层伸张正义的内容。

妇女传说在唐代传奇中表现出不同于其他时代的风格，以《莺莺传》《霍小玉传》和《李娃传》三篇为典型，由此可以看到唐代社会妇女生活及妇女地位等情况。这三部传奇在《太平广记》中都归入杂传记类，可见编者所持的态度。元稹的《莺莺传》在后世题为《会真记》，记述游学蒲州的张生遇崔氏于普救寺西厢，并在乱中保护了崔氏及其家人；崔氏设筵席答谢张生，令小女莺莺致谢，而张生与莺莺一见钟情，托红娘以诗相赠。后张生赴长安应试,与莺莺相别后便再不见面。莺莺是一位美丽、聪慧、坚贞的女子,早就预料到张生会"始乱之,终弃之",但她热爱生活,虽面临被抛弃的命运,仍"因命拂琴,鼓《霓裳羽衣序》,不数声,哀音怨乱","左右皆歔欷","投琴,泣下流连,趋归郑所,遂不复至",并无悔恨、轻生之举。这是著名杂剧《西厢记》的前奏、原型。蒋防的《霍小玉传》记述李益进士及第,在长安与霍小玉定情;新婚之夜,霍小玉以为自己出身娼妓,不配李益,而李益发下相守终身的誓言。后李益授官,李益之母为其定卢氏为妻,李益躲避霍小玉,霍小玉因此抑郁而病。李益被挟至霍小玉处,遭霍小玉痛斥;其后李益因心疾又与卢氏分离。霍小玉虽然出身娼优,但她美丽、刚强,对李益的负心严词指斥,表示死后也要复仇,毫无奴颜媚骨。后世文学作品中,《紫钗记》即以此为题材,可见其影响。白行简的《李娃传》原题《一枝花》,记述常州刺史之子郑生赴长安应试,与娼妓李娃相识并同居,资财尽散逸;李娃母女设计将郑生赶出家门,郑生羞愧交加,病卧凶肆,后流落为挽郎。郑生父亲赴京,发现郑生所为,怒将其鞭挞至死;凶肆人救下郑生,郑生沦为乞丐。一下雪日,郑生乞食至李家,李娃悔恨自己的过错,拒绝鸨母弃逐郑生的要求,留下郑生,并决心倾其资使郑生恢复身体健康,生死相依。郑生重修学业,高中科第,授成都府参军,与其父相逢,又迎娶李娃,合家欢喜。这里李娃的思想变化是真实而典型的,显示出女性形象的复杂性和丰富性。重要的是这篇传奇的篇末记述了传说的来源,即作者听其伯祖父所讲。白行简是白居易之弟(见《旧唐书·白行简传》),其作当受雅好民间文学的白居易影响;白居易也确实非常欣赏这篇传奇,每与人游,"无不书名屋壁","又尝于新昌宅(听)说《一枝花》,自寅至巳,犹未毕词也"(元稹《酬翰林白学士代书一百韵》所注)。由此可知,《一枝花》之名当是民间说书艺人根据传奇所改。这篇传奇在创作完成后不久即在社会上广为传播,一方面表现出作家从民间文学中汲取营养的魅力,另一方面则表现出作家文学对民间文学的新的影响。

在唐代传奇中还有一些作品记述了世俗性故事,如《东城老父传》,今存《太平广记》卷四八五,记述玄宗时流行斗鸡,形成恶俗;少年贾昌因善戏弄鸡而成皇家护鸡坊的"五百小儿长",所以当时有歌谣传唱"生儿不用识文字,斗鸡走马胜读书。贾家小儿年十三,富贵荣华代不如。能令金距期胜负,白罗绣衫随软舆。父死长安千里外,差夫治道挽丧车"。这是当时社会政治、文化全面腐败的真实记述,预示着安史之乱的必然来临。腐败祸国的钟声在唐传奇中借用民间传说又一次敲响,而令人遗憾的是唐玄宗之流充耳不闻;当然,只喜歌舞升平,不知与人民共甘苦者,又岂仅唐玄宗一人!唐传奇集中反映了唐代民间文学在文人雅士心目中的面貌,当然,这并不是唐代民间文学的全部内容。

第五节　诗中的神话与传说

唐帝国的诗群如浩瀚的星河,在那一望无际的星光中,神话与传说闪烁着耀眼的异彩。唐代诗人笔下的神话与传说数不胜数,形成唐代民间文学的一种保存与传播形式,这种现象在其他时代是少见的。并且,在各个作家的诗篇中,民间文学表现出不同的意义。我们可以看到这样一种现象,检索《全唐诗》,几乎在每一个诗人的作品中都能找到神话、传说等民间文化的内容,但它们所表现的意义,没有一例是完全相同的。诚如有学者在论及民间节日与唐代精神文明的关系时所述:"唐人对于寥廓无垠、蕴藏着无穷美感的大自然似乎更为酷爱,亲近大自然乃至回归大自然的愿望似乎也更为迫切而强烈。他们对于时光、山水、草木、花鸟虫兽和自身的生命都倍加珍惜,充满感情,他们想方设法,几乎是寻找一切机会谋求欢娱、快乐和自由,他们渴求肉体的解放和精神的超越。一方面,他们向往勇武多力的阳刚之美,他们赞叹奋发好强,鼓励争冠夺魁;另一方面,他们又向往繁艳或宁静的阴柔之美,他们讴歌春光秋色,欣赏红男绿女,酷爱醇酒美食,好像有一股发自内心深处的动力,促使他们借助节日的庆典,把理想变成现实,将瞬间变成永恒。"[1] 若我们把"节日的庆典"换成"神话和传说",同样是这种意义。在白居易的《中和节颂》中,在宋璟的《三月三日为百官谢赐宴表》中,在武元衡的《寒食谢赐新火及春衣表》中,在李商隐的《正月十五夜闻京师有灯恨不得观》和《为安平公谢端午赐物状》中,在王勃的《七夕赋》和《守岁序》中,在骆宾王的《扬州看竞渡序》中,在刘禹锡的《竞渡歌》和《望夫石》中,以及在杜淹的《吟寒食斗鸡应秦王教》、杜甫的《清明》、徐凝的《山鹧鸪词》、罗隐的《寒食日早出城东》、韩愈和孟郊的《斗鸡联句》、柳宗元的《乞巧文》、白居易的《冬至夜怀湘灵》和《除夜寄微之》等诗文中,我们看到唐人不尽的狂欢。尤其在卢仝、李白、李贺、李商隐等人的诗中,神话和传说所表现的意义尤为典型。一则则神话和传说,寄寓着他们对生活的深情,包含着他们对人生、历史、社会风云变幻的独特理解。同时,我们也更清晰地看到,来自民间的一泓泓清泉,如何滋润着大唐帝国灿烂的文明,令诗潮如江河奔腾不息。

卢仝是中唐时代一位诗风险怪的诗人,自号玉川子。《新唐书·艺文志》中载其著有《玉川子诗集》一卷。在《纂异记》的《许生》中,曾出现过他的身影。群鬼吟诗抒愤,"怪鸟鸱枭,相率啾唧;犬狐老狸,次第鸣叫",有一鬼号玉川,即他。文宗大和九年(835),宰相李训与凤翔节度使郑注召集舒元舆、王涯、贾悚等人,密谋以宫中左金吾厅后夜降甘露,诱使宦官观看,伺机杀之。泄密后,李训与郑注、舒元舆等人全部遇害。时卢仝偶与诸客会食王涯馆中,晚留宿未归,同遇害。卢仝年老无发,捕者于其脑后加钉以系之!这次甘露之变中,有上千人株连被杀。卢仝家道贫穷,惟图书满架,曾隐居少室山中,"赖邻僧施米"以度日。朝廷曾两次诏其为谏议大夫,均不应;韩愈为河南令时,对他很尊重。卢仝好茶,今济源九里沟仍有卢仝茶社。其作品有《茶歌》,还有《月蚀》《与马异结交诗》等名篇。尤其是后两首,保存神

---

[1] 程蔷、董乃斌:《唐帝国的精神文明》,中国社会科学出版社1996年版,第67页。

话传说最为丰富。其《月蚀》借元和五年(810)秋所发生的月食来影射当时专权的阉寺宦官,控诉社会黑暗。在唐代民间传说中,月蚀的发生,是由于"虾蟆精"吞食月亮所引起的。《开元天宝遗事》中"击鉴救月"条载:"长安城中,每月蚀时,即士女取鉴,向月击之,满郭如是,盖云救月蚀也。"在于鹄的《古词》中,也有"随人敲铜镜,街头救明月"的诗句。卢仝的《月蚀》就是以此传说为背景,来借以抒怀的。诗中记述道:

> 传闻古老说,
> 蚀月虾蟆精。
> 径圆千里入汝腹,
> 汝此痴骸阿谁生?
> 可从海窟来,
> 便解缘青冥。
> 恐是睚睫间,
> 揞塞所化成?
> 黄帝有二目,
> 帝舜重瞳明。
> 二帝悬四目,
> 四海生光辉。
> 吾不遇二帝,
> 涽溔不可知。
> 何故瞳子上,
> 坐受虫豸欺!
> 长嗟白兔捣灵药,
> 恰似有意防奸非。
> 药成满臼不中度,

委任白兔夫何为？
忆昔尧为天，
十日烧九州。
金砾水银流，
玉爥丹砂焦。
六合烘为窑，
尧心增百忧。
帝见尧心忧，
勃然发怒决洪流。
立拟沃杀九日妖，
天高日走沃不及，
但见万国赤子騢騢生鱼头。
此时九御导九日，
争持节幡麾幢旒。
驾车六九五十四头蛟螭虬，
掣电九火辀。
…………

在诗中，诗人不但述及月亮神话，而且述及黄帝神话、尧舜神话、羲和浴日神话、洪水神话等内容。尤其是洪水神话中"但见万国赤子騢騢生鱼头"，以及"人养虎，被虎啮；天媚蟆，被蟆瞎"等句显然是诗人对阉寺宦官专权、社会现实黑暗的指斥，对人民遭殃、苦难迭生的时世的哀叹。所以，诗人在诗中诅咒虾蟆精"食天之眼养逆命，安得上帝请汝刘"，愤怒地喊道"恨汝时当食，藏头抴脑不肯食；不当食，张唇哆觜食不休"，"臣心有铁一寸，可刿妖蟆痴肠"。在诗人看来，"轮如壮士斧斫坏，桂似雪山风拉摧"，"攞环破璧眼看尽，当天一搭如煤炲。磨踪灭迹须臾间，便似万古不可开"，他认为民间信仰中的灾异祸端,都是专权宦官这群虾蟆精所为。这种将政治寓意与神话传说的描述相糅一体的审美表现方式,是唐代诗歌创作中普遍存在的现象,也是我国诗歌艺术的重要传统,我曾在《〈山海经〉与中国文化》[1]中称之为神话诗歌的审美思维。

在卢仝的《与马异结交诗》中,又一次表现出这种审美思维。马异,《全唐诗》云其河南人,《唐才子传》称其睦州人;其性高疏,词调怪涩。卢仝把他看作自己的同志,写下了这首诗。在这首诗中,卢仝仍是借用神话传说来抒发自己的情怀;与他人所不同的是,卢仝于不经意处,记述了女娲神话与伏羲神话在唐代相融,生成兄妹婚的嬗变形态[2],这是我国神话传说史上的重要材料。唐代记述女娲神话与伏羲神话的文献,以李冗的《独异志》为典型:

> 昔宇宙初开之时,有女娲兄妹二人在昆仑山,而天下未有人民,议以为夫妻,又自羞耻。兄即与其妹上昆仑山,咒曰:"天若遣我二人为夫妻,而烟悉合,若不,使烟散。"于是烟即合,其妹即来就兄,乃结草为扇,以障其面。(今时取妇执扇象其事也)

这就明显改变了传统的两神话相互独立的状况。此外,在《雕玉集》卷十二《壮力篇》和司马贞《补史记三皇本纪》中,也都有女娲神话的记述,但与补天相关的共工之神,被描述成"神农时诸侯",可见神话内容在总体上的改变。《太平广记》卷三九〇存《唐历》,其中有女娲神话地方化的材料,如其记为"潼关口河滩上,有树数株,虽水暴涨,亦不漂没,时人号为女娲墓。唐天宝十三年五月内,因大风,吹失所在。乾元二年六月,虢州刺史王晋光

---

[1] 河南大学出版社2001年版。"中国元典文化丛书"之一种。
[2] 诗句中有"女娲本是伏羲妻",又有"女娲本是伏羲妹"之说,可见这两条神话内容,在唐代都确有流传。

上言:今年一月,河上侧近忽闻风雷,晓见坟踊出,上有双柳树,下巨石,柳各高丈余"。《新唐书·五行志》中记述了与此相同的内容,而多了一条"占曰:冢墓自移,天下破",《唐历》中"时人号为女娲墓"变为"时号风陵堆"。由此可见,卢仝诗所记女娲神话,在当时是广为流传的,所记其他神话亦当如此:

神农画八卦,
凿破天心胸。
女娲本是伏羲妇,
恐天怒,
捣炼五色石,
引日月之针五星之缕把天补!
补了三日不肯归婿家,
走向日中放老鸦。
月里栽桂养虾蟆,
天公发怒化龙蛇!
…………

唐人具有强烈的"补天"情结,即救世、济世的情怀。卢仝是这样,李白、李贺、李商隐也是这样。如李白的《上云乐》记述"女娲戏黄土,团作愚下人,散在六合间,濛濛若沙尘",李贺在《李凭箜篌引》中记述"女娲炼石补天处,石破天惊逗秋雨",李商隐在其《宜都内人》中记述"古有女娲,亦不正是天子,佐伏羲理九州耳",等等。其他如《文苑英华》卷一所载无名氏《炼石补天赋》,《全唐诗》卷五六五所载韩琮《兴平县野中得落星石移置县斋》,都盛赞女娲炼石补天。这种救世、济世的情怀,反映了文人阶层非凡的政治理想,构成了唐代诗歌的主流话语。由此我们可以看到唐帝国时代的文化气象,它曾经令多少人神往;从中我们也可以看到唐代民间文学所起的特殊作用,即其审美表现意义及其形成的艺术效果。

在李白的诗中,我们看到神话传说所表现的另一种效果。这位唐帝国诗歌中最为耀眼的巨星,对神话传说充满了深情,《续仙传》中把他当作诗仙。在很大成分上是与他的诗中充注着浓郁的神话传说情结分不开的。他热爱大自然间的山山水水和一草一木,热爱自由,在诗中一次次述说着自己的非凡理想与宏伟抱负,神话和传说成为他尤为钟情的艺术审美世界。检索其诗篇,可以看到出现频率较多的,是日与月。日月神话和传说,成为他诗中最为突出的内容。如其《日出入行》:

日出东方隈,
似从地底来。
历天又复入西海,
六龙所舍安在哉!
其始与终古不息,
人非元气,
安得与之久徘徊?
草不谢荣于春风,
木不怨落于秋天。
谁挥鞭策驱四运,
万物兴歇皆自然!
羲和,羲和,
汝奚汩没于荒淫之波?
鲁阳何德,
驻景挥戈;
逆道违天,

矫诬实多。

吾将囊括大块,

浩然与溟涬同科。

又如其《古朗月行》：

小时不识月,

呼作白玉盘。

又疑瑶台镜,

飞在青云端。

仙人垂两足,

桂树何团团。

白兔捣药成,

问言与谁餐？

蟾蜍蚀圆影,

大明夜已残。

羿昔落九乌,

天人清且安。

阴精此沦惑,

去去不足观。

忧来其如何？

凄怆摧心肝。

其他咏日月者还有《峨嵋山月歌》《月下独酌》《梦游天姥吟留别》和《杂诗》等,歌吟日月之神,成为寄托诗人人生理想的重要审美媒介。

在李白的诗中,神话与传说是以意象的意义得到保存和记述的,诸如大鹏、天马、昆仑、蓬莱、潇湘女神、精卫、扶桑、猰貐、西王母、凤凰、共工、女娲、大禹和屈原、乐毅等,在诗中形成了特殊的氛围。如其《崇明寺佛顶尊胜陀罗尼幢颂》集中了众多的神话传说:

　　共工不触山,
　　娲皇不补天,
　　其鸿波汩汩流,
　　伯禹不治水,
　　万人其鱼乎?

又如其《天马歌》:

　　天马来出月支窟,
　　背为虎文龙翼骨。
　　嘶青云,
　　振绿发,
　　兰筋权奇走灭没。
　　腾昆仑,
　　历西极,
　　四足无一蹶。
　　鸡鸣刷燕晡秣越,
　　神行电迈蹑恍惚。

其《远别离》中记述道:

　　远别离,

古有皇英之二女,
乃在洞庭之南,
潇湘之浦。
海水直下万里深,
谁人不言此离苦?
日惨惨兮云冥冥,
猩猩啼烟兮鬼啸雨,
我纵言之将何补!
皇穹窃恐不照余之忠诚,
雷凭凭兮欲吼怒,
尧舜当之亦禅禹。
君失臣兮龙为鱼,
权归臣兮鼠变虎。
或云:尧幽囚、舜野死,
九疑联绵皆相似,
重瞳孤坟竟何是。

其《登高丘而望远海》中记述道:

登高丘,
望远海。
六鳌骨已霜,
三山流安在?
扶桑半摧折,
白日沉光彩。
银台金阙如梦中,

秦皇汉武空相待。

精卫费木石，

鼋鼍无所凭。

君不见骊山茂陵尽灰灭，

牧羊之子来攀登。

盗贼劫宝玉，

精灵竟何能。

穷兵黩武今如此，

鼎湖飞龙安可乘！

其他如《古风》四十三记述：

周穆八荒意，

汉皇万乘尊。

淫乐心不极，

雄豪安足论。

西海宴王母，

北宫邀上元。

瑶水闻遗歌，

玉杯竟空言。

灵迹成蔓草，

徒悲千载魂。

龚自珍在《最录李白集》中说："儒、仙、侠实三，不可以合。合之以为气，又自白始也。"葛立方在《韵语阳秋》卷十一中也这样说：其《古风》两卷"近七十篇，身欲为神仙者，殆十三四。或欲把芙蓉而蹑太清，或欲挟两龙而凌倒景;或欲留玉舃而上蓬山,或欲折若木而游八极;或欲结交王子晋,或欲高揖卫叔卿,或欲借白鹿于赤松子,或欲飡金光于安期生。岂非因贺季真有谪仙之目而固为是以信其说邪!"李白的思想博大精深,神话与传说作为审美表现内容,只是其中的一部分。在其具体运用神话和传说时,我们更多地看到了他不愿被作为统治者的宠臣倡优趋炎附势,而是怀抱经世治国之才,却苦于报国无门的矛盾心理。他曾经高歌"五岳寻仙不辞远""黄河落天走东海,万里写入胸怀间""长风破浪会有时,直挂云帆济沧海",也曾经哀叹"古来共叹息,流泪空沾裳",表白自己愿意"投躯寄天下,长啸寻豪英",而不愿摧眉折腰事权贵。只有在神话和传说中,他才能找到真正的同志和战友,所以,他特别钟情以神话和传说为重要内容的理想世界。如其在《大鹏赋》中所述,"吐峥嵘之高论,开浩荡之奇言,征至怪于齐谐""烜赫乎宇宙,凭陵乎昆仑""怒无所搏,雄无所争,固可想象其势,仿佛其形"。民间文学为李白的诗歌创作注入了旺盛的生机与活力,也因此而使整个唐帝国的诗歌美学倾向表现出奇异的景观。在李白的诗歌创作中,我们又一次看到来自民间的神奇力量。

　　李贺与李商隐是两位有着很强忧患意识的诗人,他们的诗作中对民间文学的运用,与李白表现出不同的风度。如李贺,《新唐书·艺文志》中提到他"每旦日出,骑弱马,从小奚奴,背古锦囊,遇所得,书投囊中",这里虽然是指"为诗",但也应该包含着民间采风即对民俗生活的观察这种自觉或不自觉的文化行为。李贺生命短促,仅有不足三十年的生命历程,但他却留下了许多动人的篇章。在他的笔下,直面人生的忧愤意识尤其强烈。如宋琬在《昌谷注叙》中所说,其所忧,"家国也,和亲之非也,求仙之妄也。藩镇之专权也,阉宦之典兵也,朋党之衅成而戎寇之祸结也"。他的心中燃烧着对正义的呼唤,对光明的向往,对自由的渴望,神话和传说成为这种愿望的传神的载体。如其《天上谣》:

天河夜转漂回星，
银浦流云学水声。
玉官桂树花未落，
仙妾采香垂珮缨。
秦妃卷帘北窗晓，
窗前植桐青凤小。
王子吹笙鹅管长，
呼龙耕烟种瑶草。
粉霞红绶藕丝裙，
青洲步拾兰苕春。
东指羲和能走马，
海尘新生石山下。

再如其《李凭箜篌引》：

吴丝蜀桐张高秋，
空山凝云颓不流。
江娥啼竹素女愁，
李凭中国弹箜篌。
昆山玉碎凤凰叫，
芙蓉泣露香兰笑。
十二门前融冷光，
二十三丝动紫皇。
女娲炼石补天处，
石破天惊逗秋雨。
梦入神山教神妪，

老鱼跳波瘦蛟舞。
吴质不眠倚桂树,
露脚斜飞湿寒兔。

其他还有《致酒行》中的"我有迷魂招不得,雄鸡一声天下白",《南园》中的"男儿何不带吴钩",《老夫采玉歌》中的"杜鹃口血老夫泪"等句,将神话传说融入诗歌的意象之中。李贺还有《神弦》《神弦曲》《神弦别曲》这类祀神诗,更是大量运用神话和传说,形成别具一格的审美效果。如《神弦》中的"女巫浇酒云满空""海神山鬼来座中"等句,直接把人带入民间文化的神秘氛围之中。李商隐的诗立意不凡,诗风沉博绝丽,深情绵邈,被人称为"虚负凌云万丈才,一生襟抱未曾开"(崔珏《哭李商隐》)。他身处牛李党争之中,壮志难酬,在爱情生活上多有失意,深感孤独、冷寂,在他的诗中,对神话传说中的月中嫦娥倾注了更多的笔墨。如其《嫦娥》:

云母屏风烛影深,
长河渐落晓星沉。
嫦娥应悔偷灵药,
碧海青天夜夜心。

其《寄远》中记述道:

姮娥捣药无时已,
玉女投壶未肯休。
何日桑田俱变了,
不教伊水向东流。

其《霜月》中记述道：

初闻征雁已无蝉，
百尺楼南水接天。
青女素娥俱耐冷，
月中霜里斗婵娟。

神话中的嫦娥是与后羿联系在一起的，传说她偷吃了王母仙药而独居月宫，是人生清冷、寂寞的典型。李商隐用浓重的笔墨泼洒在这位女神身上，融入了他对社会、人生深切的感受和理解。另外还有他在《河内诗》中的"嫦娥衣薄不禁寒，蟾蜍夜艳秋河月"。在《月夕》中的"兔寒蟾冷桂花白，此夜姮娥应断肠"，在《房君珊瑚散》中的"不见姮娥影，清秋守月轮。月中闲杵臼，桂子捣成尘"等诗句，都体现出这种内容。嫦娥神话传说的详细记述，最早出现在《淮南子·览冥训》中："羿请不死之药于西王母，姮娥窃以奔月。怅然有丧，无以续之。"高诱注道："姮娥，羿妻。羿请不死之药于西王母，未及服之，姮娥盗食之，得仙，奔入月中，为月精。"姮娥即嫦娥，汉之前作"恒娥"，因避汉文帝刘恒之讳，称"恒"为"常"，后人又写成"嫦"以示为女性。我认为，嫦娥之名，应是常羲和羲和两神名的聚合。《山海经·大荒西经》中有"有女子方浴月。帝俊妻常羲，生月十有二，此始浴之"的记载，郭璞在注《山海经·大荒南经》时引《归藏·启筮》称"有夫羲和，是主日月，职出入，以为晦明"。可见两则神话在流传中有相合的可能，二者都具有月神的色彩。唐代关于月亮神话传说的记述，在文献中颇为丰富，这固然和道教文化的影响有关，更重要的是民间传说的蕴藏丰富。如《酉阳杂俎》"天咫"条中曾记述"月中有桂、蟾蜍"[1]，其"壶史"条记述"月规半天，琼楼

---

[1] 《酉阳杂俎》"天咫"中还记述"月桂高五百丈，下有一人常斫之，树创随合""月乃七宝合成"等内容。

金阙满焉"。《太平广记》卷二二引《罗公远》中，曾记述罗公远引唐玄宗赴月宫中见"仙女数百，皆素练宽衣，舞于广庭"。封演在《封氏见闻录》卷七《月桂子》中，曾记述"垂拱四年三月，月桂子降于台州临海县界，十余日乃止"。卢仝、李白、韩愈等人在其诗中也记述了不少有关月亮的传说。李冗《独异志》中对唐代流传的嫦娥神话传说的记述更为详细："羿烧仙药，药成，其妻姮娥窃而食之，遂奔入月中。"此外还有周铖的《羿射九日赋》、蒋防的《姮娥奔月赋》、赵蕃的《月中桂树赋》等作品，也都记到唐代流传的嫦娥神话传说。由此可见，李商隐对嫦娥神话传说的记述，有着深厚的民间文学背景。除此之外，李商隐还写了另外一些记述神话传说的诗文，如《马嵬》中的"当时七夕笑牵牛"、《七夕》中的"星桥横过鹊飞回"、《壬申闰秋题赠乌鹊》中的"两度填河莫告劳"、《咏史》中的"终古苍梧哭翠华"、《无题》中的"蓬山此去无多路，青鸟殷勤为探看"、《海客》中的"只应不惮牵牛妒，聊用支机石赠君"等。他还撰写了许多报赛时祭祀神灵的"赛文"，保存在《文苑英华》中，可以看到他对当时流传的丰富的神话传说颇为熟悉，诸如舜、越王神、白石神、海阳神、古榄神、兰麻神、山神、城隍神、水神等。在每一个被祀的神灵背后，都存在着一个以民间传说为核心内容的阐释系统作为赛神的根据；李商隐自觉或不自觉地使用民间文学作为文学创作的题材，也就是很正常的了。不独卢仝、李白、李贺、李商隐是这样，韩愈、刘禹锡、白居易、杜甫、柳宗元、皮日休、陆龟蒙、张说、王勃、陈子昂、独孤及、令狐楚等人，都亲手写过与神庙祭祀相关的诗歌、赋、颂、赞、传等文体，如韩愈的《衢州徐偃王庙碑》《南海神庙碑》《祭鳄鱼文》《送穷文》《讼风伯》，柳宗元的《湘源二妃碑》，令狐楚的《白杨神新庙碑》，王延昌的《河渎神灵源公祠庙碑》，以及李隆基、张说的《后土神祠碑》等，都从不同方面记述了与神话传说有关的内容。他们不仅在诗歌中记述、运用神话和传说，而且直接面对民俗生活，参与民间文艺活动，这既使他们的文学创作增添了不尽的生机与魅力，而且在文献中具体体现了他们的民间文学观。我们研究民间文学发展史，不但要看到神话、传说、故事和歌谣、谚语的原始形态的记述,而且要看到间接运用于诗歌等作品中的转述。

第六节 诗妖:民间歌谣与谚语

在《旧唐书·五行志》和《新唐书·五行志》中,都有"诗妖"一目。这是对民间歌谣文化个性的形象的概括和总结。总观唐代民间歌谣和谚语的保存,可以看到有这样几种情况:一是笔记小说和敦煌写本之类文献中的系统性保存;一是《旧唐书》《新唐书》《旧五代史》《新五代史》《资治通鉴》《朝野佥载》(包括其"逸文")《唐国史补》《大唐新语》《唐摭言》《杜阳杂编》,以及《续神仙传》《法苑珠林》等史传类文献中的散存;一是《韩昌黎集》《柳柳州集》《白香山集》和《全唐诗》《全唐文》等文学作品集中的保存,其中刘禹锡的《竹枝词》《杨柳枝》等诗作,具有更特殊的意义。

在笔记小说诸如《酉阳杂俎》等文献中民间歌谣的保存,前已作过介绍;敦煌写本中的民间歌谣,也已经作过描述。这里述及的唐代民间歌谣和谚语,主要保存在史传文献和文学作品集两类之中。史传文献中所保存的民间歌谣和谚语,体现出唐代社会现实生活的丰富多彩,诸如时局的昌盛与动荡,吏治的廉洁与腐败,战争、农耕、农民起义,人民的欢乐、忧愁及其对生活的憧憬与思索。中下层文人的精神生活及妓女、行旅、市井等方面的内容,都在歌谣和谚语中得到具体表现。

唐代执政者在政治建设上曾经吸取历史上成败的经验教训,注意与民休养生息、发展生产、稳定社会,曾出现贞观之治那样的盛世。一些有作为的官吏,因政绩突出而受到人民的尊重,在民谣中得到反映。如《旧唐书·食货志》载:

永徽元年,薛大鼎为沧州刺史,界内有无棣河,隋末填废。大鼎奏开

之,引鱼盐于海。百姓歌之曰:

新河得通舟楫利,

直达沧海鱼盐至。

昔日徒行今骋驷,

美哉薛公德滂被!

《新唐书·薛大鼎传》《大唐新语》等典籍,也记述了这首歌谣。《旧唐书·颜籀传》同样论述了此类内容:

叔父游秦,武德初累迁廉州刺史,封临沂县南。时刘黑闼初平,人多以强暴寡礼,风俗未安,游秦抚恤境内,敬让大行。邑里歌曰:

廉州颜有道,

性行同庄老。

爱人如赤子,

不杀非时草。

高祖玺书劳勉之。

《旧唐书·田仁会传》载:

(田仁会)授平州刺史,劝学务农,称为善政。转郢州刺史,属时旱,仁会自曝祈祷,竟获甘泽。其年大熟,百姓歌曰:

父母育我田使君,

精诚为人上天闻。

田中致雨山出云,

仓廪既实礼义申。

此类歌谣还有《新唐书·崔仁师传》中所记的"杀人刖足,亦皆有礼",记述崔仁师在审讯犯人时"去囚械,为具食,饮汤沈,以情讯之",废去了严刑逼供,"诸囚咸叩头曰:崔公仁恕,必无枉者"。《旧唐书·李岘传》中称李岘"少有吏干,政术知名",天宝十三年"连雨六十余日",宰臣杨国忠恨李岘不附庸于他,把这种灾异归于时任京兆府尹的李岘,排挤他出京城。"时京师米麦踊贵",民间百姓即传唱"欲得米粟贱,无过追李岘",表示对李岘的敬仰。这说明,人民大众从来不是与政府无条件地对立的,对于为人民做过一点点好事或有所宽容的人,百姓就感激不尽,赞不绝口。但历史上的好官毕竟寥寥,千百年来,千百万生活在社会底层的人民大众,他们所受的压迫何等惨重。历史是无情的,口传的历史更是无情的,不论达官贵人地位多么显赫,在民间文学中都有公断。那些卑鄙无耻者、飞扬跋扈者、颐指气使者、鱼肉人民草菅人命者,无论他们多么狠毒、残忍,都会被牢牢地钉在历史的耻辱柱上,遗臭万年。在史传文献中,我们不但可以看到卑鄙者罪恶的行径,而且可以看到人民对历史的评说。如《旧唐书·江王元祥传》所载,元祥是高祖第二十子,曾封江王,后历金、鄜、郑三州刺史,其"性贪鄙,多聚金宝,营求无厌,为人吏所患","时滕王元婴、蒋王恽、虢王凤亦称贪暴,有授得其府官者,以比岭南恶处",所以歌谣中称"宁向儋、崖、振、白,不事江、滕、蒋、虢"。《旧唐书·柳亨传》记述姚元之、宋璟知政事,"奏请停中宗朝斜封官数千员",而太平公主"特为之言","有敕总令复旧职",人称"太平公主令胡僧慧范曲引此辈,将有误于陛下",歌谣就传唱道"姚、宋为相,邪不如正;太平用事,正不如邪"。《旧唐书·杜景俭传》中载天授年间,杜景俭与徐有功、来俊臣、侯思止"专理制狱",人们在歌谣中唱道:"遇徐、杜者必生,遇来、侯者必死"。《旧唐书·武懿宗传》记述河内郡王武懿宗滥杀无辜,"生刳取其胆,后行刑,流血盈前,言笑自若",当时有何阿小在冀州"多屠害士女","时人号懿宗与阿小为两何",于是,歌谣中传唱"唯此两何,杀人最多"。《新唐书·杨虞卿传》揭露官吏选拔制度的严重腐败,指斥那些权奸的无耻：

> 李宗闵、牛僧孺辅政，引（杨虞卿）为右司郎中、弘文馆学士，再迁给事中。虞卿佞柔，善谐丽权幸，倚为奸利。岁举选者，皆走门下，署第注员，无不得所欲，升沉在牙颊间。当时有苏景胤、张元夫，而虞卿兄弟汝士、汉公为人所奔向，故语曰：
> 欲趋举场，
> 问苏、张，
> 苏张犹可，
> 三杨杀我。

在《牛羊日历》中，记述了太牢牛僧孺、少牢杨虞卿等"驱驾轻薄，又恶裴度之功，曾进《曹马传》以谋陷害"，"虞卿又结李宗闵之门人，尽驱之牛门，此外有不附者，潜被疮痏，遭之者谓之阴毒伤寒"，所以歌谣中唱道"太牢笔，少牢口，东西南北何处走"，揭露了杨虞卿、牛僧孺这些奸佞祸国殃民的罪恶本质，可见唐代社会走向衰微时的黑暗与腐败。民间歌谣对这些权奸的诅咒与控诉，与前所举对那些良吏的赞扬，形成鲜明对比。

《朝野佥载》记述泽州都督王熊之流的荒唐行径更为典型：

> 王熊为泽州都督，府法曹断掠粮贼，惟各决杖一百，通判。熊曰："总掠几人？"法曹曰："掠七人。"熊曰："掠七人合决七百。"法曹曲断，府司科罪，时人哂之。前尹正义为都督公平，后熊来替，百姓歌曰：
> 前得尹佛子，
> 后得王癞獭。
> 判事驴咬瓜，
> 唤人牛嚼沫。

见钱满面喜,

无镪从头喝。

尝逢饿夜叉,

百姓不可活。

《朝野佥载》所记吏部侍郎事,更令人啼笑皆非——这是唐代社会文化腐败的一个典型:

唐姜晦为吏部侍郎,眼不识字,手不解书,滥掌铨衡,曾无分别,选人歌曰:

今年选数恰相当,

都由座主无文章。

案后一腔冻猪肉,

所以名为姜侍郎。

唐代法制腐败、文化腐败如此,其军事腐败、道德腐败、政治腐败更是有过之而无不及。在《朝野佥载·逸文》(录自《太平广记》)中,记述了唐代社会全面腐败的具体表现。如,唐中书令李敬玄为元帅,讨伐吐蕃时,"闻刘尚书没蕃,着靴不得,狼狈而走",其他将领王杲、曹怀舜也"惊退","遗却麦饭,首尾千里,地上尺余",歌谣中唱道:"洮河李阿婆,鄯州王伯母。见贼不敢斗,总由曹新妇。"长安人邹骆驼,原是贫民,"尝以小车推蒸饼卖之",一个偶然的机会得金数斗而成巨富,其子邹昉与驸马萧佺结交成友;民间歌谣对此事唱道:"萧佺驸马子,邹昉骆驼儿。非关道德合,只为钱相知。"吏部侍郎崔湜"赃污狼藉",与同僚狼狈为奸,败坏无度,歌谣称他们"岑羲獠子后,崔湜令公孙,三人相比接,莫贺咄最浑"。最使民间百姓叫苦连天的是沧州刺史姜师度,他"造枪车运粮,开河筑堰,州县鼎沸",还"于鲁城界内种稻,置屯穗,蟹食尽,又差夫打蟹",民间百姓用歌谣唱道:"鲁地一种稻,一概被水沫。年年索蟹夫,百姓不可活。"其他如《唐国史补》卷下所记"遗补相惜,御史相憎,郎官相轻"对官场中相互倾轧的揭露,《大唐新语》卷十三所记"活剥王昌龄,生吞郭正一"对"枣强尉张怀庆好偷名士文章"的讽刺,《唐摭言》卷一中对"三十老明经,五十少进士"之类"老死于文场"者的嘲讽,以及其"卷七"中"未见王窦,徒劳漫走"对考试制度的批判等等,都从不同角度记录了唐帝国的腐败,可见歌谣与国家民族的命运息息相关。社会的全面腐败带给人民大众的是不尽的痛苦,其结果是李唐王朝的动荡与衰弱,唐之后又出现了五代十国的分裂割据。统治者视这类揭露黑暗政治、反映民生疾苦的民间歌谣为不祥的"诗妖",不敢正视现实,终于被时代的浪潮所吞没。

值得注意的是,在史传文献中还保存有记述农民起义与各种灾异之类的歌谣。这些歌谣被蒙上神秘的面纱,即被赋予了谶纬的意义。如关于黄巢起义,在《旧唐书·黄巢传》中,虽然史传作者也承认当时"仍岁凶荒,人饥为盗",但却以"先有谣言"(即"金色虾蟆争努眼,翻却曹州天下反")来说明此乃天意;当起义失败,黄巢逃入泰山,至狼虎谷为其部将林言所杀时,《新唐书·五行志》以"中和初童谣""黄巢走,泰山东,死在翁家翁"来说明其亦在天意。同时,《新唐书·黄巢传》还记述了"军中歌谣"所谓"逢儒则肉,师必覆",来验证"巢人闽,俘民给称儒者,皆释"。在史传作者看来,黄巢起义是社会的动荡,安禄山谋反也是社会的动荡,甚至唐中宗的安乐公主因其母韦后一并被杀,都是天意所示的灾异。《新唐书·五行志》以"禄山未反时"的童谣"燕燕飞上天,天上女儿铺白毡,毡上有千钱",来解释安禄山建国号为"燕"的缘由;安乐公主被杀,《新唐书·五行志》同样用安乐公主"于洛州造安乐寺"时的童谣"可怜安乐寺,了了树头悬",来解释其被杀原因;甚至"永淳九(元)年七月东都大雨,人多殍殡",在《新唐书·五行志》中也是有先兆的,即此前的童谣中所唱"新禾不入箱,新麦不入场,迨及八九月,狗吠空垣墙"。总之,一切动荡的根源都是天意昭示,这些形形色色的"诗妖"决定了社会必然发生动荡而又必然被平息。这些具体解释都是次要的,重要的是这类歌谣因此而构成了一系列神秘的传说,让我们看到唐代民间文学的另一番景观。诸如《古今风谣》中所存的"唐永徽末里谣""唐天宝中玄都观诗妖""梁志公谣谶"和"唐德宗时诗妖"等歌谣,其意义的解释与之相同。其他还有《旧唐书·马周传》中的"贫不学俭,富不学奢"之类的谚语,《旧唐书·郝处俊传》中的"贵如许、郝,富若田、彭",以及《旧唐书·薛仁贵传》中的"将军三箭定天山,壮士长歌入汉关"等,这些歌谣和谚语都从不同方面展示出唐代民间文学的内容与特色。

  文学作品集如《全唐诗》《全唐文》中,因为编者对民间文学存在一定的成见,所收民间作品远不及《朝野佥载》《唐摭言》和《唐国史补》等文献丰富。在《李太白集》《元次山集》《韩昌黎集》《柳柳州集》《刘宾客(禹锡)集》《白香山集》等作品集中,不同程度地保存了一些民间歌谣。如《李太白集》卷二十六《与韩荆州书》中载"白闻天下谈士相聚而言曰:生不用封万户侯,但愿一识韩荆州",同卷《上安州裴长史书》记宾客为裴长史歌:"宾客何喧喧,日夜裴公门。愿得裴公之一言,不须驱马埒华轩。"(《太平广记》卷二〇四存袁郊《甘泽谣》之"许云封"篇,记李白曾以歌谣制谜,言"树下彼何人,不语真吾好;语若及日中,烟霏谢成宝",谜底为"李谟外孙许云封",成为传说中的佳话。)《元次山集》中,元结虽然有"直率近拙,古朴嫌枯,奇字涩句偏多",但他关心民生疾苦,曾"为民营舍给田,免徭役,流亡归者万余","身谕蛮豪,绥定八州","民乐其教,至立石颂德"(《新唐书·元结传》)。他在诗文中也运用了不少民间歌谣。如其《左黄州表》中所记"我欲逃乡里,我欲去坟墓;左公今既来,谁忍弃之去。吾乡有鬼巫,惑人人不知;天子正尊信,左公能杀之",此《黄州左公歌》正是对时代的真实记述。《韩昌黎集》中,韩愈曾经为汴州刺史董晋的善政使"三军缘道欢声,庶人壮者呼,老者泣,妇人啼"而赞叹,汴州人怀念董晋,所唱歌谣被录入《董公行状》:"浊流洋洋,有辟其郛。阗道欢呼,公来之初。今公之归,公在丧车。公既来止,东人以忘;今公没矣,人谁与安?"柳宗元是一位政治家、思想家出身的文学家,他积极推进改革。因为受到豪强贵族的阻挠,改革失败,他也被"贬邵州刺史""贬永州司马"而"自放山泽间"。在被贬期间,他自然接触到民间文学。其《柳柳州集》中的《道州毁鼻亭神记》《连山郡复乳穴记》所记"州民既谕,相与歌曰""邦人悦是祥也,杂然谣曰",就是在其他文献中少见的民间歌谣,但从中可以看到这些歌谣明显具有文人整理的痕迹。如《道州毁鼻亭神记》中的"州民既谕,相与歌曰:我有耇老,公燠其肌。我有病癙,公起其羸。髦童之嚚,公实智之。㷀孤孔艰,公实遂之。孰尊恶德,远矣自古。孰羡淫昏,俾我斯瞽。千岁之冥,公辟其户。我子泊孙,延世有慕"。它失去了民间语言那种鲜活的生动性。白居易和元稹是新乐府运动的文学领袖,他们强调"饥者歌其食,劳者歌其事",其作品"感于哀乐,缘事而发",具有"补察时政""泄导人情"的重要功能。他们自觉地在诗歌中化用民间歌谣,如元稹《田家词》中的"牛吒吒,田确确,旱块敲牛蹄趵趵",《连昌宫词》中的"小年进食曾因入""杨氏诸姨车斗风"等诗句,具有显著的民歌特点。其《元微之集·代谕淮西书》中,更为直接地引入"天不可违""时不可失"两则谚语(其《莺莺传》前已述)。白居易是一位正直的学者型诗人,但他并不追求在诗文中显示才学,而是追求民间歌谣的通俗性和生动传神的典型性。其《长庆集》七十五卷,"诗笔大小凡三千八百四十首",有不少作品具有民间歌谣的语言特点。如其《卖炭翁》《杜陵叟》《西凉伎》《采地黄者》《新丰折臂翁》等诗,有许多语句很明显是采自民间;更不用说其《长恨歌》在采录民间传说入诗的同时又制新词,其中的"在天愿作比翼鸟,在地愿为连理枝"至今还被民歌用作表达真挚爱情的感人名句。其《赋得古原草送别》中的"离离原上草,一岁一枯荣;野火烧不尽,春风吹又生。远芳侵古道,晴翠接荒城。又送王孙去,萋萋满别情"等名句,则早已融入民间歌谣中被其化用。有学者不懂民歌的语言特点,妄自指责白居易诗有重复现象。至刘禹锡,学习和采录民间歌谣,尤其是对民间流传的竹枝词的改造,就更为突出了。

刘禹锡学习唐代民歌,大胆采用民间竹枝词的形式,为诗坛注入旺盛的生机。这是一种偶然,也是一种必然。如《新唐书·刘禹锡传》中所载:

宪宗立,叔文等败。禹锡贬连州刺史,未至,斥朗州司马。州接夜郎诸夷,风俗陋甚,家喜巫鬼,每祠,歌《竹枝》。鼓吹徘徊,其声伧伫。禹锡谓屈原居沅、湘间作《九歌》,使楚人以迎送神,乃倚其声,作《竹枝词》十余篇。

于是,武陵夷俚悉歌之。

假若刘禹锡不受贬,或不被贬至朗州,那么,历史很可能就出现另一种状况。朗州虽偏,因刘禹锡而闻名,竹枝词首先会传播至益州,再远播他乡,在诗歌创作上明显表现出民间化倾向。诚如刘禹锡在《竹枝词九首序》中所言:

余来建平,里中儿联歌竹枝,吹短笛击鼓以赴节。歌者扬袂睢舞,以曲多为贤。聆其音,中黄钟之羽,卒章激讦如吴声,虽伧伫不可分,而含思宛转,有淇澳之艳音……故余亦作竹枝九篇,俾善歌者飏之。

他长期居于偏僻闭塞的少数民族乡村中,这样的环境自然为他采集民间歌谣提供了极大的方便。如人所说,其"谪居朗州,而五溪习俗尽得之矣"(黄彻《碧溪诗话》卷七语)。他自己在《蛮子歌》中所述"蛮语钩輈音,蛮衣斑斓布。熏狸掘沙鼠,时节祠盘瓠",也正是这种情景的写照。其《竹枝词》"序"中还说:"昔屈原居沅湘间,其民迎神。词多鄙陋,乃为作《九歌》,到于今荆楚鼓舞之。"《旧唐书·刘禹锡传》也记述了类似的内容:"禹锡在朗州十年,唯以文章吟咏,陶冶情性。蛮俗好巫,每淫祠鼓舞,必歌俚辞。禹锡或从事于其间,乃依骚人之作为新辞,以教巫祝。"所以,我们可以看到他的诗句,诸如《浪淘沙》中所出现的"令人忽忆潇湘渚,回唱迎神三两声"。那么,熟悉"竹枝词"、收集"竹枝词"、运用或改编"竹枝词",对于刘禹锡来说,这是很正常的事情,我们也就难怪在其《竹枝词》中看到那么多原汁原味的民歌了。有人考察"竹枝词"是唐代巴蜀地区最流行的一种民歌[1],于鹄诗中有"巴女骑牛唱竹枝,藕丝菱叶傍江时",白居易诗中有"山歌听竹枝",李益诗中有"山歌闻竹枝",刘禹锡诗中也有"楚水巴山江雨多,巴人能唱本乡歌",可见"竹枝词"对当时诗坛的广泛影响。那么,"竹枝词"是否就是《竹枝词九首》中"七言四句"的固定格式呢?我们听惯了"杨柳青青江水平,闻郎江上踏歌声。东边日头西边雨,道是无晴却有晴",其实,它还有更多的种类。如刘禹锡诗中曾提及"今朝北客思归去,回入《纥那》披绿罗";杨慎在《词品》卷一中说,刘禹锡诗中所提《纥那》与李郢诗中所提"知人笙歌《阿那朋》"中的《阿那朋》"皆当时曲名"。我觉得,《纥那》《阿那朋》以及"杨柳枝",都可能是"竹枝词"的不同形式。另外,在《五灯会元》卷一九中所引"绵州巴歌",即"豆子山,打瓦鼓。杨平山,撒白雨。白雨下,取龙女。织得绢,二丈五。一半属罗江,一半属玄武",也应是"竹枝词"的一种形式。所谓竹枝词,其实就是一种即兴演唱的民歌,它可能出自巴蜀一带,也可能传至长江下游或更广大的地区。这不仅是刘禹锡对它的采录和运用所形成的效果,而且是与巴蜀一带在唐代社会经济发展中的特殊位置联系在一起的,这就是当时人所称的"扬一益二"的文化辐射。当时的益州是巴蜀经济的一个典型,与当时的扬州一样,在全国城市经济和文化发展中都是繁荣昌盛的南方重镇;经济发达地区的文化,自然会对其他地区产生强烈的辐射[2]。在《文化的变异》中,C. 恩伯和 M. 恩伯说:"西方社会的扩张所带来的最重要的变迁之一就是世界各地对商业交换依赖的增强。一个社会所借取

---

[1] 王昆吾:《隋唐五代燕乐杂言歌辞研究》,中华书局1996年版,第321页。
[2] 参见拙作《唐代扬州民俗文化初论》,《民俗研究》2000年4期。

来的买卖习俗最初可能是对该社会货物分配方法的补充。但是，一旦新的商业化习俗站稳了脚跟，接受习俗的社会的经济基础就改变了。这种变化必然伴随着社会、政治、甚至心理等广阔领域的其他变迁。"[1]当然，他们是在谈论当代世界文化的变迁问题；而如果我们把"西方社会"换成"扬一益二"，照样是可以说得通的。也就是说，竹枝词在唐代社会文化发展中既是民俗文化，又是时尚文化；它的传入，带来了诗坛的重要变化，引发了一场诗歌实验和革新运动。同时，从刘禹锡等人的诗歌中，我们还可以看到唐代民间竹枝词的具体形态。

刘禹锡不独保存了竹枝词，还保存了其他民间歌谣。如《刘宾客集》中《国学新修五经壁本记》所记的"切切祁祁，不敖不嬉。庶乎遹人，来采我诗"；《成都府新修福成寺记》中所记"昔公去此，福成以毁；今公重还，福成以完。民安军治，亦如此寺"；《复荆门县记》中所说"淑旂之华兮，四牡之骈；俟公之还兮，觞以祝之"等等。但这种记述方式，在前面已经讲过，并非一定是民间歌谣的原始形态，而很大可能是经过刘禹锡加工过的转述作品。拿这些拟民间文学与竹枝词进行对比，我们可以看到它们在语言形式上的巨大差异。这就更显得民间竹枝词的淳朴自然，更显出其作为民间文学文本的原始形态的魅力。历史也告诉我们，走进民间文学，还要尊重民间文学。

唐代民间文学的发展，离不开隋代民间文学作为重要的准备期；而唐代民间文学的具体表现——歌谣、传说、故事、俗讲，以及民间戏曲等艺术形式，又是相互联结在一起的，特别是在保存至今的敦煌壁画、唐代文人画等绘画作品中，我们常可见到这种现象。王维的诗歌美学思想，讲究诗中有画、画中有诗，即讲究艺术表现的多层次性；唐代民间文学也正是这样以多种层次表现其所存在的文化生活内容的。唐代民间戏曲也是这样，体现出

---

[1] ［美］C.恩伯、［美］M.恩伯：《文化的变异——现代文化人类学通论》，辽宁人民出版社1988年版，第548—549页。

民间文化的综合性。如唐代参军戏(也称弄参军),得名于优人戏弄历史传说中的贪污罪犯周延,因为周延是后汉石勒的参军,所以这种戏就被称为弄参军,后人称"参军戏";也有人说它源于唐玄宗为了嘉奖优人李仙鹤,授其"韶州同正参军",因而人称此类戏为参军戏。参军是不是传说中的周延,这并无关紧要,重要的是在参军戏中出现了被嘲弄的参军和嘲弄参军的苍鹘,这就是戏曲艺术向戏剧转化过渡的多重行当角色的证明。如唐无名氏所撰《玉泉子真录》中所记:

> 崔公铉之在淮南,尝俾乐工集其家僮,教以诸戏。一日,其乐工告以成就,且请试焉。铉命阅于堂下,与妻李氏坐观之。僮以李氏妒忌,即以数僮衣妇人衣,曰妻,曰妾,列于旁侧。一僮则执简束带,旋辟唯诺其间。张乐,命酒,不能无属意者,李氏未之悟也。久之,戏愈甚,悉类李氏平时所尝为。李氏虽少悟,以其戏偶合,私谓不敢而然,且观之。僮志在发悟,愈益戏之。李果怒,骂之曰:"奴敢无礼,吾何尝如此?"僮指之,且出曰:"咄咄!赤眼而作白眼讳乎?"铉大笑,几至绝倒。

崔铉在家演戏,可见参军戏并不仅在宫廷中演出;范摅的《云溪友议》中也记述了民间演出的内容,如刘采春"善弄陆参军,歌声彻云",元稹为她作诗相赠,并记述其"言词雅措风流足,举止低徊秀媚多;更有恼人肠断处,选词能唱望夫歌"。由此可见,参军戏在民间也有演出,甚至还相当广泛,在演出中有"数僮"作为妻妾,有角色分工,而且表演者不但有歌唱,还有念白。这些内容基本具备了戏剧艺术的结构。同时我们也可以从中看到,唐代参军戏的演出,其中既有雅的成分,如文人所作词曲,又有更多俗的成分,诸如所演唱的滑稽故事可看作笑话。我们甚至能从中看到变文俗讲的内容,看到水转百戏、檐橦胡伎以及角抵、杀马、刹驴、上云乐、代面舞、踏摇娘、刀杖相屈之类表演内容,其丰富多彩,正体现出民间戏曲的综合性特征。我们也可以想象，那些生动的民间传说和民间故事，自然会成为各种演出的重要题材，唐传奇中的故事也会被摄取作为表现对象。我们更可以想象到，宋代戏曲艺术、杂剧艺术等文艺形式的繁荣，应该是与唐代的民间文艺一脉相承的。在这里，我们可以听到许多后世民间文艺的先声。

第七节　唐代传说故事与社会风俗

民间文学是民间文化生活的重要形式，其中的故事在传说中需要口头叙述、讲述，歌谣、歌曲需要按照一定的曲调进行唱述，最典型的是民间戏曲等民间艺术演唱，都具有突出的表演特征与再现功能，所以可以称之为风俗文化、风俗生活。

在许多时候，传说故事的讲述活动本身就是一种社会风俗的体现形式，是一种有声有色的文化活动。

唐代传说故事的保存，有许多典籍文献材料，总体上可以分为三大类。一类是当下即现实的记录，这一部分内容最丰富，如《酉阳杂俎》《雕玉集》《疑狱案》《稽神录》《独异志》《朝野佥载》《博异志》《稽神录》《岭表录异》《宣室志》《玉堂闲话》《番禺杂记》《书断》《原化记》《广异记》《灵应录》《刘宾客嘉话录》《兼明书》《逸史》《玄怪录》《续玄怪录》《纪闻》《桂苑丛谈》《集异记》《博异志》《河东记》《潇湘录》《墉城集仙录》等；一类是对于历史文化的追述，是当世对于往世的记忆与讲述，如《隋唐嘉话》《南北史续世说》、《唐阙史》（又名《阙史》）、《大唐新语》《唐国史补》《历代名画记》，甚至包括《稗海本搜神记》《句道兴本搜神记》等材料的发现中显示内容等现象，在历史传说中其实表现着社会现实生活；一类是神仙文化，包括道教文化与佛教文化，如《续神仙传》《神仙感遇传》《神仙拾遗》和《法苑珠林》等。这些文献中的民间传说故事材料从不同方面具体记述了唐代社会风俗。

当然，这是就文献所载传说故事体现风俗内容的大致划分，常常有雅俗并存、古今杂糅的混合现象。任何传说故事讲述的现象背后,都是时代文化诉求的集中体现,都属于这个时代的风俗生活。

唐代社会风俗在传说故事中的表现有这样几种情况,即一是以古述今,照着讲中形成接着讲,在讲述中贯穿新的社会风俗生活内容;二是报恩故事的流行,报恩故事成为社会风俗中激励道德向善的重要成分;三是神鬼与精怪的传说流行,表现出唐代社会风俗求仙与泛神的个性;四是风物传说,对各种风俗生活、地方传说、历史传说之类内容的记述,表现出唐代社会文化发展之一端;第五是公案故事渐渐出现繁盛现象,以偷盗、通奸、谋杀、抢劫等故事传说具体显现出社会法制、道德、伦理等社会生活内容的时代性;最后是佛法说教艺术作为社会文化生活现象所具有的意义。所有这些内容都是唐代社会风俗生活的集中显现,是唐代民间文学的重要特点。

一、以古述今

历史文化的不断被记述和讲述,有所谓大小之分,一是社会历史作为国家社会政治文化表现的大,讲述王朝的兴衰之感;一是作为个人历史文化知识与经验的小,讲述传统民间传说故事所表达的情。

如人所言,欲灭其国,先毁其史,消除其历史与传统的记忆,摧毁其凝聚力、向心力,是战胜或消灭一个民族文化发展的重要方式。历史文化中形成的传统是一个民族最重要的家底,几乎所有的时代都有两种关于过去朝代历史文化的讲述,一种是官修,强调王朝更替中那些得失与当世应该吸取的经验教训;一种是民间传说,通过对于历史事件、历史人物和历史现象等内容的讲述,宣泄情感,首先通过砥砺自我、感动自我,影响他人,在事实上形成文化薪火的自觉传承。

大唐王朝对于历史文化有特殊的热情。其无比开阔的胸襟不仅仅体现在疆域的辽阔,而且体现在文化胸怀的博大,能够容忍诸端学说、思想、文化的并存。如李世民所讲述的以史为鉴可以知道兴衰的名言,强调对于批评意见的重视;在历史文化的述说中,形成道的不同形式的演绎,促进许许多多历史传说的裂变与环生。当然,一方面是语言文字中体现出时代发展中未必言行合一,唐王朝就真正的虚怀若谷,另一方面,更多的历史传说只是一种传说,是民间社会对历史文化的认同形式,其未必完全等同于历史发展的真相。

历史的记忆与追述,总有自己的特色,也有自己的用意。如周王朝故事一直被后人所记述,常讲常新。如周幽王与周宣王传说,唐代有人佚名著《雕玉集》,其卷十四"幽王打烽打鼓戏褒姒"中引《帝王世纪》讲述:"褒姒,周时褒国之美女也。褒人献于周幽王,王耽之,遂逐申后,立褒姒为皇后。其一笑有百二十种媚,然褒姒非集大众不笑。幽王于是打烽打鼓。诸侯闻之谓言有贼,皆赴殿前。王曰:无贼,欲使褒姒笑耳。如是非一。后犬戎来伐,王使放烽,诸侯谓言无贼,止为褒姒笑也,遂□不往。犬戎来至,王及褒姒并皆被杀。"五代以后,人伪托干宝名义,著《稗海本搜神记》,其卷三讲述道:"昔周宣王信谗言,杜伯无罪,王信佞而诛之。杜伯曰:臣无罪而加戮,若死有知,臣将上报,不越三岁,必雪冤矣。王曰:汝但努力,我是万乘之君王,枉杀三五个之类,何有患乎? 乃戮之。经三年余,宣王出猎,行至城外山泽之间,将欲布猎。忽见杜伯着朱衣,乘白马,冠盖,前后鬼兵数百,当道而来。弯弓执矢射王。王惧,无处避之。百僚悉见,射中王心。王即心痛,归宫至日而薨。故语云:凡人不可枉滥,冤必至矣。"历史传说被讲述的意义在于不断提醒,警示后人以此为戒,既有对社会国家民族的责任与使命的提醒,更有对人生作为生活知识与生活经验的提醒。

历史传说的再叙述,即旧说新论,"塞翁失马""愚公移山"等故事,既是生活哲理的述说,也是历史经验以历史传说为背景的述说,更是唐代社会风俗中的叙述。如李亢《独异志》卷上"塞翁失马"记述:"塞翁失马,乡人皆唁,翁曰:未必不为福。明年,引群马至。人复贺,翁曰:未必不为祸。子孙、家僮出入多爱乘马,坠折四肢。乡人复唁,翁曰:未必不为福。又明年,西胡入国,国中但能披甲者,皆征行之。子孙、家僮以残毁免。"如《疑狱集》卷上《李崇还儿》记述:"后魏李崇为扬州刺史,部民苟泰有子三岁失之,后见在赵奉伯家,各言己子,并有邻证,郡县不能决。崇乃令二父与儿各别禁数日,忽遣吏谓曰:儿已暴死,可出举哀。泰闻之悲不自胜;奉伯嗟叹而已,殊无痛意。遂以儿还泰。"与《风俗通义》中争夺儿子故事如出一辙。如著名的射虎故事,《吕氏春秋·季秋纪·精通》"养由基射石"影响了汉代李广射虎故事的讲述,而此时令狐德棻等著《周书》卷二十五《李贤传》中有"李远射石",应该借用了历史上的"李广射虎",其讲述道:"(李远)尝校猎于莎栅,见石于丛蒲中,以为伏兔,射之而中,镞入寸馀,就而视之乃石也。太祖闻而异之,赐书曰:昔李将军广亲有此事,公今复尔,可谓世载其德。虽熊渠之名不能独擅其美。"李延寿撰《北史》卷五十九《寇洛等传》,所记内容相同。其中的"太祖闻而异之",就是时代特色。李冗《独异志》卷下有"愚公移山",是《列子》故事的又一次重复记述:"昔者愚公居山之阴,而出入有阻,乃勖励子孙移之。山神见曰:山极崇高,汝何可移?公曰:吾生有子,子复有孙,子子孙孙,誓而移之,何为不可!于是神命夸娥氏为移之。"后世宋代谢维新《古今合璧事类备要》中"愚公移山"故事与元代王圻《群书类编故事》卷三所记述《地理类》"愚公移山"故事,皆为此现象。再如鲁班传说,在先秦时期的文献中就有记述,唐代《酉阳杂俎》续集卷四《贬误》中增添了许多新的故事情节,更为完善,其实,这些新的情节就是新的时代作为风俗的表现。如其所记述:"今人每睹栋宇巧丽,必强谓鲁般奇工也。至两都寺中,亦往往托为鲁般所造,其不稽古如此。据《朝野佥载》云:鲁般者,肃州墩煌人,莫详年代,巧侔造化。于凉州造浮图,作木鸢,每击楔三下,乘之以归。无何,其妻有妊,父母诘之,妻具说其故。父后伺得鸢,击楔十余下,乘之遂至吴会。吴人以为妖,遂杀之。般又为木鸢乘之,遂获父尸。怨吴人杀其父,于肃州城南作一木仙人,举手指东南,吴地大旱三年。卜曰:般所为也。赍物具千数谢之,般为断一手,其日吴中大雨。国初,土人尚祈祷其木仙。

六国时,公输般亦为木鸢以窥宋城。"其中的"今人每睹栋宇巧丽,必强谓鲁般奇工也",就是唐代社会风俗的具体内容。在张鹭《朝野佥载》卷六"刻木作僧"故事中,有相似内容的记述:"将作大匠杨务廉甚有巧思,常于沁州市内刻木作僧,手执一碗,自能行乞。碗中钱满,关键忽发,自然作声云:布施。市人竞观,欲其作声,施者日盈数千矣。"这则故事没有提及鲁班,但分明就是此类故事衍生。

以古书今,在于劝说今世。如句道兴本《搜神记》"孙元觉劝父"即劝孝故事,以"元觉祖父年老,病瘦渐弱,其父憎嫌,遂缚筐舁弃深山"为题,其记述道:

《史记》曰:孙元觉者,陈留人也。年始十五,心爱孝顺。其父不孝。

元觉祖父年老,病瘦渐弱,其父憎嫌,遂缚筐舁弃深山。元觉悲泣谏父。

父曰:"阿翁年老,虽有人状,惛耄如此,老而不死,化成狐魅。"遂即舁父弃之深山。

元觉悲啼大哭,随祖父归去于深山,苦谏其父。父不从。元觉于是仰天大哭,又将舆归来。

父谓觉曰:"此凶物,更将何用?"

觉曰:"此是成熟之物,后若送父,更不别造。"

父得此语,甚大惊愕:"汝是吾子,何得弃我?"

元觉曰:"父之化子,如水之下流。既承父训,岂敢违之?"

父便得感悟,遂即却将祖父归来,精勤孝养,倍于常日。

其被讲述的时代意义,其实就是时代的需要;在需要中被不断讲述,不断体现出唐代社会风俗生活内容。

唐代书法为胜,书法艺术家的传说便油然而生。

王羲之是晋代著名书法家,晋代文献中没有见到其详细的传说故事,却在唐代屡屡被人讲及。唐代崇尚文化艺术的创新,在历史传说中,有许多关于艺术家的故事。如这一时期流行的王羲之题扇、换鹅等传说,一方面说明王羲之传说故事成为唐人经常讲述的佳话,另一方面则显示出唐代书法艺术热潮在社会风俗中的显现。唐房玄龄等撰《晋书》,理应包含许多历史传说。如其中卷八十《王羲之列传》对此讲述道:"(羲之)尝在蕺山见一老姥持六角竹扇卖之。羲之书其扇,各为五字。姥初有愠色,因谓姥曰:但言是王右军书,以求百钱邪。姥如其言,人竞买之。他日姥又持扇来,羲之笑而不答。"张怀瓘《书断·王羲之》有"题扇"篇,[1]讲述道:"羲之罢会稽住蕺山下,旦见一老姥把十许六角竹扇出市。王聊问:此欲货耶,一枚几钱?答云:二十许。右军取笔书扇扇一字。老姥大怅惋,云:老妇举家朝餐俱仰于此,云何书坏?王答云:无所损,但道是王右军书字,请一百。既入市,人竞市之。后数日复以数扇来诣,请更书。王笑而不答。"再如《晋书》卷八十《王羲之列传》讲:"山阴有一道士养好鹅,羲之往观焉,意甚悦,固求市之。道士云:为写《道德经》,当举群相赠耳。羲之欣然写毕,笼鹅而归,甚以为乐。"张怀瓘《书断》中"王羲之以书换鹅"故事记述道:"羲之性好鹅。山阴县礦村有一道士养好者十余。王清旦乘小舡,故往看之,意大愿乐,乃告求市易。道士不与,百方譬说,不能得之。道士言性好道,久欲写河上公老子,缣素早办,而无人能书。府君若能自屈书老子道德各两章,便合群以奉。羲之停半日,为写毕,笼鹅而归,大以为乐。"

　　王羲之是历史人物,其传说故事被历史典籍所载,也被社会文献所记,是传说影响了历史文化,还是历史文化影响了传说?应该说,此中以传说形式书写历史的方式,确实是对司马迁《史记》史传文风的继承。这些传说也映现出唐代书法热潮的重要成因。

---

[1] 见《说郛》卷九十二。

再者是传统民间文学内容的当下存在,尤其是民间传说故事的被继续讲述现象,融入了唐代社会风俗。如克罗齐关于一切历史都是当代史的论断,一切民间传说之所以被继续讲述,也都是时代的"这一个"讲述,更不用说是当代语境下的讲述。此一方面说明这些传统的民间传说在这一时期有具体的流传,另一方面说明,在流传中形成了这一时期的文化特色,包括各种具体的社会风俗观念。

如著名的牛郎织女故事、孟姜女故事、董永故事与二十四孝故事,以及大量的报恩故事、精怪故事、神仙故事,之前都以不同的记述形式在文献中曾经出现,在这一时期都有被继续讲述。

一般认为,孟姜女故事的根源与齐侯郊吊相关,《左传·襄公二十三年》中有"齐侯还自晋,不入。遂袭莒……莒子亲鼓之,从而伐之,获杞梁。……齐侯归,遇杞梁之妻于郊,使吊之。辞曰:殖之有罪,何辱命焉?若免于罪,犹有先人之敝庐在,下妾不得与郊吊。齐侯吊诸其室",汉代王充《论衡》中有哭城等内容,其他像刘向撰《列女传》卷三《仁智传·齐杞梁妻》等文献,记述内容是孟姜女故事杞梁妻具体出现的重要转折点,其故事完整记述并被定型,则体现于唐代《同贤记》。有《雕玉集·感应篇第四》中"杞良妻"("杞梁妻")故事,即引自《同贤记》。其记述道:

杞良,秦始皇时北筑长城,避苦逃走,因入孟超(据下文,当作起字)后园树上。

起女仲姿浴于池中,仰见杞良而唤之,问曰:"君是何人,因何在此?"

对曰:"吾姓杞名良,是燕人也。但以从役而筑长城,不堪辛苦,遂逃于此。"

仲姿曰:"请为君妻。"

良曰:"娘子生于长者,处在深宫。容貌艳丽,焉为役人之匹?"

仲姿曰:"女人之体,不得再见丈夫,君勿辞也。"

遂以状陈父而父许之。

夫妇礼毕，良往作所。主典怒其逃走，乃打煞之，并筑城内。起不知死，遣仆欲往代之，闻良已死，并筑城中。

仲姿既知，悲哽而往，向城号哭。

其城当面一时崩倒，死人白骨交横，莫知孰是，仲姿乃刺指血以滴白骨，去（按，疑当作云字）若是杞良骨者，血可流入。即沥血。果至良骸血径流入，使将归葬之也。

出《同贤记》。二说不同，不知孰是。

此中"二说不同，不知孰是"，正是唐代社会风俗的故事语言。其中的"女人之体，不得再见丈夫，君勿辞也"与"哭城""啼血"等内容，明显应该是当世风俗作为现象所形成的情节于信仰，已经明显不同于当年的"齐王郊吊"等原型内容。值得注意的是，晚唐五代敦煌曲子中《捣练子》，其中直接称孟姜女即杞梁妻，其唱道："孟姜女，杞梁妻，一去烟（燕）山更不归。造得寒衣无人送，不免自家送征衣。长城路，实难行，乳酪山下雪雰雰。吃酒则为隔饭病，愿身强健早还归。"前面已经列举敦煌石窟中所藏晚唐五代变文《孟姜女变文》，保留了基本情节的歌唱，而且有许多道白语言，诸如"哭之以（已）毕，心神哀失，懊恼其夫，掩从亡没。叹此贞心，更加愤郁。髑髅无数，死人非一，骸骨纵横，凭何取实。咬指取血，洒长城已（以）表单（丹）心，选其夫骨"；"三进三退，或悲或恨，鸟兽齐鸣，山林俱振。宛魂□□，□□□□，点血即肖（消），登时渗尽。□脉骨节，三百余分，不少一支，□□□□□。更有数个髑髅，无人搬运，姜女悲啼，向前借问：'如许髑髅，佳俱（家居）何郡？因取夫回，为君传信。君若有神，儿当接引'"；"□□□□骨，自将背负，懊恼其，□□□□□□□文祭曰：△年△月△日，□□□□□□□庶修（羞）之奠，敬祭□□□□□行俱备，文通七篇。昔有之日，名振（响）于家邦，上下无嫌，刚柔得所。起为差充兵卒，远筑长城，吃苦不襟（禁），魂魄皈于嵩直(里)。预若红花标(飘)落,长无□尊之晖;延白雪以词(祠)天,气(岂)有还云之路。呜呼,贱妾谨馔单杯,疏兰尊于玉席,增韵飨以金杯。惟魂有神,应时纳受。祭之已了,角束夫骨,自将背,□□□□□来"云云。文中"□□□□□"系模糊不清文字。另外,此处还有一些诗赞,如其以所谓"古诗曰"所引"陇上悲云起,旷野哭声哀,若道人无感,长城何为颓?石壁千寻列,山河一向迥,不应城崩倒,总为妇人来。塞外岂中论,寒心不忍闻",是典型的说唱风俗中内容。敦煌文献是后世发现,与《同贤记》等当世文献作对照,更见唐代风俗与民间传说的存在状况。

如董永故事,早在汉代出现,干宝《搜神记》有记述。此唐释道世撰《法苑珠林》卷六十二有具体记述,其故事文本应该引自于刘向《孝子传》"董永"篇,与干宝《搜神记》卷一《董永》中内容基本相同,其记述道:"富公以供丧事。道逢一女,呼与语云:愿为君妻。遂俱至富公。富公曰:女为谁?答曰:永妻,欲助偿债。公曰:汝织三百匹,遣汝。一旬乃毕。出门谓永曰:我天女也,天令我助子偿人债耳。语毕,忽然不知所在。"敦煌遗书中的句道兴撰《搜神记》"董永"所述,有"昔刘向《孝子图》"云云,与干宝《搜神记》卷一《董永》中没有太多差别,其生活性内容更突出。如其讲述:

昔刘向《孝子图》曰:有董永者,千乘人也。小失其母,独养老父。家贫困苦,至于农月,与辘车推父于田头树荫下,与人客作,供养不阙。

其父亡殁,无物葬送,遂从主人家典田,贷钱十万文。

语主人曰:"后无钱还主人时,求与殁身主人为奴一世常(偿)力。"

葬父已了,欲向主人家去。在路逢一女,愿与永为妻。

永曰:"孤穷如此,身复与他人为奴,恐屈娘子。"

女曰:"不嫌君贫,心相愿矣,不为耻也。"

永遂共到主人家。主人曰:"本期一人,今二人来,何也?"

主人问曰:"女有何技能?"

女曰:"我解织。"

主人曰:"与我织绢三百匹,放汝夫妇归家。"

女织经一旬,得绢三百匹。主人惊怪,遂放夫妻归还。行至本相见之处。

女辞永曰:"我是天女,见君行孝,天遣我借君偿债。今既偿了,不得久住。"

语讫,遂飞上天。前汉人也。

敦煌遗书有写本《孝子传》,载"董永"故事,文末出现了"天子徵永,拜为御史大夫"等文字。如其记述:

董永,千乘人也。少失其母,独养于父,家贫佣力,笃于孝养。至于农月,永以鹿车推父至于畔上,供养如故。后数载,父殁,葬送不办。遂与圣人贷钱一万,即千贯也,将殡其父。

葬殡已毕,遂来偿债,道逢一女,愿欲与永为妻。

永曰:"仆贫寒如是,父终无已殡送,取主人钱一万,今充身偿债为奴,乌敢屈娘子。"

妇人曰:"心所相乐,诚不耻也。"

永不得已,遂与妇人同诣主人。

主人曰:"汝本言一身,今二人同至,何也?"永曰:"买一得二,何怪也。"

"有何所解也?"

答曰:"会织绢。"

主人云:"但与织绢三百匹,放汝夫妻皈还。"

织经一旬,得绢三百匹。主人惊怪,遂放二人归回。

行至本期之处,妻辞曰:"我是天之织女,见君至孝,天帝故遣我助君偿债。今既免子之难,不合久在人间。"

言讫,由升天。永掩泪不已。

>天子徵永,拜为御史大夫。

将此故事讲述语言进行对比,便可以看到其叙事方式的异同。尤其是敦煌遗书有写本《孝子传》,与句道兴本《搜神记》和干宝《搜神记》所记内容的差别,是古今相异,在同异中体现出唐代社会风俗中董永故事的流传意义。

唐代许多民间传说故事与干宝《搜神记》所记述内容相联系。这是一个值得注意的现象。如梁山伯与祝英台故事,由夺妻之恨故事所演绎,其实应该是梁山伯祝英台故事与孟姜女故事的元素在此都有表现,如其中的韩朋妻使宋王以三公之礼葬韩朋后自尽,便与孟姜女故事中逼迫齐王或秦始皇葬礼出丑相同。故事此前章节中已经提及。许多人以为其原型在于干宝《搜神记》中的"韩朋妻"("韩凭妻");李冗《独异志》中有《相思树》,明显取材于干宝《搜神记》,而且引题即为"《搜神记》曰",其记述道:"宋康王以韩朋妻美而夺之,使朋筑青凌台,然后杀之。其妻请临丧,遂投身而死。王令分埋台左右。期年,各生一梓树,及大,树枝条相交,有二鸟哀鸣其上,因号之曰相思树。"这是直接记述。唐代刘恂《岭表录异》中有"韩朋鸟",同样取自《搜神记》,其记述道:"韩朋鸟者,乃凫鹥之类。此鸟双飞泛溪浦。水禽中,鹨鹅鸳鸯鵁鶄,岭北皆有之,惟韩朋鸟,未之见也。案,干宝《搜神记》云:大夫韩朋,其妻美,宋康王夺之。朋怨,王囚之,朋遂自杀。妻乃阴腐其衣。王与之登台,自投台下,左右捉衣,衣不胜手,遗书于带曰:'愿以尸还韩氏而合葬。'王怒,令埋之。二冢相望,经夜忽见有梓木生二冢之上,根交于下,枝连其上。又有鸟如鸳鸯,恒栖其树,朝暮悲鸣。南人谓此禽,即韩朋夫妇之精魂,故以韩氏名之。"敦煌石室中有《韩朋赋》,增加奸臣梁伯挑唆等新的内容,有青、白两石埋于道路东、西两侧,两侧生出的桂树、梧桐枝叶相笼,根下相连,下有流泉,绝道不通,以及宋王拾到他们夫妇所化鸟的羽毛,用以磨拂颈项,其头被羽毛割掉落地等情节,故事能够可以与之相对照,以窥唐代社会风俗之一斑。诸如"韩朋夫妇之精魂"作为民间信仰,又如何不是唐代社会所具有?

再如中国民间故事上著名的田螺姑娘故事。晚唐皇甫氏《原化记·吴堪》所记内容与陶潜《搜神后记》中《白水素女》情节有相似之处,是唐代田螺故事的典型记录保存文本。如其讲述:

> 常州义兴县,有鳏夫吴堪,少孤无兄弟。为县吏,性恭顺。其家临荆溪,常于门前,以物遮护溪水,不曾秽污。每县归,则临水看玩,敬而爱之。积数年,忽于水滨得一白螺,遂拾归,以水养。
>
> 自县归,见家中饮食已备,乃食之。如是十余日,然堪为邻母哀其寡独,故为之执爨,乃卑谢邻母。
>
> 母曰:"何必辞,君近得佳丽修事,何谢老身?"
>
> 堪曰:"无。"
>
> 因问其母。母曰:"子每入县后,便见一女子,可十七八,容颜端丽,衣服轻艳。具馈讫,即却入房。"
>
> 堪意疑白螺所为,乃密言于母曰:"堪明日当称入县,请于母家自隙窥之,可乎?"
>
> 母曰:"可。"
>
> 明旦诈出,乃见女自堪房出,入厨理爨。堪自门而入,其女遂归房不得。
>
> 堪拜之。
>
> 女曰:"天知君敬护泉源,力勤小职,哀君鳏独,敕余以奉媲,幸君垂悉,无致疑阻。"
>
> 堪敬而谢之,自此弥将敬洽。
>
> 闾里传之,颇增骇异。
>
> 时县宰豪士,闻堪美妻,因欲图之。堪为吏恭谨,不犯笞责。

宰谓堪曰："君熟于吏能久矣,今要虾蟆毛及鬼臂二物,晚衙须纳。不应此物,罪责非轻。"

堪唯而走出,度人间无此物,求不可得,颜色惨沮。归述于妻,乃曰:"吾今夕殒矣!"

妻笑曰："君忧余物,不敢闻命;二物之求,妾能致矣。"

堪闻言,忧色稍解。

妻曰:"辞出取之。"

少顷而到,堪得以纳令。

令视二物,微笑曰:"且出。"然终欲害之。

后一日,又召堪曰:"我要蜗斗一枚,君宜速冤此。若不至,祸在君矣。"

堪承命奔归,又以告妻。

妻曰:"吾家有之,取不难也。"乃为取之。

良久,牵一兽至,大如犬,状亦类之。曰:"此蜗斗也。"

堪曰:"何能?"

妻曰:"能食火,奇兽也。君速送。"

堪将此兽上宰。宰见之怒曰:"吾索蜗斗,此乃犬也。"又曰:"必何所能?"

曰:"食火,其粪火。"

宰遂索炭烧之,遣食。食讫,粪之于地,皆火也。

宰怒曰:"用此物奚为?"令除火扫粪,方欲害堪。

吏以物及粪,应手洞然,火飙暴起,焚爇墙宇。烟焰四合,弥亘城门。宰身及一家,皆为煨烬。

乃失吴堪及妻。

其县遂迁于西数步,今之城是也。

在这里,故事包含的有后世流传甚广的巧媳妇(巧女)故事原型内容,也有地方风物传说,以及精怪故事、报应故事的元素,其中的"虾蟆毛及鬼臂二物"与难题显示,正是唐代社会风俗中的禁忌与信仰所显示的存在现象。或者可以说,没有不存在文化与风尚的故事;故事被讲述的开始,就已经因为时代的语言所规定而具有风俗的一系列特征显示出来。

如二十四孝故事,此前文献中多有出现,此时被记述,显示出另外一番景象。郭巨埋儿故事,唐释道世所编《法苑珠林》有保存,其卷四十九《忠孝篇》,引述刘向《孝子传》中"郭巨故事",但在记述内容上,明显具有唐代社会风俗的特点。如其讲述:"郭巨,河内温人,甚富。父没,分财二千万为两,分与两弟,已独取母供养。寄住,邻有凶宅,无人居者,共推与之,居无祸患。妻产男,虑养之则妨供养。乃令妻抱儿,欲掘地埋之,于土中得金一釜,上有铁券,云:赐孝子郭巨。"敦煌文献中同题材料也有记述。

敦煌遗书中句道兴本《搜神记》"郭巨"记述道:

昔有郭巨者,字文气,河内人也。家贫,养母至孝。

巨有一子,年始两岁。巨语妻曰:"今饥贫如此,老母年高,供勤孝养,恐不安存。所有美味,每减与子,令母饥羸,乃由此小儿。儿可再有,母难重见。今共卿杀子,而存母命。"

妻从夫言,不敢有违。其妻抱子往向后园树下,欲致子命。

巨身掘地,欲拟埋之,语其妻曰:"子命尽未?"

妻不忍即害,必称已死。

巨掘地得一尺,乃得黄金一釜,釜上有铭曰:"天赐孝子之金。郭巨杀子存母命,遂赐黄金一釜。官不得夺,私不得取。"

见金惊怪,以呼其妻,妻乃抱子往看。

子得平存未死,妻乃喜悦。遂即将送县,县牒上州,州送上台省,天子下制,金还郭巨,供养其母,标其门闾,以立孝行,流传万代。后汉人也。

敦煌写本《孝子传》"郭巨"记述道：

郭巨字文举，河内人也。家贫，养母至孝。

妻生一子，年三岁。巨谓妻曰："家贫如此，时岁饥虚，所得饮食，供养老母，犹不充饱，更被婴孩分母饮食。子可再有，母不可得。共卿埋子以全母命。"

巨妻不敢违，从夫之意。巨自执鍫，妻乃抱儿来入后园。

令妻杀子，巨即掘地，才深一尺，掘着一铁器，巨低腰顾视，乃见一釜，釜中满盈黄金。

巨速招妻。

妻曰："抱儿则至。"

儿且犹活，妻不忍下手。

夫谓妻曰："卿见此釜之金，其上有铁券云：'天帝赐孝子黄金，官不得夺，私不许侵。'"

巨既得金，惊怪不已，乃陈于县，县以申州，州与表奏天子。

天子下诏曰："金还郭巨，供养其母。"乃表门以彰孝德。

与之同为孝故事的是丁兰刻母。唐代文献中出现内容的变化。释道世《法苑珠林》载此故事，其卷四十九《忠孝篇》，引刘向撰《孝子传》"丁兰"，记述道："丁兰，河内野王人也，年十五丧母。刻木作母事之，供养如生。兰妻夜火灼母面，母面发疮。经二日，妻头发自落如刀锯截，然后谢过。兰移母大道，使妻从服三年拜伏。一夜忽如风雨，而母自还。邻人所假借，母颜和，即与；不和，则不与。"敦煌写本《孝子传》"丁兰"，存"丁兰列（刻）木作慈亲，孝养之心感动神，并舍忽然偷斩却，血流洒地真如人"残句。敦煌遗书中句道兴《搜神记》记述道："昔有丁兰者，河内人也。早失二亲，遂乃刻木为母，供养过于所生之母。其妻曰:木母有何所知之,今我辛勤,日夜侍奉?见夫不在,以火烧之。兰即夜中梦见亡母语兰曰:新妇烧我面痛。寝寐心惶,往走来归家,至木母前,倒卧在地,面被火烧之处。兰即泣泪悲啼,究问不知事由。妻当巨讳,抵死不招。其时妻面上疮出,状如火烧,疼痛非常,后乃求哀伏首,始得差也。"应该说,在对妻子的惩罚中,这些惩罚行为就应该是当世的风俗。

述往事,意在于说现实。如牛僧孺编《玄怪录》卷四《侯遹》,以"隋开皇初,广都孝廉侯遹"经历讲述"投笈"的故事:

隋开皇初,广都孝廉侯遹入城,至剑门外,忽见四黄石,皆大如斗。遹爱之,收藏于笼,负之以驴,因歇鞍取看,皆化为金。

遹至城货之,得钱百万,市美妾十余人,大开第宅,近甸良田别墅,货买甚多。

后乘春景出游,尽载妓妾随从,下车陈设酒肴。忽有一老翁,负大笈至,厕下坐,遹怒诟之,命苍头扶之,皆不嗔恚,但引满杯啖炙而笑云:"吾此来求君偿债耳。君将我金去,不忆记乎?"

尽取遹妓妾十余人,投之于笈,亦不觉笈中之窄,负之而趋,走若飞鸟,遹令苍头驰马逐之,斯须已失所在。

自后遹家日贫,却复昔日生计。

十余年,却归蜀,到剑门,又见前者老翁,携所将妓妾游行,傧从极多,见遹皆大笑。

问之不言,逼之又失所在。访剑门前后,并无此人,竟不能测也。

《酉阳杂俎》续集卷四《贬误》先有"《续齐谐记》云",明确指出其作为民间传说故事的出处,又在结尾处称"余以吴均尝览此事,讶其说,以为至怪也",其讲述道:

《续齐谐记》云,许彦于绥安山行,遇一书生,年二十余,卧路侧,云足痛,求寄鹅笼中,彦戏言许之。

书生便入笼中,笼亦不更广,书生与双鹅并坐,负之不觉重。

至一树下,书生乃出笼,谓彦曰:"欲薄设馔。"

彦曰:"甚善。"

乃于口中吐一铜盘,盘中海陆珍羞,方丈盈前。

酒数行,谓彦曰:"向将一妇人相随,今欲召之。"

彦曰:"甚善。"

遂吐一女子,年十五六,容貌绝伦,接膝而坐。

俄书生醉卧,女谓彦曰:"向窃一男子同来,欲暂呼,愿君勿言。"又吐一男子,年二十余,明悟可爱,与彦叙寒温,挥觞共饮。

书生似欲觉,女复吐锦行障障书生,久而书生将觉,女又吞男子,独对彦坐。

书生徐起谓彦曰:"暂眠遂久留君,日已晚,当与君别。"

还复吞此女子及诸铜盘,悉纳口中留大铜盘与彦别曰:"无以藉意,与君相忆也。"

释氏《譬喻经》云:昔梵志作术,吐出一壶,中有女与屏处作家室。梵志少息,女复作术,吐出一壶,中有男子,复与共卧。梵志觉,次第互吞之,柱杖而去。

余以吴均尝览此事,讶其说,以为至怪也。

其中所记内容与此前相比有多少差别并不重要,重要的是这些以孝为主体的传说故事被继续讲述。其讲述的过程本身,就是社会风俗,体现了唐代社会对于孝道的理解与表达。

二、报恩故事

与以古说今不同,唐代报恩故事多讲述当世的故事,常常具体讲述到一定的时间和地点,以及人物的具体身份与活动事项,借以增强传说效果中的真实性。

唐代流行的报恩故事主要有动物报恩与神仙报恩两大类,体现了唐代社会风俗中的道德观念。报恩是报应观念的重要体现,意在提倡积善行德,以道德感化为重要形式,救助、帮助他人(他者),得到酬报,或得到财富,或得到化险为夷,摆脱困境。这一时期报恩故事中,救助人的动物有凶猛的老虎、威力巨大的大象、常常攻击人的蛇与狗,也有相貌普通的神仙。从中可以看到,这些动物在民间信仰为主体的风俗生活中与人的特殊联系。

如有学者所说,唐代以来,救人义兽大多为猛虎。猛虎救人是崇尚正义与力量的表现,如戴孚撰《广异记·虎恤人》中所讲述:

> 凤翔府李将军者为虎所取,蹲踞其上。李频呼大王乞一生命,虎乃弭耳如喜状。
>
> 须臾,负李行十余里,投一窟中。二三子见人喜跃,虎于窟上俯视,久之方去。其后入窟,恒分所得之肉及李。
>
> 积十余日,子大如犬,悉能陆梁,虎因负出窟。至第三子,李恐去尽,则已死窟中,乃抱之云:"大王独不相引?"
>
> 虎因垂尾,李持之,遂得出窟。
>
> 李复云:"幸已相祐,岂不送至某家?"
>
> 虎又负李至所取处而诀。每三日,一至李舍,如相看。
>
> 经二十日,前后五六度。村人怕惧,其后又来,李遂白云:"大王相看甚善,然村人恐惧,愿勿来。"
>
> 经月余,复一来,自尔乃绝焉。

戴孚《广异记·张鱼舟》中,讲述的是"唐建中初,青州北海县北有秦始皇望海台"之"泊边有取鱼张鱼舟结草庵止其中,常有一虎夜突入庵中",有具体环境与原因的故事:

> 唐建中初,青州北海县北有秦始皇望海台。台之侧有别浐泊,泊边有取鱼人张鱼舟结草庵止其中。常有一虎夜突入庵中,值鱼舟方睡。至欲晓,鱼舟乃觉有人,初不知是虎。至明方见之。鱼舟惊惧,伏不敢动。
>
> 虎徐以足扪鱼舟,鱼舟心疑有故,因起坐。虎举前左足示鱼舟,鱼舟视之,见掌有刺可长五六寸,乃为除之。虎跃然出庵,若拜伏之状,因以身劘鱼舟。良久,回顾而去。
>
> 至夜半,忽闻庵前坠一大物,鱼舟走出,见一野豕脂甚,几三百斤,在庵前。见鱼舟,复以身劘之,良久而去。
>
> 自后每夜送物来,或豕或鹿。
>
> 村人以为妖,送县,鱼舟陈始末。
>
> 县使吏随而伺之,至二更,又送麋来。县遂释其罪。
>
> 鱼舟为虎设一百一斋功德,其夜,又衔绢一匹而来。
>
> 一日,其庵忽被虎拆之,意者不欲鱼舟居此。鱼舟知意,遂别卜居焉。自后虎亦不复来。

与《广异记》中对现实世界流传的虎故事不同,佚名著《神仙拾遗·郭文》[1]中记述的是唐代之前晋朝"洛阳人郭文救虎喉中骨鲠"的故事,其讲述道:

> 郭文字文举,洛阳人也。《晋书》有传。隐余杭天柱山。或居大璧

---

[1] 《太平广记》卷一四。

岩。……有虎张口至石室前,若有所告。文举以手探虎喉中得骨,去之。明日,虎掷一死鹿致石室之外,自此虎常驯扰于左右,亦可抚而牵之。文举出山,虎必随焉,虽在城市众人之中,虎俯首随行,不敢肆暴,如犬羊耳。或以书策致其背上,亦负而行。文举尝采木实竹叶,以货盐米,置于筐中,虎负而随之。

傅亮《灵应录·长兴妪》[1],接着佚名著《神仙拾遗》中郭文救虎故事,其选择"晋郭文举与虎探去鲠,虎送鹿来报,以为异"为题,讲述"今长兴县有邸妪救虎"的当世虎报恩传说:

晋郭文举与虎探去鲠,虎送鹿来报,以为异。

今长兴县有邸妪,采桑次被虎衔入深谷中,不伤之。其虎就将蹲,自旦至午不食,妪告曰:"某之年迈,莫有宿业否?今困于此,又不食,乞大圣念之。"

呼虎为大圣,遂伸一脚于妪前,看之有一竹签在爪下。

妪又曰:"莫要去邪?"

虎掉尾点头,似相感之状。

妪乃为拔之,迅跃数四,却衔至旧所,并无损。

至夜,置一鹿于门首去。

韦绚《刘宾客嘉话录》与之相似,有"老妪救虎掌中芒刺"[2],后得到"掷麋鹿狐兔于庭,日无阙焉"故事。其讲述道:

---

[1] 《说郛》卷一七存。
[2] 《太平广记》卷二五一。

>   曾有老妪山行,见大虫赢然跬步而不进,若伤其足。妪目之,而虎遂自举足以示妪,乃有芒刺在掌,因为拔之。俄奋迅阚吼而愧其恩。
>
>   自后掷麋鹿狐兔于庭,日无阙焉。
>
>   妪登垣视之,乃前伤虎也。因为亲族具言其事,而心异之。
>
>   一旦,忽掷一死人,血肉狼藉。妪乃被村胥诃捕。妪具说其由,始得释缚。
>
>   妪乃登垣,伺其虎至而语曰:"感矣,叩头大王,已后更莫抛死人来也。"

的确,虎为百兽之王。在民间信仰中,虎是权力、力量、威严的象征,为国家保护平安的将领称为"虎将",虎登堂入室,被悬挂在中堂之上,作为镇宅、驱邪的神使;唐代名医孙思邈被传说为骑虎巡医,包括后来文学作品中赵公明骑黑虎等。这些故事与唐代的虎报恩传说故事有什么联系呢?此类故事还保存于后世许多神庙的壁画中,体现出善心可以感动最凶猛的百兽之王,以述说道德力量的无限广大。宋王谠《唐语林》、宋赵令畤《侯鲭录》和明王稚登撰《虎苑》等文献中,都有老妪救虎得到报恩故事,民国时期林兰编《民间故事》中有多篇类似故事,诸如《八百老虎》等篇,其源头当与此相关。

与虎报恩故事不同的是狗报恩。狗与虎在民间传说故事中的形象不同,虎是神圣的象征,虽然在唐代俗语中它常常被称作"大虫";狗更多的是卑贱,只是忠实于主人,看家守舍,机敏伶俐,人抛给它食物,就显出摇头摆尾的欢喜;它吃的是污秽,且常常有恶狗、疯狗、狗东西(鲜廉寡耻的奴才);一个人虽然年老,若不干好事,继续害人,人便骂他"老狗"!人过于势力,一味见风使舵,就被人骂作狗眼看人低。狗有许许多多的恶名、贱名,为人所鄙视;但是,人间常常缺乏狗所具有的忠诚,如俗语中所称赞"好狗看三庄",忠实、信用、坚贞等美德被赋予狗报恩传说时,更显得那些忘恩负义、恩将仇报的东西,却连狗都不如。所以,在神像中出现不乏狗作为使者的形象。狗报恩在唐代社会风俗中的文化形象,因为这些传说而形成另一番景象。如皇甫氏《原化记·章华》记述:"饶州乐平百姓章华,元和初,常养一犬,每樵采入山,必随之。比舍有王华者,往来犬辄吠逐。三年冬,王华同上山林采柴,犬亦随之。忽有一虎,榛中跳出搏王华,盘踞于地,然犹未伤,乃踞而坐。章华叫喝且走,虎又舍王华,来趁章华。既获,复坐之。时犬潜在深草,见华被擒,突出,跳上虎头,咋虎之鼻。虎不意其来,惊惧而走。二人皆僵仆在地,如沉醉者。其犬以鼻袭其主口取气,即吐出涎水,如此数回。其主稍苏,犬乃复以口袭王华之口,亦如前状。良久,王华能行,相引而起。犬伏作醉状,一夕而毙矣。"狗报恩故事之流行,意义在于指示做人的道理,其道理如句道兴本《搜神记·义犬冢》中所感叹,"闻之者皆云:异哉,狗犬犹能报主之恩,何况人乎!"此有物证,表明这个故事仍然存在于唐代社会风俗之中:"今纪南有义犬冢,即此是也"。其感慨甚多。如此句道兴本《搜神记》所讲述:

昔有吴王孙权时,有李纯者,襄阳纪南人也。有一犬字乌龙,纯甚怜爱,行坐之处,每将随。后纯归家饮酒醉,乃在路前野田草中倒卧。

其时襄阳太守刘遐出猎,见此地中草木至深,遂遣人放火烧之。然纯犬见火逼来,与口曳纯牵脱,不能得胜。遂于卧处直北相去六十余步,有一水涧,其犬乃入水中,腕(宛)转欲湿其体,来向纯卧处四边草上,周遍卧[处]合(令)草湿。火至湿草边遂即灭矣,纯得免难,犬燃死。太守及乡人等与造棺木坟墓,高个余尺,以礼葬之。

今纪南有义犬冢,即此是也。

闻之者皆云:异哉,狗犬犹能报主之恩,何况人乎!

戴孚《广异记·姚甲》记述"开元中"中具体时间阶段内,"吴兴姚氏者"在"被流南裔"之"今奴等杀我"危难中获救的故事。其讲述道:

吴兴姚氏者,开元中,被流南裔。其人素养二犬,在南亦将随行。

家奴附子及子小奴悉皆勇壮,谋害其主,然后举家北归。

姚所居偏僻,邻里不接。

附子忽谓主云:"郎君家本北人,今窜南荒,流离万里。忽有不祥,奴当扶持丧事北归。顷者以来,已觉衰惫,恐溘然之后,其余小弱,则郎君骸骨不归故乡,伏愿图之。"

姚氏晓其意,云:"汝欲令我死耶?"

奴曰:"正尔虑之。"

姚请至明晨,及期,奴父子具膳,劝姚饱食。

奉觞哽咽,心既仓皇,初不能食。但以物饲二犬,值奴入持,因抚二犬云:"吾养汝多年,今奴等杀我,汝知之乎?"

二犬自尔不食,顾主悲号。

须臾,附子至,一犬咋其喉断而毙,一犬遽入厨,又咋其少奴喉亦断。又咋附子之妇。杀之。姚氏自尔获免。

唐戴孚《广异记》,据考,书成于贞元五至九年间(789—793),所记多为开元天宝间事,广载天地之间奇异故事。如时人顾况序中所说,"谯郡戴君孚幽赜最深",其"虽景命不融,而铿锵之韵,固可以辅于神明矣"。其书神仙、精怪、鬼魃、虎、鼠、蛇、鱼、龟之类故事为胜,报应故事甚多。其记述义犬故事,亦记述有蛇报恩故事与大象报恩故事。戴孚《广异记·海州猎人》中讲"海州人"故事,猎人帮助一条蛇,打败另外一条蛇,得救之蛇以"衔大真珠瑟瑟等数斗,送人归至本所"为报答,其讲述道:"海州人以射猎为事,曾于东海山中射鹿。忽见一蛇,黑色,大如连山,长近十丈。两目成日,自海而上。人见蛇惊惧,知不免死,因伏念佛。蛇至人所,以口衔人及其弓矢,渡海而去。遥至一山,置人于高岩之上。俄而复有一蛇自南来,至山所,状类先蛇而大倍之。两蛇相与斗于山下,初以身相蜿蟺,久之,口相噬。射士知其求己助,乃傅药矢,欲射之,大蛇先患一目,人乃复射其目,数矢累中。久之,大蛇遂死,倒地上,小蛇首尾俱碎。乃衔大真珠瑟瑟等数斗,送人归至本所。"又如《广异记》讲述的是"蒲州人",是一个蛇救人的故事:"蒲州人穿地作井,坎深丈余,遇一方石而不及泉,欲去石更凿,忽堕深坑。蛰蛇如覆舟,小者与凡蛇等。其人初甚惊惧,久之稍熟,饥无所食。其蛇吸气,因亦效之,遂不复饥。积累月,闻雷声。初一声,蛇乃起首,须臾悉动,顷之散去。大者前去,相次出复入。人知不害己,乃前抱其项,蛇遂径去。缘上白道,如行十里,前有烽火,乃致人于地而去。人往借问烽者,云是平州也。"

《广异记》记述有两篇大象报恩故事,一则发生在"阆州",一则发生在"安南",皆在南方。这是否就说明大象在当时就生存在这两个地方呢?两则故事内容中情节相异,一为治疗疾病,一为驱除伤害大象的巨兽,都是讲述大象得到人救助不忘报恩。

如《广异记》"阆州莫徭"讲述道:

> 阆州莫徭以樵采为事,常于江边刈芦,有大象奄至,卷之上背。行百余里,深入泽中。泽中有老象,卧而喘息,痛声甚苦。至其所,下于地。老象举足,足中有竹丁。
>
> 莫徭晓其意,以腰绳系竹丁,为拔出。脓血五六升许。小象复鼻卷青艾,欲令塞疮。莫徭摘艾熟授,以次塞之。尽艾方满。
>
> 久之,病象能起,东西行立,已而复卧。回顾小象,以鼻指山,呦呦有声。小象乃去。须臾,得一牙至。病象见牙大吼,意若嫌之。小象持牙去,顷之,又将大牙。
>
> 莫徭呼象为将军,言未食,患饥。象往折山栗数枝食之,乃饱。然后送人及牙还。
>
> 行五十里,忽尔却转,人初不了其意,乃还取其遗刀。

人得刀毕,送至本处,以头抵人,左右摇耳。久之乃去。

其牙酷大,载至洪州,有商胡求买,累自加直,至四十万。

寻至他人肆,胡遽以苇席覆牙,他胡问是何宝,而辄见避。

主人除席云:"止一大牙耳。"

他胡见牙色动,私白主人,许酬百万,又以一万为主人绍介。伴各罢去,顷间,荷钱而至。

本胡复争之云:"本买牙者我也,长者参市,违公法。主人若求千百之贯,我岂无耶?"

往复交争,遂相殴击。所由白县,县以白府。

府诘其由,胡初不肯以牙为宝,府君曰:"此牙会献天子,汝辈不言,亦终无益。"

固靳,胡方白云:"牙中有二龙,相跟而立,可绝为简。本国重此者,以为货,当值数十万万,得之为大商贾矣。"

洪州乃以牙及牙主二胡并进之。

天后命剖牙,果得龙简。谓牙主曰:"汝貌贫贱,不可多受钱物。"

赐敕阆州,每年给五十千,尽而复取,以终其身。

《广异记》"安南猎者"记述道:

安南人以射猎为业,每药附箭镞,射鸟兽,中者必毙。

开元中,其人曾入深山,假寐树下,忽有物触之。惊起,见是白象,大倍他象,南人呼之为将军。祝之而拜,象以鼻卷人上背,复取其弓矢药筒等以授之。

因尔遂驰行百余里,入邃谷,至平石。回望十里许,两崖悉是大树,围如巨屋,森然隐天。

象至平石,战惧,且行且望。经六七里,往倚大树,以鼻仰拂人。人悟其意,乃携弓箭,缘树上。象于树下望之,可上二十余丈,欲止。象鼻直指,意如导令复上。人知其意,迳上六十丈,象视毕走去。

其人夜宿树上。至明,见平石上有二目光,久之,见巨兽,高十余丈,毛色正黑。须臾清朗,昨所见大象,领凡象百余头,循山而来。伏于其前。巨兽蹑食二象,食毕,各引去。人乃思象意,欲令其射。因傅药矢端,极力射之,累中二矢。

兽视矢吼奋,声震林木,人亦大呼引兽。兽来寻人,人附树,会其开口,又当口中射之。

兽吼而自掷,久之方死。

俄见大象从平石入,一步一望,至兽所,审其已死。以头触之,仰天大吼。顷间,群象五六百辈,云萃吼叫,声彻数十里。

大象来至树所,屈膝再拜,以鼻招人。

人乃下树,上其背,象载人前行,群象从之。寻至一所,植木如陇,大象以鼻揭楂,群象皆揭,日昳而尽。中有象牙数万枚,象载人行,数十步内,必披一枝,盖示其路。讫,寻至昨寐之处,下人于地,再拜而去。

其人归白都护,都护发使随之,得牙数万。岭表牙为之贱。使人至平石所,巨兽但余骨存,都护取一节骨,十人舁致之,骨有孔,通人来去。

按照一般道理讲,大象是佛教文化的重要符号。但这些文献表明,此时的大象作为佛教文化的意义还并不明显。又如张鷟撰《朝野佥载》卷五"象报恩",故事发生于"上元中,华容县"。其故事讲述较为简单:"上元中,华容县有象入庄家中庭卧,其足下有槎,人为出之。象乃伏,令人骑入深山,以鼻掊土,得象牙数十以报之。"由此可以见到,象牙在市场上不同地区的价值,也表明人们对大象的崇拜还是有限度的。

鲤鱼报恩是少见的报恩故事。

如《稽神录》卷三《史氏女》[1]讲述道:

> 溧水五坛村人史氏女,因莳田倦,偃息树下见一物鳞角爪距可畏,来据其上。已而有娠,生一鲤鱼,养于盆中。数日益长,乃置投金濑中。顷之。有人刈草,误断其尾,鱼即奋跃而去,风雨随之,入太湖而止。家亦渐富。其后女卒,每寒食,其鱼辄从群鱼一至墓前。至今每闰年一至尔。

最后是神仙报恩故事作为风俗内容的体现。这类故事与前面几种情况不一样,是对神明的敬畏态度的表达,是另一种报应故事。五代时期此故事颇为流传,流传后世甚广,如明代王圻纂集《稗史汇编》卷一六八《祸福门·报善·章乙得银人》,都以白银相酬,表明天道对善良的厚待与鼓励。唐五代是乱世,饥饿、贫穷、动乱,日益祸害人民,所以此类故事盛行,如徐铉著《稽神录》卷五《陈浚》记述:"江南陈浚尚书自言,其诸父在乡里好为诗,里人谓之陈白舍人。比之乐天也,性疏简,喜宾客。尝有二道士,一黄衣一白衣,诣其家求舍。舍之厅事,夜分闻二客床坏訇然有声。久之,若无人者。秉烛视之,见白衣人卧于壁,乃银人也。黄衣人不复见矣。自是丰富。"同类故事还见之于王仁裕《玉堂闲话》讲述"宜春郡民章乙,其家以孝义闻",其"孝义","诸子弟皆好善积书",而"宾客至者皆延纳之",所以有此好报,"其家至今巨富","江西郡内,富盛无比"。如其所讲述:

> 宜春郡民章乙,其家以孝义闻。数世不分异,诸从同爨。所居别墅有亭屋水竹,诸子弟皆好善积书,往来方士高僧儒生,宾客至者皆延纳之。
> 忽一日晚际,有一妇人年少端丽,被服靓妆,与一小青衣诣门求寄宿。章氏诸妇忻然迎接,设酒馔,至夜深而罢。

---

[1]《太平广记》卷四七一《史氏女》,出《稽神录》,与此则相同,文字略有出入。

有一小子弟,以文自业,年少而敏俊,见此妇人有色,遂嘱其乳妪别洒扫一室,令其宿止。

至深夜,章生潜身入室内,略不闻声息,遂升榻就之。其妇人身体如冰。

生大惊,命烛照之,乃是银人两头。可重千百斤。一家惊喜,然恐其变化,即以炬炭燃之,乃真白金也。

其家至今巨富,群从子弟妇女,共五百余口,每日三就食,声鼓而升堂。江西郡内,富盛无比。

五代时期杜光庭《神仙感遇传》中记述"维杨十友者,皆家产粗丰,守分知足,不干禄位,不贪货财",为人所示"白日升天,身为上仙"。虽然没有如此,却显示出神仙报恩之真切:

维杨十友者,皆家产粗丰,守分知足,不干禄位,不贪货财,慕玄知道者也。相约为友,若兄弟焉。

时海内大安,民人胥说。遽以酒食为娱,自乐其志。始于一家,周于十室,率以为常。

忽有一老叟,衣服滓弊,气貌羸弱,似贫窭不足之士也。亦着麻衣,领十人来,以造其会。

众既适情,亦皆悯之,不加斥逐。醉饱自去,莫知所之。

一旦言于众曰:"余力困之士也。幸众人许陪坐末,不以为责。今十人置宴,皆得预之。席既周毕,亦愿力为一会,以答厚恩。约以他日,愿得同往。"

至期,十友如其言,相率以待,凌晨,贫叟果至,相引徐步,诣东塘郊外,不觉为远。草莽中茆屋两三间,倾侧欲摧,引入其下,有丐者数辈在焉,皆是蓬发鹑衣,形状秽陋。

叟至,丐者相顾而起,墙立以俟其命。

叟令扫除舍下,陈列籩筿,布以菅席,相邀环坐。

日既旰矣。咸有饥色。久之,各以醯盐竹箸,置于客前。逡巡,数辈共举一巨板如案,长四五尺,设于席中,以油帊幕之。

十友相顾,谓必济饥,甚以为喜。

既撤油帊,气燀燀然尚未可辨。久而视之,乃是蒸一童儿,可十数岁,已糜烂矣。耳目手足,半已堕落。

叟揖让劝勉,使众就食。

众深嫌之,多托以饫饱,亦有忿恚逃去,都无肯食者。

叟纵意餐啖,似有盈味。食之不尽,即命诸丐擎去,令尽食之。因谓诸人曰:"此所食者,千岁人参也,颇甚难求,不可一遇。吾得此物,感诸公延遇之恩,聊欲相报。且食之者,白日升天,身为上仙。众既不食,其命也夫。"

众惊异,悔谢未及。

叟促问诸丐,令食讫即来。俄而丐者化为青童玉女,幡盖导从,与叟一时升天。

十友刳心追求,更莫能见。

五代时有徐铉著《稽神录》,其卷五《陈师》"豫章逆旅梅氏"故事,内容同样在显示善有善报的道理。其记述道:

豫章逆旅梅氏,颇济惠行旅,僧道投止,皆不求直。恒有一道士,衣服蓝缕,来止其家,梅厚待之。

一日谓梅曰:"吾明日当设斋,从君求新瓷碗二十事,及七箸。君亦宜来会,可于天宝洞前访陈师也。"

梅许之,道士持碗渡江而去。

梅翌日诣洞前，问其村人，莫知其处。久之将回，偶得一小径，甚明净。试寻之，果见一院，有青童应门。问之，乃陈之居也。入见道士，衣冠华楚。

延与之坐，命具食。

顷之食至，乃熟蒸一婴儿，梅惧不食。良久又进食，乃蒸一犬子，梅亦不食。

道士叹息，命取昨所得碗赠客。视之，乃金碗也。谓梅曰："子善人也，然不得仙。千岁人参枸杞，皆不肯食，乃分也。"

谢而遣之，曰："此而后不可复继见矣。"

这应该是中国民间文学史上最早的人参传说被完整记述的文献，人参与生人有联系并渲染成神仙食用，应该是唐代社会风俗生活中关于人参的信仰表现。

神仙报恩，常常有许多虚幻的景象，用以考验俗人心底。尤其是后一则人参传说故事，意在于"子善人也，然不得仙"，在于"此而后不可复继见矣"。在民间传说故事中，遗憾使得故事的感染力更进一步增强。善良、厚道、无私，这些美德固然应该有好报，而一旦皆有直接的升仙而去，故事传说的魅力事实上也就黯然失色，太平淡了。神仙报恩，因为扑朔迷离、若即若离，在虚无缥缈中才更有意味；也正是这情景，才是唐代社会风俗中言说不尽的内蕴。

三、神鬼与精怪传说

神、鬼、精、怪，是四个相互联系而又有区别的文化现象。在不同现象之间，体现的是不同类别的社会风俗。如《左传》昭公七年载子产言："子产曰：人生始化曰魄，既生魄，阳曰魂，用物精多，则魂魄强，是以有精爽，至于神明，匹夫匹妇强死，其魂魄犹能冯依于人，以为淫厉。"《礼记·祭义》曰："宰我曰:吾闻鬼神之名,不知其所谓,子曰,气也者,神之盛也,魄也者,鬼之盛也,合鬼与神,教之至也。众生必死,死必归土,此之谓鬼。骨肉毙于下,阴为野土,其气发扬于上,为昭明。熏蒿凄怆,此百物之精也。"神鬼精怪是民间信仰的主体,关于其存在与社会生活中的情形的理解,属于历史文化发展中具有生命哲学意义的命题。

唐代社会风俗的主体固然是以民间传说故事为外表被不断具体表现出来的,而且思想文化的核心,应该就在于这些神鬼精怪之类的文化生活现象。

1. 鬼故事

徐铉《稽神录》卷二《望江李令》记述道:

> 望江李令者,罢秩居舒州,有二子甚聪慧。令尝饮酒暮归,去家数百步,见二子来迎,即共擒而殴之。令惊怒大呼,而远方人竟绝无知者,且行且殴,将至家,二子皆却走而去。
>
> 及入门,二子复迎于堂下,问之,皆云未尝出门。
>
> 后月余,令复饮酒于所亲家,因具白其事,请留宿,不敢归。而其子恐父暮归复为所殴,即俱往迎之。及至中途,见其父怒曰:"何故暮出!"即使从人击之,因而获免。
>
> 明日,令归,益骇其事。不数月,父子皆卒。郡人云:"吾舒有山鬼,善为此厉,盖黎丘之徒也。"

《稽神录》佚文《凶宅掘银一窖》[1] 也是鬼故事:

> 寿州大将赵璘本州有凶宅,人莫敢居。璘往居之,独据中堂,夜有物推床曰:"我等在此已久,为君所压甚不快活,君可速去。"鬼乃相与移其

---

[1] 今本《稽神录》无此条,转引自南宋·曾慥编《类说》卷十二。

床于庭下,璘亦安寝,明日,于堂上置床处掘得银一窖,宅遂安。

2. 神仙传说

神仙传说就是神仙文化,跨越时空,神出鬼没,出入无常,监视人间,善恶因而自有报应。正因为其代表正义,代表美好,所以为人所信赖、向往。

来来往往,一切皆不可知;于有疑处生发故事。成为唐代社会风俗的重要内容与特征。

唐丘光庭撰《兼明书》有"烂柯山"[1],承袭前人旧说,称:"烂柯山,相传云:昔人采樵于山中,见二人弈棋于松下,因坐而看之。及棋罢而归,斧柯已烂,至家三岁矣。因名其山曰烂柯。"此类型在唐代比比皆是。

《玉堂闲话》有"狗仙山"[2]故事,与"烂柯山"不同。其神仙故事情节更为离奇,内容更为丰富。如其讲述:

> 巴赛之境,地多岩崖,水怪木怪,无所不有。民居溪壑,以弋猎为生涯。
>
> 嵌空之所,有一洞穴,居人不能测其所住。猎师纵犬于此,则多呼之不回,瞪目摇尾,瞻其崖穴。于时有彩云垂下,迎猎犬而升洞。如是者年年有之。好道者呼为"狗仙山"。
>
> 偶有智者,独不信之。遂绁一犬,挟弦弧往之。至则以粗绁系其犬腰,系于拱木,然后退身而观之。及彩云下,犬萦身而不能随去,嗥叫者数四。旋见有物,头大如瓮,双目如龟,鳞甲光明,冷照溪谷,渐垂身出洞中观其犬。
>
> 猎师毒其矢而射之,既中,不复再见。
>
> 顷经旬日,臭秽满山。猎师乃自山顶,缒索下观,见一大蟒,腐烂于岩间。

---

[1] 见《说郛》卷八。
[2] 引自《太平广记》卷四五八。

狗仙山之事,永无有之。

《玉堂闲话》有"选仙场"[1]故事,主体以"道高"为述说对象,讲的也是神仙世界景象:

南中有选仙场,场在峭崖之下,其绝顶有洞穴,相传为神仙之窟宅也。每年中元日,拔一人上升。学道者筑坛于下,至时,则远近冠帔,咸萃于斯,备科仪,设斋醮,焚香祝数。七日而后,众推一人道德最高者,严洁至诚,端简立于坛上。余人皆掺袂别而退,遥顶礼顾望之。于时有五色祥云,徐自洞门而下,至于坛场。其道高者,冠衣不动,合双掌,蹑五云而上升。观者靡不涕泗健羡,望洞门而作礼。如是者年一两人。

次年有道高者合选,忽有中表间一比丘,自武都山往与诀别。

比丘怀雄黄一斤许,赠之曰:"道中唯重此药,请密置于腰腹之间,慎勿遗失之。"

道高者甚喜,遂怀而升坛。至时,果蹑云而上。后旬余,大觉山岩臭秽。

数日后,有猎人自岩旁攀缘造其洞,见有大蟒蛇腐烂其间,前后上升者骸骨,山积于巨穴之间。

盖五色云者,蟒之毒气,常呼吸此无知道士充其腹,哀哉。

沈既济撰《枕中记》[2]记述"开元七年,道士有吕翁者,得神仙术",引发神仙世界的恩恩怨怨、是是非非。如果将其中的"生五子"情节与后世年画《五子登科》相对比,或许可以说,这就是这个年画故事最早的原型。其讲

---

[1] 引自《太平广记》卷四五八。
[2] 见鲁迅《唐宋传奇集》。

述道：

开元七年,道士有吕翁者,得神仙术,行邯郸道中,息邸舍,摄帽弛带,隐囊而坐。

俄见旅中少年,乃卢生也,衣短褐,乘青驹,将适于田,亦止于邸中,与翁共席而坐,言笑殊畅。

久之,卢生顾其衣装敝亵,乃长叹息曰:"大丈夫生世不谐,困如是也!"

翁曰:"观子形体,无苦无恙,谈谐方适,而叹其困者,何也?"

生曰:"吾此苟生耳。何适之谓?"

翁曰:"此不谓适,而何谓适?"

答曰:"士之生世,当建功树名,出将入相,列鼎而食,选声而听,使族益昌而家益肥,然后可以言适乎。吾尝志于学,富于游艺,自惟当年青紫可拾。今已适壮,犹勤畎亩,非困而何?"

言讫,而目昏思寐。

时主人方蒸黍。翁乃探囊中枕以授之,曰:"子枕吾枕,当令子荣适如志。"

其枕青瓷,而窍其两端。生俯首就之,见其窍渐大,明朗。乃举身而入,遂至其家。

数月,娶清河崔氏女。女容甚丽,生资愈厚,生大悦,由是衣装服驭,日益鲜盛。

明年,举进士登第;释褐秘校;应制,转渭南尉;俄迁监察御史;转起居舍人,知制诰。

三载,出典同州,迁陕牧。

生性好土功,自陕西凿河八十里,以济不通。邦人利之,刻石纪德。移节汴州,领河南道采访使,征为京兆尹。

是岁,神武皇帝方事戎狄,恢宏土宇。会吐蕃悉抹逻及烛龙莽布支攻陷瓜沙,而节度使王君㚟新被杀,河湟震动。

帝思将帅之才,遂除生御史中丞,河西道节度。大破戎虏,斩首七千级,开地九百里,筑三大城以遮要害。边人立石于居延山以颂之。

归朝册勋,恩礼极盛。转吏部侍郎,迁户部尚书兼御史大夫。

时望清重,群情翕习。大为时宰所忌,以飞语中之,贬为端州刺史。三年,征为常侍。

未几,同中书门下平章事。与萧中令嵩、裴侍中光庭同执大政十余年,嘉谟密令,一日三接,献替启沃,号为贤相。

同列害之,复诬与边将交结,所图不轨。下制狱。府吏引从至其门而急收之。

生惶骇不测,谓妻子曰:"吾家山东,有良田五顷,足以御寒馁,何苦求禄?而今及此。思衣短褐,乘青驹,行邯郸道中,不可得也。"引刃自刎。

其妻救之,获免。

其罹者皆死,独生为中官保之,减罪死,投驩州。数年,帝知冤,复追为中书令,封燕国公,恩旨殊异。生五子:曰俭,曰传,曰位,曰倜,曰倚,皆有才器。俭进士登第,为考功员外;传为侍御史;位为太常丞;倜为万年尉;倚最贤,年二十八,为左襄。其姻媾皆天下望族。有孙十余人。两窜荒徼,再登台铉,出入中外,徊翔台阁,五十余年,崇盛赫奕。性颇奢荡,甚好佚乐,后庭声色,皆第一绮丽。前后赐良田、甲第、佳人、名马,不可胜数。

后年渐衰迈,屡乞骸骨,不许。

病,中人候问,相踵于道,名医上药,无不至焉。将殁,上疏曰:"臣本山东诸生,以田圃为娱。偶逢圣运,得列官叙。过蒙殊奖,特秩鸿私,出拥节旌,入升台辅。周旋中外,绵历岁时。有忝天恩,无裨圣化。负乘贻寇,履薄增忧,日惧一日,不知老至。今年逾八十,位极三事,钟漏并歇,筋骸俱耄,弥留沉顿,待时溘尽。顾无成效,上答休明,空负深恩,永辞圣代。无任感恋之至。谨奉表陈谢。"

诏曰:"卿以俊德,作朕元辅。出拥藩翰,入赞雍熙。升平二纪,实卿所赖。比婴疾疹,日谓痊平。岂斯沉痼,良用悯恻。今令骠骑大将军高力士就第候省。其勉加针石,为予自爱。犹冀无妄,期于有瘳。"

是夕,薨。卢生欠伸而悟,见其身方偃于邸舍,吕翁坐其傍,主人蒸黍未熟,触类如故。

生蹶然而兴,曰:"岂其梦寐也?"

翁谓生曰:"人生之适,亦如是矣。"

生怃然良久,谢曰:"夫宠辱之道,穷达之运,得丧之理,死生之情,尽知之矣。此先生所以窒吾欲也。敢不受教。"

稽首再拜而去。

戴孚撰《广异记》记"辰州麻阳县村人"引发"河上公,上帝使为诸仙讲易"故事:

辰州麻阳县村人,有猪食禾。人怒,持弓矢伺之。

后一日复出,人射中猪。猪走数里,入大门,门中见室宇壮丽,有一老人,雪髯持杖,青衣童子随后。

问人何得至此。人云猪食禾,因射中之,随逐而来。

老人云:"牵牛蹊人之田而夺之牛,不亦甚乎?"命一童子令与人酒饮。

前行数十步,至大厅,见群仙。羽衣乌帻,或樗蒲,或弈棋,或饮酒。

童子至饮所,传教云:"公令与此人一杯酒。"

饮毕不饥。

又至一所。有数十床,床上各坐一人,持书,状如听讲。久之却至公所,公责守门童子曰:"何以开门,令猪得出入而不能知?"

乃谓人曰:"此非真猪,君宜出去。"

因命向童子送出,人问老翁为谁,童子云:"此所谓河上公,上帝使为诸仙讲易耳。"

又问君复是谁,童子云:"我王辅嗣也。受易已来,向五百岁,而未能通精义。故被罚守门。"

人去后,童子蹴一大石遮门,遂不复见。

卢肇《逸史》讲述"黄尊师居茅山,道术精妙"故事:

黄尊师居茅山,道术精妙。

有贩薪者,于岩洞间得古书十数纸,自谓仙书,因诣黄君,恳请师事。黄君纳其书,不语,日遣斫柴五十束,稍迟并数不足,呵骂及棰击之,亦无怨色。

一日,见两道士于山石上棋。看之不觉日暮,遂空返。

黄生大怒骂叱,杖二十。

问其故,乃具言之。曰:"深山无人,何处得有棋道士?果是谩语。"

遂叩头曰:"实,明日便捉来。"

及去,又见棋次。乃佯前看,因而擒捉。

二道士并局,腾于室中上高树,唯得棋子数枚。

道士笑谓曰:"传语仙师,从与受却法箓。"

因以棋子归,悉言其事。黄公大笑,乃遣沐浴,尽传法箓。受讫辞去,不知其终。

《逸史》中又有讲述"义兴县山水秀绝,张公洞尤奇丽"故事,与此前神仙故事异曲同工,暗含胡人识宝。其讲述道:

义兴县山水秀绝,张公洞尤奇丽。里人云,张道陵修行之所也。中有洞壑,众未敢入。

土氓姚生习道,挈杖瓶火,负囊以入。约行数百步,渐渐明朗。云树依稀,近通步武。

又十余里,见二道士对弈。曰:"何人,焉得来此?"

具言始末。曰:"大志之士也。"

姚生馁甚,因求食。旁有青泥数斗,道士指曰:"可餐此。"

试探咀嚼,觉芳馨,食之遂饱。

道士曰:"尔可去,慎勿语世人。"

再拜而返,密怀其余,以访市肆。

偶胡贾见,惊曰:"此龙食也,何方而得?"

乃述其事,俱往寻之,但黑巨穴,不复有路。

青泥出外,已硬如石,不可复食。

洞中有神仙故事,得到黄金是幸福,得不到者自然有教训。其实,这是唐代社会风俗又一种形式的体现,即财富观念。如牛肃撰《纪闻·裴谈》讲述"有樵者入太行山,见山穴开,有黄金焉"与"愚人贪得,重求不获"故事:

裴谈为怀州刺史,有樵者入太行山,见山穴开,有黄金焉,可数间屋。

樵者喜,入穴取金,得五铤,皆长尺余。因以石室穴,且志之。又数日往,则迷其处。

樵者颇谙山谷,即于洛城怀州,造开石物锤凿数车,州有崔司户,知而助之。将往开,而谈妻有疾,请道家奏章请命。

奏章道士忽传天帝诏曰:"帝诏语裴谈,吾太行山天藏开,比有樵夫见之,吾已遗金五铤,命其闭塞。而愚人贪得,重求不获,乃兴恶,将开吾藏。已造锤凿数车,若开不休,或中吾伏藏,此若开锤凿,此州人且死尽,深无所益。此州崔司户,与其同心。但诣崔验之,自当有见。急止之,汝妻疾自当瘳矣。"

谈大异之,即召崔子问故,果符所言。乃没其开石具而禁止之,妻寻有间。

《原化记·裴氏子》讲述"唐开元中,长安裴氏子,于延平门外庄居。兄弟三人未仕,以孝义闻,虽贫,好施惠"故事:

唐开元中,长安裴氏子,于延平门外庄居。兄弟三人未仕,以孝义闻,虽贫,好施惠。

常有一老父过之求浆,衣服颜色稍异,裴子待之甚谨。问其所事,云:"以卖药为业。"

问其族:曰:"不必言也。"

因是往来憩宿于裴舍,积数年而无倦色,一日谓裴曰:"观君兄弟至窭,而常能恭己不倦于客,君实长者,积德如是,必有大福,吾亦厚君之惠,今为君致少财物,以备数年之储。"

裴敬谢之,老父遂命求炭数斤,坎地为炉,炽大,少顷,命取小砖瓦如手指大者数枚,烧之,少顷皆赤。怀中取少药投之,乃生紫烟,食顷变为金矣,约重百两,以授裴子。谓裴曰:"此价倍于常者,度君家事三年之蓄矣。吾自此去,候君家罄尽,当复来耳。"

裴氏兄弟益敬老父。拜之,因问其居。

曰:"后当相示焉。"诀别而去。

裴氏乃货其金而积粮,明年遇水旱,独免其灾。

后三年,老父复至,又烧金以遗之。

裴氏兄弟一人愿从学,老父遂将西去,数里至太白山西岩下,一大盘石,左有石壁,老父以杖叩之,须臾开。乃一洞天,有黄冠及小童迎接。

老父引裴生入洞,初觉暗黑,渐即明朗,乃见城郭人物,内有宫阙堂殿,如世之寺观焉。道士玉童仙女无数,相迎入。盛歌乐,诸道士或琴棋讽诵言论。

老父引裴氏礼谒,谓诸人曰:"此城中主人也。"遂留一宿,食以胡麻饭、麟脯、仙酒。

裴告归,相与诀别,老父复送出洞,遗以金宝遣之。谓裴曰:"君今未合久住,且归。后二十年,天下当乱,此是太白左掩洞。君至此时,可还来此,吾当迎接。"

裴子拜别。

比至安史乱,裴氏全家而去,隐于洞中数年。

居处仙境,咸受道术。乱定复出,兄弟数人,皆至大官,一家良贱,亦蒙寿考焉。

戴孚撰《广异记·破山剑》,讲述"近世有士人耕地得剑,磨洗诣市,有胡人求买"故事,是中国民间文学史上胡人识宝传说的典型。其讲述道:

近世有士人耕地得剑,磨洗诣市,有胡人求买,初还一千,累上至百贯,士人不可。

胡随至其家,爱玩不舍,遂至百万。已克明日持直取剑。

会夜佳月,士人与其妻持剑共视,笑云:"此亦何堪,至是贵价?"

庭中有捣帛石,以剑指之,石即中断。

及明,胡载钱至,取剑视之,叹曰:"剑光已尽。何得如此?"不复买。

士人诘之。胡曰:"此是破山剑,唯可一用,吾欲持之以破宝山。今光铓顿尽,疑有所触。"

士人夫妻悔恨,向胡说其事。胡以十千买之而去。

听棋遇仙,属于神仙传说的又一种类型。

王积薪的棋艺绝伦传说,在唐代文献中出现颇多。薛用弱撰《集异记》(又名《古异记》),大致讲述翰林王积薪擅长围棋,偶然遇到婆媳俩在暗中下围棋,得到神仙指示妙招云云。同时,《唐国史补》卷上"王积薪闻棋"对此做讲述道:

王积薪棋术功成,自谓天下无敌。
将游京师,宿于逆旅。
既灭烛,闻主人媪隔壁呼其妇曰:"良宵难遣,可棋一局乎?"
妇曰:"诺。"
媪曰:"第几道下子矣。"
妇曰:"第几道下子矣。"
各言数十。
媪曰:"尔败矣。"
妇曰:"伏局。"
积薪暗记,明日复其势,意思皆所不及也。

《集异记》卷一《王积薪》讲述的是"玄宗南狩,百司奔赴行在,翰林善围棋者王积薪从焉",故事记述"邓艾开蜀势(棋局),至今棋图有焉,而世人终莫得而解矣",是棋艺传说的典型:

玄宗南狩,百司奔赴行在,翰林善围棋者王积薪从焉。
蜀道隘狭,每行旅止息中道之邮亭人舍,多为尊官有力者之所见占。
积薪栖栖而无所入。因沿溪深远,寓宿于山中孤姥之家。但有妇姑,止给水火。才暝,妇姑皆阖户而休。

积薪栖于檐下,夜阑不寐。忽闻堂内姑谓妇曰:"良宵无以为适,与子围棋一赌可乎?"

妇曰:"诺。"

积薪私心奇之。况堂内素无灯烛,又妇姑各处东西室。

积薪乃附耳门扉,俄闻妇曰:"起东五南九置子矣。"

姑应曰:"东五南十二置子矣。"

妇又曰:"起西八南十置子矣。"

姑又应曰:"西九南十置子矣。"

每置一子,皆良久思惟。夜将尽四更,积薪一一密记,其下止三十六。

忽闻姑曰:"子已败矣,吾止胜九枰耳。"

妇亦甘焉。

积薪迟明具衣冠请问,孤姥曰:"尔可率己之意而按局置子焉。"

积薪即出囊中局,尽平生之秘妙,而布子未及十数,孤姥顾谓妇曰:"是子可教以常势耳。"

妇乃指示攻守杀夺救应防拒之法,其意甚略。

积薪即更求其说,孤姥笑曰:"止此已无敌于人间矣。"

积薪虔谢而别。行十数步再诣,则已失向之室间矣。

自是积薪之艺绝无其伦。即布所记妇姑对敌之由,罄竭心力,较其九枰之胜,终不得也。因名"邓艾开蜀势"。至今棋图有焉,而世人终莫得而解矣。

严子休《桂苑丛谈·史遗》讲述的也是"王积薪听棋"传说故事:

王积薪随明皇西幸,有司奔从。翰林弈棋者,独王在焉。

蜀道隘狭,每止息,道路店舍多为尊官所占。王凄凄无所入。因沿溪深远寓宿山中孤姥之家。但有妇姑,止给薪米。才暝,妇姑皆阖户而休,王宿于檐下。

夜,忽闻堂内姑谓妇曰:"良宵无以为适,与子棋一局。"

王异之,室内无烛,又妇姑各在东西室。

王即附耳门扉。

俄闻妇曰:"起东五南九置子矣。"

姑曰:"东五南十二置子矣。"

妇又曰:"起西八南十置子矣。"

姑又曰:"西九南十四置子矣。"

每置一子,皆良久思维。夜及四更,王一一密记,共下子三十六。

忽闻姑曰:"子已北矣,吾止胜九枰耳。"

妇亦甘焉。

迟明,王具礼请问于老姥,姥曰:"尔可率己之意而按局置子焉。"

王则出局,尽平生之妙而布子。未及数十。谓妇曰:"是子可教以常势耳。"

因指示攻守杀夺、救应防拒之法,其意甚略。王即更求其说,姥笑曰:"止此已无敌于人间矣。"

王谢而别,行不数十步,回顾皆失向之室庐矣,自是王之艺绝无其伦。即布所记妇姑对敌之势,罄竭心力较其九枰之势,终不得也,因名"邓艾开蜀势",至今有焉。

谷神子撰《博异志·张竭忠》是另外一种结局的神仙故事,其讲述道士"升仙"为题,原来是老虎所为,此为地方官发现,命勇士将衔走道士的老虎射死,揭开所谓"升仙"鬼话。

天宝中,河南缑氏县东太子陵仙鹤观,常有道士七十余人,皆精专修习,法箓斋戒皆全。有不专者,不之住矣,常每年九月三日夜,有一道士得仙,已有旧例。至旦,则具姓名申报以为常。其中道士,每年到其夜,皆不扃户,各自独寝,以求上升之应。后张竭忠摄缑氏令,不信。至时,乃令二勇士持兵器潜觇之,初无所睹,至三更后,见一黑虎入观来,顷臾,衔出一道士。二人射之,不中,虎弃道士而去。至明,无人得仙者。具以此物白竭忠。竭忠申府,请弓矢大猎,于太子陵东石穴中格杀数虎。或金简玉箓洎冠帔,或人之发骨甚多,斯皆谓每年得仙道士也。自后仙鹤观中即渐无道士。今并休废,为守陵使所居也。

唐代谷神子撰《博异志》记述"元和二年,陇西李黄"故事,与后世著名的《白蛇传》在基本情节上有许多相同之处,堪称其原型。如其讲述:

元和二年,陇西李黄,盐铁使逊之犹子也。因调选次,乘暇于长安东市,瞥见一犊车,侍婢数人,于车中货易李潜目车中,因见白衣之姝,绰约有绝代之色。

李子求问,侍者曰:"娘子孀居,袁氏之女,前事李家,今身依李之服,方除服,所以市此耳。"

又询:"可能再从人乎?"

乃笑曰:"不知。"

李子乃出与钱帛,货诸锦绣,婢辈遂传言云:"且贷钱买之,请随到庄严寺左侧宅中,相还不晚。"

李子悦。时已晚,遂逐犊车而行,碍夜方至所止。

犊车入中门,白衣姝一人下车,侍者以帷拥之而入。

李下马,俄见一使者,将榻而出,云:"且坐。"

坐毕,侍者云:"今夜郎君岂暇领钱乎!不然,此有主人否?且归主人,明晨不晚也。"

李子曰:"乃今无交钱之志,然此亦无主人,何见隔之甚也!"

侍者入,复出曰:"若无主人,此岂不可。但勿以疏漏为诮也。"

俄而侍者云:"屈郎君。"

李子整衣而入,见青服老女郎立于庭,相见曰:"白衣之姨也。"

中庭坐。少顷,白衣方出,素裙灿然,凝质皎若,辞气闲雅,神仙不殊。略序款曲,翻然却入。

姨坐谢曰:"垂情与货诸彩色,比日来市者,皆不如之,然所假如何?深忧愧。"

李子曰:"彩帛粗缪,不足以奉佳人服饰,何敢指价乎!"

答曰:"渠浅陋,不足侍君子巾栉,然贫居有三十千债负,郎君倘不弃,则愿侍左右矣。"

李子悦,拜于侍侧,俯而图之。

李子有货易所先在近,遂命所使取钱三十千,须臾而至。堂西间门,砉然而开,饭食毕备,皆在西间,姨遂延李子入座,转盼炫焕。女郎旋至,命坐,拜姨而坐,六七人具饭,食毕,命酒欢饮。一住三日,饮乐无所不至。第四日,姨云:"李郎君且归,恐尚书怪迟,后往来亦何难也。"

李亦有归志,承命拜辞而出。上马,仆人觉李子有腥臊气异常。遂归宅,问:"何处,许日不见?"以他语对,遂觉身重头旋,命被而寝。先是婚郑氏女,在侧云:"足下调官已成,昨日过官,觅公不得,某一兄替过官,已了。"

李答以愧佩之辞,俄而郑兄至,责以所往行。

李已渐觉恍惚,祗对失次,谓妻曰:"吾不起矣。"

口虽语,但觉被底身渐消尽,揭被而视,空注水而已,唯有头存,家大惊愕,呼从出之仆考之,具言其事。

及去寻旧宅所,乃空园,有一皂荚树,村上有十五千,树下十五千,余了无所见。

问彼处人,云:"往往有巨白蛇在树下,便无别物。"

姓袁者,盖以空园为姓耳。

《博异志·李黄》还采集了一则异文,附录在该故事之后:

复一说,元和中,凤翔节度李听从子琯,任金吾参军,自永宁里出游,及安化门外,乃遇一车子,通以银装,颇极鲜丽,驾以白牛,从二女奴,皆乘白马,衣服皆素,而姿容婉媚。

琯贵家子,不知检束,即随之,将暮焉。

二女奴曰:"郎君贵人,所见莫非丽质。某皆贱质,又粗陋,不敢当公子厚意,然车中幸有姝丽,诚可留意也。"

琯遂求女奴,乃驰马傍车,笑而回曰:"郎君但随行,勿舍去,某适已言矣。"

琯既随之,闻其异香盈路。

日暮,及奉诚园,二女奴曰:"娘子住此之东,今先去矣。郎君且此回翔。某即出奉迎耳。"

车子既入,琯乃驻马于路侧。良久见一婢,出门招手,琯乃下马,入座于厅中,但闻名香入鼻,似非人世所有。

琯遂令人马入安邑里寄宿,黄昏后,方见一女子,素衣,年十六七,姿艳若神仙。琯自喜之心,所不能谕。

及出,已见人马在门外,遂别而归。

才及家,便觉脑疼,斯须益甚,至辰巳间,脑裂而卒。

其家询问奴仆昨夜所历之处,从者具述其事,云:"郎君颇闻异香,某辈所闻,但蛇臊不可近。"

举家冤骇,遽命仆人,于昨夜所止之处覆验之,但见枯槐树中,有大蛇蟠屈之迹。

乃伐其树,发掘,已失大蛇,但有小蛇数条,尽白,皆杀之而归。

神仙故事的关键并不一定就是直接升仙,融入神仙世界,而是神仙相遇后的种种奇异变化。这些神仙传说故事皆在述说奇异,有一些内容具有精怪故事的特征,其超然为仙等观念,体现出唐代社会风俗的具体内容。

3. 精怪故事

精怪的实质是变异,其变异处在于与人交往所形成的种种非常态生活。对人世间普通人命运形成的伤害,是精怪故事的主体。其中有许多内容属于淫祀,被视为污秽、邪恶,这体现出唐代社会风俗中底层社会流行的信仰观念。

精怪故事中,精怪的原型以老虎为多,也有蛇、狼和狐狸等动物。柳祥《潇湘录·王真妻》讲述"华阴县令王真妻赵氏"故事:"华阴县令王真妻赵氏者,燕中富人之女也。美容貌,少适王真,洎随之任,近半年。忽有一少年,每伺真出,即辄至赵氏寝室,既频往来,因戏诱赵氏私之。忽一日,王真自外入,乃见此少年与赵氏同席,饮酌欢笑,甚大惊讶。赵氏不觉自仆气绝,其少年化一大蛇,奔突而去。真乃令侍婢扶腋起之,俄而赵氏亦化一蛇,奔突俱去。王真遂逐之,见随前出者俱入华山,久之不见。"大约成于吐蕃时期(七至九世纪)的敦煌古藏文写卷中有《白嘎白喜和金波聂基》,可以称作我国历史上较早出现的狼外婆故事文献。狐狸精怪为祟,是中国民间文学史上较早的狐狸精怪故事。如《朝野佥载》佚文"张简"[1]叙述道:"唐国子监助教张简,河南缑氏人也,曾为乡学讲文选。有野狐假简形,讲一纸书而去。须臾简至,弟子怪问之。简异曰:前来者必野狐也。讲罢归舍,见妹坐络丝,谓简曰:适煮菜冷,兄来何迟?简坐,久待不至,乃责其妹。妹曰:元不见兄来,此必是野狐也,更见即杀之。明日又来,见妹坐络丝,谓简曰:鬼魅适向舍后。简遂持棒,见真妹从厕上出来,遂击之。妹号叫曰:是儿。简不信,因

---

[1] 引自《太平广记》卷四四七。

击杀之。问络丝者,化为野狐而走。"

唐代精怪故事中,虎的形象出现较多,一方面是虎报恩,一方面是虎为怪,个中原因应该说与唐代社会风俗中对虎的各种信仰表现有密切关系。值得注意的是,在故事讲述中,一般都有真实的时间、地点、人物,力求形成给人以真实可信的讲述效果。

如《广异记·虎妇一》记述"唐开元中,有虎取人家女为妻,于深山结室而居"老虎攫取女子为妻故事:

> 唐开元中,有虎取人家女为妻,于深山结室而居。
> 经二载,其妇不之觉。
> 后忽有二客携酒而至,便于室中群饮,戒其妇云:"此客稍异,慎无窥觑。"
> 须臾皆醉眠,妇女往视,悉虎也。心大惊骇,而不敢言。
> 久之,虎复为人形,还谓妇曰:"得无窥乎?"
> 妇言初不敢离此。后忽云思家,愿一归觐。
> 经十日,夫将酒肉与妇偕行。渐到妻家,遇深水。妇人先渡,虎方褰衣,妇戏云:"卿背后何得有虎尾出?"
> 虎大惭,遂不渡水,因尔疾驰不返。

《广异记·虎妇二》讲述"利州卖饭人,其子之妇山园采菜,为虎所取",最后以"刘全白亲见妇人,说其事云"道:

> 利州卖饭人,其子之妇山园采菜,为虎所取。
> 经十二载而后还。自说入深山石窟中,本谓遇食,久之相与寝处。
> 窟中共有四虎,妻妇人者最老。
> 老虎恒持麋鹿等肉还以哺妻,或时含水吐其口中。妇人欲出,辄为所

怒，驱以入窟。

积六七年，后数岁，渐失余虎，老者独在。其虎自有妇人，未常外宿。

后一日，忽夜不还。妇人心怪之，欲出而不敢。如是又一日，乃徐出。行数十步，不复见虎。乃极力行五六里，闻山中伐木声，径往就之。伐木人谓是鬼魅，以砾石投掷。

妇人大言其故，乃相率诘问。

妇人云："己是某家新妇。"

诸人亦有是邻里者，先知妇人为虎所取，众人方信之。邻人因脱衫衣之，将还。

会其夫已死，翁姥悯而收养之，妇人亦憨憨，乏精神，恒为往来之所狎。

刘全白亲见妇人，说其事云。

《广异记·勤自励》：讲述"漳浦人勤自励"巧遇妻子在虎穴而杀虎，以及其"今尚无恙"故事，其讲述道：

漳浦人勤自励者，以天宝末充健儿，随军安南，及击吐蕃，十年不还。

自励妻林氏为父母夺志，将改嫁同县陈氏。

其婚夕，而自励还。父母具言其妇重嫁始末，自励闻之，不胜忿怒。

妇宅去家十余里，当破吐蕃，得利剑。是晚，因杖剑而行，以诣林氏。

行八九里，属暴雨天晦，进退不可。忽遇电明，见道左大树，有旁孔，自励权避雨孔中，先有三虎子，自励并杀之。

久之，大虎将一物纳孔中，须臾复去。

自励闻有人呻吟，径前扪之，即妇人也。自励问其为谁，妇人云："己是林氏女，先嫁勤自励为妻。自励从军未还，父母无状，见逼改嫁，以今夕成亲。我心念旧，不能再见，愤恨莫已，遂持巾于宅后桑林自缢。为虎所取，幸而遇君，今犹未损。倘能相救，当有后报。"

自励谓曰："我即自励也,晓还至舍,父母言君适人,故拔剑而来访。何期于此相遇?"

乃相持而泣,顷之,虎至。初大吼叫,然后倒身入孔。自励以剑挥之,虎腰中断。恐又有虎,故未敢出。

寻而月明后,果一虎至,见其偶毙,吼叫愈甚。自尔复倒入,又为自励所杀。

乃负妻还家,今尚无恙。

李复言《续玄怪录》卷四有《叶令女》,讲述"汝州叶县"人虎故事之"当时闻者,莫不叹异之"道:

汝州叶县令卢造者,有幼女,大历中许邑客郑楚曰:"及长,以嫁君之子元方。"

楚拜之。

俄而楚录潭州军事,造亦辞而寓叶。

后楚卒,元方护丧居江陵,数年间,音问两绝。

县令韦计为子娶焉。

其吉晨,元方适到。会武昌戍边兵亦止其县,县隘,天雨甚,元方无所容,径往县东十二里佛舍。

舍西北隅有若小兽号鸣者,出火视之,乃三虎子,目犹未开。以其小,未能害人,且不忍投于雨中,闭门坚拒而已。

约三更初,虎来触其门,不得入,其西有窗,亦甚坚,虎怒搏之,榥拆陷头于中,为左右所辖,进退不得。

元方取佛塔砖击之,虎吼怒拿攫,终莫能去。连击之,俄顷而毙。

既而闻门外若女人呻吟,气甚困劣,徐问曰:"门外呻吟者,人耶?鬼耶?"

曰:"人也?"

曰:"何以到此?"

曰:"妾前卢令女也,今夕将适韦氏,亲迎,方登车,为虎所执,负荷而来投此。今即无损,而甚畏其复来,能相救乎?"

元方奇之,执烛出视,真衣缨也,年十七八,礼服俨然,泥水皆澈。既扶入,复固其门,拾佛塔毁像,以继其明。

女曰:"此何处也?"

曰:"县东僧舍耳。"

元方言姓名,且话旧诺。

女亦前记之,曰:"妾父曾许妻君,一旦以君之绝耗也,将嫁韦氏。天命难改,虎送归君。庄去此甚近,请绝韦氏而奉巾栉。"

及明而送归其家,其家以虎攫而去,方坐且制服礼,见其来,喜若天降。

元方致虎于县,具言其事。县宰异之,以卢氏归于郑焉。

当时闻者,莫不叹异之。

皇甫氏撰《原化记·中朝子》讲述的是"亳州永城界"故事:

有一中朝子弟,性颇落拓,少孤,依于外家。

外家居在亳州永城界,有庄,舅氏一女甚有才色,此子求娶焉。舅曰:"汝且励志求名,名成,吾不违汝。"

此子遂发愤笃学,荣名京邑。白于舅曰:"请三年,以女见待。如违此期,任别适人。"

舅许之。

此子入京,四年未归,乃别求女婿。行有日矣,而生亦已成名归。

去舅庄六七十里,夜宿,时暑热,此子从舟中起,登岸而望。去舟半里余有一空屋,遂领一奴持刀棒居宿焉。

此乃一废佛屋,土塌尚存,此子遂寝焉。奴人于地持刀棒卫之。忽觉塌下有物动声,谓是虫鼠,亦无所疑。

夜至三更,月渐明,忽一虎背负一物掷于门外草内,将欲入屋。此人遂持刀棒叫呼,便惊走。

呼舟人持火来照,草间所堕乃一女,妆梳至美,但所着特故衣耳,亦无所损伤。

熟视之,乃舅妹也,许嫁之者。为虎惊,语犹未得。

遂扶入屋,又照其榻后,有虎子数头,皆杀之。

扶女却归舟中,明日至舅庄,遥闻哭声。

此子遂维舟庄外百余步,入庄,先慰,徐问凶故。舅曰:"吾以汝来过期,许嫁此女于人。吉期本在昨夜,一更后,因如厕,为虎所搏,求尸不得。"

生乃白其事,舅闻,悲喜惊叹,遂以女嫁此生也。

戴孚《广异记·刘老》讲述"信州刘老者"与"此为伥鬼所教,若先制伥,即当得虎"故事,是虎与鬼共同为盗。其讲述道:

信州刘老者以白衣住持于山溪之间。人有鹅二百余只诣刘放生,恒自看养。数月后,每日为虎所取,以耗三十余头。村人患之,罗落陷阱,遍于放生所,自尔虎不复来。

后数日,忽有老叟巨首长鬣来诣刘,问鹅何以少减。答曰:"为虎所取。"

又问何不取虎,答云:"已设陷阱,此不复来。"

叟曰:"此为伥鬼所教,若先制伥,即当得虎。"

刘问何法取之,叟云:"此鬼好酸,可以乌白等梅及杨梅布之要路,伥若食之,便不见物,虎乃可获。"

言讫不见。

是夕,如言布路之。四鼓后,闻虎落阱,自尔绝焉。

皇甫氏《原化记·浔阳猎人》讲"浔阳有一猎人常取虎为业"传说故事:

浔阳有一猎人常取虎为业,于径施弩弓焉。每日视之,见虎迹而箭已发,未曾得虎。

旧说云:"人为虎所食,即作伥鬼之事。"即于其侧树下密伺。

二更后,见一小鬼青衣,髡发齐眉蹩躠而来弓所,拔箭发而去。后食顷,有一虎来,履弓而过。

既知之,更携一只箭而去。复如前状。此人速下树,再架箭,而登树觇之。

少顷虎至,履弓箭发,其虎贯胁而死。

其伥鬼良久却回,见虎死,遂鼓舞而去也。

虎婚故事还见之于薛用弱《集异记·崔韬》中:

崔韬,蒲州人也,旅游滁州,南抵历阳。

晓发滁州,至仁义馆宿,馆吏曰:"此馆凶恶,幸无宿也。"

韬不听,负笈升厅,馆吏备灯烛讫。而韬至二更,展衾方欲就寝,忽见馆门有一大足如兽。

俄然其门豁开,见一虎自门而入。

韬惊走,于暗处潜伏视之,见兽于中庭,脱去兽皮,见一女子,奇丽严饰,升厅而上,乃就韬衾。

出问之曰:"何故宿余衾而寝?韬适见汝为兽入来,何也?"

女子起谓韬曰:"愿君子无所怪。妾父兄以畋猎为事,家贫,欲求良匹,无从自达,乃夜潜将虎皮为衣。知君子宿于是馆,故欲托身,以备洒扫。前后宾旅,皆自怖而殒。妾今夜幸逢达人,愿察斯志。"

韬曰:"诚如此意,愿奉欢好。"

来日韬取兽皮衣,弃厅后枯井中,乃挈女子而去。

后韬明经擢第,任宣城,时韬妻及男将赴任,与俱行,月余,复宿仁义馆,韬笑曰:"此馆乃与子始会之地也。"

韬往视井中,兽皮衣宛然如故。

韬又笑谓其妻子曰:"往日卿所著之衣犹在。"

妻曰:"可令人取之。"

既得,妻笑谓韬曰:"妾试更著之。"

妻乃下阶,将兽皮衣著之。才毕,乃化为虎,跳踯哮吼,奋而上厅,食子及韬而去。

薛渔思《河东记·申屠澄》讲述"贞元九年"间,虎妻得到虎皮离开,申屠澄"携二子寻其路,望林大哭数日,竟不知所之"故事,与牛郎织女故事结尾类似:

申屠澄者,贞元九年,自布衣调补濮州什邡尉。之官,至真符县东十里许遇风雪大寒,马不能进。

路旁茅舍中有烟火甚温煦,澄往就之,有老父妪及处女环火而坐,其女年方十四五,虽蓬发垢衣,而雪肤花脸,举止妍媚。父妪见澄来,遽起曰:"客冲雪寒甚,请前就火。"

澄坐良久,天色已晚,风雪不止。

澄曰:"西去县尚远,请宿于此。"

父妪曰:"苟不以蓬室为陋,敢不承命。"

澄遂解鞍,施衾帱焉,其女见客,更修容靓饰,自帷箔间复出,而闲丽之态,尤倍昔时。

有顷,妪自外挈酒壶至,于火前暖饮,谓澄曰:"以君冒寒,且进一杯,以御凝冽。"

因揖让曰:"始自主人。"

翁即巡行,澄当萎尾。

澄因曰:"座上尚欠小娘子。"

父妪皆笑曰:"田舍家所育,岂可备宾主?"

女子即回眸斜睨曰:"酒岂足贵,谓人不宜预饮也。"母即牵裙,使坐于侧。澄始欲探其所能,乃举令以观其意。

澄执盏曰:"请徵书语,意属目前事。"

澄曰:"厌厌夜饮,不醉无归。"

女低鬟微笑曰:"天色如此,归亦何往哉。"

俄然巡至女。女复令曰:"风雨如晦,鸡鸣不已。"

澄愕然叹曰:"小娘子明慧若此,某幸未昏,敢请自媒如何?"

翁曰:"某虽寒贱,亦尝娇保之。颇有过客,以金帛为问,某先不忍别,未许。不期贵客又欲援拾,岂敢惜。即以为托。"

澄遂修子婿之礼,祛囊以遗之,妪悉无所取。曰:"但不弃寒贱,焉事资货。"

明日,又谓澄曰:"此孤远无邻,又复湫溢,不足以久留。女既事人,便可行矣。"

又一日,咨嗟而别。澄乃以所乘马载之而行。

既至官,俸禄甚薄,妻力以成其家。交结宾客,旬日之内,大获名誉。而夫妻情义益浃,其于厚亲族,抚甥侄,洎僮仆厮养,无不欢心。

后秩满将归,已生一男一女,亦甚明慧,澄尤加敬焉。常作赠内诗一篇曰:"一官惭梅福,三年愧孟光。此情何所喻,川上有鸳鸯。"

其妻终日吟讽，似默有和者，然未尝出口。每谓澄曰："为妇之道，不可不知书，倘更作诗，反似妪妾耳。"

澄罢官，即罄室归秦。过利州，至嘉陵江畔，临泉藉草憩息。其妻忽怅然谓澄曰："前者见赠一篇，寻即有和，初不拟奉示，今遇此景物，不能终默之。"乃吟曰："琴瑟情虽重，山林志自深。常忧时节变，辜负百年心。"吟罢，潸然良久，若有慕焉。

澄曰："诗则丽矣。然山林非弱质所思，倘忆贤尊，今则至矣。何用悲泣乎？"

人生因缘业相之事，皆由前定。

后二十余日，复至妻本家，草舍依然，但不复有人矣。

澄与其妻即止其舍。妻思慕之深，尽日涕泣。于壁角故衣之下，见一虎皮，尘埃积满。

妻见之，忽大笑曰："不知此物尚在耶！"

披之，即变为虎，哮吼拿攫，突门而去。

澄惊走避之，携二子寻其路，望林大哭数日，竟不知所之。

薛用弱《集异记·裴越客》讲述"唐乾元初，吏部尚书张镐贬辰州司户"所遇虎，以及"自是黔峡往往建立虎媒之祠焉。今尚有存者"故事：

唐乾元初，吏部尚书张镐贬辰州司户。

先是镐之在京，以次女德容，与仆射裴冕第三子前蓝田尉越客结婚焉。已克迎日，而镐左迁，遂改期来岁之春季。其年越客则速装南迈，以毕嘉礼。

春仲，拒辰百里，镐知其将至矣。张斥在远，方抱忧惕，深喜越客遵约而至，因命家族宴于花园，而德容亦随姑姨妹游焉。

山郡萧条，竹树交密。日暮众将归，或后或先，纷纭笑语。忽有猛虎出自竹间,遂擒德容,跳入翳荟。众皆惊骇,奔告张。夜色已昏,计力俱尽,举家号哭,莫知所为。

及晓则大发人徒,求骸骨于山野间。周回远近,曾无踪迹。由是夕之前夜,越客行舟去郡三二十里,尚未知其妻之为虎暴,乃召仆夫十数辈登岸徐行,而船亦随焉。

不二三里,遇水次板屋,屋内有榻,因扫拂,即之憩焉。仆从罗列于前后。俄闻有物来自林木之间,众乃静伺。

微月之下,忽见猛虎负一物至,众皆惶挠,则共阚喝之,仍大击板屋并物。其虎徐行,寻俯于板屋侧,留下所负物,遂入山间。共窥看,云是人,尚有余喘。

越客即令舁之登舟,因促解缆,然后船中烈烛熟视,乃是十六七美女也,容貌衣服,固非村间之所有。

越客深异之,则遣群婢看胗之,虽鬟被散,衣破服裂,而身肤无少损。群婢渐以汤饮灌之,即能微微入口。久之神气安集,俄复开目。与之言语,莫肯应。夜久即有自郡至者,皆云张尚书次女昨夜游园,为暴虎所食,至今求其残骸未获。

闻者遂以告之于越客,即遣群婢,具以此询。

德容因号啼不止。越客既登岸,遂以其事列于镐。镐凌晨跃马而至,既悲且喜,遂与同归,而婚媾果谐其期。

自是黔峡往往建立虎媒之祠焉。今尚有存者。

一切神鬼精怪所具有的传说故事,其实都是人间的社会生活现象形象的体现与表达,喜怒哀乐中显示出人们的神灵信仰的同时,也体现出社会的精神向往。

四、风物传说

风物传说体现在以传说故事的形式讲述各种社会风俗生活的方方面面,给人以地方性社会知识、文化知识和生活知识的具体介绍述说。其中,有许多风物传说记述了关于某项生活知识或习惯的介绍,未必是作者刻意所为,却为我们保留了重要的历史生活的内容。应该说的是,在文献中,未必所有的传说都成为故事,而故事却必须经过传说即传播才能形成社会认同,为风俗所接受,形成风俗的一部分。如对于传统节日的记述,刘𫗧《隋唐嘉话》下有"竞渡戏",所记"俗五月五日为竞渡戏,自襄州已南,所向相传云:屈原初沉江之时,其乡人乘舟求之,意急而争前,后因为此戏"。又如纳凉习俗,民间常常有瓜棚、树荫、蒲扇、洗澡等场景,而宫廷的豪华与蔽塞,常常成为世俗的想象。王仁裕《开元天宝遗事》中对此记述道:"杨氏(国忠)子弟,每至伏中,取大冰,使匠琢为山,周围于宴席间。座客虽酒酣,而各有寒色,亦有挟纩者。其骄贵如此也","每至伏日,取坚冰,令工人镂为凤兽之形,或饰以金环彩带,置之雕盘中,送与王公大臣","贵妃每至夏月,常衣轻绡,使侍儿交扇鼓风,犹不解其热","贵妃素有肉体,至夏苦热,常有肺渴,每日含一玉鱼儿于口中,盖借其凉津沃肺也。"长安富家子"每至暑伏中,各于林亭内植画柱,以锦绮结为凉棚,设坐具,召长安名妓间坐。递相延请,为避暑之会。时人无不爱羡也。"这是关于都市中消暑风俗与传说的记述,与民间传说相对比,表现出上层社会的风俗内容。

历史文化的基本属性在于社会生活知识的积聚、传播、传承,具有标志性意义,影响人们对社会生活的理解把握方式;以传说故事为基本内容的地方知识与地方标志成为社会风俗生活中特殊的一页。如关于地方自然形势变化引起的传说,总是因为这样那样的传说不平凡形成人的特殊感受。风物传说的特征在于无一地无一处无来历,一山一水,一草一木,其来历总是神灵感应,因为人间世俗与超然存在的外界相联系而形成传说亮点,成为一个地方的记忆与标志。

在地方生物传说中,是山总有宝物,宝物常常以人参、茯苓等神奇的植物出现,并被赋予鲜活的生命,这是社会风俗思想中具体体现出的风物观念。

《续神仙传》"孺子"篇讲述"深慕仙道,常登山岭,采黄精服饵"与"孺子谢别玄真,升云而去,到今俗呼其峰为童子峰"故事:

> 朱孺子,永嘉安国人也。幼而事道士王玄真,居大箬岩。深慕仙道,常登山岭,采黄精服饵。一日,就溪濯蔬,忽见岸侧有二小花犬相趁。孺子异之,乃寻逐入枸杞丛下。归语玄真,讶之,遂与孺子俱往伺之。复见二犬戏跃,逼之,又入枸杞下。玄真与孺子共寻掘,乃得二枸杞根,形状如花犬,坚若石,洗挈归以煮之,而孺子益薪看火,三日昼夜,不离灶侧。试尝汁味,取吃不已。及见根烂,告玄真来共取,始食之。俄顷而孺子忽飞升在前峰上,玄真惊异久之。孺子谢别玄真,升云而去,到今俗呼其峰为童子峰。玄真后饵其根尽,不知年寿,亦隐于岩之西陶山。有采捕者,时或见之。

人参被认识,是中草药知识的重要典型,是中华民族对人类文明的重要贡献。人参为药,其性情被附会,地方景色成为传说。这未必就是中国民间文学史上最早的人参故事,其完整性、生动性,确实是开启后来的重要标志。或者说,人参传说是中国植物文化的重要典型,是中国文化生活的重要特色。其中包含的人参信仰,是中国传统社会对于生命与生物之间文化关系的集中思索与表达。

茯苓等养生之类生物被赋予生命,见之于杜光庭《墉城集仙录》,其"杨正见"篇[1]讲述"此山有人形茯苓,得食之者白日升天。吾伺之二十年矣,汝今遇而食之,真得道者也",以及故事结尾"其升天处,即今邛州蒲江县主簿

---

[1] 见《全唐小说》第四卷。

化也,有汲水之处存焉"。此为食药升仙故事,与人参传说意义近似:

> 杨正见者,眉州通义县民杨宠女也。幼而聪悟仁悯,雅尚清虚。既笄,父母娉同郡王生,王亦钜富,好宾客。
>
> 一旦舅姑会亲故,市鱼,使正见为脍。宾客博戏于厅中,日昃而盘食未备。正见怜鱼之生,盆中戏弄之,竟不忍杀。既晡矣,舅姑促责食迟。
>
> 正见惧,窜于邻里。但行野径中,已数十里,不觉疲倦。见夹道花木,异于人世。至一山舍,有女冠在焉。具以其由白之,女冠曰:"子有悯人好生之心,可以教也。"因留止焉。
>
> 山舍在蒲江县主簿化侧,其居无水,常使正见汲涧泉。女冠素不食,为正见故,时出山外求粮,以赡之。
>
> 如此数年,正见恭慎勤恪,执弟子之礼,未尝亏怠。忽于汲泉之所,有一小儿,洁白可爱,才及年余,见人喜且笑。正见抱而抚怜之,以为常矣。由此汲水归迟者数四,女冠疑怪而问之,正见以事白。
>
> 女冠曰:"若复见,必抱儿径来,吾欲一见耳。"
>
> 自是月余,正见汲泉,此儿复出。因抱之而归,渐近家,儿已僵矣。视之尤如草树之根,重数斤。女冠见而识之,乃茯苓也。命洁甑以蒸之。会山中粮尽,女冠出山求粮,给正见一日食,柴三小束,谕之曰:"甑中之物,但尽此三束柴,止火可也。勿辄视之。"
>
> 女冠出山,期一夕而回。
>
> 此夕大风雨,山水溢,道阻,十日不归。正见食尽饥甚,闻甑中物香,因窃食之,数日俱尽,女冠女归。闻之叹曰:"神仙固当有定分,向不遇雨水坏道,汝岂得尽食灵药乎?吾师常云,此山有人形茯苓,得食之者白日升天。吾伺之二十年矣,汝今遇而食之,真得道者也。"
>
> 自此正见容状益异,光彩射人。常有众仙降其室,与之论真宫仙府之事。
>
> 岁余,白日升天,即开元二十一年壬申十一月三日也。

常谓其师曰:"得食灵药,即日便合登仙。所以迟回者,幼年之时,见父母拣税钱输官。有明净圆好者,窃藏二钱玩之。以此为隐藏官钱过,罚居人间更一年耳。"

其升天处,即今邛州蒲江县主簿化也,有汲水之处存焉。

昔广汉主簿王兴,上升于此。

某地有仙,不仅仅在山高水长,而在于传说。唐李冗《独异志》卷下"长安县为湖",应该源自于由《搜神记》卷十三《长水县》故事,其中的"长水县"改作"长安县"。故事讲述道:"始皇时,长安县忽有大水涨而欲没县。主簿全干入白,明府谓干曰:今日卿何作鱼面?干曰:明府亦作鱼头。言讫,遂陷为湖。"唐李冗《独异志》卷上《历阳湖》,明显由高诱撰《淮南子注》"历阳没为湖"做继续说,其记述道:"历阳县有一媪,常为善。忽有少年过门求食,媪待之甚恭。临去,谓媪曰:时往县门,见门阃有血,即可登山避难。自是,媪日往之。门吏问其状,媪答以少年所教。吏即戏以鸡血涂门阃。明日,媪见有血,乃携鸡笼走山上。其夕,县陷为湖。今和州历阳湖是也。"唐焦璐《穷神秘苑》中《邛都老姥》篇[1],没有"见门阃有血,即可登山避难"之类的应验,此城陷为湖故事发生地被记述为"益州邛都县",城陷的原由是地方官滥杀无辜所引起的报应,而且城陷之后,"其母之故宅基独不没,至今犹存。鱼人采捕,必止宿。又言此水清,其底犹见城郭楼槛宛然矣"。其讲述道:

益州邛都县有老姥,家贫孤独。每食,辄有小蛇,头上有角,在栟之间。

姥怜而饲之,后渐长大丈余。

县令有马,忽被蛇吸之。

令因大怒,收姥。

---

[1] 引自《太平广记》卷四五六。

姥云:"在床下。"

遂令人发掘,愈深而无所见。县令乃杀姥。

其蛇因梦于县令曰:"何故杀我母?当报仇耳!"

自此每常闻风雨之声。

三十日,是夕,百姓咸惊相谓曰:"汝头何得戴鱼?"

相逢皆如此言。

是夜,方四十里,与城一时俱陷为湖,土人谓之邛河,亦邛池。

其母之故宅基独不没,至今犹存。鱼人采捕,必止宿。又言此水清,其底犹见城郭楼槛宛然矣。

在地方传说中,异化宝物即财富故事是唐代社会风俗的重要内容。风物故事中,财富传说流行甚广的主要原因是人们对财富的渴望,这应当与唐代社会经济发展有联系。如人常说,富不过三代,穷不过三辈儿;社会风俗中传承用故事告诉如何守富与脱贫的道理,讲述天道酬勤的生活道理。所以,许多财富故事中,穷人变为富人,这不仅仅是一种传说,而且包含了许多信仰的因素。

唐薛渔思撰《河东记》"龚播"故事,是一篇由穷转富的财富传说。其讲述道:

龚播者,峡中云安监盐贾也。其初甚穷,以贩鬻蔬果自业,结草庐于江边居之。忽遇风雨之夕,天地阴黑,见江南有炬火,复闻人呼船求济急,时已夜深,人皆息矣。播即独棹小艇,涉风而济之。至则执炬者仆地,视之即金人也。长四尺余。播即载之以归。于是遂富,经营贩鬻,动获厚利。不十余年间,积财巨万,竟为三蜀大贾。

徐铉《稽神录》卷五《康氏》记述"有康氏者,以佣赁为业,僦一室于太

平坊空宅中",最后"金人留为家宝"故事道:

> 伪吴杨行密,初定扬州,远坊居人稀少,烟火不接。有康氏者,以佣赁为业,僦一室于太平坊空宅中。康晨出未返,其妻生一子。方席藁,忽有一异人,赤面朱衣冠,据门而坐。妻惊怖,叱之乃走,如舍西,踣然有声。康适归,欲至家,路左忽有钱五千,羊半边,樽酒在焉。伺之久,无行人,因持之归。妻亦告其所见。即往舍西寻之,乃一金人,仆于草间,亦曳之归。因烹羊饮酒,得以周给。自是出必获利,日以富赡,而金人留为家宝。所生子名曰平,平长,遂为富人。有李浔者,为江都令,行县至新宁乡,见大宅,即平家也。其父老为李言如此。

《稽神录》卷五《建安村人》,记述"黄衣儿"原来"乃金儿也"故事:

> 建安有人村居者,常使一小奴入城市,经舍南大冢,冢旁恒有一黄衣人与之较力为戏。其主因归迟,将责之。奴以实告,往觇之信然。一日,挟挺而往,伏于草间。小奴至,黄衣儿复出。即起击之,应手而踣,乃金儿也。因持而归,家遂殷富。

《稽神录》卷五《蔡彦卿》,讲述"击之堕地,乃白金一瓶。复掘地,获银千两,遂为富人"故事:

> 庐州军吏蔡彦卿,为柘皋镇将。暑夜,坐镇门外纳凉,忽见道南桑林中,有白衣妇人独舞,就视即灭。明夜,彦卿挟杖先往,伏于草间。久之,妇人复出,方舞,即击之堕地,乃白金一瓶。复掘地,获银千两,遂为富人云。

谷神子《博异志》"苏遏"故事与《淮南子注》"历阳没为湖"城陷传说情节不同,是另外一个关于财富的传说,其时间在"天宝中,长安永乐里"说起云云,"凶宅"中有"东墙下有一赤物,如人形,无手足,表里通彻光明",环环相扣,故事被讲述:

天宝中,长安永乐里有一凶宅,居者皆破,后无复人住,暂至亦不过宿而卒,遂至废破。其舍宇唯堂厅存,因生草树甚多。

有扶风苏遏,惸惸遽苦贫穷,知之,乃以贱价于本主质之。

才立契书,未有一钱归主。

至夕,乃自携一榻,当堂铺设而寝。一更已后,未寝,出于堂,彷徨而行,忽见东墙下有一赤物,如人形,无手足,表里通彻光明,而叫曰:"咄!"

遏视之不动,良久又按声呼曰:"烂木,咄!"

西墙下有物应曰:"诺。"

问曰:"甚没人?"

曰:"不知。"

又曰:"大硬锵。"

烂木对曰:"可畏。"

良久乃失赤物所在。

遏下阶,中庭呼烂木曰:"金精合属我,缘没敢叫唤?"

对曰:"不知。"

遏又问:"承前杀害人者在何处?"

烂木曰:"更无别物,只是金精。人福自薄,不合居之,遂丧逝。亦不曾杀伤耳。"

至明更无事,遏乃自假锹锸之具,先于西墙下掘,入地三尺,见一朽柱,当心木如血色,其坚如石。后又于东墙下掘两日,近一丈,方见一方石,阔一丈四寸,长一丈八寸,上以篆书曰:"夏天子紫金三十斤,赐有德者。"

遏乃自思,我何以为德,又自为计曰:"我得此宝,然修德亦可禳之。"沈吟未决。

至夜又叹息不定。

其烂木忽语曰:"何不改名为有德?即可矣。"

遏曰:"善。"遂称有德。

烂木曰:"君子倘能送某于昆明池中,自是不复挠吾人矣。"

有德许之。

明晨,更掘丈余,得一铁瓮,开之,得紫金三十斤。有德乃还宅价,修葺,送烂木于昆明池,遂闭户读书。三年为范阳请入幕,七年内获冀州刺史,其宅更无事。

同样,得宝有缘于德,失去宝物自有原因。皇甫氏《原化记》"渔人"篇记述"苏州太湖入松江口"发生宝镜故事,讲述"此镜在江湖,每数百年一出"之神奇:"苏州太湖入松江口,唐贞元中,有渔人载小网,数船共十余人,下网取鱼。一无所获,网中得物,乃是镜而不甚大。渔者忿其无鱼,弃镜于水。移船下网,又得此镜。渔人异之,遂取其镜视之。才七八寸,照形悉见其筋骨脏腑,溃然可恶。其人闷绝而倒。众人大惊,其取镜鉴形者,即时皆倒,呕吐狼藉。其余一人,不敢取照,即以镜投之水中。良久,扶持倒吐者既醒,遂相与归家。以为妖怪。明日方理网罟,则所得鱼多于常时数倍。其人先有疾者,自此皆愈。询于故老,此镜在江湖,每数百年一出。人亦常见,但不知何精灵之所恃也。"如《松窗杂录》"浙右渔人"讲述铜镜故事曰:"卫公(李德裕)长庆中廉问浙右,会有渔人于秦淮垂机网下深处,忽觉力重异于常时。及敛就水次,卒不获一鳞。忽得古铜镜可尺余,光浮于波际。渔人惊取照之,历历尽见五藏六腑血萦脉动,竦骇神魄,因腕战而坠。渔人偶话于旁舍,遂乃闻之于公,尽周岁万计穷索水底,终不复得。"其"终不复得"乃显示其神奇。

中国文化在历史发展中形成一个重要传统,就是热爱生活,热爱家乡,推崇正直、正义、善良和勇敢精神、奉献精神,不怕困难,通过财富故事激励自我,安慰自我,也通过地方风物传说故事教育子孙后代,在传说中传承各种知识,也传承刚健清新的文化精神。

所以,民间社会常常言及"物华蕴天宝,地灵生人杰",每一处土地,总要有自己具有神话色彩的故事以不平凡气象形成景观。其不平凡处,便是或为神仙、或为龙、或为宝物等神奇现象在其地出现。郑熊《番禺杂记》讲"番禺二山名广州"骑五羊之五仙故事:"番禺二山名广州。昔有五仙骑五羊至,遂名。五羊岭表或见物自空而下,始如弹丸,渐如车轮,遂四散,人中之即病,谓之瘴母。"又如王仁裕《玉堂闲话》"秦始皇驱山之铎"故事:"宜春界钟山,有峡数十里,其水即宜春江也。回环澄澈,深不可测。曾有渔人垂钓,得一金锁,引之数百尺,而获一钟,又如铎形。渔人举之,有声如霹雳,天昼晦,山川震动,钟山一面崩摧五百余丈,渔人皆沉舟落水。其山摧处如削,至今存焉。或有识者云,此即秦始皇驱山之铎也。"《集异志》"产龙子"中有"晋愍帝建兴二年十一月,枹罕羌妓产一龙子,色似锦文,常就母乳,遥见神光,少得就视,未久,帝竟沦没"。当表明唐代龙传说的流行形态。刘恂撰《岭表录异》(或作《岭表录》《岭表记》)有《温媪》篇,表面述说龙故事,其实也是地方景观的传说,记述道:"温媪者,即康州悦城县孀妇也。绩布为业。尝于野岸拾菜。见沙草中有五卵,遂收归,置绩筐中。不数日,忽见五小蛇,壳一斑四青。遂送于江次,固无意望报也。媪常濯浣于江边。忽一日,见鱼出水跳跃,戏于媪前,自尔为常,渐有知者。乡里咸谓之龙母,敬而事之。或询以灾福,亦言,多征应。自是媪亦渐丰足。朝廷知之,遣使征入京师。至全义岭有疾,却返悦城而卒。乡里共葬之江东岸。忽一夕,天地晦暝,风雨随作;及明,已移其冢于西,而草木悉于西岸。"总之,一切景观、景象之所以被传说,都是奇异的神灵使得地方显得如此不平凡。

一切都有来历,来历就是阐释,就是传说。所有的地名都有自己的传说,

而传说从来不是无缘无故。如李复言《续玄怪录》卷四《定婚店》,将月下老人传说以地名作讲述:

杜陵韦固,少孤,思早娶妇,多歧求婚,必无成而罢。

元和二年,将游清河,旅次宋城南店,客有以前清河司马潘昉女见议者。来日先明,期于店西龙兴寺门。固以求之意切,旦往焉。

斜月尚明,有老人倚布囊坐于阶上,向月检书。

固步觇之,不识其字,既非虫篆八分科斗之势,又非梵书,因问曰:"老父所寻者何书?固少小苦学,世间之字,自谓无不识者。西国梵字,亦能读之。唯此书目所未觏,如何?"

老人笑曰:"此非世间书,君因何得见?"

固曰:"非世间书,则何也?"

曰:"幽冥之书。"

固曰:"幽冥之人,何以到此?"

曰:"君行自早,非某不当来也。凡幽吏皆掌人生之事,掌人可不行冥中乎?今道途之行,人鬼各半,自不辨尔。"

固曰:"然则君又何掌?"曰:"天下之婚牍耳。"

固喜曰:"固少孤,常愿早娶以广胤嗣。尔来十年,多方求之,竟不遂意。今者,人有期此,与议潘司马女,可以成乎?"

曰:"未也。命苟未合,虽降衣缨而求屠博,尚不可得,况郡佐乎?君之妇适三岁矣,年十七当入君门。"

因问:"囊中何物?"

曰:"赤绳子耳,以系夫妻之足。及其生则潜用相系,虽仇敌之家,贵贱县隔,天涯从宦,吴楚异乡,此绳一系,终不可逭。君之脚已系于彼矣,他求何益。"

曰:"固妻安在?其家何为?"

曰："此店北卖菜陈婆女耳。"

固曰："可见乎？"

曰："陈尝抱来鬻菜于市，能随我行，当即示君。"

及明，所期不至。老人卷书揭囊而行，固逐之入菜市，有眇妪抱三岁女来，弊陋亦甚。

老人指曰："此君之妻也。"

固怒曰："杀之可乎？"

老人曰："此人命当食天禄，因子而食邑，庸可杀乎！"

老人遂隐。

固骂曰："老鬼妖妄如此！吾士大夫之家，娶妇必敌。苟不能娶，即声伎之美者，或援立之，奈何婚眇妪之陋女。"

磨一小刀子，付其奴曰："汝素干事，能为我杀彼女，赐予万钱。"

奴曰："诺。"

明日，袖刀入菜行中，于众中刺之而走。一市纷扰，固与奴奔走获免。

问奴曰："所刺中否？"

曰："初刺其心，不幸才中眉间尔。"

后固屡求婚，终无所遂。

又十四年，以父荫参相州军。刺史王泰俾摄司户掾，专鞫词狱，以为能，因妻以其女，可年十六七，容色华丽，固称惬之极。然其眉间常贴一花子，虽沐浴间处，未尝暂去。

岁余，固讶之，忽意昔日奴刀眉间之说，因逼问之。

妻潸然曰："妾郡守之犹子也，非其女也。畴昔父曾宰宋城，终其官时，妾在襁褓，母兄次没，唯一庄在宋城南，与乳母陈氏居，去店近，鬻蔬以给朝夕。陈氏怜小，不忍暂弃。三岁时，抱行市中，为狂贼所刺，刀痕尚在，故以花子覆之。七八年前，叔从事卢龙，遂得在左右，仁念以为女嫁君耳。"

固曰:"陈氏眇乎?"

曰:"然。何以知之?"

固曰:"所刺者固也。"

乃曰:"奇也!命也!"因尽言之,相敬愈极。

后生男鲲,为雁门太守,封太原郡太夫人。乃知阴骘之定,不可变也。

宋城宰闻之,题其店曰:"定婚店。"

"定婚店故事"如此,月老注定人间的婚配。月老即神仙;此韦固将军之所遇,当可遇而不可求。诚然,仙术未必尽善,如薛渔思著《河东记》讲述某处"唐汴州西有板桥店"所发生离奇现象。故事中有一个女人常施法术,使人食用某种物品后变成动物,有为富不仁意味,故事围绕板桥地名而生,所以名之"板桥三娘子",有"不知何从来,寡居,年三十余,无男女,亦无亲属。有舍数间,以鬻餐为业。然而家甚富贵,多有驴畜"诸端事件被讲述:

唐汴州西有板桥店。店娃三娘子者,不知何从来,寡居,年三十余,无男女,亦无亲属。有舍数间,以鬻餐为业。然而家甚富贵,多有驴畜。往来公私车乘,有不逮者,辄贱其估以济之。人皆谓之有道,故远近行旅多归之。

元和中,许州客赵季和,将诣东都,过是宿焉。

客有先至者六七人,皆据便榻。季和后至,最得深处一榻,榻邻比主人房壁。既而,三娘子供给诸客甚厚。夜深致酒,与诸客会饮极欢。季和素不饮酒,亦预言笑。至二更许,诸客醉倦,各就寝。三娘子归室,闭关息烛。人皆熟睡,独季和展转不寐。隔壁闻三娘子窸窣,若动物之声。偶于隙中窥之,即见三娘子向覆器下,取烛挑明之。后于巾箱中,取一副耒耜,并一木牛、一木偶人,各大六七寸,置于灶前,含水噀之。二物便行走,小人则牵牛驾耒耜,遂耕床前一席地,来去数出。又于箱中取出一裹荞麦子,授于木人种之。须臾生,花发麦熟,令小人收割持践,可得七八升。又安置小磨子,碾成面讫,却收木人子于箱中,即取面作烧饼数枚。

有顷鸡鸣,诸客欲发,三娘子先起点灯,置新作烧饼于食床上,与客点心。

季和心动遽辞,开门而去,即潜于户外窥之。乃见诸客围床食烧饼,未尽,忽一时踣地,作驴鸣,须臾,皆变驴矣。三娘子尽驱入店后,而尽没其货财。

季和亦不告于人,私有慕其术者。

后月余日,季和自东都回,将至板桥店,预作荞麦烧饼,大小如前。既至,复寓宿焉,三娘子欢悦如初。其夕更无他客,主人供待愈厚。

夜深,殷勤问所欲。季和曰:"明晨发,请随事点心。"

三娘子曰:"此事无疑,但请稳睡。"

半夜后,季和窥见之,一依前所为。

天明,三娘子具盘食,果实烧饼数枚于盘中,讫更取他物,季和乘间走下,以先有者易其一枚,彼不知觉也。

季和将发,就食,谓三娘子曰:"适会某自有烧饼,请撤去主人者,留待他宾。"即取己者食之。

方饮次,三娘子送茶出来。

季和曰:"请主人尝客一片烧饼。"

乃拣所易者,与啖之。才入口,三娘子据地作驴声,即立变为驴,甚壮健。

季和即乘之发,兼尽收木人木牛子等,然不得其术,试之不成。

季和乘策所变驴,周游他处,未尝阻失,日行百里。

后四年,乘入关,至华岳庙东五六里,路旁忽见一老人,拍手大笑曰:"板桥三娘子,何得作此形骸?"

因捉驴谓季和曰:"彼虽有过,然遭君亦甚矣!可怜许,请从此放之。"

老人乃从驴口鼻边,以两手擘开,三娘子从皮中跳出,宛复旧身,向老人拜讫,走去。更不知所之。

板桥三娘子自作自受,受到惩罚;其意在于劝人向善,具有显著的报应色彩。此报应,正显示出唐代社会风俗生活中妇道观念为外表的各种信仰。相关故事如敦煌写本《孝子传》"向生妻"讲述:

向生者,河内人也。慈母年老,两目俱盲,时遇贼寇相陵。向生遂被讨征。新妇在家,向生厌贱,好食自餐,粗食将与向母。
向母自嗟叹云:"不种善,因受艰苦。"
新妇大怒,乃取猪粪和食与餐,又更骂辱。
天具(见)不孝,降雷霹雳至死。又书背上曰:"向生妻五逆,天雷霹雳打煞。"
阿家再明诗曰:
"向生养母值艰苑,
被射(征)边造(疆)未得归。
新妇家中行不孝,
天雷霹雳背上亡。"

风物即风俗,恶妇有恶报,是人间道德沦丧的折射。如《独异志》卷上"狗头新妇"记述:

贾耽为滑州节度,酸枣县有俚妇事姑不敬。姑年甚老,无双目,旦食,妇以食裹纳犬粪授姑。姑食之,觉有异气,其子出远还,姑问其子:"此何物?向者妇与吾食。"其子仰天大哭。有顷,雷电发,若有人截妇首,以犬续之。耽令牵行于境内,以告不孝者。时人谓之"狗头新妇"。

唐代风物传说中,关于酒等物产的解释,虽然没有直接表明具体融入哪些新的社会风俗生活内容,其实也是重新讲述,是继续讲。如敦煌石室遗书句道兴撰《搜神记》中有"千日酒"故事,讲述刘义狄与酒的传说,其称:"昔有刘义狄者,中山人也。甚能善造千日之酒,饮者醉亦千日,时青州刘玄石善能饮酒,故来就狄饮千日之酒。狄语玄石曰:酒沸未定,不堪君噇。玄石再三求乞取尝,狄自取一盏与尝,饮尽。玄石更索,狄知克醉,语玄石曰:今君已醉,待醒更来,当共君同饮。玄石嗔而遂去。玄石至家,乃即醉死。家人不知来由,遂即埋之。至三年,狄往访之玄石家,借问玄石。家人惊怪,玄石死来,今见三载,服满以除脱讫,于今始觅。狄具言曰:本共君饮酒之时,计应始醒,但往发冢破棺,看之的不死。家人即知狄语,开冢看之,玄石面上白汗流出,开眼而卧,遂起而言曰:你等是甚人,向我前头?饮酒醉卧,今始得醒。冢上人看来,得醉气,犹三日不醒,是人见者,皆云异哉。"五代以后的《稗海》本《搜神记》卷三《千日酒》,文字与干宝撰《搜神记》基本上相同。记述了同样的传说。

在风物传说对唐代社会风俗生活的体现中,文人墨客为主要内容的文化生活,也是中国民间文学史上一个亮点。

歌舞书画是艺术生活的典型体现。段成式《酉阳杂俎》前集卷十四《诺皋记上》载"元和初"歌舞传说,记述道:"元和初,有一士人失姓字,因醉卧厅中。及醒,见古屏上妇人等悉于床前踏歌,歌曰:长安女儿踏春阳,无处春阳不断肠。舞袖弓腰浑忘却,蛾眉空带九秋霜。其中双鬟者问曰:如何是弓腰?歌者笑曰:汝不见我作弓腰乎?乃反首,髻地,腰势如规焉。士人惊惧,因叱之,忽然上屏,亦无其他。"陆勋《志怪录》"宫屏妇人"篇记述道:"元和初,有士人因醉卧厅中。及醒,见古屏上妇人等悉于床前踏歌,歌曰:长安女儿踏春阳,无处春阳不断肠。士人惊叱之,忽然不见。"

唐末无名氏《闻奇录·画工》篇记述曰:

唐进士赵颜于画工处得一软障,图一妇人甚丽。

颜谓画工曰:"世无其人也,如何令生,某愿纳为妻。"

画工曰:"余神画也。此亦有名,曰真真。呼其名百日,昼夜不歇,即必应之,应即以百家彩灰酒灌之,必活。"

颜如其言,遂呼之百日,昼夜不止,乃应曰:"诺。"

急以百家彩灰酒灌,遂活。

下步言笑,饮食如常。曰:"谢君召妾,妾愿事箕帚。"

终岁,生一儿。

儿年可两岁。友人曰:"此妖也,必与君为患,余有神剑,可斩之。"

其夕,乃遗颜剑。

剑才入室,真真乃泣曰:"妾南岳地仙也,无何为人画妾之形,君又呼妾名,既不夺君愿,君今疑妾,妾不可住。"

言讫,携其子却上软障,呕出先所饮百家彩灰酒。

睹其障,惟添一孩子,皆是画焉。

唐张怀瓘撰《书断》"铁门限与退笔塚"记述"永公(即王羲之孙僧智永)住吴兴永欣寺,积年学书,后有秃笔头十瓮,每瓮皆数石。人来觅书并请题额者如市,所居户限为之穿穴。乃用铁叶裹之,人谓为'铁门限'。后取笔头瘗之,号为'退笔冢',自制铭志。"其又记"长沙僧怀素好草书,自言圣三昧。弃笔堆积,埋山下,号笔塚"。《唐国史补》卷中"得草圣三昧"也有记述"长沙僧怀素好草书,自言圣三昧。弃笔堆积,埋山下,号曰笔冢"故事。如张固《幽闲鼓吹》"过状求字",对张旭传说的记述:

张长史(即张旭,传说中的草书圣人)释褐为苏州常熟尉。

上后旬日,有老父过状,判去。不数日,复至,乃怒而责,曰:"敢以闲事屡扰公门。"

老父曰:"某实非论事,但观少公笔迹奇妙,贵为箧笥之珍耳。"

长史异之,因诘其何得爱书?

答曰:"先父爱书,兼有著述。"

长史取视之,曰:"信天下工书者也。"

自是备得笔法之妙,冠于一时。

张彦远《历代名画记》"瓦棺寺画维摩"记"兴宁中,瓦棺寺初置僧众,设刹会,请朝贤士庶宣疏募缘"故事,其记述道:

兴宁中,瓦棺寺初置僧众,设刹会,请朝贤士庶宣疏募缘,时士大夫莫有过十万者,长康独注百万。

长康素贫,众以为大言。后寺僧请勾疏,长康曰:"宜备一壁,闭户不出。"

一月余,所画维摩一躯工毕,将欲点眸子,乃谓僧众曰:"第一日观者,请施十万;第二日者,请施五万;第三日观者,可任其施。"

及开户,光照一寺,施者填咽,俄而及百万。

在唐代风物传说中,有一些讲述社会道理的教谕故事,具有寓言色彩,广义上讲,也属于风物传说,如李垕撰《南北史续世说》中讲:"吐谷浑阿豺有疾,召母弟慕利延曰:汝取一只箭折之。慕利延折之。又曰:汝取十九只箭折之。慕利延不能折。阿豺曰:汝曹知乎:单者易折,众者难摧。勠力一心,然后社稷可固。"其故事源于《魏书》,此旧话新说,当其意自明。《朝野佥载》卷二"钥匙尚在"记述:"昔有愚人入京选,皮袋被贼盗去。其人曰:贼偷我袋,将终不得我物用。或问其故?答曰:钥匙尚在我衣带上,彼将何物开之?"《朝野佥载》卷六"见屈原"记述:"敬宗时,高崔巍喜弄痴,大帝令给使撩头向水下,良久,出而笑之。帝问,曰:见屈原,云:我逢楚怀王无道,乃沉汨罗水;汝逢圣明主,何为来?帝大笑,赐物百段。"《酉阳杂俎》续集卷四"屈原笑臣"作另一种形式记述道:"相传玄宗尝令左右捉黄幡绰入池水中,复出,幡绰曰:向见屈原笑臣,尔遭逢圣明,何尔至此?"这些故事的意义体现在社会风俗生活的不同方面,成为人们社会生活的百科全书。

五、公案故事

公案之公,在于社会风俗,是风俗生活;其案,即故事。

公案作为民间传说故事被讲述,是对一个时代司法制度的拷问,更是对社会风俗与社会道德的映现。

诉讼是一个社会极其尖锐的矛盾集结点。其基本程式在于社会管理者通过某种机会发现矛盾背后的直接形成因素,以不同形式揭开世间的秘密。围绕这种程式,故事被不断讲述,或者按照历史上曾经有过的内容被口头传说,或对时代风俗生活中的种种奇异现象作记述。公案作为社会风俗的表现,具有独特的社会意义,一方面可能会是官府无能,草菅人命,政治黑暗;一方面是社会道德沦丧,邪恶横行。但是,就这些故事的具体内容看,似乎唐代社会风俗环境中的地方官却很少像后世那样无耻而昏聩!

薛用弱《集异记》"宫山僧"故事,讲述巧遇中的连环性内容,某位僧人夜行误堕枯井,而井中有一妇人被强盗所杀,所以,僧人被捉,疑为凶犯;后真凶显露,僧人得释。其讲述道:

宫山,在沂州之西鄙,孤拔耸峭,迥出众峰。环三十里,皆无人居。

贞元初,有二僧至山,荫木而居。精勤礼念,以昼继夜。四远村落,为构屋室,不旬日,院宇立焉。二僧尤加励,誓不出房二十余载。

元和中,冬夜月明,二僧各在东西廊,朗声呗唱。空中虚静,时闻山下有男子恸哭之声,稍近,须臾则及院门。二僧不动,哭声亦止。逾垣遂入,东廊僧遥见其身绝大,跃入西廊,而呗唱之声寻辍,如闻相击扑争力之状。久又闻咀嚼啖噬,啜吒甚励。

东廊僧惶骇突走,久不出山,都忘途路,或仆或蹶,气力殆尽。回望见其人,跟跄将至,则又跳迸。忽逢一水,兼衣径渡毕。而追者适至,遥诟曰:"不阻水,当并食之。"

东廊僧且惧且行,罔知所诣。

俄而大雪,咫尺昏迷,忽得人家牛坊,遂隐身于其中,夜久雪势稍晴,忽见一黑衣人,自外执刀枪徐至栏下,东廊僧省息屏气,向明潜窥,黑衣人踟蹰徙倚,如有所伺。

有顷,忽院墙中殷过两囊衣物之类,黑衣取之,束缚负担。续有一女子攀墙而出,黑衣挈之而去。僧惧涉踪迹,则又逃窜,恍惚莫知所之。

不十数里,忽坠废井,井中有死者,身首已离,血体犹暖,盖适遭杀者也。

僧惊悸不知所为。

俄而天明,视之,则昨夜攀墙女子也。久之,即有捕逐者数辈偕至,下窥曰:"盗在此矣。"

遂以索缒人就井縶缚,加以殴击,与死为邻。

及引上,则以昨夜之事本末陈述。而村人有曾至山中,识为东廊僧者。然且与死女子俱得,未能自解。

乃送之于邑,又细列其由,谓西廊僧已为异物啖噬矣。

邑遣吏至山中寻验,西廊僧端居无恙,曰:"初无物。但将二更,方对持念,东廊僧忽然独去。久与誓约,不出院门,惊异之际,追呼已不及矣。山下之事,我则不知。"

邑吏遂以东廊僧诳妄,执为杀人之盗,榜掠薰灼,楚痛备施。僧冤痛诬,甘置于死。

赃状无据,法吏终无以成其狱也。

逾月,而杀女窃资之盗他处发败,具得情实,僧乃冤免。

又如张鹜《朝野佥载》卷五有"卫州新乡县令裴子云好奇策"故事,是典型的"甥舅争牛"。其中有"一县服其精察",是否说明他处皆浑浑噩噩呢?如其所记述:

卫州新乡县令裴子云好奇策。部人王敬戍边,留牸牛六头于舅李进处,养五年,产犊三十头,例十贯已上。

敬还索牛,两头已死,只还四头老牛,余并非汝牛生,总不肯还。

敬愆之,投县陈牒。子云令送敬府狱禁,教追盗牛贼李进。

进惶怖至县,叱之曰:"贼引汝同盗牛三十头,藏于汝家,唤贼共对。"

乃以布衫笼敬头,立南墙下。

进急,乃吐疑云"三十头牛总是外甥牸牛所生,实非盗得"云。遣去布衫,进见是敬,曰:"此是外甥也。"

云曰:"若是,即还他牛。"

进默然。

云曰:"五年养牛辛苦,与数头,余并还敬。"

一县服其精察。

五代时《疑狱集》卷上有《子云断牛》,做同题材故事讲述。桂万荣《棠阴比事》上"甥舅争牛",以及明代冯梦龙编纂《智囊补》察智部卷九《得情·裴子云》,皆为异文。此类故事流传也表明当时的生产劳动工具状况;也就是说,风物体现于偷盗,其中牛马畜生成为唐代社会风俗画中记述历史文化的符号。又张鹜《朝野佥载》卷五"放驴搜鞍"曾记述"张鹜为阳县尉日"故事,称"有一客驴缰断,并鞍失三日,访不获,诣县告。鹜推勘急,夜放驴出而藏其鞍,可直五千钱。鹜曰:此可知也。令将却笼头放之,驴向旧饲处,鹫令搜其家,其鞍于草积下得之,人伏其能"。此故事为自述;其中"驴鞴""笼头""草"便成为醒目的风俗符号。

高彦休撰《唐阙史》(又名《阙史》)有"楚州淮阴农"故事,讲述了另外一种情形的公案:

> 咸通初,有天水赵和者,任江阴令,以片言折狱著声。由是累宰剧邑,皆以雪冤获优考。至于疑似晦伪之事,悉能以情理之。
>
> 时有楚州淮阴农,比庄俱以丰岁而货殖焉。其东邻则拓腴田数百亩,资镪未满,因以庄券质于西邻,贷缗百万,契书显验。且言来岁赍本利以赎。
>
> 至期,果以腴田获利甚博,备财赎契,先纳八百缗。第检置契书,期明日以残资换券。所隔信宿,且恃通家,因不征纳缗之籍。
>
> 明日,赍余镪至,遂为西邻不认。且以无保证,又乏簿籍,终为所拒。东邻冤诉于县,县为追勘,无以证明。
>
> 邑宰谓曰:"诚疑尔冤,其如官中所赖者券,乏此以证,何术理之?"
>
> 复诉于州,州不能理。
>
> 东邻不胜其愤,远聆江阴之善听讼者,乃越江而南,诉于赵宰。
>
> 赵宰谓曰:"县政地卑,且复逾境,何计奉雪?"
>
> 东邻则冤泣曰:"此地不得理,无由自涤也。"
>
> 赵曰:"第止吾舍,试为思之。"
>
> 经宿,召前曰:"计就矣,尔果不妄否?"
>
> 则又曰:"安敢诬。"
>
> 赵曰:"诚如是言,当为置法。"
>
> 乃召捕贼之干者数辈,赍牒至淮壖,曰:"有啸聚而寇江者,案劾已具,言有同恶相济者,在某处居,名姓形状,具以西邻指之,请桎送至此。"
>
> 先是邻州条法,唯持刀截江,无得藏匿。
>
> 追牒至彼,果擒以还。然自恃无迹,未甚知惧。

至则旅于庭下。赵厉声谓曰:"幸耕织自活,何为寇江?"

囚则朗叫泪随曰:"稼穑之夫,未尝舟楫!"

赵又曰:"证词甚具,姓氏无差,或言伪而坚,则血肤取实。"

囚则大恐,叩头见血,如不胜其冤者。

赵又曰:"所盗幸多金宝锦彩,非农家所实蓄者。汝宜籍舍之产以辩之。"

囚意稍解,遂详开所贮者,且不虞东邻之越讼也。

乃言:稻若干斛,庄客某甲等纳到者;细绢若干疋家机所出者;钱若干贯,东邻赎契者;银器若干件,匠某锻成者。

赵宰大喜,即再审其事,谓曰:"如果非寇江者,何谓讳东邻所赎八百千?"

遂引诉邻,令其偶证。

于是惭惧失色,祈死厅前。

赵令梏往本土,检付契书,然后置之于法。

唐代社会风俗中,寡妇偷情故事显示伦理颓废。寡妇与人有奸情,讼子不孝,案情最后被破。《大唐新语》《疑狱集》《折狱龟鉴》等文献都记述了一则"寡妇告其子不孝"的传说故事,成为后世民间文学的重要表现题材。此类型故事应该初见于张鷟《朝野佥载》卷五"李杰为河南尹,有寡妇告其子不孝",最后真相大白,"杖杀道士及寡妇"。如其所记述:

李杰为河南尹,有寡妇告其子不孝。

其子不能自理,但云:"得罪于母,死所甘分。"

杰察其状非不孝子,谓寡妇曰:"汝寡居唯有一子,今告之,罪至死,得无悔乎?"

寡妇曰:"子无赖,不顺母,宁复惜乎?"

杰曰:"审如此,可买棺木,来取儿尸。"

因使人觇其后。

寡妇既出,谓一道士曰:"事了矣。"

俄而棺至,杰尚冀有悔,再三喻之。寡妇执意如初。

道士立于门外,密令擒之。

一问承伏:"某与寡妇私,尝苦儿所制,故欲除之。"

杰放其子,杖杀道士及寡妇,便同棺盛之。

《隋唐嘉话》下"李大夫杰之为河南尹,有妇人诉子不孝"讲述:

李大夫杰之为河南尹,有妇人诉子不孝。

其子涕泣,不自辩明,但言:"得罪于母,死甘分。"

察其状,非不孝子。再三喻其母,母固请杀之。

李曰:"审然,可买棺来取儿尸。"

因使人尾其后。

妇既出,谓一道士曰:"事了矣。"

俄而棺至。李尚冀其悔,喻之如初。妇执意弥坚。

时道士方在门外,密令擒之。

既出其不意,一问便曰:"某与彼妇人有私,常为儿所制,故欲除之。"

乃杖母及道士,杀,便以向棺载母丧以归。

此表明公案贵在智慧,智慧的较量是世情的集中体现。如《酉阳杂俎》续集卷四《贬误》"韩滉":

相传云,韩晋公滉在润州,夜与从事登万岁楼,方酣,置杯不悦,与左右曰:"汝听妇人哭乎,当近何所?"

对在某街。

诘朝,命吏捕哭者讯之,信宿狱不具。

吏惧罪,守于尸侧。忽有大青蝇集其首,因发髻验之,果妇私于邻,醉其夫而钉杀之。

吏以为神。

吏问晋公,晋公云:"吾察其哭声疾而不悼,若强而惧者。"

公案故事背后,是形形色色的社会生活。细节不细,故事中的一切都具有历史文化的记录意义。在"捉"的背后,既有奸情、案情,更有世情。如张鹭《朝野佥载》卷四"捉拿共语者"记述:"贞观中,卫州板桥店主张迪妻归宁。有卫州三卫杨贞等三人投店宿,五更早发。夜有人取三卫刀杀张迪,其刀却内鞘中,贞等不知之。至明,店人趋贞等,拔刀血狼藉,囚禁拷讯,贞等苦毒,遂自诬。上疑之,差御史蒋恒覆推。至,总追店人十五以上集,为人不足,且散,唯留一老婆年八十已上。晚放出,令狱典密觇之,曰:婆出,当有一人与婆语者,即记取姓名,勿令漏泄。果有一人共语者,即记之。明日复尔。其人又问婆:使人作何推勘?如是者二日,并是此人。恒总追集男女三百余人,就中唤与老婆语者一人出,余并放散。问之具伏,云与迪妻奸杀有实。奏之,敕赐帛二百段,除侍御史。"其落实于"奸杀有实"。《朝野佥载》卷五"张松寿"载:"张寿松为长安令,时昆明池侧有劫杀,奉敕十日内须获贼,如违,所由科罪。寿至行劫处寻踪迹,见一老婆树下卖食,至以从骑驮来入县,供以酒食。经三日,还以马送旧坐处,令一心腹人看,有人共婆语,即捉来。须臾一人来问明府若为推逐,即披布衫笼头送县,一问具承,人赃并获。时人以为神明。"其中"奉敕十日内须获贼,如违,所由科罪"应该是法制并行的又一种社会风俗。《集异记》补编《杨褒》记述道:"杨褒者,庐江人也,褒旅游至亲知舍,其家贫无备,舍惟养一犬,欲烹而饲之。其犬乃跪前足,以目视褒。异而止之,不令杀,乃求之,亲知奉褒,将犬归舍,经月余,常随出入。褒妻乃异志于褒,褒莫知之。经岁时,后褒妻与外密契,欲杀褒。褒是夕醉归,妻乃伺其外来杀褒。既至,方欲入室,其犬乃啮折其足,乃咬褒妻,二人俱伤甚矣,邻里俱至救之。褒醒,见而搜之,果获其刀。邻里闻之,送县推鞫,妻以实告褒妻及怀刀者,并处极法。"其中"褒妻与外密契,欲杀褒",当折射出世情中并不少见的"隐秘",或者说,偷情者并不少见。《疑狱案》卷上《严遵疑哭》记述:"严遵为扬州刺史,巡行部内,忽闻哭声,惧而不哀,驻车问之,答曰:夫遭火烧死。遵疑焉,因令吏守之,有蝇集于尸首,吏乃披髻视之,得铁钉焉。即按之,乃伏其罪。"其中"夫遭火烧死"与"铁钉"败露奸情,都是风俗生活中偷情成风的见证。

公案与报应相联系,体现了唐代社会风俗生活中的信仰观念。

如《酉阳杂俎》前集卷十二《柜中熊》记:

> 宁王尝猎于鄠县界,搜林,忽见草中一柜,扃钥甚固。
>
> 命发视之,乃一少女也,询其所自,女言:"姓莫氏,父亦曾仕。昨夜遇一伙贼,贼中二人是僧,因劫某至此。"
>
> 含嚬上诉,冶态横生。
>
> 王惊悦之,遂载以后乘。
>
> 时方生猎一熊,置柜中,如旧锁之。值上方求极色,王以莫氏衣冠子女,即日表上之,具其所由。上令充才人。
>
> 经三日,京兆府奏,鄠县食店,有僧二人,以万钱独赁房一日夜,言作法事。唯舁一柜入店中。
>
> 夜深,腷膊有声。店主怪日出不启门,撤户视之,有熊冲人走去。
>
> 二僧已死,体骨悉露。
>
> 上知之,大笑,书报宁王:"宁哥大能处置此僧也。"
>
> 莫氏能为新声,当时号莫才人啭。

唐代社会风俗中,杀人者屡屡出现;杀人的手段被故事所记述,那么,这背后又是什么问题呢?杀人越货,多为钱财;谋夫害命,多为淫欲。同时,杀人偿命欠债还钱,作为社会风俗生活和道德伦理,其生成社会现象,造成社会危害事实的众多原因,至今都应该引起我们的深思。

王仁裕《玉堂闲话·刘崇龟》载:

刘崇龟镇南海之岁,有富商子少年而白皙,稍殊于稗贩之伍,泊船于江。

岸上有门楼,中见一姬年二十余,艳态妖容,非常所睹,亦不避人,得以纵其目逆,乘便复言:"某黄昏当诣宅矣。"

无难色,颔之微哂而已。

既昏暝,果启扉伺之。

比子未及赴约,有盗者径入行窃。见一房无烛,即突入之,姬即欣然而就之。盗乃谓其见擒,以庖刀刺之。遗刀而逸,其家亦未之觉。商客之子旋至。方入其户,即践其血,怯而仆地。初谓其水,以手扪之,闻鲜血之气未已。又扪着有人卧,遂走出,径登船,一夜解维。

比明,已行百余里。其家迹其血至江岸,遂陈状之主者讼。

穷诘岸上居人,云:"其日夜,有某客船一夜径发。"

即差人追及,械于圜室。拷掠备至,具实吐之,唯不招杀人。

其家以庖刀纳于府主矣。

府主乃下令曰:"某日大设,合境庖丁,宜集于球场,以候宰杀。"

屠者既集,乃传令曰:"今日既已,可翌日而至。"乃各留刀于厨而去。

府主乃命取诸人刀,以杀人之刀,换下一口。来早,各令诣衙请刀。

诸人皆认本刀而去,唯一屠最在后,不肯持刀去。

府主乃诘之,对曰:"此非某刀。"

又诘以何人刀,即曰:"此合是某乙者。"

乃问其住止之处,即命擒之,则已窜矣。

于是,乃以他囚之合处死者,以代商人之子,侵夜毙之于市。

窜者之家,旦夕潜令人伺之。既毙其假囚,不一两夕,果归家,即擒之。具首杀人之咎,遂置于法。商人之子,夜入人家,以奸罪杖背而已。

彭城公之察狱,可谓明矣。

王仁裕《玉堂闲话·杀妻者》篇记述道:

闻诸耆旧云:昔有人因他适回,见其妻为奸盗所杀。但不见其首,支体具在。既悲且惧,遂告于妻族。

妻族闻之,遂执婿而入官丞,横加诬云:"尔杀吾爱女。"

狱吏严其鞭捶,莫得自明,泊不任其苦,乃自诬杀人,甘其一死。款案既成,皆以为不谬。

郡主委诸从事。

从事疑而不断,谓使君曰:"某滥尘幕席,诚宜竭节。奉理人命,一死不可再生,苟或误举典刑,岂能追悔也?必请缓而穷之。且为夫之道,孰忍杀妻?况义在齐眉,曷能断颈?纵有隙而害之,盍作脱祸之计也?或推病殒,或托暴亡,必存尸而弃首?其理甚明。"

使君许其谳义。从事乃别开其第,权作狴牢,慎择司存,移此系者。细而劾之,仍给以酒食汤沐,以平人待之。

键户棘垣,不使系于外,然后遍勘在城伍作行人,令各供通,近来应与人家安厝坟墓多少去处文状。

既而一面诘之曰:"汝等与人家举事,还有可疑者乎?"

有一人曰:"某于一豪家举事,共言杀却一奶子,于墙上舁过,凶器中甚似无物,见在某坊。"

发之,果得一女首级。遂将首对尸,令诉者验认。云:"非也。"

遂收豪家鞫之。豪家伏辜而具款。乃是杀一奶子,函首而葬之,以尸易此良家之妇,私室蓄之。豪士乃全家弃市。

吁,伍辞察狱,得无慎乎?

《疑狱集》卷上有《从事对尸》篇,与《玉堂闲话》故事内容相同,记述语言有不同处:

近代有人因行商回,见其妻为奸盗所杀,支体具在,但不见首。既悲且惧,遂告于妻族。

遽执婿入官,狱吏严其鞭捶,莫得自明,不任其苦,乃自诬杀妻。案状既成,皆以为不谬。

郡主委诸从事,从事疑而不断,谓使君曰:"某滥尘幕席,诚宜竭节,人命一死不可复生,苟或诬举刑典,其能追悔乎?必请缓而穷之。且为夫之情,孰忍杀其妻?纵有隙而害之,必作脱祸之计,或推病殒,或托暴亡,必不存尸而弃首,其理甚明。"

使君许其谳议。从事乃别开其第,权作狴牢,慎择司刑,将比系者细心劾之,仍给以酒食汤沐。

键户棘垣,不使泄于外。更令件作行人各供近日来与人家安厝坟墓去处文状,既而一一面诘之曰:"汝等与人家举事罗内有可疑者否?"

有一人曰:"某于一豪家举事,只言殂却子。五更初,墙头舁过凶器,其间极轻,有似无物,见瘗在某坊。"

遽遣发之,果获一女子首。遂将首对尸,令系者验认,云非妻也。

因收豪家鞫之,乃是杀一子,函首葬之,以尸易此商家之妇,私室蓄之。断豪士弃市。

公案故事的实质不是公案,而是故事,在故事传说中体现了以公案内容为述说对象的唐代社会风俗。从中可以看到,偷盗、奸情、杀人等等行为作为风俗生活的表现。其中,文献记述中表现出讲述者、记述者的文化立场,以及风俗生活中所体现出的各种社会生活观念与民间信仰的密切联系。

六、佛法说教艺术

最后是佛法说教艺术,也是唐代社会风俗生活的重要内容。关于这种现象,笔者在前面敦煌文献中民间文学内容已经有一些涉及,此不过多详述。

此时佛教文化以说教艺术形式,集中表现为动物故事。这些动物有鸟类、鱼类、兽类,其中兽类多以猴子、狮子和猫等动物形象出现。这也是唐代社会风俗生活中表现出的灵魂信仰等观念形态。释道世编《法苑珠林》卷八十二《双雁衔龟》中讲述:"水边有二雁与一龟,共结亲友。后时,池水涸竭,二雁作是议言:今此池水涸竭,亲友必受大苦。议已,语龟言:此池水涸竭,汝无济理。可衔一木;我等各衔一头:将汝着大水处。衔木之时,慎不可语!即便衔之。经过聚落,诸小儿见,皆言:雁衔龟去!雁衔龟去!龟即言:何预汝事!即便失木,堕地而死。"《朝野佥载》佚文"狮子与豺"中记述道:"昔有狮子王,于深山获一豺,将食之,豺曰:请为王送二鹿以自赎。狮子王喜。周年之后,无可送,王曰:汝杀众生亦已多,今次到汝,汝其图之。豺默然无应,遂杀之。"此类内容还广泛见诸敦煌文献中一些藏文文献。这些动物在佛教文化为主要内容的民间文学生活中活灵活现,其诸多形式可以看作我国早期的儿童文学重要形态。

与此相关的是著名的猴子捞月亮故事,义净所译《根本说一切有部毗奈耶破僧事》中继续讲述"猕猴救月",与东晋佛陀跋陀罗与法显合译《摩诃僧祇律》卷七"群猴救月"故事大致相同,这里既是接着讲,也是照着讲,分明被注入新的风俗生活内容。如其讲述:

> 乃往古昔,有一闲静林野之处,有群猕猴游住。于此时诸猕猴游行,渐至一井,乃观井底,见彼月影。既见月已,诣猴王处白言:"大王应知,其月见堕井中。我等今应速往拔出,依旧安置。"

是诸猕猴,咸赞言"善",便相议曰:"云何方便,可能拔月?"其中或云:"不须余计,我等连肱为索,而拔出之。"

时一猕猴,在井树上,攀枝而住,其余一一次第以手相接。猕猴既多,树枝低下欲折。时彼最下近水之者,搅水觅月。由水浑故,月便不现。树枝便折,一时堕水,被溺而死。

时有诸天,而说颂曰:

"此诸痴猕猴,为彼愚导师。

悉堕于井中,救月而溺死!"

《法苑珠林·愚戆篇·杂痴部》"猴子救月"篇有同类故事的记述:

过去世时,有城名波罗奈,国名伽尸。于空闲处有五百猕猴,游行林中。到一尼俱律树下,树下有井。井中有月影现时,猕猴主见是月影,语诸伴言:"月今日死落井中,当共出之,莫令世间长夜暗冥。"共作计议言云:"何能出?"猕猴主言:"我知出法:我捉树枝,汝捉我尾,展转相连,乃可出之。"时诸猕猴即如主言,展转相捉。小未至水,连猕猴重,树弱枝折,一切猕猴堕井水中。尔时树神便说偈言:

是等骏榛兽,痴众共相随,

坐自生苦恼,何能救出月?

不仅是在佛教文化中,也表现在世俗生活中,猫与老鼠的故事被重复讲述了几千年时间,各有新意。在唐代社会风俗生活中,其意义更独特,体现出唐代社会的老鼠信仰与猫信仰等信仰形态。

如义净译《根本说一切有部毗奈耶破僧事》"老猫"[1]篇:

---

[1] 参见王邦维选详《佛经故事选》,重庆出版社1985年版。

乃往昔时,有异方所,有一鼠王,与五百鼠为眷属。

有一猫子,名曰火焰。其猫少年之时,所有鼠等,悉皆杀害,后年老迈,便作是念:"我昔少时,气力强盛,以力捉鼠而食。我今年既朽迈,气力微薄,不能捉获。设何方便,而捉获鼠?"

作是念已,遍观其地,乃见一鼠王与五百鼠而为眷属,住此方所。即就鼠穴,诈作坐禅。时诸群鼠,出穴游行,乃见老猫安然坐禅,其鼠问曰:"阿舅,今何所作?"

老猫答曰:"我昔少年,气力盛壮,作无量罪,今欲修福,除其旧罪。"

时群鼠等,闻是语已,皆发善心:"今此老猫,修行善法。"

即与鼠等,右绕老猫,行于三匝,便入于穴。其老猫取其最末后者而食。

不经多时,其鼠渐少。鼠王既见此已,便作是念:"我鼠等渐渐数少,其老猫气力肥盛,是事必有缘由。"

其鼠王即便观察,乃见老猫于其粪中有鼠毛骨,心即知:"老猫食我鼠等,我今深观捉鼠之时。"

作是念已,便即于窟而看老猫,乃见老猫捉最末后鼠而食。鼠王见已,避远而立,遂说颂曰:

"老猫身渐肥,群鼠积减少;

食苗实根叶,粪不应毛骨。

汝今修禅不谓善,为利诈作修善人;

愿汝无病安稳住,我今群鼠汝食尽!"

除了这些让千姿百态的队伍充当佛教文化艺术的主角,还有更多的世俗生活内容用传说形式讲述,佛教文化说唱艺术形态多种多样。如《宣室志》卷八"杨叟",其讲述"乾元初,会稽民有杨叟者"及其所患"心病"故事,运用唐代社会生活故事宣讲佛教文化的义理,应该看作唐代俗讲艺术的典型。即使如此,到底还是出现了一个猿猴变成的"胡僧"。佛教文化总是青

睨于动物。如其所记述:

乾元初,会稽民有杨叟者,家以资产丰赡,闻于郡中。

一日,叟将死,卧而呻吟,且仅数月。

叟有子曰宗素,以孝行称于里人。迫其父病,罄其产以其求医术。

后得陈生者,究其原,曰:"是翁之病,心也。盖以财产既多,其心为利所运,故心已离去其身。非食生人心,不可以补之。而天下生人之心,焉可致耶? 舍是,则非吾之所知也。"

宗素闻之,以生人之心固莫可得也,独修浮屠氏法,庶可以间其疾。即召僧转经,命工绘图铸像,已而自赍食,诣郡中佛寺饭僧。

一日,因挈食去,误入一山迳中,见山下有石龛,龛有胡僧,貌甚老瘦枯瘠,衣褐毛缕成袈裟,踞于磐石上。宗素以为异人,即礼而问曰:"师,何人也? 独处穷谷,以人迹不到之地为家,又无侍者,不惧山野之兽有害于师乎? 不然,是得释氏之术者耶?"

僧曰:"吾本是袁氏。某祖世居巴山,其后子孙,或在弋阳,散游诸山谷中,尽能世修祖业,为林泉逸士,极善吟啸。又好为诗者,多称其善吟笑,于是稍闻于天下。有孙氏,亦族也,则多游权贵之门;亦以善谈谑,故又以资游于市肆间,每一戏,能使人获其利焉。独吾好浮屠氏,脱尘俗,栖心岩谷中不动,而在此且有年矣。常慕歌利王割截身体及萨埵投崖以饲饿虎,故吾啖橡栗,饮流泉,恨未有虎狼噬吾。吾于此候之。"

宗素因告曰:"师真至人,能舍其身而不顾,将以饲山兽,可谓仁勇俱极矣。然弟子父有疾已数月,进而不瘳,某夙夜忧迫,计无所出。有医者云,是心之病也,非食生人心则固不可得而愈矣。今师能弃身于豺虎以救其馁,岂若舍命于人以惠其生乎? 愿师详之。"

僧曰:"诚如是,果吾之志也。檀越为父而求吾心,岂有不可之意。且以身委于猛兽,曷若救人之生乎? 然今日尚未食,愿致一饭而后死也。"

宗素且喜且谢,即以所挈食置于前。僧食之立尽,而又曰:"吾既食矣,当亦奉敕,然俟吾礼四方之圣也。"

于是整其衣,出龛而礼,礼四方已毕,忽跃而腾上一高树。宗素以为神通变化,殆不可测。

俄召宗素,厉声问曰:"檀越向者所求何也?"

宗素曰:"愿得生人心,以疗吾父疾。"

僧曰:"檀越所愿者,吾已许焉。今欲先说《金刚经》之奥义,尔亦闻乎?"

宗素曰:"某素尚浮屠氏,今日获遇吾师,安敢不听乎?"

僧曰:"《金刚经》云:过去心不可得,现在心不可得,未来心不可得。檀越若要取吾心,亦不可得矣。"

言已,忽跳跃大呼,化为一猿而去。

宗素惊异,惶骇而归。

值得注意的是,这里包含着众多故事类型,既有神仙故事,外形为"龛有胡僧,貌甚老瘦枯瘠,衣褐毛缕成袈裟,踞于磐石上",言"独吾好浮屠氏,脱尘俗,栖心岩谷中不动",能够讲说《金刚经》中"过去心不可得,现在心不可得,未来心不可得"云云;作为精怪故事,又有"忽跃而腾上一高树",其实就是猴精。故事有问活佛故事类型的影子,也有烂柯山故事类型的影子,是一个复合型故事。这正是所谓佛法无边的表现吧。

唐代与其他历史时期一样,其口头传承的民间文学属于社会风俗生活的一种形式;民间文学的实质体现于其作为文化生活,终究是文化,是在日常生活中被讲述、被记述、被运用的文化。仅仅从字里行间看历史文化,无形中便消解了其生活属性的丰富多彩与博大精深。